HUAXUE JIAOYU
XINLIXUE

化学教育
心理学

吴鑫德　编著

 化学工业出版社

·北京·

本书是为构筑中学化学新课程与当代教育心理学理论之间的联系而编著的，对中学化学新课程教学与研究具有很强的针对性、应用性和重要的实用价值。

全书共分八章：第一章为导论；第二章主要介绍了当代四大学习理论在化学教学中的应用；第三章和第四章是从学生学习的角度，探讨了化学学习的动力系统与认知规律；第五章和第六章是从教师教学的角度，介绍了不同类型的化学知识相应的学习实质与具体教学方法，并突出强调了陈述性知识的学习与教学策略，程序性知识中隐性知识的学习与教学方法，凸显了新课程目标与价值取向；第七章着重介绍了化学问题解决能力培养的系列实践经验与研究案例；第八章主要从心理学视角解决了化学教育课题研究与论文写作中的疑难问题。

本书可供高等师范类院校化学教育专业本科生、研究生用作教材，也可作为中学、中等职业学校教研人员的继续教育教材，还可为教育心理学，尤其为学科教育心理学研究学者提供参考。

图书在版编目（CIP）数据

化学教育心理学/吴鑫德编著．—北京：化学工业出版社，2011.8

ISBN 978-7-122-11813-4

Ⅰ. 化⋯　Ⅱ. 吴⋯　Ⅲ. 化学教学-学科心理学　Ⅳ. G447

中国版本图书馆 CIP 数据核字（2011）第 138144 号

责任编辑：旷英姿　　　　　　　　　　装帧设计：史利平
责任校对：战河红

出版发行：化学工业出版社（北京市东城区青年湖南街 13 号　邮政编码 100011）
印　　刷：北京云浩印刷有限责任公司
装　　订：三河市宇新装订厂
710mm×1000mm　1/16　印张 16　字数 318 千字　2011 年 8 月北京第 1 版第 1 次印刷

购书咨询：010-64518888（传真：010-64519686）　　售后服务：010-64518899
网　　址：http://www.cip.com.cn
凡购买本书，如有缺损质量问题，本社销售中心负责调换。

定　　价：34.00 元

序言

　　教育心理学自 1903 年正式成为一门独立的学科以来，一直受到心理学家们的关注，特别是 20 世纪 60 年代以来，教育心理学家利用教育心理学原理，制定了一系列的教育改革方法和措施，成功地推动了教育事业的蓬勃发展。随着时代的发展，教育心理学的研究领域也逐渐扩大，不仅涉及一般学习与教学心理，还涉及品德心理和社会教育心理等问题。近年来，学科教育心理受到重视，人们试图将教育心理学普通原理应用于学科教学，以提高教学质量。特别是基础教育新课程改革实施以来，广大教师普遍关注的不仅仅是学生的学习成绩，而是更加注重学生的综合素质和能力，学生的全面发展和未来可持续发展的潜力。这就要求改变传统课堂过于注重知识传授的倾向，强调形成积极主动的学习态度，使学生在获得基础知识与基本技能过程的同时，学会学习、培养个性、完善人格；要改变过去过于强调接受学习、机械训练的现状，倡导学生主动参与、乐于探究、勤于动手，培养学生收集和处理信息的能力、获取新知识的能力、分析和解决问题的能力及交流与合作的能力等。

　　那么，在学科教学过程中如何才能实现素质和能力的培养？我们认为学科知识的教学是态度、方法、个性、能力等良好心理品质形成最有利的载体，学生在各科知识的学习中所获得的学习品质还可以进行横向和纵向迁移，对学生当前的学习和今后人生的发展均具有重要的影响。1963 年我国老一辈心理学家潘菽主编的《教育心理学》就曾探讨过科学课程的教学心理问题，但国内外专门探讨化学教育心理系列问题的著作还比较少见。

　　我的博士吴鑫德副教授，化学教育专业本科毕业后，在湖南省示范性中学曾从事过多年的化学教学，后调入湖南师范大学化学化工学院专门从事化学教师教育专业课程的教学与研究。在获得"发展与教育心理学"硕士和博士学位后，调入湖南师范大学教育科学学院心理学系担任发展心理学、教育心理学等课程教学，并兼任化学化工学院本科生和研究生的化学教育心理学课程教学，同时承担了湖南省、广东省化学骨干教师培训等工作。作为"化学课程与教学论"和"发展与教育心理学"专业硕士生导师，他对化学基础教育现状十分熟悉，化学教育教学经验相当丰富，心理学专业基础非常扎实。他所撰写的《化学教育心理学》著作凝练了其多年学习、教学与科研的成果，展示了其化学教育教学与教育心理学研究的深厚功底，顺应了当前基础教育改革发展的形势，满足了广大学科教师，尤其是中学化学教师对于新课程教学实践与研究的迫切需要。

　　书稿付梓之前，我先睹为快。读后感慨良多、欣喜不已！我认为本书至少具有以下几个显著的特点。

其一，从心理学视角研究化学教育的问题，凸显了学科交叉的优势。我曾查阅过国外上百种心理学专业期刊，涉及化学教育的相关研究文献还比较少见，而国内对化学教育心理问题进行系统的研究则更少。吴鑫德博士能够有效地利用自己扎实的心理学专业知识，创造性地将多年来积累的化学教学实践经验上升到心理学理论，并积极运用理论来指导化学教育教学实践，从而实现了理论到实践的回归。这种思想理念在其著作中体现得淋漓尽致，这种研究的不断深入，既有利于学科教育的深入发展，又有利于教育心理学的不断完善，值得广大同行参考与借鉴。

其二，紧密联系实际，着力解决当前普遍关注的新课程教育教学问题，具有很强的实用性。全书共八章，洋洋洒洒近40万字，既有当代学习理论的精辟阐述，又有学生化学学习心理规律和教师化学教育策略的具体陈述，尤其突出强调了陈述性知识的学习与教学策略，程序性知识中隐性知识的学习与教学方法，对于化学新课程的教学设计与课堂教学无疑具有重要的指导价值。在第七章中还不惜花大量的笔墨介绍了化学学习、化学思维等能力培养的系列实证研究案例，为广大化学教师在学科知识教学的同时实施素质的培养提供了成功的范例和具体的方法和措施。全书内容丰富，通俗易懂，结构得体，重点突出，读后宛如一股清风扑面而来，令人耳目一新，豁然开朗。

其三，根据当前教师专业化发展的需要，重点解决了教师化学教育科研中常见问题与困惑，具有很强的针对性。新的课程观要求教师转变教育观念与教学行为，教师要做新课程的建设者、研究者。那么，面对新课程的新内容、新问题、新方法与新要求，教师唯有不断学习、努力提升自己教育科研能力与素质，方能不断提高教学质量与教育效果。吴鑫德博士立足现实，专门针对普通教师化学教育科研中出现的研究方案设计问题、数据统计处理问题、论文写作与发表问题等不足，采用非常直观的方式，深入浅出地进行了系统的阐述和操作的展示，这必将极大地推动广大化学教师教育科研水平的提升和化学教育质量的提高。

总之，这既是一本成功的学术专著，又是一本不可多得的中学化学教师教育的教材，是近年来我国学科教育心理学百花园中的一朵奇葩，我深信《化学教育心理学》的问世，将会得到广大读者的认可与青睐。

是为序。

二零一一年六月
于西南大学心理学院

（张庆林：西南大学心理学院教授，前任院长，发展与教育心理学专业领衔博士生导师，长期从事知识学习与思维发展等方向的教学与研究）

PREFACE 前言

　　早在我从湖南师范大学化学化工学院走出来攻读心理学硕士和博士学位时，就有人曾这样问："一个学化学的人，怎么学起心理学来了？"确实，化学与心理学，乍一看，这是两个风马牛不相及的学科，但是，化学教育与心理学的联系就非常紧密了，两者有机结合、交叉研究，无形之中就在化学教育实践与心理学之间架起了一座宏伟的桥梁，催生了一朵鲜艳的花蕾——化学教育心理学这门新型而又年轻的交叉学科。

　　如果按照学科的分类方法进行归类，化学教育心理学应该是教育心理学的一个分支学科，隶属于学科教育心理学。在我国早期由潘菽主编的教育心理学著作中，有关学科教学心理就有所涉及，但并没有具体涉猎化学教育领域。随后编写的众多教育心理学教材，也很少有专门的章节探讨学科教育教学的问题，对于一般教育心理和理论广泛开展研究，固然有利于指导学科教育，但一般原理与具体实践之间毕竟还存在一段距离，还需要实践者深入钻研，不断体会，反复实践，方能体现其应用价值。

　　具体联系到化学学科教育教学这个特殊领域，其学科的特殊性，决定了其教育的特殊性。一方面需要教育心理学的一般原理和理论做指导，另一方面其认知方式、学习方法又有别于其他学科。要想将教育心理学的抽象理论运用于化学教育实际，直接指导化学教师的实践操作，并非易事。

　　十年前，我就立志从事这个"联结"和"纽带"工作，并编写了化学教育心理学讲义，对化学教育硕士、化学课程与教学论的研究生，以及化学教育专业的本科生开设化学教育心理学课程，并有意识地带领他们深入开展系列的相关课题研究。他们毕业参加工作后，犹如一粒粒种子抛撒在全国各地开花结果。

　　近年来，尤其是师从著名心理学家张庆林教授之后，他先进的教育理念、渊博的知识理论、丰富的实践经验使我受益匪浅。心理学专业本科生的《发展心理学》与《教育心理学》等心理学课程教学实践，也促使我对化学教育心理学有了更加明晰、更加深刻的认识。于是，就产生了一种强烈的愿望：将我的教学讲义与博士论文融合，并扩充为一本可读性较好和实用性较强的著作。期望与广大读者一起分享我们的研究成果和教学体验，也希望为从事化学教育教学及教研工作的中学一线教师理解新课程、实践新课程、探索新课程提供帮助。

　　本书既秉承了教育心理类教材的一般写法，又具有化学教育教学研究特色，对于教育心理学相关理论只是进行了简单的概述，更多的是结合理论呈现化学教育教学实践的过程、方法及研究实例，并有意识地根据中学化学新课程教育教学中教师的困惑解决具体问题，根据化学教育科研中操作的难点实施突破。

第一章主要介绍了化学教育心理学的发展渊源，化学教育心理学的内容构成、研究方法，以及它在实际教学中的作用和地位。

第二章主要介绍了当代流行的四大学习理论及其在化学教学中的应用，帮助读者运用理论指导具体的化学教育教学实践，使其提高理论认识水平，提升实际操作能力。

第三章和第四章是从学生学习的角度，介绍化学学习的动力系统与认知特征，以及相应的教学策略、教学方法与措施，帮助化学教师知己知彼、因材施教。

第五章和第六章主要介绍两种不同类型化学知识的学习实质与具体教学方法，大致与高校《化学教学论》教材中的"化学概念教学"、"化学理论的教学"、"化学元素化合物的教学"、"化学实验教学"、"化学习题教学"等内容相对应。主要区别在于三个方面：一是将同一类学习心理过程与条件的一类知识归纳在一起阐述；二是突出强调了教学实际中容易忽视的心智技能、认知策略等内隐知识的学习与教学方法；三是结合中学化学新课程理念，凸显了以化学知识为载体的综合素质与能力的培养，包括了学生的个性、情感、态度与价值观，学生的化学学习习惯与化学思维方式等内容的教学方法与措施。

第七章主要介绍各种类型知识在化学问题解决中的综合运用，着重介绍中学生化学问题解决能力培养的系列实践经验与教学研究案例。

第八章主要针对当前化学教师开展化学教育科研的困惑与难点问题，从独特的心理学视角介绍科学、规范地研究化学教育问题、化学教育心理现象的具体操作方法，尤其是对科研数据的统计与分析，论文的写作与发表进行了详尽的介绍，有的还以图片的形式展示其具体操作方法与操作步骤。

总之，本书浓缩了化学教育心理学的精华，展现了化学教育教学的智慧，体现了中学化学新课程教育教学理念，明确了化学教育教学实践的操作，是高等师范类院校化学教育教师课程教学不可或缺的教科书，是指导广大一线化学教师从事中学化学新课程教学的必读本，是从事教育心理研究，尤其是学科教育心理研究学者的重要参考书。

期求如是，成就如斯。我们不敢妄言开创化学教育的新局面，但它却是我们心目中的一种追求，一种尝试；我们亦不敢肯定本书没有遗憾和缺陷，只能说，真诚地期待得到各位专家、同行和广大读者的批评指正。

本书获得了湖南师范大学博士出版基金，湖南师范大学"化学课程与教学论"、"化学教育心理学"精品课程的立项资助。书中收录的化学教育实验数据和教学案例，得益于参与"运用现代教育技术开发中学化学网络课程"课题组学校和一线化学教师的大力支持，得益于十多年来湖南师范大学化学化工学院教育硕士、教学论研究生的积极帮助，得益于作者单位领导和同事的全力支持与鼎力相助。该书的出版也得到了湖南省基础教育研究所、湖南师范大学化学化工学院及化学工业出版社的大力支持与具体指导。在本书的编著过程中，我们有幸参阅了国内外同行们的研究资料，且吸收了其中有益的见解和成果。值此，一并表示衷心的感谢。

吴鑫德
2011 年 5 月于长沙市岳麓山

CONTENTS 目录

参考文献　　　　　　　　　　　　　　　　　　　245

第一章

走进化学教育心理学

当你第一次接触化学教育心理学时，也许心目中会浮现很多想法，"化学教育心理学是什么，怎么从来没有听说过"，"化学教育心理学主要研究什么内容，对我们的化学教学有什么帮助"，"化学教育心理学与化学教学论、与教育心理学又有什么区别"，也许还有人在想："我们不是已经学过教育学、心理学等公共课程吗？可在教学实践中总感觉用不上，化学教育心理学是不是也很抽象呢？"

化学教育心理学的确是一门非常年轻的学科，也是一门目前还不够成熟的交叉学科。但它试图在化学教育教学实践与教育心理学等理论之间架起一座桥梁，帮助大家具体地实现将教育理论运用于教学实际的操作，有效地提升从实践经验到教育理论的认识，使广大化学教师不仅能够教好化学，而且知道怎样才能教得更好，不仅能够高效地传授化学知识，而且能够更好地培养人才。

个案研究 可爱的水元素

在一次初中化学公开课教学中，某教师在讲解完"原子、分子与元素"的概念后，给学生布置了一个课堂练习（填空）：

氢气（H_2）是由_____元素组成？氧气（O_2）是由_____元素组成？水（H_2O）又是由_____元素组成？

很明显答案为：H元素、O元素、H元素和O元素。然而，在教师讲解到第三个填空时，坐在后排的一个同学大声喊道"不对，水是由水元素组成的"。该教师看了该生一眼后，置之不理，继续讲解后续的教学内容。

思考：（1）那个认为"水是由水元素组成的"的学生是在故意捣蛋吗？为什么？

（2）假如你在课堂教学中遇到这样的情况，你会如何处理？

当前，我国正在进行一场史无前例的、规模最大、最全面、最彻底的基础教育课程改革（简称新课程改革），以满足国家发展和学生发展的需要。然而，面对全新的教育理念、教学目标、教学内容、教学方法以及教学评价等内容，广大教师可能在短时期内还难以适应。

化学教育心理学正是从心理学的独特视角帮助广大化学教师更好地理解化学新课程、实践化学新课程、探索化学新课程，并在化学新课程教学中，全面提升化学新课程的教育教学能力，提高化学新课程的教育教学质量。

第一节 ◉ 化学教育心理学的起源

化学教育心理学是教育心理学的一个分支学科，属于学科心理学范畴，它既有一般教育的普遍性，又有学科教育的特殊性，是化学教育与教育心理理论的有机结合。因此，要把握什么是化学教育心理学，必须首先了解心理学及其分支学科教育心理学的基本内容。

一、心理学发展概况

心理学是一门古老而又年轻的学科。在其成为一门独立学科以前，有关"心"、"心灵"和"人性"等心理学问题一直是古代哲学家、教育家、文学艺术家和医生们所关心的问题。我国先秦时期的著名思想家孔子、孟子、荀子等探讨过人的本质，在人性和环境的相互关系的问题上，有过一系列精辟的论述，对我国古代的教育思想和心理学的发展做出了重大的贡献。在欧洲，亚里士多德等学识渊博的哲学家对灵魂的实质、灵魂与身体的关系、灵魂的种类与功能等问题从理论上进行了深入的探讨，对心理学思潮的发展产生了重要的影响。

1879 年，德国心理学家冯特（W. wundt, 1832—1920）在德国莱比锡大学创立了第一个心理学实验室，开始对心理学现象进行系统的研究，这就标志着心理学正式从哲学中脱胎走上独立的道路。

然而，在心理学独立之初，即 19 世纪末 20 世纪初，心理学家们在理论上、实践中存在尖锐的矛盾，同时也就产生了众多的派别纷争。

（一）19 世纪末 20 世纪初西方心理学派别

1. 构造主义心理学

奠基人是冯特（W. Wundt，1832—1920），代表人是铁欣纳（E. B. Ticher，1867—1927）。他们主张心理学应研究人们的意识经验，并把经验分为感觉、意象和激情状态三种元素，认为所有复杂的心理现象均由这三种元素构成。在研究方法上，他们强调实验者对自己经验的观察和描述，即内省。

2. 意动心理学

意动心理学是由奥地利心理学家布伦塔诺 19 世纪末创立的，它强调研究意动或经验动作，反对冯特把意识内容分析为感觉、感情元素，主张心理学研究的心理现象是经验的动作或意动。意动的特点是具有内在的对象性，即它总是针对一个对象。意动可分为三种：观念的意动（如感觉的活动、想象的活动）、判断的意动（如承认的活动、拒绝的活动、回忆的活动）、爱憎的意动（包括感情、决心、意志、欲望等）。

意动心理学的基本主张对后来的格式塔运动反对心理内容的元素分析方面起了理论先驱的作用，对 20 世纪产生的美国机能主义也有间接的影响。

3. 机能主义心理学

创始人是美国著名的心理学家詹姆士（W. James，1842—1910），代表人有杜威（John Deway，1859—1952）和安吉耳（James Angell，1869—1949）。他们主张心理学家应研究意识。意识不是个别元素的组合，而是川流不息的过程，意识的作用是使有机体适应环境。如果说构造主义强调意识的构成成分，那么机能主义则强调意识的作用和功能。例如"思维"构造主义强调的什么是思维，机能主义关心的是思维在人类适应行为中的作用。正是由于机能主义明显的应用性，推动了美国心理学向实际生活过程发展，这一思潮使美国心理学从 20 世纪初以来一直比较重视其在教育领域和其他领域的应用。

4. 行为主义心理学

19 世纪末 20 世纪初，正当构造主义与机能主义在一系列的问题上产生分歧和激烈的争论之时，美国心理学家华生（J. Watson，1878—1958）发表了《从一个行为主义者的眼光中所看的心理学》，宣告了行为主义的诞生。创始人华生强调两点：第一，否认意识，主张心理学应研究可观察到的事件即行为；第二，反对内省，主张用实验的方法研究心理学。在他看来，意识看不见摸不着，无法进行研究。他甚至主张心理学书中永远不使用意识、心理状态、心理内容、意志、意象等名称，而用刺激、反应、习惯、整合等字眼来描述。行为主义锐意研究可观察到的行为，这对心理学走上客观研究的道路有积极的作用，但他不研究心理和意识现象，否认意识、反对内省等极端思想客观上又上行不通的。例如：皮亚杰的儿童心理临床研究法就是通过与儿童对话，让儿童主动说话而判断其心理活动的一种方法。

5. 格式塔心理学

在美国出现行为主义的同时，德国也涌现了另一心理学派——格式塔心理学，创始人是韦德海默（M. Wertheimer，1880—1943）、柯勒（W. Kohler，1887—1967）、考夫卡（K. Koffka，1886—1941）。格式塔（Gestalt）在德文中的意思是"整体"。格式塔心理学反对把意识分解为元素，强调心理作为一个整体、一种组织的意义。他们认为整体不能还原为各个部分的元素之和，部分相加不等于全体，整体先于部分而存在，并且制约着部分的性质和意义。格式塔心理学很重视实验，他们在知觉、学习、思维等方面开展了大量的实验研究，这些资料至今仍是心理学的重要财富。

6. 精神分析心理学

创始人是奥地利维也纳精神病医生——弗洛伊德（S. Freud，1856—1939），他根据治疗精神病人的临床经验和对行为异常的分析发现：人类一切个体和社会的行为都根源于心灵深处的某种动机，特别是性欲的冲动，它们以无意识的形式支配人，并且表现在人的正常和异常的行为中。这种欲望或动机受到压抑是导致神经病的重要原因。因此，他认为心理学应研究无意识现象。精神分析学派重视动机和无意识的研究对心理学做出了重要的贡献，但过分地夸大了无意识的作用，并把它与意识的作用对立起来，这种泛性欲主义是极端错误的。

总之，在心理学的早期发展中，由于新事物的发现及与旧理论的缺陷引起了各派的纷争。这种纷争一方面丰富和发展了心理学，具有积极的意义；另一方面，表明了当时的哲学思想的混乱，用一种片面性来反对另一种片面性无疑是一种形而上学的思想，这些争论在 20 世纪初导致了心理学出现了"分崩离析"的危机。

（二）20 世纪 50 年代以来心理学发展的某些新趋势

学派的纷争在心理学独立以后，并没有持续很长的时间，20 世纪 30 年代以后，各派的纷争就出现了互相吸收、互相补充的新局面。尽管 20 世纪以后，某些占统治地位的传统观念（如行为主义、精神分析）受到猛烈地抨击，但所产生的新的心理学思潮并不是以学派的形式出现，而是以一种范式、一种思潮、一种发展方向去影响心理学的各个领域，门户之见的对峙和分道扬镳的局面缓和下来，而学科中的整合趋势加强了。

1. 认知心理学是现代心理学的一种新发展和新趋势

认知心理学产生于 20 世纪初，形成于 20 世纪中后期。在 50 年代，由各门学科的迅速发展产生了学科间横向联系的需要，从而推动了信息论、控制论和系统论的诞生。"三论"对现代心理学特别是认知心理学产生了深远的影响，因而，在 50 年代末 60 年代初，心理学界涌现了一股研究认知心理学的思潮，并在知觉、记忆、言语和问题解决等领域中出现了一些新的理论——现代认知心理学。

现代认知心理学把人看成信息的加工者，一种具有丰富的内在资源并能利用这些资源与周围环境发生积极的相互作用的有机体。在他们看来，环境因素固然重要，但不是说明行为的最突出的因素，它是通过支配外部行为的认知过程而加以编码、存储和操作，进而影响人的行为。

早期的认知心理学的创始人是瑞士著名的心理学家皮亚杰（J. Piaget）。他在 20 世纪 30 年代，通过一系列精心设计的实验，揭示了儿童思维发展的规律，他重视智力问题，注意分析智力发展的结构。这和行为主义的观点截然不同。

现代认知心理学的代表人是美国心理学家奈塞尔（U. Neosser）。他认为认知是感觉输入后受到转换、简约、加工、储存、提取和使用的全过程。现代认知心理学成立以 1967 年奈塞尔（U. Neosser）出版的《认知心理学》为标志，其影响遍布心理学的整个领域，与社会、生活、教育等方面的联系越来越紧密。

认知心理学的研究方法，除内省、外陈、实验等一般传统的心理学研究方法以外，还发展了自己独特的方法——计算机模拟。

2. 人本主义心理学是美国心理学的另一种重要思潮

人本主义心理学着重于人格心理方面的研究。它有以下三个基本观点。

（1）人的本质是好的、善良的，他不是完全受无意识的欲望所驱使、并为实现这些欲望而挣扎的野兽。人有自由意志，有自我实现的需要。因此，只要有适当的环境，他们就会力争达到积极的社会目标。这些看法与精神分析学派的观点截然相反。

（2）人都是单独存在的，心理学家应对人进行单个的测量，而不是合并在不同范畴之内一起研究。

（3）人本主义也反对行为主义的观点。行为主义只相信可以观察到的刺激与反应，而人本主义则认为，正是人们的思想、愿望和情感这些内部过程和主观的内部经验，才使他们各不相同。

人本主义对传统心理学的某些批判对我们有启发作用，但他们把人看作独立于社会之外的个体，不是社会关系的总和，因而从个人主义、利己主义描述人的内心世界，并且对其使用的名词没有具体明确的界定，也没有说明具体的研究方法，因此未能为公众所接受。

3. 建构主义心理学是当代教育改革的重要理论支柱

20 世纪 80 年代初期，尽管认知心理学已逐渐取代行为主义心理学占据了统治地位，而建构主义学习理论在很长一段时期内并未产生明显的影响。随着心理学家对人类学习过程认知规律研究的不断深入，特别是由于多媒体计算机和基于 Internet 的网络通信技术在教育领域中的广泛应用，建构主义学习理论才逐渐开始流行。多媒体计算机和网络通信技术所具有的多种特性正是建构主义学习环境下的理想认知工具，特别适合于实现建构主义提出的理想的学习环境。因此，随着多媒体计算机和 Internet 网络教育应用的飞速发展，建构主义学习理论正愈来愈受到人们的关注。

建构主义是认知学习理论的一个重要分支，它源自关于儿童认知发展的理论。由于个体的认知发展与学习过程密切相关，因此，利用建构主义可以比较好地说明人类学习过程的认知规律，即能较好地说明学习如何发生、意义如何建构、概念如何形成，以及理想的学习环境应包含哪些主要因素等内容。在建构主义思想指导下可以形成一套新的比较有效的认知学习理论，并在此基础上实现较理想的建构主义学习环境。

建构主义认为，知识不是通过教师传授得到的，而是学习者在一定的情境即社会文化背景下，利用必要的学习资料，借助他人（包括教师和学习伙伴）的帮助，通过意义建构的方式而获得的。

建构主义的学习方法提倡的是"在教师指导下的以学习者为中心的学习"，也就是说，既强调学习者的认知主体作用，又不忽视教师的主导作用，教师不再是知识的传授者与灌输者，而是"意义建构"的帮助者、促进者；学生不再是信息的被动接受者和被灌输的对象，而是信息加工的主体、是意义的主动建构者。

这就意味着教师应当在教学过程中采用全新的教学设计思想、全新的教学方法和全新的教学模式。

（三）科学心理学及其分支领域

1. 科学心理学

自从有了人类，便有了对人的心理的观察与思考。由此，心理学逐渐呈现出以下五种不同的历史形态。（1）常识心理学，这是普通人在日常生活中创造的心理学，是普通人对心理、行为的性质、构成、功能、根源的归类、假定、猜想、解释和干预。（2）宗教心理学，它是宗教学家所创立的心理学，是宗教学家按照宗教的方式对人的心理行为的说明、解释和干预。例如，中国佛教禅宗中就包含着对人的心理、行为的阐述。禅宗强调"常心"与"本心"的区别，认为以"常心"去观察和以"本心"去观察，就会看到完全不同的东西，就会体悟到完全不同的生活。（3）哲学心理学，它是哲学家以思辨的方式对人的心理、行为的说明、阐述和解释，是对普通人日常生活经验的总结与提升。古往今来，出现过很多哲学家，如柏拉图、亚里士多德、康德、黑格尔到狄尔泰、海德格尔等，从孔子、孟子、朱熹到胡适、梁实秋等，均留下过对人、人性、人的精神生活等问题的思考。（4）类科学心理学，它是指与心理学相近的科学分支或学科中有关人类心理、行为的研究成果。这些研究和成果也在特定的角度、特定的方面或特定的层次揭示和阐释了人类的心理、行为，并为科学心理学的产生和发展提供了条件，如俄国生理学家巴甫洛夫的高级神经活动学说、英国科学家斯佩里关于裂脑人的研究，一些人文学科，如文学、艺术、美学、语义学等，也有着一些有关人的认识、情感、性格等方面的研究与成果，这些研究与成果亦属于类科学心理学的范畴。（5）科学心理学，它是心理学家通过科学的方式、科学的理论和科学的技术对人的心理行为的描述、说明与干预。科学心理学又逐渐分化为两种不同的取向，自然科学取向的心理学与人文科学取向的心理学。

自然科学取向的心理学相信人是自然的一部分，强调心理学应像自然科学一样完全运用客观、实证的方法在一个超越历史与文化的普遍化框架内揭示心理、行为的一般规律。构造主义心理学、机能主义心理学、格式塔心理学、行为主义心理学、信息加工心理学等是其典型代表。

人文科学取向的心理学则认为心理学的研究对象是人，而人的心理与行为是一种社会历史的存在，有着不同于一般自然物的特点，因而主张心理学以人文科学的方法作为自己的研究方式去实现对人、人的心理与行为的独特本质的描述、理解或解释。该取向的心理学流派主要有狄尔泰的理解心理学、新精神分析的社会文化学派和存在分析学派，以及斯普兰格、斯腾等人的人格心理学及人本主义心理学等。

2. 科学心理学的分支领域

心理学是一门研究人的心理与行为的科学。由于心理世界的丰富多彩和多种多样，需要心理学家从不同领域对其进行研究，由此形成了心理学的不同分支学科。据不完全统计，目前分支学科达 100 多个，几乎涵盖人的所有活动领域。但不同的学科关注的焦点各不相同，研究课题各有侧重。

理论心理学：理论心理学家主要探讨心理学中根本性和全局性的理论问题，例如，心理发展的动力、心理学的理论建构等。

发展心理学：发展心理学家研究人从胎儿出生到年老死亡的成长和发展的全过程。幼儿早期的发展是发展心理学家特别感兴趣的课题之一，他们所要探索的是儿童思维、语言、知觉和活动能力的发展规律。目前一个研究热点是探讨儿童期刺激丰富的外部环境对智力发展究竟有哪些影响。

学习心理学：学习心理学家在更抽象的意义上探查人是怎样变成现在这个样子的。他们确信人的大部分行为是习得的。他们研究人类和动物学习发生的过程和原因，例如，用鸽子研究不同强化模式对学习的影响作用。

人格心理学：人格心理学家关注人格特质和人格动力，并且通过跨领域的研究，了解人格结构、动机和个体差异。例如，探查创造力强的大学生们有哪些人格特点。人格研究（或称个性研究）是一个最富有成果的领域，同时又是一个困惑最多的领域。

认知心理学：认知心理学家研究人们如何获得知识和使用知识，他们所关心的问题包括，人是怎样认识这个世界的；信息怎样进入人的神经系统；信息怎样被加工成有意义的模式等等。

比较心理学：比较心理学家通过比较不同种系的动物来研究行为发展。例如，探查海豚的声呐波定位能力。在一个有代表性的研究中，让海豚在蒙上眼睛的情况下对水下不同形状的东西进行选择，如果海豚选择正确就给予食物奖励。在实验中，海豚表现出高超的识别能力。

生物心理学：生物心理学家研究行为与生物作用过程之间的关系，他们特别关注神经系统的活动，以大脑和神经系统为主要研究对象。他们相信，心理学在学习、知觉、个性及变态行为等各个领域的研究结果最终将需要通过对神经细胞及大脑的化学成分变化的解释才能说清楚。例如，一些对饥饿的有趣研究显示，当人为地刺激下丘脑的某一部位时，会引起老鼠不停地吃东西，它越吃越胖，最后长得臃肿不堪；但只要把刺激点移开几毫米，老鼠就会停止吃任何东西，如果不强迫它吃，它最后会饿死。

社会心理学：社会心理学家对人类的社会行为感兴趣，他们研究的课题涉及态度、社会影响、聚众闹事、从众、领导行为、种族歧视、友谊等等。人与人之间的相互吸引也是社会心理学感兴趣的问题之一。例如，可以让两个陌生人在一间屋子里相处一会儿，以观察有哪些因素可能决定人的相互吸引程度。

文化心理学：文化心理学家研究文化对人类行为的作用。文化影响着一个人的语言、饮食习惯、家庭教育、习惯遵守的法规和对家庭的理解，人类的思想和行为中无不带有文化的烙印。

性别心理学：性别心理学家研究男性与女性之间的差异及其产生的原因，探讨生物因素、儿童抚养、教育、社会定势等各种因素对性别差异的影响。例如，在探讨男性和女性的基本性别认同形成中，研究者发现女孩子玩过家家和布娃娃会受到赞许，而男孩子这样做则会被人嘲笑。

教育心理学：教育心理学家对学校教育情境中学与教的心理活动感兴趣，他们关注如何使教、学更有效的相关问题。学科教育心理学是教育心理学基础上发展起来的分支学科。

二、教育心理学的产生与发展

(一) 教育心理学的产生

在教育心理学成立早期，许多教育家都很重视在教育中运用心理学作为教育理论的基础。如：近代欧洲早期教育家夸美纽斯（J. Comrenius）和裴斯泰洛齐（J. Pestolozi）。又如孔子提出："学而时习之，不亦乐乎？"、"温故而知新"、"学而不思则罔，思而不学则殆"、"知之者不如好之者，好知者不如乐知者"、"学贵有恒"。孟子提出："一曝十寒"，"掘井九轫"。荀子提出："锲而舍之，朽木不折；锲而不舍，金石可镂。"等都包含了丰富的教育心理学原理。

19世纪心理学获得了长足的进展，有关学习问题的心理学实验也逐渐开展起来。例如，美国心理学家桑代克（E. L. Thorndike）、纳金斯、巴甫洛夫及苛勒开展了一系列的实验研究，并总结出了一些原理和方法。桑代克以动物和人的学习做了许多实验研究，提出了学习心理定律——效果律、练习律、准备律，并强调人类的学习尽管较动物的学习复杂，但由动物的学习所揭示的简单规律也是人类学习的基本原则，可以用来指导和改进教学。

与此同时，有关运用心理学的观点来论证教育过程的著作不断增多。

德国心理学家、教育家赫尔巴特（J. E. Herberf，1776—1841）最早尝试把心理学与教育相结合，并于1806年出版了《普通教育学》。他认为对儿童进行教育的方法必须以心理学为基础，要用心理学的观点来看待教育中的问题，这是把教育心理学看作一门科学的观点。1835年赫尔巴特又出版了《教育学讲授纲要》，对一系列教育心理学思想作了进一步的补充和发挥。

继赫尔巴特之后，俄国著名的教育家乌申斯基（1824—1870）于1867年发表了《教育人类学》，该书不仅在俄国教育心理学发展史上具有重大意义，而且对于世界各国研究教育心理学发展史工作都是不可忽视的一部重要著作。1887年俄罗斯教育家兼心理学家卡普捷列夫最早出版了一部正式以教育心理学来命名的著作

《教育心理学》。但这些著作都没有提供一个独立的学科内容体系，因此，并不意味着教育心理学作为一个科学分支从此独立。

直至 1903 年美国教育心理学家桑代克的《教育心理学》三大卷问世，才标志着教育心理学的正式成立。

在这个过程中，德国的教育理论家梅伊曼（E. Meumann）、法国的实验教育学派代表人比纳和西蒙（A. Binet and T. Simon）等人对教育心理学的成立也做出了重要的贡献。

然而，早期的教育心理学著作，多数是把心理学知识通过推论，移植于教育，对实际教育心理学问题很少专门研究，也没有很好地解决教育的实际问题，其主要贡献在于它促使人们去关心教育心理学问题。

（二）教育心理学的发展

教育心理学一直受到心理学家们的关注，开始人们是将普通心理学的原理直接运用于教育教学过程，用于提高教学质量，后来便对教育教学过程中所遇到的一系列心理学问题开展了深入而广泛的研究。

20 世纪 60 年代以来，美、苏教育心理学家利用教育心理学的原理，制定了一系列的教育改革的原理和原则，成功推动了教育事业的蓬勃发展，可以说他们的教育心理研究走在世界前列，故本书仅就美苏及我国教育心理学的发展作一简要介绍。

1. 美国教育心理学的发展

奠基人：桑代克（E. L. Thorndike，1874—1949）。

（1）在 20 世纪 20 年代以前　美国心理学与其科学文化发展一样，十分突出，有的甚至超过西欧许多早期发展的国家，同时也孕育出了一大批著名的心理学家。

著名心理学家詹姆士（W. James，1849—1910），美国最早的心理学家，为了提高教学质量，他曾致力于将心理学引进教育领域，1899 年出版的名著《对教师的谈话》，阐明了对学生进行观察、提问、交谈等方面问题和有关观念、兴趣、情感和价值观等方面的知识。

霍尔（G. S. Hall，1844—1924）和卡特尔（T. M. Cattell，1860—1944），是美国早期心理学家冯特的学生，主要研究人格测量。

著名教育家、哲学家杜威（Deway，1859—1952），曾极力主张将心理学的研究应用教育问题。

著名心理学家桑代克，在 1903 年出版的《教育心理学》是美国第一本以教育心理学命名的专著，在 1913—1914 年扩大为三卷，从而引起许多心理学家的注意。此外，也还有一些教育心理学著作和资料，但多以普通心理学的原理来解释实际的教育问题。

从 20 世纪初到 70 年代、80 年代，由于没有正确的理论指导，各种教育心理学教材繁多，体系五花八门，教育心理学发展缓慢。

（2）近代美国教育心理学发展的两个特点　第一个特点是重视实验研究，包括以 Deway 为代表的结合教育实际的实验研究和以 Thorndike 为代表的实验室研究。第二次世界大战以前，许多著名心理学家的研究工作，主要在实验室进行，而且大多数以动物为研究对象。例如：Thorndike 的"尝试错误说"主要是研究猫得来的，托尔曼（Tolman）是白鼠研究专家，此外，武德斯（Woodworth）和赫尔（Hull）及斯金纳（B. E. Skinner）都企图通过动物学习的实验来解释人的学习问题。显然人与动物的学习有着本质的区别，这种研究脱离了教育实际。第二次世界大战后，Skinner 发起了程序教育的运动，激起了教育心理学联系教育实际研究的热情，20 世纪 60 年代初，由布鲁纳（J. S. Bruner）领导的课程教改运动，把这种热情推向新的高潮，形成了教学的现场实验与实验室研究相结合的实验研究的新特点。

第二个特点是重视学习心理研究，形成了许多著名的学习理论。首先是学习的联结理论，包括华生的刺激-反应学说，葛漱里（E. R. Guthrie）的接近条件作用说，Hull 的内驱力递减说，斯金纳的操作条件。其次是学习的认知理论，包括苛勒的顿悟学说，勒温（K. Lewin）的认知场论，布鲁纳的认知发现论，奥苏贝尔的认知同化学说等，都源于格式塔心理学的完形说。

（3）目前美国教育心理学发展的三个趋势

① 重视教材、教法改革的研究，特别是关于学生创造能力的培养　许多心理学家纷纷提出培养创造力的各种建议，开展了许多关于创造力的研究，教学中提倡发现学习，鼓励儿童幻想、奇想，培养学生独立的个性。例如，美国心理学教授丹尼尔·戈尔关于"情商的研究"，提出在人的创造活动中情商起着举足轻重的启动、定向、引导、维持、强化、调节、补偿等作用。又如 60 年代由布鲁纳倡导课程教材改革，由于教材改编难度大，教师的适应与训练不易，社会支持不够，未获得预期效果。经过 70 年代后的实践与反省，80 年代以来有强调学科中心转向关心人的发展，从提高理论水平转向加强化学与社会、与生活的联系，从而由美国化学会编写了《化学中的社会》（CHEMCOM）等以社会和生活中的化学问题为中心组织的教材，推动了美国教育的发展。有人认为，当今美国教育又重新审视人本主义，正在走学科中心与关心人的发展相互结合的道路。

② 重视学校教学中的社会心理因素　例如，运用社会心理学理论研究学习动机，把学校和社会看作社会环境，试图用造成某种外部压力的不平衡状态的方法，促使学生产生行为改变的欲望。社会心理学家弗斯廷格（Festinger）的"认知不协调论"即为其中一例。

在组织教学形式的社会心理问题中，强调采用指导讨论法教学强调建立温暖的师生关系，他们认为学前阶段班级人数多较好。而在中学阶段，人数少则较优越，因为在人数多的班级有利于儿童人格的发展和今后的社会成熟，人数少的班级有利于师生之间全面的相互作用，更易于个别指导和缩小个别差异给教育带来的影响。

③ 程序教学或者说计算机辅助教学的积极研究与改进 由于科学的发展及知识爆炸，自学成为社会的普遍需要，特别是当前计算机的普及，计算机辅助教学越来越受到人们的重视。于是从 20 世纪 50 年代末开始在美国流行把程序装入特定的机器进行"机器教学"，把程序编入课本让学生自学，把程序编成软件装入计算机自动控制，老师引导学生学习。

2. 前苏联教育心理学的发展

（1）20 世纪 40 年代以前是苏联教育心理学的形成时期 这个时期大致可分为两个阶段，第一阶段：1917 年 10 月革命前，把普通心理学的成果移入教育心理学，解释教育过程中存在的问题，并对西方的儿童心理学、教育心理学进行热烈的讨论，并提出了不少有价值的见解；第二阶段：1917 年 10 月革命后，尝试以马克思、列宁主义的基本观点来改造心理学教育学，并开展一系列的理论探讨。

（2）40 年代到 50 年代末，是苏联教育心理学的改革时期 他们重视结合教学与教育实际进行综合研究，对西方特别是对美国教育心理学由开始时的粗暴地全盘否定，变为适当地吸收其研究成果，对马列主义观点的贯彻，由生搬硬套变为灵活运用。

（3）目前苏联教育心理学的发展趋势

① 将发展心理学、年龄心理学与教育心理学融合起来结合于研究。例如，赞科夫的"教学与发展"的实验研究，推动了苏联的教育改革，70 年代末，苏联曾运用此成果把小学学制从 4 年缩短为 3 年。

② 联想、反射理论与学习活动理论的流行。联想、反射理论的倡导者巴甫洛夫认为，学习是通过条件反射，在大脑中形成暂时的联系而获得的，联系就是联想。学习活动理论的提出者是塔雪金娜，这种理论认为，学习是通过活动形成的，动作是学习的基本单位，活动向高一级成熟阶段过渡，就会导致发展。

③ 重视人际关系在儿童心理发展中的作用。他们从理论与实验方面，对儿童获得系统的个性特征的规律性、人格化过程的规律性进行了深入的综合研究，并在青少年参加社会公益活动的动机、态度及这些活动及其自我意识、集体观念等方面的形成与发展的研究卓有成效。

④ 重视教学心理中的方法论及具体研究方法的探讨。例如，A. K. 马尔科娃强调，要在组织学习过程中研究学习，研究人应该是研究整体的人、社会中的人，而不是堆积的心理机能或个性品质（与美国的人本主义观点相反），因而概括出了研究的一般原则和方法，意识与活动相统一的原则，客观的研究方法与发展的研究方法（即动态的发展的研究方法）。

3. 我国教育心理学的发展

总的来说是思想起源早、发展缓慢、经验丰富、理论成果少。

（1）新中国成立以前　主要是翻译出版国外的教育心理学教科书，我国学者自己编著的教科书，比较有影响的是 1935 年潘菽的《教育心理学》。

我国老一辈心理学工作者对教育心理学的发展做了大量的工作，他们曾对学科心理、教育与心理测量等方面开展一些研究，但大多是模仿西方，很少创见。

（2）新中国成立以后　我国心理学工作者根据马列主义的原理和方法对旧教育心理学进行了改造，同时结合我国教育改革做了一些初步的研究。

1958 年，一度兴起的"批判心理学资产阶级方向"的运动使方兴未艾的教育心理学濒临夭折。1959～1966 年，在纠正 1958 年批判运动的错误后，广大心理学工作者主要开展以改革中、小学教学法为中心的研究，并成立了教育心理学专业委员会，出版了潘菽主编的《教育心理学》讨论稿（1963 年），开始在全国师范院校开设教育心理学课程。1966～1979 年，文化大革命期间，心理学被宣布为"伪科学"。1976 年以后，教育和科学领域出现了空前的景象。教育心理学的研究领域逐渐扩大，如学习心理问题，教育心理学基本理论问题，教育学发展问题，品德心理学问题，数学和语文教学心理学问题，教育与心理测量，教师心理、中学生心理、社会教育心理等。

但目前还存在不少问题，一是缺乏系统的研究，范围小，成果少；二是联系我国学生和教育实际，将国外先进成果应用我国教育研究少，目前仍处于模仿学习阶段，很少推广应用，即使有也较简单机械；三是研究经费严重不足。

由此可见，化学教育心理学是由研究一般教育心理现象的普通教育心理学发展而来的，教育心理学的一般原理与理论比较抽象，运用其理论解决化学学科教育教学的问题还需要结合学科不断深入研究与探索，任何机械的生搬硬套不仅不能解决实际问题，而且可能误入歧途。这就是为什么经常有在职教师说，在大学我们已经学习过教育学、心理学等课程，而且成绩还不错，但一旦走入实践工作，总感觉那些知识用不上的原因。事实上，任何理论到实践都有一个过程，化学教育心理学就是从理论和操作的层面帮助广大化学教师跨越这一过程的一门学科。

第二节 ● 化学教育心理学的基本内容

自从有了化学教育以来，国内外广大化学教师就一直不断探索化学的教育目标、教学内容、教学方法、教学手段以及评价体系等项目，其中在教学方法和手段的探索过程中，也无时不关注教师和学生的心理研究，以及学习心理过程和教学心理过程研究，从而积淀了丰富的化学教学教育实践成果。化学教学论正是吸收这些新成果，并上升到理论的高度，形成了一门既具有理论性，又具有技术性、操作性、应用性的学科，对广大化学教师的教育教学具有重要的实践指导价值。这些化学教学教育实践经验和优秀成果也正是化学教育心理学形成的基础。

　　然而，这些研究大多采用宏观的、定性的方法，其研究成果多为实践经验的描述，对于教育参与者、教育过程发生发展的内部心理状态缺少深入的探讨。

　　化学教育心理学更多地倾向于从人的心理和意识等方面出发，探讨化学教育问题产生的根源和解决问题的办法，而不是经验；研究的思路多倾向于借助自然科学方面的定量研究，而不是单纯的定性研究。

　　如果说化学教学论讨论的是化学如何教的问题，那么，化学教育心理学回答的是为什么要这样教，怎么教才更有效等问题。

　　那么，什么是化学教育心理学呢？

　　简而言之，化学教育心理学是研究学校化学教育教学过程中所产生的心理现象、发生的心理变化及其规律的一门学科。它是教育心理学的普遍原理与化学学科教学实际相结合的产物，既包含有教育心理学理论在化学教学中应用的成分，又不完全是教育心理学原理的简单应用，是教育心理学向学科方向纵深发展的结果。它既从教育心理学普遍原理中吸收营养，又为教育心理学发展和完善提供新的案例；既为化学教育教学设计提供科学依据、有效的教学途径、恰当的教学方法、科学的评价原则，又在化学教育教学实践中不断丰富、发展和完善其本身的理论体系，并进一步提高其实践应用价值。

一、化学教育心理学的研究对象

（一）教育心理学关于研究对象的分歧

　　关于教育心理学的研究对象的确定一直存在一些分歧。

　　心理教育学观点认为，教育心理学是把心理学知识应用于教育的一门学科，该观点很难与其他心理学的分支学科（如普通心理学、发展心理学、学校心理学、咨询心理学、心理测量学）区分开来，很容易将教育心理学等同于教育工作者所需要知道的心理学知识汇编。

　　以儿童发展研究为中心的观点认为，教育心理学应主要研究儿童的心理发展，这与儿童心理学难以区分，也必然阻碍该学科对研究对象的明确规定。

　　以学习为中心的观点认为，教育心理学的根本任务是向人们提供人性变化的知识，而人性变化是通过学习实现的，所以学习在教育心理学中占有中心地位。

　　尽管教育心理学对象问题上的意见存在分歧，但其研究范围都被公认为教育领域中的心理现象，产生分歧的主要原因在于对教育本质的认识不同。

　　众所周知，教育是一种人际交往系统，该系统以经验传递、造就人才为主要内容，以促进人类个体社会化、满足社会的存在与发展需求为根本职能，因此，我们认为，教育心理学应从学生学习的视角，探索教育主体（教师和学生）的心理，揭示学生学习的性质、特点和规律，研究学习规律在教与学中的应用。

（二）化学教育心理学研究对象的确立

化学教育心理学既然是研究学校化学教育过程中的心理现象、心理变化和发展规律的一门学科，那么，其研究对象是化学教师心理、学生心理及化学教育教学心理现象三个方面。

教师的心理包括面对化学新课程，教师角色适应、角色转换，以及教师对教学准备、教学过程、教学效果、能力水平、情感态度、人格魅力等内容的自我监视、自我控制、自我反思、自我调节。教师是学生学习的引导者、帮助者，其心理状态不仅直接影响着教师教学水平的发挥，而且直接影响到学生的学习质量和学生的心理状态甚至人格的发展。

学生心理包括他们的年龄特征、认知能力、情感态度、道德水平等内容，教师只有充分把握了学生的心理状态，才能做到有的放矢，才能有效发挥学生的学习积极性和主观能动性。本书重点关注的是学生的化学学习心理部分，即探索学生化学学习心理规律，并提出有效开展化学教学的方法和措施。

化学教育活动中的心理现象主要是指学生化学学习的心理过程与个性心理。其中，心理过程又包括化学学习的认知过程、情绪情感过程和意志过程三个方面；个性心理包括化学学习的需要、动机、兴趣、理想、信念、世界观等个性倾向性和化学学习的水平、能力等个性心理特征。

二、化学教育心理学的研究内容

化学教育心理学的研究内容非常广泛，按照不同的维度、不同的层面和不同的水平可以分为若干主题。

依据化学教育心理学的研究对象，其研究内容可分为两类：化学教师及其教学活动心理、学生及其学习活动心理。师生及其活动心理又可分为若干层面和水平，例如化学教师的胜任特征、教学准备状态、教学实施过程、教学评价方式以及教学反思等，学生的化学学习适应性、化学思维特征、化学问题解决策略、化学元学习能力等。

依据化学教育教学效果的影响因素，其研究内容也可分两类：智力因素和非智力因素。智力因素包括感觉、知觉、记忆、思维、想象、表象、表征和问题解决等，非智力因素包括需要、动机、兴趣、理想、信念、情感、情绪、态度及世界观等。前者是学生开展化学学习的基础和前提，后者是学生进行化学学习的动力。

三、化学教育心理学的研究意义

1. 化学教育心理学顺应了当前新课程改革发展的需要

随着社会的发展，新中国成立以来，我国共开展了八次规模较大的基础教育课程改革。回顾前七次课程改革的历史，每次课程改革都对社会起到了巨大的推动作用。然而，过去对课程的关注，从最初关注学制问题，到关注课程计划问题，再到教学大纲与教材问题，显然，对课程实施及评价方面关注不够；过去有关课程目标的讨论没有涉及，课程结构只是做了些微调，且课程越来越专门化和专业化。唯有当前进行的第八次课程改革才是最全面的、最彻底的、规模最大的一次课程改革。

那么，新课程新在何处？它与化学教育心理学又有什么关系呢？

（1）从新的课程观来看　传统的课程观认为，教学是课程传递与执行的过程。在传统的教学论概念系统中，课程被理解为规范性的教学内容，而且这种教学内容是按照学科编制的，课程规定了教学的方向、目标或计划，是在教学过程之前和教学情境之外，由政府和专家预先规定的。教学的过程就是忠实而有效传递课程的过程，而不应当对课程做出任何调整和变革，教师只是既定课程的阐述者和传递者，学生只是既定课程的接受者和吸收者。这样一来，课程就成为了一种指令和规定，教材成为一种圣经，而教学则成为被控制、被支配的一方，由此割裂了课程与教学的关系，束缚了师生主体的主观能动性，这样的改革只会使课程不断走向孤立，走向封闭，走向萎缩，走向繁、难、偏、旧，使教学变得死板、机械、沉闷。

新的课程观认为，课程不只是"文本课程"（教学计划、教学大纲、教科书等文件），而是"体验课程"（被师生实实在在体验到、感受到、领悟到、思考到的课程）。在特定的环境下，每一位师生对课程给定的内容可以有不同的解读，也可以对给定的内容进行变革和创新，从而转化为"自己的课程"。因此，教师和学生不是置身于课程之外，而是课程的有机构成部分，是课程的创造者和主体，教学不只是课程的传递和执行，更是课程的创新和开发的过程。这样一来，课程与教学不再是单向的、线性的关系，而是双向的、互动的关系。

由此可见，新的课程观对广大教师提出了更新和更高的要求。课程观念的变化，教育目标、教育理念、教育方式及评价方式必然要随之发生变化，教师如何转变观念、转换角色，并引领学生体验新课程、感受新课程、领悟新课程、思考新课程和开发新课程，必须要具有一定教育心理知识和理论做基础，才能正确解读新课程和不断创新新课程。

（2）从新的教学观来看　教学是师生交往、积极互动、共同发展的过程。传统的观点是，教学是教师有目的、有计划、有组织地向学生传授知识、训练技能、发展智力、培养能力、陶冶品德的过程，表现为以教为中心的单向性和以教为基础和前提的时序性，学生围绕老师转，老师没教的内容学生就不学。新课程的教学观认为，教学是教与学的交往、互动，师生双方相互交流、相互沟通、相互启发、相互补充，在这个过程中教师与学生分享彼此的思考、经验和知识，交流彼此的情感、体验和观念，丰富教学内容，求得新的发展，从而达到共识、共享、共进的目的，实现教学相长和共同发展。

教学是师生同时积极主动发现问题、分析问题、解决问题、探求知识的过程。传统的教学观把形成结论的生动过程变成了单调刻板的条文背诵，一切都是现成的：现成的结论、现成的佐证、现成的说明、现成的讲解，它从源头上剥离了知识和智力的内在联系。这种重结论轻过程的教学是一种走捷径的形式教学，它扼杀了学生的个性，摧残了学生的智慧。新的教学观认为，使学生理解和掌握正确的结论固然重要，但是，不经过学生一系列的质疑、判断、比较、选择，以及相应的分析、综合、概括等认知活动，就没有多样化的思维过程和认知方式。没有多种观点的碰撞、争论和比较，结论就难以获得，也难以被学生真正理解和巩固。更重要的是，没有丰富多样的教学过程，学生的创新精神和创新思维就不可能培养起来，因此，教学过程不能单纯重结论，而应注重过程、方法和体验，促使学生不但能学会而且会学习，不仅获得知识，而且获得智慧。

从学科与学生的关系来看，教学是以人的发展为本，服从和服务于人的全面健康发展，即一切为了每一位学生的发展。传统的学科本位教学突出表现在两方面：重认知轻情感，重教书轻育人。关注人是新课程的核心理念，它要求关注每一位学生，关注学生的情绪和情感体验，关注学生的道德生活和人格的养成。

显然，新的教学观要求广大教师在教学过程中关注知识的建构性和可生长性、能力的发展性和可持续性，重视学生的情感体验和全面发展。那么，如何与学生交往，怎样调动学生的学习积极性，并促使他们主动参与和积极体验，既要有科学的方法和措施，更要懂得运用相应的认知规律和心理发展规律，从而进一步改进教学方法、提高教学的有效性。

（3）从新的教师观来看　教师应该是学生学习的促进者。促进学生学习能力、个性等方面的和谐、健康发展。原因之一是随着现代社会的发展知识是无穷无尽的，且获取知识的途径是多方面的，教师只是其中一种知识源；原因之二是引导学生在学习过程中自我调整、自我适应、自我选择、自我判断、自我评价，比简单传播知识，更有利于学生心理健康发展，有利于学生个性品质的形成和人格的健全。

教师应该是教育教学的研究者。教师的任务不只是教学，研究也不只是专家们的"专利"，面对新课程所蕴涵的新理念、新方法以及新课程实施过程中所出现的新问题，过去的经验和理论可能难于解释和应付，教师不应等待别人将现成的研究成果送上门而不假思索运用于实际教学，而应该以一种研究者的心态和眼光去审视和分析教学中出现的各种新问题，对自身的行为进行反思，对出现的问题进行探究，对积累的经验进行总结，使其形成规律性的认识，这实际上是国外一直所倡导的"行动研究"。只有这样，才能使教师的教学水平和教育质量持续提高，才能使新课程创造性地实施，传统的"教书匠"才能够转变为"教育家"。

教师应该是课程的建设者和开发者。新课程倡导民主、开放、科学的课程理念，确立了国家课程、地方课程和校本课程三级课程管理政策，这就要求教师应该具有强烈的课程意识和参与意识；要改变传统的科学本位论和消极执行的做法；要了解各个层次的课程知识；要提高课程建设能力，使国家课程、地方课程在学校和课堂不断增值、不断丰富、不断完善；要培养课程评价能力，学会对各种教材进行评鉴，对课程实施的状况进行分析，对学生学习的过程和结果进行评定，从而彻底改变离开了教科书就不知道教什么，离开了教学参考书就不知道怎么上课，离开了练习册或习题集就不知道怎么出考卷等局面。

教师应该是社区的开放的教师。教师是学校的一员，也是社区的一员，教师要促使学校的教育资源向社区开放，引导和参与社区的社会活动，同时也要促使学校充分利用社区的教育资源，促进学校和社区教育"一体化"。

由此可以看出，在新课程改革中，教师的角色发生了重大转变，新课程要求教师要不断学习、不断研究、不断创新、不断反思和不断改进，其中学习的内容、反思的方法都与教育心理密不可分。

（4）从新的教学行为观来看　新课程要求教师提高素质、更新观念、转变角色，必然也要求教师的教学行为产生相应的变化。

在对待师生关系上，强调尊重和赞赏。教师必须尊重每一位学生的尊严和价值，尤其要尊重6种学生：智力发育迟缓的学生；学业成绩不良的学生；被孤立和拒绝的学生；有过错的学生；有严重缺点和缺陷的学生；和教师意见不一致的学生。教师也必须学会赞赏学生，如赞赏学生的独特性、兴趣、爱好、专长，赞赏每一位学生所取得的哪怕是极其微小的成绩，赞赏每一位学生所付出的努力和所表现出的善意，赞赏每一位学生对教科书的质疑和对自己的超越。

在对待教学关系上，强调帮助和引导。教的责任在于帮助，帮助学生自我检查、自我反思，明白自己想要什么、获得了什么；帮助他们确立能够达成的目标；帮助学生寻找、搜集和利用学习资源；帮助学生设计恰当的学习活动和形成有效的学习方式；帮助学生发现所学东西的意义和价值；帮助学生营造和维持学习过程中积极的心理氛围；帮助学生对学习过程和结果进行评价，并促进评价内化；帮助学生发现自己的潜能和兴趣。教的本质在于引导，引导的特点是含而不露，指而不明，开而不达，引而不发；引导的内容包括思维和方法、价值和做人；引导的方式是启迪和激励。

在对待自我上，强调反思。教学反思被认为是"教师专业发展和自我成长的核心"。它可以在教学前反思，可以在教学中反思，也可在教学后反思。

在对待与其他教育者的关系上，强调合作。新课程的综合化趋势特别需要教师与周围的合作，具体表现在：教师与学生的合作；教师与其他教师的合作；教师与学生家长的沟通和配合；教师与社区等社会教育力量的合作等。

由此可见，在新课程实施过程中，教师素质的提高决不能再是一句空话，这些素质也决非只有专业知识和教育的基本理论知识，还要学会尊重、欣赏、反思和合作，才能使我们的教学事半功倍。

（5）从新的学生观来看　怎样看待学生，把他们看成什么样的人，对他们采取什么样的态度，一直是教育理论和实践的重要问题。新课程倡导"一切为了每一位学生的发展"的学生观，具体表现在三个方面。

① 学生是发展的人　他们的身心正处于发展时期，且发展是有规律的，教师应该遵循发展规律和年龄特征进行教学；他们的发展潜力是巨大的，教师应该对每一位学生都充满信心；他们是处于发展过程中、正在成长中的人，教师应该看到其发展前途，也应该允许发展中的犯错，更应该关注其发展过程。

② 学生是独特的人　首先，他们是完整的人，不仅具备全部的智慧力量和人格力量，而且体验着全部的教育生活，教师应该还学生完整的生活世界，丰富学生的精神生活，给予学生全面展现个性力量的时间和空间；其次，每个学生都具有自身的独特性，由于遗传因素、社会环境、家庭条件和生活经历不同，每个学生的兴趣、爱好、需要、气质、性格、智慧和特长等方面是各不相同、各有侧重的，这种独特性也就意味着差异性，教师不仅要认识到这种差异，而且要尊重学生的差异，并视差异为一种财富而珍惜开发，使每一位学生在原有的基础上得到完全、自由的发展；再有，学生与成人之间存在差异，其观察、思考、选择和体验的方式和内容具有其独特性，教师应该换位进行思考，学生是人，但又毕竟不是成人，还是孩子。

③ 学生是具有独立意义的人　首先，每一个学生都是独立于教师之外，不以教师的意志为转移的客观存在，教师不但不能将自己的意志强加给学生，就连知识也是不能强加给他们的；其次，学生是学习的主体，教师不可能代替学生读书，只能让学生自己观察、分析、思考和感受事物，自己掌握事物的发展规律；再次，学生是责权主体，包括两个方面：他们既有一定的法律权利并承担一定的法律责任，是法律上的责权主体；同时，也承担一定的伦理责任和享受特定的伦理权利，也是轮流上的责权主体。学校和教师应该既保护学生的合法权利，又引导他们学会对学习、对生活、对自己、对他人负责，学会承担责任。强化学生的责权主体观念，是建立民主、道德、合法的教育关系的基本前提，也是时代所呼唤的要求。

因此，作为新型的人民教师，不仅要关注学生的学习成绩，更要关心、爱护学生，关注他们的成长，了解并掌握学生在成长过程中的年龄特征、心理变化规律，将有助于树立正确的学生观，有助于个性培养和因材施教。

(6) 从新的学习方式来看　学生学习的方式一般有接受学习和发现学习两种基本形式，传统的学习方式，过分地强调接受和掌握，冷落和忽视发现和探究，从而在实践中导致了对学生认识过程的极端处理，使学生学习书本知识变成仅仅是直接接受书本知识的过程。转变学习方式就是要改变这种状态，把学习过程中的发现、探究、研究等认识活动突显出来，强调发现学习、探究学习和研究性学习，其目的在于培养创新精神和实践能力。

然而，现代学习方式不是特指某一种具体的方式或几种方式的总和，而是以弘扬人的主体性为宗旨、以促进人的可持续性发展为目的，由许多具体学习方式所构成的多维度、多层次的开放系统，它应该具有明显的主动性、独立性、独特性、体验性和问题性。表现出我要学、我能学、我就是我、我还行、我疑惑等行为。

很明显，学习方式的最佳选择和最优组合是什么，没有一个明确的、具体的、统一的标准，也不是单纯由教师可以操纵的，但是教师可以依据学生学习心理理论创设良好的问题情境，构筑合适的问题空间，激发、引导和帮助他们积极解决问题。

总之，新课程改革中，无论是课程理念、课程目标、课程设计还是课程实施、课程评价，无一不体现教育心理原理的应用，化学新课程改革当然也不会例外，但目前还没有现成的教学模式和教学经验可以借鉴，那么，学习好化学教育心理学不仅有助于深刻理解化学新课程，而且更有助于积极、主动、创造性地实施化学新课程、开发新课程、建设新课程。

2. 化学教育心理学满足了当前化学教育实践的需要

回顾传统的化学教育教学实践过程，我们不难看到，教师们大多依据教学大纲、考试大纲等国家课程文件设立课程教学目标，凭借自身的实践经验或借鉴他人的教学案例设计教学过程、实施教学操作，教学评价主要是学生的考试成绩，方式简单、单一，且评价内容重知识轻能力、重认知轻情感、重结果轻过程。教师教学反思等研究主题主要还是围绕"应试"做文章，学生被沦为做题的"机器"、分数的"奴隶"。

化学新课程实施后，教学理念变了，教学目标变了，教学设计与实施、教学评价与研究必然随之发生变化。高等师范院校化学教育课程中的公共心理学、教育学为我们提供了一般的原理和理论，但与学科教学如何结合和灵活运用需要各人自己去感悟、去体验；化学教学论课程为我们提供了一般教学模式、方法和实例，但主要关注的是操作层面的内容，而涉及心理层面的内容需要个人去深入学习与探索。尽管在新课程实施前，各级教育行政部门分别组织了相关的教师培训，但培训的时间和人数毕竟有限。因此，部分教师在新课程实施过程中仍然存在诸多迷茫与困惑，这也是必然的。

然而，化学教育心理学能够帮助广大教师尽快地理解新课程、适应新课程，并在实践中改革、发展和完善新课程。

（1）化学教育心理学为化学教育目标确立提供了新的依据 课程目标是对特定教育活动和教育阶段的课程实施的价值和任务的界定，它是课程开发要素中最关键的要素，对课程内容、课程实施以及课程评价等要素起着统领和制约的作用。课程目标确定的三种价值取向：一是社会本位取向，即强调课程的社会价值，规定了社会发展所需人才标准，但忽视了课程在学生个性塑造上的价值（即人的自然性和个体性）；二是学生本位取向，即强调课程的个性发展价值，但忽视了课程在培养社会建设者上的价值，它有利于个性张扬，不利于形成社会向心力和合作意识；三是学科本位取向，即强调课程的学科发展价值，规定了作为学科专业人才所应具备的基本素养，但不适用于作为社会一般劳动者素养的培养。由此可见，单纯的一种课程目标价值取向，都各有其长处与不足。我们只有从三个维度进行综合考察和充分考虑，才能够在学生的发展状况和发展需要、社会生活的主要特征和社会发展对未来人才标准的要求以及学科的发展现状与未来发展趋势之间寻找平衡点，才能真正实现推动社会的发展、民族的复兴，促进学生的发展和学科的发展的目的，体现新课程改革的均衡性、综合性和可选择性原则。化学教育心理学的原理和理论有助于教师结合各阶段学生发展目标的相关规定、具体学科特点和学生学习心理，针对不同的教学内容，选择和确立不同的教育目标，为化学新课程的进一步实施提供明确的发展方向。

（2）化学教育心理学为化学教育教学设计提供了新的思路　教学设计是依据教学目标对教学情境、教学过程设计、教学评价等项目的设计，它是教师教学准备中一个非常重要的环节，是决定教学成败的关键因素之一。化学教育心理学要求我们，在设计过程中要认真分析学生的已有知识及能力水平，分析学生的认知风格及个性特点，分析学生的年龄特征及对教学材料的适应水平。同时，还要了解教师自身的特点与教学风格，要了解本学科知识的完整结构、上下位概念的相互关系等内容，这样有利于学生新知识的生成和认知结构的完善，有利于学生创新意识、思维能力和问题解决能力的培养。这种设计思路不仅充分体现了"以人为本"的教学目标和师生互动的交互教学思想，更为教学情境的创设、教学过程的规划提供了科学、灵活而又规范的思路。

（3）化学教育心理学为化学教育教学实践提供了新的操作　化学教学实践通常包括化学课堂讲解、化学实验演示、化学课堂练习与反馈等过程。在化学课堂讲解过程中先讲什么、后讲什么，以及如何配合实验演示、视频、动画、图片、模型进行讲解，使之符合学生的认知序和心理发展序非常重要，关系到课堂教学的有效性和学生学习的积极性等问题，处理得当则事半功倍，否则事倍功半。化学实验的演示效果也是如此，必须要抓住学生的好奇心理，并在适当的时候以恰当的方式进行展示和操作，任何提前或滞后于学生情绪高潮的演示实验，任何慌乱的演示实验，都是达不到应有的效果的。此外，在各种教学实践操作的相互转换中（例如从讲解到板书、从板书再到实验演示等），转换的时间、方式都对教学效果有重要的影响。化学教育心理学将从学生学习心理的角度诠释教师的教学策略、方式和方法，使教学有法，也有定法。

（4）化学教育心理学为化学教育教学评价提供了新的视野　化学教育评价是对化学教学效果的全面衡量，既有教学过程的诊断性评价，也有教学结果的终结性评价。传统的评价主要以学生的考试分数来衡量教师的教学效果和学生的学习质量，且考试的方式主要是笔试，考试的内容主要以陈述性知识为主，这无疑导致学生死记硬背、僵化教条。化学新课程实施后，它要求对学生的评价是全方位的、多途径的评价，既要考察学生的智力发展，还要考察学生的情感、态度、体验等非智力因素，而不是单纯的认知结果的评价。然而，人们认为学生掌握了多少知识容易测查，而学生的情感、态度、体验难以考察。因此，了解并掌握化学教育心理学将有利于拓展化学教育评价的视野，有利于开辟更多更好的化学教育评价方法。

（5）化学教育心理学为化学教师教学研究提供了新的主题　化学教育研究是对化学教育教学过程中产生的现象、出现的问题等进行深入的探索，以进一步改进教学、提高效果。在传统的化学教育研究中，对教育教学方法和手段的研究多，涉及学生心理变化的课题较少，且多数研究尚处于经验阶段，真正科学设计课题、科学实施探究、科学收集和处理数据的实证研究则更少。化学教育心理学不仅为化学教师提供科学的研究方法，而且提供现实教学实践中大量存在的心理研究课题，为化学教师专业化水平的提高打下坚实的基础，促进化学教师迅速成长。

四、化学教育心理学的学习方法

"化学教育心理学"是一门化学教师教育专业的系列必修课程之一，该课程是开设"心理学"、"教育学"、"新课程理念与创新"、"化学教学论"等课程之后的进一步深化的课程，是联系这些公共课程和专业课程的桥梁和纽带，是增进高等师范院校学生化学教师教育专业知识网络化、结构化，以及促进自觉将理论与实际紧密结合、灵活运用的推进剂。

由此可见，学习好该课程不仅有利于迅速地提升化学教学技能，而且有利于全面把握化学新课程、主动实践化学新课程，更有利于化学教师职业专业化和教师的成长。

为了进一步提高该课程学习的有效性，特提出以下建议。

① 认真复习"心理学"、"教育学"等课程的一般原理和理论，积极思考它们在化学教育教学中有哪些具体应用。

② 紧密联系"化学教学论"、"新课程理念与创新"等课程中有关化学新课程的教学操作，深入思考其理论基础，以及理论的积极意义和局限性。

③ 充分利用化学教育教学的实践机会（包括化学教育实习），认真反思阻碍化学教育教学能力发展的瓶颈问题，进一步促进抽象理论的内化过程和实践经验的升华过程。

④ 密切关注当前的化学教育教学实际和化学教学改革的新动向，积极反思自身素质的优势与不足，有意识地提高化学教师的教育素养和能力。

⑤ 广泛阅读《化学教育》、《学科教育》、《课程·教材·教法》等相关刊物，积极探索当前化学新课程改革实践中所存在的心理问题，有意识地培养自身的化学教育科研能力和问题解决能力。

通过本课程的学习，希望大家能够更加深入地了解化学新课程、理解新课程、更好地适应新课程、实施新课程、研究新课程、建设新课程，并能够积极主动地运用化学教育心理学理论指导化学新课程教学实践，促进化学新课程的教育教学技能和教学质量的迅速提升。

第三节 ◎ 化学教育心理学的研究方法

长期以来，教育心理学的研究方法主要沿用心理学领域的通用研究方法，化学教育心理学还是一门非常年轻的学科，目前还没有自己独特的研究方法，主要还是应用教育心理学的一般方法进行研究。下面简要介绍几种主要研究方法。

一、质性研究

质性研究又称为"质的研究"或"定性研究"。在这种研究中，研究者参与到自然情境中，而非人工控制的实验环境，采用观察、访谈、实物分析等多种方法收集资料，对社会现象进行整体性探究，采用归纳而非演绎的思路来分析资料和形成理论，通过与研究对象实际互动来理解和解释他们的行为。这种研究一般不使用量表或其他测量工具，而是以研究者本人作为研究工具。质性研究不像定量研究那样通过收集事实资料来检验已有的理论假设，而是采用自下而上的思路，从原始资料中归纳出经验概括，寻找其中的核心维度，"扎根"于经验资料建立理论。定性研究强调从被研究者的角度来真实反映他们的做法、看法和体验，强调事件的整体性和情境性。值得注意的是质性研究与量化研究一样，坚守实证主义立场，强调"以事实资料为基础"，决不是理论思辨、个人见解或经验总结。常见的质性研究方法有观察法、访谈法等。

1. 观察法

观察法是研究者通过感官或借助科学一起，在一定时间内有目的、有计划地记录、描述客观对象的表现来收集研究资料的一种方法。研究者可以通过详细观察和记录学生、教师在各种情境下的活动表现，来了解他们的心理特点和过程，分析师生交往的模式。例如"高中生化学课堂提问能力培养的研究"，研究者可以借助摄像机对高中生化学课堂中教师的提问内容、方式及学生的表现情况进行实录，并对录像资料进行详细分析、整理，寻找激发学生问题意识和培养学生提问能力的方法和措施。观察有自然观察和实验观察两种方式，如果研究者是在自然条件下对对象行为进行观察、记录，不做任何干预，就是自然观察；若研究者是在有意识控制和干预的情境下对对象行为进行观察、记录，则为实验观察。观察法能够保证研究与真实情境的一致性，可提高研究的可推广性，但要防止研究者的主观意志及感情干预，以提高研究的客观性。

2. 访谈法

访谈法是研究者通过与研究对象进行口头交谈来收集有关的心理和行为资料的一种研究方法。例如"义务教育阶段化学新课程体验性目标达成研究"，研究者可以对学生进行面对面的交流，了解他们对化学新课程中学习内容、方式等的各种体验及其强度，并与课程标准中的体验性目标进行比较，分析教育目标达成程度。在这种研究中，访谈双方的相互作用必然会影响访谈的质量和进度，访谈者首先要取得被访谈者的信任和配合，要采用恰当的方式来提问，使他们能坦率、真实地表达自己的观念、态度和情感感受。此外，访谈不是聊天，访谈前一定围绕所研究的主题编制访谈提要，对访谈过程要进行准确的记录。访谈法有利于研究者更加深入地了解访谈对象的内心感受和思想观念，从而对各种心理和行为进行多方面的分析和研究，但对研究者的操作技术要求很高。

二、量化研究

量化研究，又称定量研究或量的研究，它重在对事物可以量化的特性进行测量和分析，以检验研究者的理论假设。它有一套完备的操作技术，包括抽样方法、资料收集方法、数据统计方法等。其基本过程是：假设—设计—抽样—数据收集—统计检验—分析讨论—做出结论。

1. 实验法

实验法是指创设一定的情境，对某些变量进行操纵或控制以揭示教育、心理现象的原因和发展规律的研究方法。实验研究可以在实验室情境下或现场情境下进行研究，前者称为实验室实验，后者称为自然实验。研究者首先要明确分析所研究的问题，确定其中的重要变量（如因变量及其衡量指标、自变量及其水平界定、控制变量及其处理方法），并对变量间的相互关系做出理论假设；然后科学抽取样本，实施探究，并采用有效工具收集数据；最后对数据进行统计分析，做出合理的结论。

例如"思维策略训练对高中生化学计算问题解决能力影响的实验研究"，所要解决的问题是化学思维训练是否能够有效提高高中生的问题解决能力；因变量为问题解决能力，可以使用自编的，具有一定信度、效度的化学问题解决能力测试试卷进行测量；影响因变量的因素有很多，如教师的教学水平、教学方式、教学手段、教学环境，学生的性别、知识基础、情绪状态、学习积极性等，若研究者感兴趣的变量是学生的知识基础和教师对学生进行思维训练的意识性，那么，它们就是该研究的自变量，其他因素为该研究的控制变量（又称为无关变量），我们要想方设法予以控制（如采用实验组与对照组相互抵消的方法），以确保研究结果的正确性和结论的科学性。

实验法可以通过对变量的控制来深入揭示变量之间的因果关系或相关关系，这是实验法的突出优势。但是实验研究往往需要对实验情境进行人为的处理，这会妨碍研究结果的外推，此外，在教育领域，研究者有时很难对无关变量进行有效控制，因此，大多研究者采用准实验研究，也就是在真实的教育教学环境中模拟实验室研究。

2. 问卷调查法

调查法是研究者利用统一的、严格设计的问卷来收集研究对象的有关心理、行为资料的一种研究方法。研究者要根据研究的目的和主题，确定问卷的内容结构，编写各个维度及水平对应的问题，并对问题的题干及回答内容、方式的适当性进行认真分析、评价。问卷有开放式问卷和封闭式问卷。开放式问卷只有问题的题干，没有现成的可选择答案，答案需要被调查者自由填写；而封闭式调查问卷通常由研究者事先设计好了几个可能的答案，供被调查者进行选择。调查问卷一般由三部分组成：标题、指导语和问卷，标题要非常宣明，指导语要亲切、简单、明了，并如实写明调查人、调查目的、操作方法。在正式调查前，问卷通常还要进行试用和修订，以确保问卷的信度、效度，同时还要尽量保证问卷的回收率。问卷法有利于进行大样本施测，省时、省力、方便统计，但缺乏灵活性，且不够深入，难于完全体现被调查者的真实意愿和内心感受，通常要结合访谈同时进行。

问卷调查既可以采用他人编写的现成的调查问卷，也可以根据需要自编调查问卷，但无论采用何种方式，问卷都需要一定的信度和效度，而且需要有科学的赋分标准和相应的统计方法，否则难以说明问题。

量化研究与质性研究适用的场合见表 1-1。

表 1-1　量化研究与质性研究适用的场合

量化研究	质性研究
对研究对象的情况非常熟悉	对研究对象的情况不清楚
测量问题已经解决	进行探索性研究时，相关的概念和变量不太清楚，或定义不明确
当不需要把研究发现与更广泛的社会文化背景相联系，或对这一背景已经有了清楚的了解	进行深度探索性研究时，试图把行为的某些特定方面与更广阔的背景联系起来
当需要代表性样本进行详细的数学描述时	当考察的是问题的意义，而不是次数或频率时
当测量的可重复性非常重要时	当研究需要灵活性，以便随时发现预料以外的深层次问题时
需要把结果加以推广，或需要把不同的人群加以比较时	需要对所选择的问题、个案和事件进行深层次的、详细的考察时

三、设计型研究

量化研究和质性研究的方法对于教育心理学的研究都具有重要的意义，但这两种方法和思路的基本目的都是描述和解释学习和教育领域中的客观现象、基本关系或基本规律，而非直接着眼于如何改进人的学习和教育。因此针对学习和教学研究的目的和特点，研究者探索出了另外一种研究思路和方法，即设计型实验。

什么是设计型研究？著名认知科学家、诺贝尔经济学奖获得者西蒙（Herbert Simon）曾区分了自然科学和人工科学，前者以发现和描述客观世界的规律为目的，后者以提出完善的"设计"方案为目的，也称为"设计科学"。在现代社会中，设计科学所进行的"发明"工作在促进持续创新上发挥了非常重要的作用，如建筑设计、计算机科学等。教育研究在很大程度上也属于设计科学的层次。在 20 世纪 90 年代，一些研究者重新反思教育研究的定位、思路和方法问题，提出了"设计型实验"或"设计型研究"的概念。

设计型研究旨在通过形成性研究过程来检验和改进基于有关原理和先期研究而

得出的教育设计。它采用了"逐步改进"的设计方法，把最初的设计付诸于实践，看其效果如何，根据来自实践的反馈不断改进，直至排除所有缺陷，形成一种更为可靠而有效的设计。其目的不只在于改进实践，它还承载着改进实践和完善理论的双重使命。设计型研究需要在现实的学习情境中进行，其中会涉及很多无法控制的因素，研究者并不努力控制各种干扰变量，而是在自然情境中考察设计方案中各个要素的实施状况，尽量使设计最优化。

实验室研究和设计型研究的对比见表 1-2。

表 1-2　实验室研究和设计型研究的对比

实验室研究	设计型研究
在实验室环境中进行	在复杂的实际学习情境中进行
单一因变量	多个因变量
采用变量控制策略，尽量控制无关变量	不控制无关变量，而是尽量找出活动情境的全部变量和特征，及其对因变量的影响
有明确而固定的研究程序，以便于重复检验	研究开始也有程序和材料，但并没有完全设定好，而且要在实践过程中根据其有效性进行改进
常常避免社会交往，学习者孤立地完成任务	关心在复杂的社会情境中进行的活动
旨在通过实验验证研究者的假设	旨在探明设计方案的多侧面的特征，以定性和定量的方法为设计方案的实际实施过程描绘一个剖面图
研究者作为主试，决定研究方法，控制整个过程	研究者作为参与者，努力让各方人士参与设计，发挥他们的经验优势

设计型研究常常不是一个研究者所能够完成的，而是需要一个团队来共同完成，其研究过程大致要经历六个环节。

1. 设计的实施

每种教育设计都是独特的，因此，研究者必须要明确教育设计的关键要素及其组合方式。为了评价设计的实施情况，研究者需要透过各个具体事例分析这些关键要素及其相互作用，这些关键要素常常体现为设计的具体原则。根据设计者的意图，有些要素会在一定程度上得以实施，而有些要素可能会被调整或改变以适应具体情境，有些设计要素可能根本没有实施。研究者需要做的是明确地记录和描述每种设计实施情况，说明各个关键要素的实施情况，以及这些设计要素整体上能否达到设计者所期望的目标。

2. 设计的修改

设计型研究的一个目标是在实践中改进设计。在试验过程中，教师和研究者可能会发现教育设计中某些要素无法奏效，这时，要认真分析其原因，并采取相应的改进措施。通过这种方式，研究者可以搜索大量的信息，包括有哪些失败之处，对设计做了什么样的修改，以及修改后的设计是否成功等。在实施过程中，对设计做了重要改变的研究阶段要进行标记，研究者要明确每个阶段的设计的关键要素以及过渡到下一阶段的原因和目的。每个阶段都要根据研究者关注的问题搜集相关的数据资料，比如在各个实施阶段上可以进行阶段性的学习测评，前后进行比较。为了搜集这些数据资料，研究者可以采用各种量化和质性的研究方法。在研究报告中，研究者要清楚地说明教育设计的详细信息、实施过程的失败、改进以及试验的整体结果等，通过研究者关于教育设计发展过程的报告，他人可以评价教育设计决策的可信性以及研究结论的价值。

3. 设计的分析评价

有效的教育设计包括多个层面的特征，在分析和评价一种设计方案的有效性时，研究者至少要考虑以下六个层面的特征。

（1）认知层面　考虑学生在参与活动前的知识理解状况，以及他们的知识技能在整个活动过程中发生了什么变化。提出研究者让学生以言语符号或其他形象的方式表达自己的想法。

（2）人际互动层面　考虑师生之间是如何进行人际互动的，如是否进行了知识共享，是否进行了互助合作，是否相互尊重等。研究者提出采用人种志的方法来观察这种人际互动。

（3）群体层面　考虑学习共同体（如一个班级）的参与结构、群体特性和权力关系，比如每个人都积极参与了吗？是否对群体的目标和身份特性有明确的意识？谁在控制和主导全体活动？等等。这一层面的问题也常常需要借助人种志的方法来考察。

（4）资源层面　考虑学生可以使用的资源及其易用性和可理解性，比如，这些资源是否很容易获取？是否很好地融合到了活动之中？等等。

（5）机构或学校层面　考虑整个机构给设计方案的实施提供的支持以及与外界相关部门的沟通交流，比如家长是否对教育设计方案满意？管理者是否提供了有力支持？微观政策对设计的实施有什么影响？等等。

（6）设计方案层面　设计型研究的核心问题是分析学习环境的各个关键要素的作用，以及学生和教师对这些要素的使用情况，比如这种设计方案是否能有效地组织学生的活动，学生与这些设计要素的交互活动是否导致了预期的学习结果？

以上层面在很大程度上是相互交织的，对这些层面的分析需要多种经验背景的人：教师、管理者、心理学家、人类学家、媒体设计人员等。

4. 确定因变量

一项教育创新的成败不能简单看学生的考试成绩，同时还要考虑各种不同的评价尺度，比如，研究者离开后这项设计方案还能否持续实施？设计方案在多大程度上关注高水平思维能力而非机械学习？对学生的态度有什么影响？等等。不同的因变量需要不同的评价方法，包括标准化后的前后测、问卷调查、访谈、观察等，各种量化的、质性的评价方法都可以成为设计型研究中的有机组成部分。至少要评价三个方面的因变量。

（1）气氛变量　比如学生的参与度、合作性、冒险精神、主动控制性等。对于这类变量的评价提出需要采用观察法、或者做现场观察记录，或对活动进行录像，而后由两个以上的评价者按照评价标准进行系统而客观的编码分析。

（2）学习变量 比如知识内容、技能、情感态度、元认知策略、学习策略等。这类变量的评价主要采用前后测的方法，可能要借助一定的心理测量工具。

（3）系统变量 比如持续性、可推广性、可扩展性、成本、是否易采用等。这类变量的评价可以采用访谈和问卷调查的方法，可以针对上述问题设计问卷或访谈提纲，对学生、教师、管理者等进行调查和访谈。

5. 确定自变量

很多的因素都可能会影响设计方案的实施效果，究竟要对实施情境中的哪些因素给予关注？这是一个很艺术的问题。以下各项自变量和前面提到的各种因变量之间存在复杂的相互作用关系，哪些变量是自变量，哪些是因变量，取决于研究者的关注点。影响一项设计方案的成效的实施环境变量主要包括以下。

（1）设计方案的实施情境 比如家中、学校、工作场所、博物馆、大/中/小学、公立/私立学校、城/乡地区、民族背景等。一种创新方案的适用范围只有通过在多种情境中检验才能确定。

（2）学生的特征 比如年龄、能力水平、社会经济状况、出勤率、留级率等。有些方案可能适用于后进生，有些方案可能适应于能力强的学生，因此，必须明确一种设计对何种类型的学生会有什么不同的影响。

（3）实施过程中所需要的资源和支持 包括教学资料、技术支持、管理部门的支持、家长的配合等。

（4）教师发展 教育设计的成功实施常常需要对教师和相关人员进行培训，包括工作坊、设计方案讨论会、培训课程、课例录像、专家指导、同伴互评和反思等。

（5）费用 应该记录实施过程中的各种经费开支，包括设备费、资料费、服务费、培训费、劳务津贴等。

（6）实施路线 指实施教育设计的过程和具体方案，包括引进和实施方案的环节步骤、时间投入、效果的持久性等。

6. 报告研究结果

实验报告型的文章的撰写已经形成了一定的结构规范，通常包括问题的背景、实验方法、结果和讨论等部分。设计型研究的结果报告方式与此有所不同，通常需要报告以下内容。

（1）设计的目标与要素 要以足够具体的方式，明确说明设计的关键要素、要素的整体组织方式，设计的要素可能包括的有关材料、活动、设计原则等。同时还要说明该设计试图达到的目标，以及各种要素与目标的联系。

（2）实施环境 具体说明在何种环境条件下实施了设计方案，包括自变量部分所列出的各方面的信息。如果在多种环境下对该设计进行了实施，那就要详细说明不同环境的差异。

（3）对每个实施阶段的描述 在每个实施环境中，所考察的教育设计都可能经过了一系列的改进过程，因此，有必要说明每种环境条件下的每个实施阶段的基本情况，以及为什么要从一个阶段过渡到另一阶段，其中做了什么样的调整，出于何种考虑。这样可以让读者清楚地了解设计方案的再设计过程。

（4）发现的结果　针对每种环境下的各个实施阶段，报告对各种因变量的测评分析结果，类似于量化研究和质性研究中的报告方式，这样可以让读者看到各个阶段的实施效果剖面图。

（5）经验教训　对各种实施环境和实施环节中所发生的情况做通盘考虑，分析它们之间的相同点和不同点，对设计方案的有效性和适用性问题进行分析。在分析实施方案的实施过程和效果时，研究者既要报告设计方案的成功之处，也要说明其局限和失败之处。

教育设计是一个整体性的系统，对教育设计的评价是一个持续的过程，需要随着设计的调整改进而改变评价的方式。设计型研究的过程主要采用了形成性评价的策略，但这些形成性评价的结果和原则可以为总结性评价提供有价值的信息。就像对于某些产品所实施的消费调查一样，对于一项教育创新设计的需要采用定性和定量的评价方法，以及比较分析的方法进行全面、客观的整体评价。设计型研究试图在真实的实践情境之中，对教育设计进行形成性评价和持续性完善，从而促进学习科学研究超越实验室和实验班级、实验学校情境，实现可持续、可推广的教育创新。

当前教育心理学研究方法呈现出多元化的态势，一项研究常常针对具体情况综合采用多种研究方法。

阅读资料

教育人种志研究方法简介

教育人种志研究旨在对教育领域中的教育现象、教育过程进行记录与解释。

自 20 世纪 60 年代以来，教育研究从原先的以仿效自然科学的、定量化的研究原则为指导，转为注意定性研究。其中，以定性方法为主的人种学研究（Ethnography）在教育研究中愈来愈被广泛地使用。在《莱敦出版社英语词典》中，利用"为特定情境中的教育系统，教育过程以及教育现象提供完整和科学的描述"来描述教育人种志的研究。该方法遵循归纳的逻辑，即从对某一特定教育情境的观察及分析中得出结论，从事实出发，进行整体探究，结果的陈述主要采用描述性语言。与针对个别变量进行研究的，以实验法为主要代表的定量研究方法有很大的区别。人种志研究最主要的特征在于：

（1）研究者作为研究工具：研究者长时间深入到教育情境中，成为重要的研究工具。研究者可能在这个过程中扮演三种角色：①作为某一学科的学者；②作为某一群体所在文化群的参与者；③在田野生活一段时间后，可能作为该文化的代言人。

（2）参与观察，进行较长时间的田野作业（Fieldwork）。研究者需要参与到被研究者所在的生活中进行参与观察，亲自去听、去观察教育现场中人们所说、所做、所用的一切。尽管，一些日志或档案资料也能帮助研究者去了解教育现象，但现场的观察和涉猎是必不可少的。而且，田野作业的进入原则是远足，而不是"偶尔的观察"或"仅仅是旅行"。

（3）强调对成果的解释和描述。人种志研究不仅强调研究的过程，参与观察，全方位收集资料，而且还强调对资料的描述和解释。这种被描述和解释后的资料被称为人种志研究的产品（Product），它是研究的产物，典型的以一本书呈现。该产品多以第一人称的方式来进行描述。

 本章小结

本章主要介绍了以下几个问题。

1. 19世纪末20世纪初西方心理学派别纷争，主要有构造主义心理学、意动心理学、机能主义心理学、行为主义心理学、格式塔心理学、精神分析心理学等。20世纪50年代以来心理学发展的新趋势：一是认知心理学，二是人本主义心理学思潮，三是建构主义。

2. 科学心理学的主要分支领域有理论心理学、发展心理学、学习心理学、人格心理学、比较心理学、生物心理学、社会心理学、教育心理学等，学科教育心理学是教育心理学的分支学科。

3. 在教育心理学成立之前，许多教育家都很重视在教育中的心理学问题。但直至1903年美国的教育心理学家桑代克的《教育心理学》三大卷问世，才标志着教育心理学的正式成立。美国和前苏联教育心理学处于世界领先水平，我国教育心理学的发展相对落后。

4. 化学教育心理学是研究学校化学教育教学过程中所产生的心理现象、发生的心理变化及其规律的一门学科。其研究对象主要是化学教师心理、学生心理及化学教育教学心理现象等方面。其研究内容主要涉及化学教师及其教学活动心理，学生及其学习活动心理等。其研究方法主要有质性研究、量化研究、设计型研究等。学习化学教育心理学是顺应当前新课程改革发展的需要，满足当前化学教育实践的需要。

化学教育心理学目前还是一个不太成熟的学科，还有很多研究需要深入探索。

 练习与思考

1. 化学教育心理学？它要解决的主要问题是什么？

2. 化学教育心理学对当前化学新课程教育教学有何价值？

3. 请谈谈你在化学教育教学过程中所遇到的心理问题及其解决办法。

第二章

当代学习理论及其在化学教学中的应用

对于多数理科教师而言，也许一谈到理论就像谈虎色变，感觉枯燥乏味，没有针对性，不愿意深入钻研。然而，任何学科都有相应的理论做支撑，没有理论就没有经验的升华，当然掌握了理论并不意味着一定就能够搞好教学，但任何实践首先必须要有一定的理论做指导，然后才能在实践中灵活运用理论，进而不断发展和完善理论，反过来再更好地指导我们的实践。

作为教师，要使教学有效，其落脚点还在于学生的学习是否有效，因此，有效地把握学生学习的过程、机制、实质等相关内容，将有助于我们制定教学目标、提出教学方案、实施教学过程、诊断教学现象、解决教学问题、提高教学质量。

第一节 ● 学习理论概述

学习有广义与狭义之分，广义的学习通常指的是人类的一般学习，包括人们生活中看图、说话、写字等后天习得的内容，通常认为由于主体与环境相互作用，主体身上产生了某种变化（由成熟或先天倾向导致的变化除外），包括主体内在能力、思想和情感的变化，而且这种变化能够相对持久地保持，而不是随条件的变化而变化或消失，这一过程称之为学习。狭义的学习是在教育情境中，按照一定的教育目标，学生的心理和行为产生某种持久的能力变化或倾向变化，包括认知、运动、行为、情感或意志等领域的变化。

学习理论是分析、解释、说明人类一般学习现象发生、发展的理论，它一直是教育心理学的重要基础理论，也是教学论、课程论、德育论、德育心理学、教育技术学、学科教育学和各学科教学法等教育、教学学科的理论基础。

一、关于一般学习的分类

学习现象极为复杂，涉及到学习者的类型、学习的内部过程、外部影响、内容、形式和结果等，因此，研究者从不同的角度对学习进行分类。

1. Robert M. Gagné 按学习结果将学习分为五类

（1）言语信息的学习　例如化学元素符号、元素化合物的性质等事实性知识的学习。

（2）智力技能的学习　包括辨别、具体概念、定义概念、规则到高级规则等一系列由低级到高级的技能的获得过程，例如从化学元素符号的书写到化学式、化学方程式的书写，再到运用化学方程式进行计算等技能的获得。

（3）认知策略的学习　包括调控注意策略、记忆策略和思维策略等内部心理过程，例如化学课堂演示实验的观察策略、化学学科思维策略等。

（4）态度的学习　即影响个体采取行动的所有内部状态的学习。

（5）动作技能的学习　即通过身体动作的质量的不断改善而形成的整体动作模式的学习，例如化学实验基本操作的学习等。

2. David P. Ausubel 等人依据两个维度对认知领域的学习进行分类

（1）按照学习进行的方式或知识获得的形式　分为接受学习和发现学习，发现学习还可再分为有指导的发现学习和独立的发现学习。

（2）按照学习材料与学习者原有知识的关系或对知识的内部特征的理解和掌握　分为机械学习和有意义学习，有意义学习还可再划分为代表学习、概念学习和命题学习等子类型。

Ausubel 关于学习的分类见图 2-1。

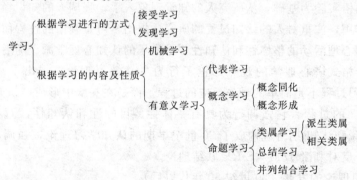

图 2-1　Ausubel 关于学习的分类

二、关于学习理论的产生与发展

1. 学习理论的产生（20 世纪 50 年代以前）

（1）早期的学习心理学思想　古代思想家、哲学家和教育家在经验总结和思辨的基础上，对人类学习的意义、作用、条件、本质及其规律进行了广泛的探讨。例如先秦时期荀子提出："不闻不若闻之，闻之不若见之，见之不若知之，知之不若行之；学至于行之而止矣。行之，明也。""入乎耳，著乎心，布乎四体，行乎动静。""闻之而不见，虽博必谬；见之而不知，虽识必妄；知之而不行，虽敦必困。"

都是关于学习过程的精辟见解，他关于学习过程的观点是有一定历史意义的，尤其是强调学习过程中的"行"的重要性，这是非常可取的，也与现代的学习观点是一致的，但他的"学至于行之而止矣"的观点具有一定的机械性，否定了学习的动态性、循环性等特征。

(2) 学习理论的产生　随着研究的不断深入，尤其是实证研究的发展，人们开始在各个学习领域广泛地进行实验探索，从而提出了系列学习理论。例如 1885 年艾宾浩斯就是最早采用科学实验的方法研究学习和记忆的心理学家，并提出了著名的遗忘曲线；1898 年桑代克（Thorndike）采用猫的迷笼实验，提出了世界上第一个学习理论——学习的联结说，并在系列动物实验和学习联结说的基础上，于 1903 年出版了第一部《教育心理学》著作；19 世纪末俄国生理学家巴甫洛夫在动物的唾液分泌实验基础上创立了著名的条件反射现象说，对生理学和心理学影响极大，传到美国后，成为行为主义心理学派研究学习问题的理论和实验基础。20 世纪初美国心理学家华生创立了行为主义心理学派，主张用客观的方法研究动物和人的行为，反对研究意识、观念等内部心理活动，他们认为行为的变化和塑造都是学习引起的，即刺激-反应（S-R）联结过程，并提出了"学习习惯说"（华生）、"系统行为理论"（赫尔）、"操作性条件发射"（斯金纳）。行为主义的这些观点是学习理论的重要研究基础，但对课堂学习指导有限。1912 年，以苛勒为代表的格式塔心理学在德国柏林大学诞生，他们反对冯特的元素主义和构造主义心理学思想，并以大猩猩顿悟实验为基础，从研究人的知觉现象入手，强调人的知识经验对知觉对象的组织作用，注重对人的认知过程的研究，提出学习是顿悟的过程而不是试误的过程，强调心理活动的整体性和认知性，是最早的认知心理学派。随后美国心理学家托尔曼用格式塔心理学的观点修正了行为主义学习理论，提出了"认知-期待说"，即学习过程不是简单的动作反应的过程，而是在头脑中形成"认知-期待"和"认知地图"的过程。它强调行为具有整体性、目的性和认知性，而不是"分子性"。顿悟说和认知-期待说构成了 20 世纪早期的认知学习理论，强调动物学习的认知特征，反对刺激-反应（S-R）联结理论。

2. 学习理论的发展（20 世纪 50 年代以后）

20 世纪 50 年代，随着计算机的迅猛发展，人们提出了"机器学习"的设想，并出现了一个新兴的科学技术研究领域——人工智能和计算机模拟，即编制各种计算机软件程序，在计算机上实现人的智能活动和认知功能。"机器学习"设想的实现必然需要借鉴心理学的研究成果，于是当代认知心理学应运而生。

20 世纪 60 年代，美国兴起了一个与行为主义根本对立，与其他学派有分歧的心理学思潮—人本主义心理学，她强调人的潜能的自主发挥，倡导人的"自我实现"，提出了心理治疗的"自我中心疗法"和人格发展的"自我理论"，以及以学生为中心的课堂教学模式。

20 世纪 70 年代，认知科学的正式诞生，为学习理论的研究开辟了一条崭新的道路。随着认知心理学的兴起和学校教学改革的需要，学习理论的研究方向主要转移到学生的知识学习上，相继出现了布鲁纳的认知-发现说、奥苏贝尔的有意义言语学习论、班杜拉的社会学习理论等，既推进了学习理论的发展，又推动了课堂教学改革。

三、关于学习理论的应用问题

1. 学习理论研究的主要问题和内容

学习理论主要探讨学习的实质和意义是什么，学习的种类有哪些，学习的过程及心理机制如何，学习的条件或影响学习的因素有哪些，怎样才能更好地、有效地学习，促进学生学习的教学应该怎样进行，怎样更深入地研究学习问题等方面，但对于具体某个学习理论而言，既有局限性，也有发展性，并非每一个学习理论都一一回答上述所有问题，也并非各种学习理论研究的内容完全一致。

2. 学习理论之间存在分歧的原因

产生分歧的根本原因在于哲学思想不同。行为主义学习理论贯彻的是经验主义的哲学路线，主张经验是知识的唯一源泉，强调 S-R 联结过程；而认知学习理论执行的是理性主义的哲学路线，认为理性是知识的最初来源，强调主体心理的能动组织功能。

其次是所研究的学习类型不同。行为主义学习理论研究的直接经验，而认知学习理论研究的是间接经验，两种学习的性质不同，得出的结论当然也就不同。

第三是对学生的态度的不同，导致不同的学习观。人本主义学习理论把学生看作是主动的学习者，强调学生内部动机的作用，主张给学生的学习足够的宽松和自由；古典主义的心理训练说则把学生看作是被动的学习者，强调奖励和惩罚的作用，主张对学生进行严格的、强制性的训练。

第四是对学习目的和结果的看法不同，其学习理论的侧重点不同。若把学习看作是行为塑造的过程，则强调训练和练习的方法；若把学习看作是学习能力的培养过程，则强调让学生自主地学习；若把学习看成是知识的获得过程，就强调向学生传授知识的方法。

第五是学习理论家研究学习问题的目的和需要不同，其研究的侧重点和研究方法不同。若他们喜欢探讨学习的本质问题，就会注重学习基本问题研究，而忽视应用研究；若研究学习的目的是为了实现计算机对学习过程的模拟，则主要探讨可利用的学习认知模型，而忽视实际的学习和教学过程研究。

总之，学习现象是一种极其复杂的现象，人类的学习种类多、涉及的相关问题多、影响和制约的因素多、观察学习特征的角度和侧面多、学习所导致的变化多、学习所产生的结果多，从而导致了学习的理论多、理论之间的分歧多。分歧能帮助我们更全面地认识学习各方面的特征，为我们选择合适的理论提供方便，分歧也是理论发展的动力，有利于促进学习问题的深入研究。

3. 应用学习理论值得注意的问题

一方面，应用学习理论不能"照搬"学习理论。所谓照搬就是将理论拿来，不加分析、不分场合和条件直接加以应用。之所以不能"照搬"是因为学习理论所揭示的是学习过程的一般特点和规律，其作用在于给人们分析和解决实际问题提供一种指导思想和一般原则和方法；应用学习理论主要是要解决具体问题，从一般理论到具体应用尚有一段距离，需要应用者把一般理论的思想和方法具体化，才能发挥理论的作用。因此，掌握和应用学习理论，首先要掌握其一般原理和思想实质，然后要根据实际问题创造性地提出解决问题的方法和策略，至少应该创造性地提出理论的"变式"，去解决实际问题。

另一方面，应用学习理论应将基础理论研究与应用发展研究结合起来。学习理论的研究有两个层次：第一个层次是基础理论研究，即揭示某类学习的本质特征和一般规律，提出适用广泛的一般原理或学说；第二个层次是学习理论的应用和发展研究，即根据基础理论提出的一般原理，结合各个具体学科和具体学习条件，提出应用该学习理论的具体应用模式，或该学习理论的"亚理论"或"子理论"。实际上，有的学习理论家乐于开发理论，而大部分发展研究则留给应用者或实践者去创造性开发，致使教师们抱怨学习理论不管用，或不知道如何应用。因此，理论的应用过程也是一个理论的继续研究、发现和创造的过程，决不是简单的照搬和套用。

本章将结合化学学科特点，探讨行为主义、认知学派、建构主义、人本主义四大学习理论在化学教育教学中的具体应用问题。

第二节 ● 行为主义学习理论及其在化学教学中的应用

行为主义学习理论是 20 世纪 20 年代在美国产生的，它在 60 年代以前一直占主导地位。其典型代表人物有巴甫洛夫、华生、桑代克和斯金纳等。行为主义心理学的主要观点可概括为：①学习是刺激与反应的联结（又称 S-R 联结，S 代表刺激 Simulation，R 代表反应 Reaction），有什么样的刺激就有什么样的反应。②学习过程是一种渐进的尝试与错误直到最后成功的过程。学习进程的步子要小，认识事物要由部分到整体。③学习成功的关键在于强化。

一、桑代克的试误学习理论在化学教学中的应用

1. 试误学习论的实验基础

（1）实验装置　桑代克迷笼（见图 2-2），即一个用木条钉成的箱子，其中有一块能打开门的脚踏板。当门开启后，猫等其他动物即可逃出箱子，并能得到箱子外的奖赏食物。

（2）操作过程　实验一开始，饿猫进入箱子中时，只是漫无目的地乱咬、乱撞，后来偶然碰上脚踏板，饿猫打开箱门，逃出箱子，得到了食物。每次记录动物

被关进笼子到打开箱门的时间。如此多次重复，最后，猫一进入箱中即能打开箱门。

（3）实验结果　在同一种动物重复 60 次的实验中，学习时间的长短与重复操作次数成反比——著名的动物学习曲线。

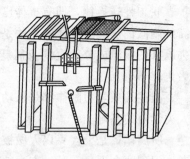

图 2-2　桑代克迷笼

2. 试误学习的理论要点

（1）学习的实质与过程　桑代克根据系列实验认为，学习的实质就是有机体形成"刺激"（S）与"反应"（R）之间的联结。他明确地指出"学习即联结，心即是一个人的联结系统。"同时，他还认为学习的过程是一种渐进的尝试错误的过程。在这个过程中，无关的错误的反应逐渐减少，而正确的反应最终形成。根据他的这一理论，人们称他的关于学习的论述为"试误说"。

（2）学习定律　桑代克通过大量的人和动物的实验，总结出了三条学习定律。

准备律，即学习者是否会对某种刺激作出反应，同他是否已做好准备有关。

效果律，即只有当反应对环境产生某种效果时，学习才会发生。如果反应的结果是令人愉快的，那么学习就会发生；如果反应的结果是令人烦恼的，那么这种行为反应就会削弱而不是加强。

练习律，包括应用律（law of use）和失用律（law of disuse），即一个已形成的可变联结，若加以应用，这种联结的力量便会增强；若一个已形成的可变联结，不予以使用，这种联结的力量便会减弱。

桑代克也指出只有当学习者发现重复练习能获得满意的效果时，练习才会有助于学习，没有强化的练习是没有意义的。这样练习律就被消融于效果律中去了。

（3）学习原则　桑代克除了提出了上述三个主要学习律之外，还提出了一些从属的附律，或称为学习的原则。

多重反应律，即学习者对同一刺激情境可能会作出多种多样的反应，当某一反应不能产生满意的效果时，就会作出其他反应，直到有一种反应最终导致满意的效果为止。学习者的学习之所以成功，原因便在于此。在桑代克看来，多重反应的原则至少遍布动物和人类的 90% 的学习中。

定势律，或称"态度"或"顺应"的原则。即动物可能会以某种特定的态度对待某种外部情境，这取决于它的年龄、饥饿状态、精力状态或瞌睡程度等，反应是学习者态度的产物。

选择性反应律，即有机体在学习时往往会有选择地对刺激情境中的某些要素作出反应，而对其他要素不予理会。鉴于在学习过程中，刺激情境的部分要素便能有效地引起反应，桑代克有时又把这一学习律称为"部分活动"的原则。

同化律，或称"类推"的原则。当有机体对新的刺激情境作出反应时，这种反应往往是与他（它）在以往类似情境中习得的反应相类似的。

联想性转换律，即有机体已习得的对一组刺激的反应，可以逐渐转换成对一组新的刺激的反应。具体的做法是：先在刺激情境中加上一些新的刺激成分，然后减去原来的刺激成分，直到只需新的刺激，完全没有原来刺激时也能唤起这种反应为止。

上述几条学习附律都是从动物学习中归纳出来的，但是桑代克还是把它们作为人类学习的基础。

所属律，是桑代克以人做被试的语言学习实验中概括出来的规律，即如果学习者认识到两个项目在某一方面彼此具有相属关系，那么在它们之间就比较容易形成联结。

3. 试误学习论的在化学教学中的应用

（1）教学启示

① 教学中应当积极鼓励学生大胆探索的行为　让学生积极参与到教师的教学活动之中，充分体验到学习的愉悦感、成功感，以强化其良好学习行为的形成。在此过程中也许学生会犯错，但学习本身就是一个尝试错误的过程，排除错误，最终必将获得正确的认识。学生的学习过程如此，化学科学研究的过程亦如此，培养学生的化学思维就应该从这里开始。

② 教学中应当努力激起学生发奋学习的欲望　饿猫之所以那样急切地冲出迷笼是因为门外有鱼的诱惑，一只吃饱的猫还会这样迫切吗？当一个人有强烈的学习动机的时候他才会有学习探索的动力，才会坚持不懈地去做各种尝试，这是成功的开始。此外，教师要善于敏锐地发现学生学习过程中的闪光点，并及时给予充分的肯定或奖励，促使其学习心向的形成与不断提高。

③ 教学中应当充分考虑学生学习的准备状态　在实际教学过程中化学知识本身的准备，教师在教学设计与实施过程中大多会通过预习与复习等手段给予充分关注，然而，对于学生当时的心理状态、精神状态很容易被忽视，例如前一节为体育课，下一节化学课，教师应当适当调节学生的情绪，转移学生的注意力。

④ 教学中必要的练习有助于提高学习效果　学习中适当的练习有助于加强联结，尤其是变式练习和循序渐进的综合练习，更有利于培养思维的灵活性和问题解决能力，但并非重复练习越多越好，而是那些有意义的练习才有效，且练习过程中的及时反馈与适当奖励更能够提高练习的效果，机械的重复练习反而会导致学生形成功能固着和思维定势。

（2）应用案例

案例一

化学实验室的捣蛋鬼

在一次初中化学学生实验中，教师在学生的实验桌上摆放了氯化钠、氯化铵、硝酸铵、硫酸铵等药品，要求学生采用熟石灰验证哪些是铵盐。结果有个男生通过闻气味的方法很快就得出结论——所有药品全是铵盐，于是无所事事，在实验室到处逛游，不仅影响他人实验，而且还打碎了一支试管。遇到这种情况，作为教师该如何处置呢？当指导教师了解情况后，非常严厉地批评了该同学打碎试管一事，并让他填写了试管破损赔偿单（按照原价三分之一赔偿），然后轻轻地拍拍他的肩膀，和蔼地对他说，药品瓶子上明明标明了有一瓶为氯化钠，你确信所有的药品都是铵盐吗？那同学非常肯定地回答，并引起了同学们的阵阵哄笑，那同学当时非常尴尬，但教师非常镇定地对该同学说"也许真理掌握在少数人手中"，也就是这句话激起了该同学继续探索的欲望，于是，他很快回到自己的实验桌，开始运用熟石灰检验铵盐，最后还是坚持证明了自己的观点，同时还运用实验桌上已有的指示剂初步检验了其酸碱度。后来，经教师进一步证实那瓶氯化钠确实含有铵盐，可能是上一个班在做实验时，学生运用同一个药匙将药品混乱了。最后该同学不仅得到了教师的表扬与鼓励，还免赔了自己打碎的试管。这个故事从此激发了全班学生发奋学习的欲望和勇于探索的精神，形成了良好的学习风尚。

案例二

失败的演示实验

在初中化学"燃烧与灭火"这一节课的教学中，教师结合生活中的燃烧现象，出示了几张图片，开门见山的引入了课题，此时学生们也表现出了很强的求知欲望。接下来教师着手演示教材中白磷与红磷燃烧实验，并想通过此实验让学生得出燃烧所需要的条件。可是，实验操作过程中发生了意外：实验时，铜片上的白磷剧烈地燃烧起来（此时，红磷没有燃烧），但是，白磷燃烧的火花溅落在红磷上，红磷也燃烧起来了。这一意外的发生，让教师感到措手不及，有的学生也骚动起来（提前已预习的学生），该怎么办呢？面对实验操作的失误，该教师不是把结论强加给学生，而是首先向同学们承认了自己在实验中存在的问题，并指着还在燃烧的红磷说："城门失火，殃及池鱼。"同学们都笑了起来，随即又安静下来，等着老师往下讲解。这时教师因势利导，组织学生共同探究失误的原因，学生的热情又高涨起来，纷纷献计献策：白磷的用量再少一些；使用更大的烧杯；白磷与红磷的距离远一些；白磷燃烧后，立即用小烧杯将红磷罩上；课堂气氛达到了高潮。最终得出了燃烧条件的正确结论，同时也提高了学生设计实验、探究问题的能力。既解决了意外事件的处理，也促进了师生的共同成长。

阅读资料

桑代克其人其事

桑代克（Edward Lee Thorndike，1874—1949）美国哥伦比亚学派的主要代表，动物心理实验的首创者，教育心理学体系和联结主义心理学的创始人。他于1895年到哈佛大学受教于詹姆斯，做小鸡走迷津实验。后转到哥伦比亚大学学习，

 继续利用猫和狗等动物做实验，1898 年在卡特尔的指导下，以《动物的智慧：动物联想过程的实验研究》的论文获得博士学位。在该校教育学院工作 40 年，先后任教员（1899）、副教授（1901）、教授（1903），于 1940 年退休。1942 年又回哈佛大学任詹姆斯讲座，继续从事心理学研究，直到 1949 年去世。

桑代克的著作很多，有 500 多种，其中有不少是巨著和专著，例如《动物智慧》（1911）、《教育心理学》（1903）、《智力测验》（1927）、《人类的学习》（1931）、《需要、兴趣和态度的心理学》（1935）、《人类与社会秩序》（1940）等。

桑代克首先用实验法研究动物心理，用以代替对动物的自然观察，为动物心理学的研究开辟了新的道路。他用小鸡、猫、狗和猩猩做了大量实验，其中猫走迷笼实验最为著名。他设计了 15 只迷笼，这些迷笼各有一个互不相同的装置，当猫按动了这个装置后，笼门就会自动打开。实验的猫处于饥饿状态，笼外放着食物，猫出来后就会吃到食物，桑代克将 13 只猫轮流放入每个迷笼里，观察猫的反应，记录它们逃出迷笼所花费的时间。桑代克发现 13 只猫中有 11 只被放入迷笼后都有一种逃脱拘束的行为。它们先是乱抓、乱咬，竭力要从笼中逃出来，作出许多无效的动作。最后偶然触动了开门的装置，逃出来获得了食物。经过很多次的尝试以后，无效的动作逐渐减少，而导致成功的动作则逐渐保留下来，最后猫在放入迷笼后就立刻能用一定的方式打开笼门。根据这些实验，桑代克提出，动物的学习是一种尝试与错误的过程，也就是选择了联结的过程。这个过程的起点是一套本能活动，这种本能活动因猫受拘束时感到不舒服而被激发，加之对情境的感觉印象，以本能的挤、抓、咬等动作来逃避不舒服的拘束。其中的一种动作被选择出来，与情境形成稳固的联结，以后当猫在面临同样的情境时，这一联结有被再次使用的倾向。因此，他明确提出："学习即联结，心理即人的联结系统。"他进一步将动物的学习推广到人类的学习。他指出："下至 26 个字母，上至科学或哲学，其本身都是联结造成的。人之所以善于学习，就是因为他养成了这许多联结。"在他看来，"理智、性格或技能的任何事实，都意味着按照一定的方式对一定的情境发生的反应倾向。"教育的目的就是把其中的某些联结加以永久地保留，把某些联结加以清除并且把另一些联结加以改变或利导。

二、斯金纳的操作学习理论在化学教学中的应用

B. F. Skinner（1904—1990）是著名的行为主义心理学家，在 20 世纪 30 年代，他对 Thorndike 的动物学习实验装置进行了改进，并以白鼠和鸽子等动物为被试进行了精密的实验研究，提出了独具特色的操作性条件作用理论，对教育实践起了非常巨大的作用。

1. 操作性条件作用理论的实验基础

（1）实验装置　斯金纳的操作性条件反射作用实验是在他设计的一种动物实验仪器即著名的斯金纳箱中进行的（见图 2-3）。斯金纳箱内放进一只白鼠或鸽子，并设一杠杆或键，箱子的构造尽可能排除一切外部刺激。动物在箱内可自由活动，当它压杠杆或啄键时，就会有一团食物掉进箱子下方的托盘中，动物就能吃到食物，但动物并看不到箱外的食物。目的在于揭示刺激与反应的关系，从而有效地控制有机体的行为。

（2）实验现象　当饥饿的白鼠被关在金纳箱内时，白鼠在箱内不安地乱跑，活动中偶然压到了操纵杆，则一粒食丸滚到了食物盘内，白鼠吃到了食物。以后白鼠再次压杆又得到了食物。然后，白鼠就迅速不断地压杆，直至吃饱为止。

图 2-3　斯金纳箱

（3）实验结论　有机体的反应受反应后的结果的变化而变化，即反应的后果影响反应的行为强弱。如果一个操作（自发反应）出现后，有强化刺激尾随，则该操作出现的概率增加，相反则会减弱，甚至消失。

2. 操作性条件作用理论的理论要点

斯金纳认为，有机体之所以最终做出的反应，不是先前刺激（食物）直接引起的，而是先前刺激引起的自发反应结果出现后尾随的强化刺激（吃到食物，用 S′ 表示）引起的，换句话来说，也就是先前刺激（S）引起应答性反应（压操纵杆），该反应得到鼓励予以强化，所形成的强化刺激（S′）激起了最终的自发性行为反应。因此，他认为学习不是刺激与反应简单联结（S-R）的形成，而是强化刺激作用的结果（S-R-S′-R′），从而为人类学习找到了一种可操作、可控制的机制。

斯金纳的理论观点是：①教育是"塑造人的行为"。②操作性条件反射论。③反应概率强化论。

（1）操作性条件反射　操作性条件反射这一概念，是斯金纳新行为主义学习理论的核心。他把行为分成两类：一类是应答性行为，这是由已知的刺激引起的反应；另一类是操作性行为，是有机体自身发出的反应，与任何已知刺激物无关。与这两类行为相应，斯金纳把条件反射也分为两类。与应答性行为相应的是应答性反射，称为 S（刺激）型；与操作性行为相应的是操作性反射，称为 R（反应）型。S 型条件反射是强化与刺激直接关联，R 型条件反射是强化与反应直接关联。斯金纳认为，人类行为主要是由操作性反射构成的操作性行为，操作性行为是作用于环境而产生结果的行为。

在学习情境中，操作性行为更有代表性，斯金纳很重视 R 型条件反射，因为通过操纵这种反射可以塑造人类新的行为，在学习过程中尤为重要。斯金纳通过实验发现，动物的学习行为是随着一个起强化作用的刺激而发生的。他认为虽然人类学习行为的性质比动物复杂得多，但也要通过操作性条件反射，人的一切行为几乎都是操作性强化的结果，人们有可能通过强化作用的影响去改变别人的反应。

在教学方面教师充当学生行为的设计师和建筑师，把学习目标分解成很多小任务，并且一个一个地予以强化，学生即可通过操作性条件反射逐步完成学习任务。

（2）**强化理论** 斯金纳在对学习问题进行了大量研究的基础上提出了强化理论。强化就是通过强化物增强某种行为反应的过程，而强化物可以是增加反应可能性的任何刺激，如吃到自己喜欢的食物，得到教师的表扬或看到同学们羡慕的目光等。

斯金纳把强化分成积极强化和消极强化两种。积极强化是获得强化物以加强某个反应，如鸽子啄键可得到食物。消极强化是去掉讨厌的刺激物，如鸽子用啄键来去除电击伤害。教学中的积极强化是教师的赞许等，消极强化是教师的皱眉等，这两种强化都增加了反应再发生的可能性。

应当注意的是不能把消极强化等同于惩罚。斯金纳通过系统的实验观察得出了一条重要结论：惩罚就是企图呈现消极强化物或排除积极强化物去刺激某个反应的方式，仅是一种治标的方法，对于被惩罚者和惩罚者都是不利的。他的实验证明，惩罚只能暂时降低反应率，而不能减少消退过程中反应的总次数，例如当白鼠已牢固建立按杠杆得到食物的条件反射后，在它再按杠杆时给予电刺激，这时反应率会迅速下降，如果以后杠杆不带电了，按压率又会直线上升。斯金纳对惩罚的科学研究，对改变当时美国和欧洲盛行的体罚教育起了一定作用。

学习是由刺激引起的反应概率上的一种变化，强化是增强这个反应概率的一种手段。斯金纳认为，教学成功的关键就是教师精确地分析强化效果，并设计特定的强化刺激。

（3）**教学机器与程序教学** 斯金纳认为，学习是一种行为，当主体学习时反应速率就增强，不学习时反应速率则下降。因此，他把学习定义为反应概率的变化。在他看来，学习是一门科学，学习过程是循序渐进的过程，而教则是一门艺术，是把学生与教学材料结合起来的艺术，教师的任务是安排可能强化的事件来促进学习。斯金纳激烈抨击传统的班级教学，指责它效率低下，质量不高。他根据操作性条件反射和积极强化的理论，对教学进行改革，设计了一套教学机器和程序教学方案，将教学材料分解成由按循序渐进原则有机的相互联系的几百甚至几千个问题框面组成的程序，并装入机器中，学生只要操作机器，即可一个步骤一个步骤去学。

斯金纳认为课堂上采用教学机器，与传统的班级教学相比较有许多优点。第一，教学机器能即时强化正确答案，学习效果的及时反馈能加强学习动力，而在班级教学中行为与强化之间间隔时间很长，因而强化效果大大削弱。第二，传统的教学主要借助厌恶的刺激来控制学生的行为，学生学习是为了不得低分，不被教师、同学、家长羞辱，从而失去学习兴趣。教学机器使学生得到积极强化，力求获得正确答案的愿望成了推动学生学习的动力，提高了学习效率。第三，采用教学机器，一个教师能同时监督全班学生尽可能多地完成作业。第四，教学机器允许学生按自己的速度循序渐进地学习（即使一度离校的学生也能在返校后，以他辍学时的水平为起点继续学习），这能使教材掌握得更牢固，提高学生的学习责任心。第五，采用教学机器，教师就可以按一个极复杂的整体把教学内容安排成一个连续的顺序，设计一系列强化列联。第六，教学机器可记录学生错误数量，从而为教师改进教学提供了依据，提高了教学效果。第七，学习时手脑并用，能培养学生自学能力。

采用机器教学必须把教学内容编成程序输入机器，因此，机器教学就是程序教学，但程序教学不一定要用机器。

斯金纳顺应时代潮流，为计算机辅助教学在教育上的运用开辟了道路。程序教学问世以来对美国、西欧、日本有较大影响，被广泛用于英语、数学、统计、地理、科学等学科的教学中，但它在策略上过于刻板，注重对教材的分析，把教材分解得支离破碎，破坏了知识的连贯性和完整性，此外，程序教学着重于灌输知识，缺乏师生间的交流和学生间的探讨，不利于创造性思维能力的培养。因此，程序教学只能作为教学的一种辅助手段。

3. 斯金纳的操作性条件作用理论在化学教学中的应用

（1）教学启示　首先，从研究方法上来看，斯金纳箱是在桑代克迷笼的基础上进行的改进，其中最为巧妙的是动物从可以直接看得到食物变为看不到食物的变化，以满足其考察刺激与反应关系的目的。由此可见，任何一个实验的设计与实施，必须根据自己的实验目的而展开，从而得出我们所期望的考察结果。心理实验如此，化学教育实验研究亦如此，我们应该从中学习并掌握这一研究思路和方法。

其次，从内容上来看，斯金纳认为教育可以塑造人的行为，也就是说，在化学等学科教育教学过程中，作为任课教师，既要教学生学科知识，培养学科能力，同时还要在教学过程中渗透人品、人格等非智力因素的教育，教师无意中的表情、动作或言语强化，对学生未来的发展具有重要的影响。作为化学学科教师，我们希望学生都喜欢化学、热爱化学，我们更希望学生将来能够全面、健康发展，这就要求我们转变传统的教育教学观念，树立新的课程观与新的教学观。斯金纳的操作性反射论及强化的观点，主要在化学教育教学的具体方法和措施上给予了我们重要的启示，一方面，化学教学目标的设计要注意将总体目标分解到每个章节和每一个课时之中逐步实现，使学生在学习过程中时刻产生一种成就感，而不是失落感，因此，在教材处理的过程中，要时刻以新课程标准为依据，灵活处理教材中的每一个知识点，使教学过程既符合学生的认知序，又符合知识的逻辑序。另一方面，课堂教学实施过程要有意识地开展积极的强化刺激，尤其要关注学生动作、言语等反馈信息，及时给予积极的、正确的引导，挖苦、讽刺、惩罚等方法只能适得其反。同时，在强化过程中，还要防止学生思维定势，也就是说，在教学过程中既要加强练习巩固，又要注意方法的灵活性、发散性、发展性。例如初中化学的原子结构示意图书写规则仅仅适合 20 号以前的元素和部分主族元素，对于过渡元素就不适合了，如果教学过程中不注意交代相关适应范围，那么学生进入高中或大学就很容易由于习惯思维而犯错。

（2）教学案例　新课改背景下化学思维策略训练网络课程的设计实践与思考（参见《课程教材教法》2005 年第 4 期第 61～第 67 页以及本书第七章第四节）。

阅读资料

行为主义的领袖——斯金纳其人其事

B. F. 斯金纳（Burrhus Frederic Skinner，1904－1990）是行为主义学派最富盛名的代表人物，也是世界心理学史上最为著名的心理学家之一，直到今天，他的思想在心理学研究、教育和心理治疗中仍然被广为应用。

斯金纳出生在美国宾夕法尼亚州的萨斯奎汉纳镇上。1930 年获心理学硕士学位，1931 年获哲学博士学位，接着留校从事研究工作。1936 年至 1944 年在明尼苏达大学任讲师和副教授，1945 年任印第安纳大学心理系教授和系主任，1948 年返回哈佛大学任心理学教授，直到 1974 年退休。在这期间，他于 1958 年获美国心理学会授予的杰出科学奖；1968 年获美国政府颁发的最高科学奖——国家科学奖；1971 年获美国心理学会基金会颁发的金质奖章。

斯金纳对学习和教学的研究有重大贡献，主要表现在以下几个方面：①斯金纳发现了操作性条件反射现象，并对其进行了认真的实验和理论研究。这项研究丰富了条件反射的实验研究，填补了条件反射类型上的一个空白，同时也打破了传统行为主义的"没有刺激，就没有反应"的错误观点。②斯金纳的"无错误辨别"学习的实验研究是有意义的。它不论在动物的行为训练，还是在学生的行为塑造上都是可借鉴的，而且，对课堂教学也有指导意义。③斯金纳所做的"强化程序"的实验研究既深入，又具体，系统性很强，揭示出的强化规律客观可靠。它是驯兽师的必修课，对人类的行为管理和学生学习过程的控制和激励也有重要的参考价值。④ 50 年代兴起的"程序教学"运动显然应该归功于斯金纳的贡献。这项工作推动了个体化教学形式的深入研究。

他的主要代表著作有：《有机体的行为：一种实验分析（The Behavior of Organisms：An Experimental Analysis)》（1938）、《科学与人类行为（Science and Human Behavior)》（1953）、《言语行为（Verbal Behavior)》（1957）、《教学技术学（The Technology of Teaching)》（1968）、《强化的相倚关系：一种理论分析（Contingencies of Reinforcement：A Theoretical Analysis)》（1969）、《关于行为主义（About Behaviorism)》（1974）。

第三节 ◉ 认知学习理论及其在化学教学中的应用

生活中，虽然许多简单行为的习得是通过条件作用过程建立 S-R 之间直接联结的结果，但对于复杂行为而言，仅用 S-R 联结的形成来解释则过于简单化。

学习是一种复杂的过程，主体的认知过程在其中起着重要的作用。认知理论认为：学习不是在外部环境的支配下主体被动地形成 S-R 联结，而是主动地在头脑内构造完形、形成认知结构的过程，学习的过程受主体预期（如需要、兴趣等）所引导，学习的机制是顿悟和理解。

一、格式塔学派的完形-顿悟说

完形-顿悟说是德国的格式塔学派所提出的一种学习理论。"完形"原来是由德文 Gestall（格式塔）翻译过来的，意思是"结构"，但当时以冯特为首的结构主义，实质上是元素主义，他们反对元素主义，拒绝使用"结构"一词，而采用"完形"术语。所谓完形，就是一种心理结构，是在机能上相互联系和相互作用的整体结构，是对事物的关系的认知。其代表人物有：魏特海墨（M. Wertheimer，1880—1943），考夫卡（K. Koffka，1886—1941），苛勒（W. Kohler，1887—1967）。其中，主要工作是由苛勒完成的。

Kohler 在 1913～1917 年，对黑猩猩问题解决行为进行一系列实验研究，从而提出了与当时盛行的试误学习理论相对立的第一个认知学习理论。

1. 完形-顿悟说的基本内容

（1）学习是通过顿悟过程实现的　格式塔心理学家认为，学习是个体利用自身智慧与理解力对情境及情境与自身的关系的顿悟，虽然在顿悟前常常出现若干尝试与错误，但不是盲目的，而是在作出外显反应前，在头脑中进行了一番"假设-检验"，顿悟是以先前的经验为前提，以意识为中介（S-O-R）。

（2）学习的实质是主体内部构造的完形　Gestall 心理学家认为，完形倾向于具有一种组织功能，能够填补缺口或缺陷，使有机体不断发展组织与再组织，不断出现一个又一个完形。学习就在于发生一种完形的组织，并非各部分的联结，学习的过程就是一个不断地构建完形的过程。练习就是完形构建，而非联结力量的加强。

2. 对 Gestall 完形-顿悟说的评价

（1）成就与意义　完形-顿悟说作为最早的一个认知学习理论，肯定了主体的能动作用，强调了心理具有一种组织功能，把学习视为个体主动构造完形的过程，强调观察、顿悟和理解等认知功能在学习中的重要作用，对于反对当时联结论的机械性和片面性具有重要的意义，对于当前创造科学的学习理论体系也有重要参考价值。

（2）不足　完形-顿悟说不如联结-试误说那样完整而系统，其实验范围也较有限，影响也远不及联结说。

二、布鲁纳的认知-发现说

布鲁纳（J. B. Bruner, 1915— ）是美国著名的认知教育心理学家，他反对以强化为主的程序教学，认为引导学生一步一步地学习，只能导致学生的呆读死记，而不能保证学生在另一种情境中运用这些知识。他主张，学习的目的在于以发现学习的方式，使学科的基本结构转变为学生头脑中的认知结构。因此，他的理论常被称之为认知-发现学习说或认知-结构教学论。

1. 布鲁纳的认知学习观

（1）学习的实质是主动地形成认知结构　Bruner 认为，学习的本质不是被动地形成 S-R 联结，而是主动地形成认知结构。也就是说，学习者不是被动地接受知识，而是主动地获取知识，并通过把新获得的知识和已有的认知结构联系起来，积极地构建其知识体系。所谓认知结构，即编码系统，其主要成分是"一套感知的类目"，包括按照一定的编码系统排列和组织的知识及知识的联系方式。认知结构不同于知识结构，它不是静态的而是发展变化的，它不是线性的而是立体网状多元的，其成分也不是单一的知识，还包括知识的组织、贮存方式等内容。

由于认知结构能够使人超越给定的信息，举一反三，触类旁通，故教师应当为学生提供知识的获取途径、关联方式等，以便他们构建自己的编码系统。

（2）学习包括获得、转化和评价过程　Bruner 认为，学习包含了三个几乎同时发生的过程：新知识的获得、知识转化、评价。其中，新知识可能是原有知识的精练，也可能与原有知识相违背，只有通过对新旧知识的合理性进行判断，才能恰当地建构新旧知识的联系，才能使旧知识有效转化为新知识。

2. 布鲁纳的结构教学观

Bruner 不仅研究学习问题，而且研究教学问题，他在 20 世纪 50 年代和 60 年代，倡导结构主义教学改革运动，曾在国际上产生了广泛的影响。

他认为，教学的目的在于让学生理解学科的基本结构。所谓学科的基本结构是指学科的基本概念、基本原理及其基本态度和方法。他认为，学生理解了学科基本结构，就容易掌握整个学科的具体内容，就容易记忆学科知识，就能够促进学习迁移，提高学习兴趣，促进智力与创造的发展。他还认为，学科的结构既是课程设计、教材编写的中心，也是教学的中心。在实际教学过程中，要使学生掌握学科基本结构，必须遵循以下教学原则。

（1）动机原则　即几乎所有的学生都具有内在的学习愿望，内部动机是维持学习的基本动力，具有持久性。教师要善于促进并调节学生的探究活动，激发他们的内在动机。学生最基本的内在动机有三种：好奇内驱力，即求知欲；胜任内驱力，即成功的欲望；互惠内驱力，即人与人之间和睦相处的需要。

（2）结构原则　即为了促进学生容易理解教材结构，教师要根据学生的年龄、知识背景和学科特点，借助动作、图像或符号等形式，呈现和传授知识结构。

(3) 程序原则 尽管每门科学知识都是按照一定的程序进行编排的，但由于学生已有知识经验、智力发展等方面存在个别差异，并非所有的学生都能适应这种程序。因此，教师要引导学生理解和掌握这个程序，让学生通过自己陈述这些知识的结构，达到掌握知识的目的。

(4) 强化原则 强化是有效学习的一个重要环节，所谓强化就是使学习者知道自己的学习结果。因此，教师要把握最佳的时机给予学生及时的强化，这将有利于促进学生学习。

3. 布鲁纳的发现学习法

Bruner 的学习理论之所以被称之为认知-发现说，其原因在于：一方面他强调知识的习得过程是一种积极的认知过程；另一方面他积极倡导知识的发现学习。

所谓发现学习，是指学生通过自己独立的阅读书籍和文献资料，独立地思考而获得对于学习者来说是新知识的过程，发现包括用自己的头脑亲自获得知识的一切形式。

(1) 发现学习的教学目的 使学生牢固掌握学科内容；学会独立、自主、终身学习的方法。

(2) 教师的任务和作用 鼓励学生发现的自信心，激发好奇心与求知欲，帮助寻找新问题与旧知识的联系，训练学生运用知识解决问题的能力，协助学生自我评价，启发学生进行对比。

(3) 发现学习的教学步骤

① 提出和明确使学生感兴趣的问题；

② 使学生对问题体验到某种程度的不确定性，以激发探究的欲望；

③ 提供解决问题的各种假设；

④ 协助学生收集和组织可用于结论的资料；

⑤ 组织学生审查有关资料，得出应有的结论；

⑥ 引导学生运用分析思维去验证结论，最终使问题得到解决。

(4) 发现学习的优缺点 发现学习有利于激发学生的智慧潜力，有利于激发学生的内在学习动机，有利于学生学会发现的探究方法，有利于知识的保持。但发现学习效率低，且易受学习者智慧水平和知识基础的限制，对于现有知识或认知能力有限的学生，接受教师的启发指导和系统传授，确实要比自己反复阅读、冥思苦想便捷迅速，这正是讲解式教学方式在课堂教学中经久不衰的原因，也是学校的教学意义所在。

实际上，完全独立的发现学习和完全被动的接受学习都是不存在的，我们应该根据教材的性质和学生的特点灵活安排，扬长避短。同时应该让学生学会在什么情况下去发现，什么情况下去接受，使他们真正成为学习的主人，而不是充塞知识的容器，这正是 20 世纪 70 年代以来试图解决的问题。

4. 对 Bruner 学习理论的评价

Bruner 的学习理论是旨在培养学生的发现能力和创造能力的理论，为学生创新意识、创造精神的培养提供了方向；他强调的结构教学观、提出的螺旋式课程与教材组织结构、倡导激发学生内部学习动机等教学思想和措施，体现了传授知识和培养思维和能力同步进行的正确思想，对教学有重要的实践指导意义。

但 Bruner 学习理论也存在一定的局限性。他强调学生对概念和原理的学习，并且对人工概念的形成做了比较严格的实验研究，但没有从事原理学习的实验研究，直至今日，原理学习的实验研究仍然不足；他提出了"编码系统"可以产生出新的创造性信息，这是符合实际的，但对其产生心理机制却没有进行深入探讨和研究，这使我们对学生创造性的培养仍然无所适从；他过于强调发现学习重要性，忽视了接受学习的重要意义。

三、奥苏贝尔的有意义接受说

奥苏贝尔 David. P. Ausubel（1918—）是与 Bruner 同时代的美国教育心理学家。他积极从事学校课堂教学环境中学生知识学习过程的研究。他的学习理论和教学思想以"认知结构同化论"为基础。在此基础上，他系统地阐述了有意义言语学习的实质、条件和种类。他倡导在课堂教学中学生以有意义的接受学习为主，教师以讲授为主，教师适当地采用"先行组织者教学模式"，可以提高学生的学习效果。

1. 有意义接受说的理论要点

所谓有意义学习是指将符号所代表的新知识与学生原有认知结构中适当的观念建立非人为的和实质性的联系，反之，则为机械学习。

奥苏贝尔认为，意义学习的实质就在于新旧知识之间建立非人为的实质联系。也就是说，这种联系不是任意联想的，而是新知识与原有认知结构中有关的观念本身所具有的某种合理的或逻辑上的联系，例如在元素周期表中，同一族化学元素其原子结构相似、化学性质相近，这个规律不是人为设计的，而是本身固有的，人们只不过是发现了其规律，并有意识编排了现在的元素周期表。

奥苏贝尔认为，意义学习的产生既受学习材料本身性质的影响，又受学习者自身因素的影响。客观上学习材料必须具有逻辑意义，只有这样，才能建立非人为的实质性联系，才是学习者能力范围的；但主观上学习者必须具有积极主动联系的心向，必须具有适当知识作基础，必须将新旧知识发生相互作用。否则就会导致机械学习。

2. 认知结构同化论的理论要点

奥苏贝尔采用了皮亚杰的同化概念，并将皮亚杰同化和顺应过程包括在自己的同化概念之中。

奥苏贝尔认为，同化即新旧知识相互作用的动态过程，也是新知识或观念获得心理意义，原有认知结构不断分化和整合，并发生量变或质变的过程；新知识只有与原有认知结构相互匹配，才能完成同化过程。

同化有两种模式：一是下位学习，即当认知结构中原有知识的概括水平高于新知识时，新知识构成了旧知识的下位，这时新旧知识相互作用过程称为"下位学习"；二是上位学习，即新知识比旧知识具有更高的概括程度的学习，故又称为总括学习。

当然，新旧知识的关系远不止这些，其他复杂关系的学习，如函数关系、因果关系的学习，是否适合认知结构用同化论进行解释，有待进一步探讨。

3. 学习动机内驱力说

奥苏贝尔的"内驱力"指的是学生的社会性需要，而不是生理需要。他认为，促进学生学习的动机包括三个方面。

（1）认知的内驱力　即源于学习者自身需要的内部动机，是了解和理解事物的需要、掌握知识的需要、系统阐述问题和解决问题需要；

（2）自我提高的内驱力　即一种通过自身努力，胜任一定的工作，取得一定的成就，从而赢得一定社会地位的需要；

（3）附属的内驱力　即个人为了保持长者或权威的赞许或认可，而表现出来的一种把学习或工作做好的需要。

4. 组织者教学策略

所谓组织者又称先行组织者，是新旧知识联系的桥梁，新知识学习前的引导性材料或概括性说明。

奥苏贝尔倡导在教学过程中教师要精心设计组织者，以便增强新旧知识之间的可辨别性，为新知识在原有认知结构中提供明确、具体、清晰的"锚位"。组织者既可在新知识学习之前呈现，也可在以后呈现，还可在新知识学习过程中呈现，其抽象和概括程度既可高于也可低于新学习材料。

5. 对 Ausubel 学习理论的评价

Ausubel 有意义的学习论揭示了学生知识学习的本质特征之一，其有意义学习的实质、条件和类型的阐述是严谨而有说服力的，其内驱力说恰当地概括了学生学习的动力来源，他倡导的课堂教学模式是最经济而有效的，他的先行组织者教学策略是有效的课堂教学策略之一。

然而，该理论只适合解释陈述性知识的学习，忽视了学生的自主学习的方法和策略，也忽视了智力开发与能力的培养，此外，其认知结构同化论是思辨的产物，缺乏科学实验证据。

四、认知学习理论在化学教学中的应用

1. 认知学习理论的教学启示

（1）奥苏贝尔关于先行组织者策略及内驱力学说告诉我们，教学中巧妙设计教学情境，不仅能够激发学生的学习兴趣，而且还能够有利于新旧知识相互作用，完

善和发展学生的认知结构，具有一石三鸟、温故知新的功能。但教学情境的设置一定要具有桥梁作用，也就是说既帮助学生巩固旧知识，又蕴含有学生将要学习的新知识，使学生明确新旧知识的界限。

(2) 奥苏贝尔有意义接受说告诉我们，要使我们的教学有效，关键是学生的学习有效，而学生的有效学习就要求教师在教学设计时认真分析学生的基本情况，包括学生的年龄特征、知识背景、学习风格、思维习惯等内容，同时还有深入剖析新旧知识之间的逻辑关系，并在教学过程中明确指出新旧知识之间的实质联系，帮助学生有效同化新知识和高效提取知识解决问题。

2. 认知学习理论在化学教学中的应用

案例一

认知冲突法在化学教学中的应用

在研究苯的衍生物-苯酚的酸性时，分别将苯酚与氢氧化钠和紫色石蕊试剂反应。在与氢氧化钠的反应中，通过苯酚由混浊变为澄清的现象得出苯酚显酸性，但在与紫色石蕊试剂的反应中，紫色石蕊试剂并没有显现特别的红色，根据学生已有的认知规律"紫色石蕊试剂遇酸变红"，学生也许会得出苯酚不显酸性。两个实验得出两个不同的结论，从而产生了认知冲突，促使学生对苯酚的酸性产生怀疑，激发了学生探究苯酚性质的欲望。

案例二

"二氧化氮和一氧化氮"课堂教学设计（见表 2-1）（以人民教育出版社出版的普通高中课程标准实验教材《化学》必修 1 第四章第 3 节第 2 课时为例。本设计为全国首届化学教育硕士教学素质大赛获奖作品，设计者为湖南师范大学 99 级教育硕士，湖南师大附中高级教师邓建安）

表 2-1　"二氧化氮和一氧化氮"课堂教学设计

教师活动	学生活动	设计意图
【引入】 介绍信使分子——NO 【提问】 一向被视为大气污染物的 NO 竟然具有如此重要的功能，这能给我们怎样的有益启示？	阅读教材第 79 页"科学视野" 思考与回答： 物质的用途既有利的一面，亦有弊的一面，是辩证统一的	 通过阅读与思考，培养学生的辩证唯物主义思想
【提问】 氮气在通常情况下的化学性质是活泼还是稳定？很易与氧气反应吗？怎样从组成结构上进行原因分析？	思考与回答： 由于氮分子间存在 N≡N，氮气在通常情况下性质稳定，很难与氧气发生反应	学会从结构推导性质

续表

教师活动	学生活动	设计意图
【讨论】 在什么条件下氮气可能会与氧气反应呢?	学生讨论: 高温或放电	发散思维训练
【实验】 播放氮气与氧气反应的实验录像 	观看实验录像	通过播放录像将反应原理直观化,便于学生接受和理解
【板书】 一、二氧化氮和一氧化氮 $N_2+O_2 \xrightarrow{\text{放电或高温}} 2NO$	写出实验录像中发生反应的化学方程式	练习化学方程式的书写
【分析】 氮气与氧气在放电或高温时只能生成NO,不能直接化合生成NO_2	更正有关错误	分析错误原因
【实验】 NO与O_2反应的实验演示 	观察实验现象	通过观察实验现象,分析化学反应原理
【提问】 观察到了什么现象?说明了什么? 【板书】$2NO+O_2 \Longrightarrow 2NO_2$ 【讲解】 NO_2溶于水时生成硝酸和NO,工业上利用这一原理制取硝酸 【板书】$3NO_2+H_2O \Longrightarrow 2HNO_3+NO$	思考与回答: 无色的NO很容易在常温下与空气中的氧气化合,生成红棕色的NO_2 讨论并写出相应的化学方程式	培养观察与思考能力 练习化学方程式的书写 练习氧化还原反应的配平

教师活动	学生活动	设计意图
【实验】 　NO_2 与 H_2O 反应的实验演示 	观察实验现象	通过观察实验现象,分析化学反应原理
【提问】 　农谚里有"雷雨发庄稼"的说法,你能阐述其中的科学道理吗?	思考与回答: 空气中氮气和氧气受到雷雨电击产生一氧化氮,最后在土壤中成为庄稼需要的氮肥	让学生明白自然界现象中的化学原理
【科学探究】 　现给你一试管 NO_2,其它药品和仪器自选 　1. 请你设计实验,要求尽可能多地使 NO_2 被水吸收 　2. 你的设计对工业上生产硝酸有什么启示?(从原料的充分利用、减少污染物的排放等方面考虑)	画出设计的装置简图 将实验设计的步骤、现象和解释填入 P80 的表格中 硝酸工业中通过补充空气,使生成的 NO 再氧化为 NO_2,NO_2 溶于水又生成硝酸和 NO。经过这样多次的氧化和吸收,NO_2 可以能够尽可能多地转化为硝酸,同时减少了污染物的排放	考察和训练学生的实验设计能力 训练学生全面思考问题的能力
【过渡】 　氮的氧化物除了 NO 和 NO_2 外,还有其它氧化物,如 N_2O_4,它在火箭发射中起着重要的作用	阅读教材第80页"科学视野"	开阔视野,培养学生爱国主义情操
【提问】 　当试管中全部充满液体时,通入的 O_2 体积是原 NO_2 体积的几分之几?由此你能推导出 NO_2、O_2 和 H_2O 发生总反应的化学方程式吗? 【板书】 　$4NO_2 + O_2 + 2H_2O \Longrightarrow 4HNO_3$	思考与回答: O_2 体积是原 NO_2 体积的 1/4 讨论并写出相应的化学方程式	练习总反应方程式的书写

续表

教师活动	学生活动	设计意图
【讨论】 　根据相同原理,讨论 NO、O_2 和 H_2O 发生总反应的化学方程式 【板书】$4NO+3O_2+2H_2O \Longrightarrow 4HNO_3$	讨论并写出相应的化学方程式	练习总反应方程式的书写
【练习】 　投影:将装有 50mL NO_2 和 O_2 混合气体的试管倒立于水槽中,充分反应后试管内剩余 5 毫升无色气体,求原混合气体中 NO_2 和 O_2 分别有多少毫升	分析讨论 做练习	适当拓展知识点,训练学生思维能力
【过渡】 　NO_2 是有用的化工原料,但当它分散在大气中时,就成了难以处理的污染物 【板书】 　二、氮氧化合物对空气的污染 【展示】 　展示酸雨对环境的破坏 　展示几起光化学污染事件	听讲解 阅读教材第 81 页 汽车尾气中含有氮氧化物等污染物	关注人类面临的与化学相关的社会问题,培养学生的社会责任感
【练习】 　投影课堂习题 【作业】 　教材第 83 页(1～6 题)	课堂练习	巩固和消化知识点

第四节　建构主义学习理论及其在化学教学中的应用

随着学习理论的深入发展,教育心理学家发现,仅仅关注行为改变的联结论和只强调知识获得的认知论都有一定局限性。关于学生个体情感和人格健康,以及学生对知识主动建构等问题应该受到重视。

建构主义正是针对传统教学的诸多弊端、学生习得的知识存在很多缺陷等问题与知识社会的来临、创新社会发展的需要之间存在的矛盾而提出的。

建构主义学习理论揭示了学生在学习过程中的主动性,突出了意义建构和社会文化互动在学习中的作用,是行为主义发展到认知主义以后的进一步发展,对当前的教学改革产生了非常深远的影响。

一、建构主义概述

(一) 建构主义的发展渊源

从客观主义到建构主义是学习理论发展的连续体 (见图 2-4),但建构主义与客观主义是根本对立的。建构主义强调客观世界本身并不存在意义，意义是个体与环境相互作用过程的结果，学习是意义建构和社会互动的过程，教学是引导学生从原有经验出发，生长新的经验。

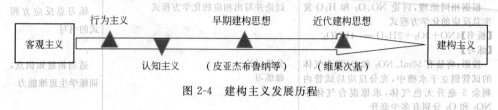

图 2-4　建构主义发展历程

1. 行为主义的基本主张

行为主义主张分析人类行为的关键是对外部事件的考察，环境是决定人类行为的最重要的因素，强化是人们的行动结果对后继行为的影响。行为主义思想反映在教学上，认为学习就是建立 S-R 联结，教学的目标就是传递客观世界的知识，他们无视学生的理解和心理过程。

2. 信息加工的认知主义

基本上还是采用客观主义的观点，认为世界是由客观事物的特征和客观事物的关系所构成，但他强调学习者的内部认知过程。信息加工思想反映在教学上，认为教学在于帮助学生习得事物及特性，使外界信息内化为内部信息的认知结构。

3. 早期的建构主义思想

早期的建构思想主要体现在 Piaget 和 Bruner 的理论中，但相对而言，他们的认知学习观主要在于解释如何使客观的知识结构通过个体与之交互作用而内化为认知结构。

4. 近代的建构主义思想。

前苏联的维果次基强调社会文化对心理发展的作用，尤其是活动和社会交往对高级心理机能发展的作用。他认为高级心理机能既来源于外部动作的内化，同时内在智力动作也外化为实际动作，人的活动就是内化和外化的桥梁。

自 20 世纪 70 年代末，以 Bruner 为首的美国教育心理学家，将维果次基的思想介绍到美国以后，对建构主义思想的发展起了极大的推动作用。

(二)　建构主义的基本观点

1. 知识观

建构主义强调知识的动态性和不确定性，主张以下三个方面。

(1) 知识不是对客观世界的准确表征，只是一种解释或假设；

(2) 知识不能精确概括世界的法则，不是拿来就用，一用就灵；

(3) 同样的知识、同样的符号，不同的人可建构不同的意义。

2. 学生观

建构主义强调学生已有经验的丰富性和差异性，教师不能无视学生的这些经验而另起炉灶，应把他们的现有知识经验作为新知识的生长点而加以引导。

3. 学习观

建构主义认为，学习不是由教师向学生传递知识的过程，而是学生自己建构知识的过程；学生不是信息的接受者，而是意义的主动建构者。尤其强调三个密切相关的倾向。

（1）学习的主动建构性　学习是学生的主要任务，学生必须具有主动学习的倾向。

（2）学习的社会互动性　通过由学生、教师、专家和辅助学习者（学习共同体）的彼此沟通、交流与协作，达到智慧的分布与共享、认知整合有思想改进、思维外显化与精致化等作用。

（3）学习的情境性　建构主义认为知识不能脱离情境而存在，学习应与情境化的社会实践活动结合起来，正如工匠带徒弟学手艺的情境一样。

（三）建构主义的理论取向

建构主义本身并不是一种学习理论流派，而是一种理论思潮，并且目前正处在发展过程中，尚未达成一致意见，存在不同的取向。

1. 个体建构主义取向

关注的是学习者个体是如何建构某种认知方面或情感方面的素质的，其基本观点是：学习是一个意义建构的过程。此观点是基于皮亚杰的同化与顺应思想，与Bruner 和 Ausubel 的认知学习论构成了一个连续体。

2. 社会建构主义取向

关注的是学习有知识建构背景后的社会文化机制，其基本观点是：学习是一个文化参与过程，学生通过一定的文化支持和共同体的实践活动来内化知识。此观点主要源于维果次基的思想，并受当代科学哲学、社会学等学科的影响。

近年来，众多建构主义研究者对有关学习问题达成了共识，他们一致认为，个体认知过程和社会互动过程，在学习活动中都具有重要的意义；对于抽象知识的学习，不一定都需要情境化；对个体内在认知过程和情境性认知过程的研究，分别从不同的侧面揭示了学习活动的规律，应综合起来、全面认识。

二、学习的认知建构过程

（一）生成性学习

1. 维特罗克的生成性学习理论（模型）

自 1632 年出现班级授课制以来至今已有 300 多年的历史。过去的实践证明，课堂学习是学生学习知识,培养能力、发展智力最主要、最可靠、最有效的途径和形式,尤其是我国人口多、底子薄经济文化还相对落后,通过班级授课制这种有效的学习形式,有利于迅速提高全民族的科学文化素质。

现代心理学家根据认知心理观点及信息加工的原理提出了各种各样的学习过程模型。其中维特罗克的生成学习模型(见图 2-5),就是在吸收了当代信息加工心理学的研究成果和概括他本人的研究成果的基础上形成的,他本人一直从事课堂教学研究,因此其生成学习模型对于指导课堂与教学具有重要的理论价值和现实意义。

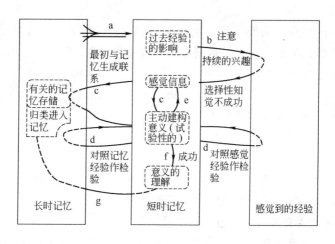

图 2-5 生成学习模型

他认为学习是学习者生成信息的意义的过程,意义的生成是通过原有认知结构与头脑所接受的环境信息相互作用的结果。但人脑并非被动接受外界信息,而是主动调取长时记忆中的旧知识,积极建立与新知识的联系,一旦意义建构成功,则将其存储在长时记忆之中;同时,人脑也并非毫无选择地接受外界信息,而是根据自己的兴趣、需要有选择地注意相关信息的过程。因此,成功的意义生成还需要一定的条件。

2. 意义建构的有效条件

研究表明,学习者的建构性加工活动是意义建构的关键,但它必须以先前知识为基础,知识越丰富,加工策略水平越高,学习效果越好。

因此,有效的意义建构必须同时具备三个条件:一是学习材料本身的可理解性;二是学习者的先前知识水平;三是学习者的建构性加工活动。

作为教师,在教学活动中,积极采用举例、类比、证明、述义、解释、推论、应用等策略,引导学生建立新旧知识之间的联系,运用加题目、列小标题、提问、说明目的、总结等措施,引导学生建立不同新知识之间的联系,对于学生成功建构意义具有重要的作用。

（二）认知灵活性理论与知识的深化

学习是一个并不断深化的过程，学习知识不是为了记住知识，而是为了更好地运用知识解决实际问题，为了解释如何通过理解的深化促进知识的灵活迁移与应用，斯皮罗（R. J. Spiro）提出了认知灵活性理论。他认为：

（1）学习是一个不断深化的过程，为了灵活地运用知识、解决问题，学习者必须对知识形成深层的理解，只记住一些零碎的概念是远远不够的。

（2）知识可根据其应用复杂程度，分为结构良好领域的知识和结构不良领域的知识。学习可按照其所达到的深度和水平，分为初级知识获得和高级知识获得。

（3）学生学习的质量关键在于其把知识灵活运用到各种相关情境中的水平。

（4）教师的教学应该采取有效的教学策略，帮助学生分析结构不良问题的复杂性及与实例的差异性，深化学生对知识的理解，促进学生高级知识的获得。

（三）探究性学习

为了更有效地开展学习活动，促进学生对知识的建构，建构主义倡导以学生为中心的探究性学习，这也是当前新课程与教学改革备受关注的一种学习方式。

1. 探究性学习的性质

在传统的观念中，人们经常秉承"书到用时方恨少"的学习理念，学习者不管所学习的知识将来是否有用，只要是新知识都统统接受，也就是说，先学后用。而以问题为中心的学习是先用再学，也就是学习者针对所要探究的领域提出感兴趣的课题，并在解决问题过程中，学习与所需要探究的问题相关的知识，形成解决问题的技能和自主学习能力。

2. 探究性学习的模式

探究性学习是一种基于项目式的学习。也就是针对课程内容设计一个系列的若干学习项目，每个项目围绕一个具有启发性的问题而展开，学习者以合作的方式，经过多个环节来解决问题，从而在问题解决过程中促进知识的获得与技能的提高。

3. 探究性学习的环节

探究性学习正如科学家对真实问题的探究一样，也需要经过一定的过程与环节才能完成。一般来说，要经历以下五个基本阶段：

（1）提出驱动性问题；

（2）提出研究假设，并设计问题探究的科学方案与实施计划；

（3）实施探究过程，收集相关信息与数据；

（4）形成和交流探究结果；

（5）对探究过程、方法、结果进行积极反思与评价，最终得出探究结论。

当然，在探究活动中，问题的解决往往并不是一次性完成的，只能先在一个水平上认识问题和解决问题。随着对问题理解的深入，人们将会不断追问问题背后的问题，使问题的空间随着某个问题的解决过程而得到延伸。这种随着理解的深化而不断发现和解决更深层次问题的过程，称为跟进性探究。

三、学习的社会建构过程

学习的认知建构过程所强调的是个体独立的学习过程，实际上，学习既是学习者独立获取知识的过程，也是互助学习的过程，例如探究性学习就是认知活动与社会文化活动相互交融的结果。

（一）活动参与和文化的内化

前苏联心理学家维果次基早年提出了关于高级心理机能发展的理论，并认为人具有其他动物所没有的高级心理技能，不仅能够运用符号工具完成相互交流，而且能够运用符号工具进行思维，高级心理机能的发展正是社会文化内化的结果。

1. 内化理论

所谓内化是把存在于社会中的文化（如语言、概念体系、文化规范）变成自己的一部分，来有意识地指引、掌握自己的各种心理活动的过程。

学习的内化理论认为，学习是社会文化的内化过程，在这一过程中，存在着自下而上的知识与自上而下的知识的相互作用过程。学生的直接经验有利于抽象概念的理解，抽象概念又反过来促使直接经验更加明确、更具有概括性。

2. 活动理论

前苏联心理学家列昂节夫在维果次基的内化论基础上，进一步强调活动在内化过程中的关键作用。他认为：

（1）一切高级心理机能最初都是在人与人之间的交往中，以外部动作的形式表现出来的，然后经过多次反复和变化，才内化为内部的智力动作。交往活动是内化的桥梁，是心理特别是意识发生、发展的基础。

（2）人的活动具有对象性和社会性。其对象性表现在活动过程中主体与客体的相互作用，其社会性表现在社会实践共同体之间。所谓实践共同体，是围绕特定的实践活动而形成的团体，此团体成员具有活动目的、方式、领域的统一性。

（二）基于社会建构理论的教学方式

1. 支架式教学

支架式教学是一种教学范式，是内化理论和活动理论在实际教学过程中的具体运用技术。

（1）支架式教学的概念　教师或其他助学者通过和学习者共同完成蕴含了某种文化的活动，为学习者参与该活动提供外部支持，帮助他们完成个体无法独立完成的任务。随着活动的进行，逐渐减少外部支持，让位于学生的独立活动，直到完全撤去脚手架。

（2）搭建支架的方式　主要是教师引导学生对关键信息的注意，帮助提供工具、提供启发引导、提供活动反馈，并在活动过程中通过演示、示范提供问题解决策略的应用范式。同时，学生也可相互之间利用各自擅长的一面为他人提供帮助和指导。

2. 认知学徒制教学

认知学徒制是约翰布朗（Brown）等人提出的概念，他们认为，知识经验较少的学习者在专家的指导下参与某种真实性活动，从而获得有关该活动的知识和技能。其基本活动过程是以下六个方面：观察示范；辅导尝试；减少外部支持；不断思考与总结；反思与交流；创新。

3. 情境性学习

情境是指学习共同体的实践活动环境与文化氛围，学生将学习与情境化的活动结合起来的学习，称为情境性学习。它具有以下四个特征：真实的任务情境；情境化的过程（示范者往往隐含资料和工具，呈现成功与失败的完整、真实过程）；真正的互助合作（共同体间的交流、协商、互动等）；情境化的评价（在实践活动过程中的融合式测试）。

4. 锚式情境性教学

锚式情境性教学是美国 Vandebilt 大学的"认知与技术课题组"提出的一种典型的情境性教学模式。其主要意图是：将学习活动与某种有意义的大情境挂钩，让学生在真实的情境中进行学习。其具体做法是：首先，让学生看到某问题情境，要求他们运用原有知识去尝试理解情境中的现象和活动；然后，教师逐步引导他们形成一些概念和理解；最后，让学生通过合作、讨论等方式，以自己的方式去体验和思考问题。

四、建构主义学习理论在化学教学中的应用

1. 建构主义学习理论对化学教学的启示

（1）建构主义强调知识本身的动态性和不确定性　学生已有经验的丰富性和差异性，学习过程的主动建构倾向、社会互动倾向和情境性。它要求我们：教学应该促进学生知识的生成，而不是简单的知识传递；教师不仅要教基础知识和基本技能，而且要教策略性知识和元学习知识，要认识现在的教是为了达到将来不需要教的目的。在教学过程中，不仅要紧密联系学习的生活实际，而且要依据学生的个别差异，实施因材施教，要注意培养学生的学习兴趣和学习动机，充分发挥学生的主观能动性，要注意发动学生有效开展合作学习和探究性学习，促进教学效果的提高和学习潜能的开发。

（2）探究式教学是与探究性学习对应的一种教学方式　它有利于学生对于知识意义的建构，但并非所有的化学知识都适合采用探究式教学，因此，教师在教学过程中，要根据具体知识进行具体分析，并选择合适的、最优的教学形式，才能真正达到教学的目的。

（3）支架式教学、学徒制教学、情境化教学等都是基于社会建构理论的教学操

作技术　这些教学方式的运用特别有利于学生内隐知识经验的获得，而教师动作的示范是学生科学实践的原型，因此，教师在教学过程中，有意识地关注学习活动中隐性知识的教学，清晰的示范、广泛的交流、积极的反馈对于提高教学质量和教学效果具有重要的意义。

化学是一门以实验为基础的学科，学科的特殊性奠定了教学活动的特殊性。在化学教学过程中，存在大量内隐于人脑中的知识，例如化学实验设计的基本思路、化学实验操作的技能技巧、化学知识的逻辑线索、化学问题解决的思维策略等等，学生对于这些知识的获得，往往不是从书本上得到，而是从师生教学交往或学习实践中获得，有时候常常给人的感觉是"说不清道不明"，但事实上，只要教师有意识的关注、有目的的提取，并为学生大胆示范，积极引导学生归纳总结和实践领悟，将会使学生获得良好的学习习惯、有利于终身发展的学习方法和技巧，学习效果也将是事半功倍、如虎添翼。

2. 教学案例

案例一

铜及其化合物复习课堂教学情境的设计

教师讲述：近年来由于酸雨的危害，美国纽约那尊铜制自由女神身上长出很多黑的、绿的斑点，看上去坑坑洼洼、满目疮痍，失去了往日雍容华贵的风采。

图片展示：美国纽约铜制自由女神

提问：请问铜像发生腐蚀的原因是什么？请你设计一个经济有效的方案来保护这尊铜制的自由女神？

通过对一系列问题的深入探讨，使学生理解和掌握铜的化学性质、原电池原理、电解池原理以及金属的腐蚀和防护等知识。

案例二

运用化学概念图建立知识之间的有效关联

在"物质的量"单元的复习课里，围绕"物质的量"这个概念，学生可以联想到很多相关的概念，如摩尔质量、气体摩尔体积、溶液体积、溶液的物质的量浓度、微粒数、阿佛加德罗常数、质量等。于是，教师可引导学生构建与"物质的量"相关的概念图，并讲述各个概念的数量关系，这样学生不难得出以下关系，$n = \dfrac{N}{N_A} = \dfrac{m}{M} = cV$，由此，能有效地引导学生顺利地进行知识的归纳整理。

案例三

利用学生已有经验建构新知识的教学

在高中化学碘的知识教学时，教师问单质碘有哪些用途，学生马上想起"食盐加碘"实际案例，教师接着问："食盐中加入的是碘单质吗？"学生一时回答不出，但又对这个问题很感兴趣。"可以运用实验来验证吗?"教师应追问。于是他们开始设计思路,自行分组进行讨论与实验。向食盐溶液中滴加淀粉溶液,无蓝色出现。结论:食盐中不存在碘单质。那食盐中加入的到底是什么形式的碘呢?学生头脑中马上闪现出这一问题。教师应给学生提供了两个参考方案。方案一:碘离子,方案二:碘酸根离子。为了寻求科学的答案,学生们再次思考、设计、判断、推导,不断地批判、假设、验证。过程如下:(1)在食盐溶液中加适量氯水和 CCl_4 溶液,振荡。结果 CCl_4 层无紫红色出现,说明食盐中不存在碘离子。(2)向食盐溶液中加少量 KI 溶液,滴入适量稀 H_2SO_4 和 CCl_4 溶液,振荡。结果 CCl_4 层有紫红色出现,说明食盐中有 IO_3^-。同学们很兴奋地讲述他们的发现,此时老师再给以适当提示,从而完成新知识的建构。

阅读资料

皮亚杰—教育和发展心理学巨匠

让·皮亚杰(Jean Piaget,1896—1980),瑞士心理学家,发生认识论创始人。1918 年获得瑞士纳沙特尔大学博士学位,论文题目为《阿尔卑斯山的软体动物》。皮亚杰于 1921 年任日内瓦大学卢梭学院实验室主任,1924 年起任日内瓦大学教授。先后当选为瑞士心理学会、法语国家心理科学联合会主席,1954 年任第 14 届国际心理科学联合会主席。此外,皮亚杰还长期担任联合国教科文组织领导下的国际教育局局长和联合国教科文组织助理干事之职。皮亚杰还是多国著名大学的名誉博士或名誉教授。

为了致力于研究发生认识论,皮亚杰于 1955 年在日内瓦创建了"国际发生认识论中心"并任主任,集合各国著名哲学家、心理学家、教育家、逻辑学家、数学家、语言学家和控制论学者研究发生认识论,对于儿童各类概念以及知识形成的过程和发展进行多学科的深入研究。

主要著作:《儿童的语言和思想》、《儿童的判断和推理》、《儿童关于世界的概念》、《儿童的物理因果概念》、《儿童的道德判断》、《儿童智慧的起源》、《儿童现实概念的构成》、《儿童符号的形成》、《智慧心理学》、《从儿童到青年逻辑思维的发展》、《儿童逻辑思维的早期形成》、《发生认识论导论》、《发生认识论原理》、《结构主义》。

第五节 ● 人本主义学习理论及其在化学教学中的应用

人本主义心理学是 20 世纪五六十年代在美国兴起的一种心理学思潮,它与程序教学运动、学科结构运动构成了 20 世纪的三大教学运动。它既反对行为主义机械的环境论,又反对精神分析学派本能的生物决定论,强调对人的本能与潜能、尊严和价值的研究，强调社会文化应促进人的潜能的发挥和普遍的自我实现。

人本主义心理学家对行为的基本假设是，要理解人的行为就必须理解行为者所知觉的世界，即要知道从行为者的角度来看待事物。在了解人的行为时，重要的不是外部事实，而是事实对行为者的意义。如果要改变一个人的行为，首先必须改变他的信念和知觉。当他看问题的方式不同时，他的行为也就不同了。换言之，人本主义心理学家试图从行为者，而不是从观察者的角度来解释和理解行为。

在教育实践中，人本主义强调教育要促进学生的全面发展，关注学生情感、态度和价值观的形成环境。主要代表人物有康布斯（Combs）、马斯洛（A. Maslow）、罗杰斯（C. R. Rogers）等。

一、康布斯的学习理论

康布斯认为，个体的行为基本上是由他对自己和周围世界的知觉而定的。其中的"知觉"是感性认识，非理性认识，是指个体对行为的信念，不同的人对同一件事可能具有不同的知觉。

康布斯主张通过改变人们的知觉或信念去改变人的行为，而不是只从行为表现上去加以矫正。学习的行为与个人的知觉具有密切的关系，成功的教学不在于教学生多少知识，而在于启迪学生使知识个性化，教育的目的是满足学生的情感需求，使学生的认知和情感均衡发展，而不只限于教学生知识和技能。

二、马斯洛的学习理论

马斯洛的自我实现心理学以性善论、潜能论和动机论为基础。在教育实践上，主要关注教育的目标和目标的实现两大问题。

1. 教育目标论

他认为，人具有与生俱来的、积极向上的内在潜能，教育的根本目的在于开发潜能、完美人性、完善人格。

2. 内在学习论

他认为，理想学校应反对外在学习，倡导内在学习，并通过内在学习发现个人的自我同一性和个人的事业。所谓内在学习是指一种自觉的、主动的、创造性的学习模式，是依靠学生内在驱动，充分开发潜能，达到自我实现的学习，而不是单纯依赖外部强化和条件作用的学习。

3. 需要层次理论

他认为，人有七种基本需要，且只有低级需要部分满足才会寻求高级需要。低级需要主要包括生理需要、安全需要、归属与爱的需要、尊重需要等四种缺失需要，高级需要包括求知的需要、美的需要、自我实现的需要等三种成长的需要。

三、罗杰斯的学习理论

罗杰斯将其"来访者中心疗法"移植到教育领域，创立了"以学生为中心"的教育教学理论，成为 20 世纪最重要的教育理论之一。

1. 教育目标论

教育的目标在于促进学生的发展，使他们成为能够适应世界的变化，知道如何学习的"自由人"。其中，自由是指敢于涉猎未知领域，具有自己做出决策的勇气。

2. 意义学习

（1）人本主义意义学习的概念　所谓意义学习是指学生所学到的知识能够引起变化、全面渗透到人格和人的行动之中的学习，它不局限于对于知识的简单累积，而是能够使个体的行为、态度及个性同时引起变化的学习，属于智、德融为一体的人格教育与价值观的熏陶。例如学生对于一氧化碳还原氧化铜的学习，如果仅仅是在课堂讲授中学习该知识，那么，学生获得的仅仅是关于一氧化碳还原氧化铜的一般反应原理，而且不容易在学生记忆中长期保持。但如果学生亲自动手设计反应装置、操作实验过程，那么不仅能够学到此反应的基本原理，而且能够学会正确的操作程序，树立牢固的环保意识，把握相应的安全措施等。这也是人本主义的意义学习与认知派的意义学习最大的区别。

（2）意义学习的要素

罗杰斯批评传统的学校教育把儿童的身心劈开来了，在他看来，儿童的心到了学校，躯体和四肢也跟着进来了，但他们的感情和情绪只有在校外才能得到自由表达。因此，我们不仅完全可以使整个儿童（情感和理智）都进入学校，而且还可以借此增进学习。

罗杰斯认为，意义学习主要包括以下四个要素：

① 学习具有个人参与的性质，即整个人（包括情感和认知两方面）都投入学习活动；

② 学习是自我发起的，即便在推动力或刺激来自外界时，但发现、获得、掌握和领会的感觉是来自内部的；

③ 学习是渗透性的，也就是说，它会使学生的行为、态度，乃至个性都会发生变化；

④ 学习是由学生自我评价的，因为学生最清楚这种学习是否满足自己的需要，是否有助于知道他想要知道的东西，是否明了自己原来不甚清楚的某些方面。

3. 自由学习的原则和方法

罗杰斯对行为主义只注重行为的结果而不探讨行为的起因提出了批评。他认为，人的行为是同自我概念联系在一起的，每个人都是按照一种与他自我概念相吻合的方式行事的。因此，我们每一个人都往往只看到与我们看待自己的方式相一致的那些事物。所以，罗杰斯认为，人是自己行为的决定因素，人不从属于他的环境，而是可以对他生活的性质做出自由选择的。这是一种自由选择论，与行为主义的环境决定论产生了尖锐的冲突。

罗杰斯认为只有信任学生的潜能，并愿意让学生自由学习，就会在与学生的交往中形成促进学习的最佳方法。他主张，教师的任务是为学生提供学习的手段，由他们决定自己如何学习，而不是教知识（行为主义强调的），也不是教方法（认知派强调的）。

罗杰斯还提出了以个人为中心和以过程为定向的学习原则：

（1）人类生来就有学习的潜能；

（2）当学生觉察到学习内容与他自己目的有关时，意义学习就发生了；

（3）涉及到改变自我组织（即改变对自己看法）的学习是有威胁性的，并往往受到抵制；

（4）当外部威胁降到最低限度时，就比较容易觉察和同化那些威胁到自我的学习内容；

（5）当对自我的威胁很小时，学生就会用一种辨别的方式来知觉经验，学习就会取得进展；

（6）大多数意义学习是从做中学的；

（7）当学生负责任地参与学习过程时，就会促进学习；

（8）涉及学习者整个人（包括情感与理智）的自我发起的学习，是最持久，最深刻的；

（9）当学生以自我批判和自我评价为主要依据，把他人评价放在次要地位时，独立性、创造性和自主性就会得到促进。

罗杰斯对学习原则论述的一个核心是要让学生自由学习，为此他列举了构建真实的问题情景、提供学习的资源、使用合同、利用社区等 10 种促进自由学习的方法。

4. 学生中心模式

罗杰斯认为传统教育是培养能复制某些知识材料，具有从事某些规定的智力活动的技能、并能复制教师思想的学生。他提出了以学生为中心的教育思想，强调将学生视为教育中心，学校应为学生而设，教师为学生而教。他认为，学生具有求知向上的潜在能力，只要有一个良好的学习环境，他们就能学到所需要的一切。他还将非指导咨询理论中的三个条件引入教育领域，认为教师应该具有真诚一致、无条件积极关注和同理心的品质；教师与学生应一起成长，师生都需要在学习中不断获得新的意义和启示。

总之，人本主义学习观认为，不管怎样教学生学习，始终要牢记的是"人"在学习，是具有独特的品质的人在学习。他们进一步认为，人的这些独特的品质，应该而且也能够得到充分的发展，关键在于后天的学习。

四、人本主义学习论的评价

人本主义学习观有两点独特之处：其一，人本主义所提倡的学习观，不像行为主义和认知学习观那样，从验证性研究中得到原则后作出推论，而多半是根据经验原则提出观点和建议，因此其学习观所赖以建立的实证依据还比较单薄；其二，人本主义所提倡的学习观，不是限于对片面行为的解释，而是扩大范围对学习者整个人成长历程的解释，因而，人本主义学习观具有全人教育的取向。

五、人本主义学习理论在化学教学中的应用

案例一

一则实验的改进收到意想不到的效果

铜锌原电池实验，原来是一个简单的学生验证性实验，将其改为探索性实验之后，大大增强了学生的探索热情，顺利地创设了学生之间、师生之间开展讨论、争论、辩论的教学氛围。

当学生把 Cu 片、Zn 片分别插入稀 H_2SO_4 溶液中，学生很容易理解其反应现象，但当 Cu 片和 Zn 片接触后，其现象和原来的几乎完全相反。新旧知识的矛盾尖锐地摆在学生面前，诱发学生强烈的探索欲望，学生之间随即展开了激烈的讨论。主要的问题是：①Cu 与 Zn 接触后，Cu 片上为什么会产生气体？②Zn 是 Cu 和稀 H_2SO_4 溶液反应的催化剂？③Cu 片上产生气体，Cu 溶解了吗？④如果 Cu 溶解了溶液颜色应有什么变化呢？⑤如果 Zn 溶解应如何进行验证呢？⑥如果 Zn 溶解，它溶解之后电子跑到哪里去了？⑦Cu 片上产生的气体是 H_2 还是 SO_2？

通过讨论，学生建立了相关的假设，然后，亲自动手验证自己的假设，并各自将自己的探索结果进行报告、交流，最终不仅让学生学习了原电池的基本原理，更让他们体验到了学习的快乐，学会了相互交流的方法和技巧，学会了科学探究的方法。

案例二

合理进行分组学习

在"食品添加剂"一节的教学中，预先请学生各自收集一些口香糖、火腿肠、方便面、果汁饮料的包装纸，并从图书馆借了十多本化学化工方面的词典。上课时先把学生分为十个小组，每小组提供一本词典，然后请学生观察各种包

装说明，统计、分析其成分，根据词典查找各种成分的作用、性质和危害，并讨论总结出小组意见，进行全班交流。学生面对这些平时天天享用，但对其中的化学成分及其作用并不在意的食品和饮料，探究和交流的热情很高。他们通过查阅资料和分析讨论，不但对添加剂有了全新的认识，而且也对过分钟情于方便面、火腿肠及饮料的"快捷生活方式"进行了反思，教学收到了意想不到的效果。

阅读资料

美国心理学家——罗杰斯

罗杰斯（Carl Ransom Rogers，1902—1987），美国心理学家。罗杰斯是当代美国人本主义心理学的主要代表之一。

1902年1月8日生于芝加哥附近的奥克帕克。早年主修农业和历史，1924年毕业于威斯康星大学，同年进入纽约联合神学院。后转入哥伦比亚大学师范学院学习临床心理学。1928年获硕士学位后受聘到罗切斯特市防止虐待儿童协会的儿童研究室工作，1930年任该室主任。1931年，在工作之余获得哥伦比亚大学博士学位。1940年到俄亥俄州立大学任心理学教授。1945年转到芝加哥大学任教。1957年回母校威斯康星人心理学和精神病学教授。1962~1963年，任行为科学高级研究中心研究员，以后又到加利福尼亚西部行为科学研究所和哈佛大学任职。曾任1946~1947年美国心理学会主席，1949~1950年美国临床和变态心理学会主席，还担任过美国应用心理学会第一任主席。

在1927年以来的半个多世纪中，罗杰斯主要从事咨询和心理治疗的时间和研究。他以首倡患者中心治疗而驰名。他还在心理治疗的实践基础上，提出了关于人格的"自我理论"，并把这个理论推广到教育改革和其他人际关系的一般领域中。1956年，他提出心理治疗客观化的新方法，并因此获得美国心理学会的卓越科学贡献奖。1972年，又获美国心理学会卓越专业贡献奖。

他的理论观点与当代行为主义形成了鲜明的对比。1956年，罗杰斯与斯金纳共同署名发表了一篇体味"有关人类行为控制的若干问题——一篇专题讨论文章"的争议文章，载于美国《科学》杂志上。该文就人本主义和行为主义在心理学若干基本理论问题上的分歧进行了深入的论述，阐明了人本主义心理学观点，表现出作者对人类自我实现潜能、人的积极自主性的坚信。他的主要著作有：《咨询和心理治疗：新近的概念和实践》、《当事人中心治疗：实践、运用和理论》、《在患者中心框架中发展出来的治疗、人格和人际关系》、《自由学习》、《个人形成论：我的心理治疗观》、《卡尔·罗杰斯论会心团体》、《罗杰斯著作精粹》。

本章小结

本章简要介绍了四种基本的学习理论，这些理论主要探讨学习的实质和意义是什么，学习的种类有哪些，学习的过程及心理机制如何，学习的条件或影响学习的因素有哪些，怎样才能更好地、有效地学习，促进学生学习的教学应该怎样进行，怎样更深入地研究学习问题等。但并不是每种理论都对以上问题一一进行了回答。

1. 行为主义学习理论的主要观点可概括为：学习是刺激与反应的联结；学习过程是一种渐进的尝试与错误直到最后成功的过程；学习成功的关键在于强化。

2. 认知理论认为，学习不是在外部环境的支配下主体被动地形成 S-R 联结，而是主动地在头脑内构造完形、形成认知结构的过程。学习的过程受主体预期（如需要、兴趣等）所引导，学习的机制是顿悟和理解。

3. 建构主义学习理论揭示了学生在学习过程中的主动性，突出了意义建构和社会文化互动在学习中的作用，是行为主义发展到认知主义以后的进一步发展，对当前的教学改革产生了非常深远的影响。

4. 人本主义学习理论强调教育要促进学生的全面发展，关注学生情感、态度和价值观的形成环境。

练习与思考

1. 本章介绍了五种学习理论在化学教育教育教学中的应用，你认为哪种理论最先进？哪种理论最具应用价值。

2. 请联系化学教育教学实际，谈谈当前新课程改革的必要性。

3. 请依据本章所介绍的学习理论，设计一个 8 分钟化学教学片段，并说明你的设计理由。

第三章

化学学习的心理特征

人类的心理现象非常复杂，按照个体心理现象的独特程度来分，人类心理可分为心理过程与个性心理，心理过程包括知（感知觉等认知）、情（情感情绪）、意（意志）三个过程，个性心理包括需要、动机、兴趣、理想、信念、世界观等个性心理倾向和能力、气质、性格等心理特征。本章将从学生的年龄特征出发，探讨学生化学学习的认知过程与学习动力。

第一节 ◉ 中学生的年龄特征与个别差异

儿童心理学研究表明：一个人的成长发展期是从出生到十七八岁，成熟期是十八九岁到二十四五岁，成长主要受家庭，学校和同伴等教育因素和遗传因素影响。发展的关键期：是从出生到两岁，十五到十六岁为身体发展巨变期；三岁左右为直觉行动思维期，七岁左右为具体形象思维期，十一岁左右为抽象逻辑思维期；十二岁和十五六岁为个性发展期。

儿童的发展既有量变又有质变，是一定的阶段性和一定的连续性的统一体。但各个阶段的儿童又具有相应的年龄特征，即儿童心理发展过程中各年龄阶段所特有的、一般的、典型的、本质的心理特征。

一、初中生的年龄特征

初中生的年龄一般为十一二岁到十四五岁，这个年龄段的学生往往处于半幼稚、半成熟的过渡时期，独立性与依赖性，自觉性与幼稚性错综复杂。

1. 认知方面

观察能力有所发展，能按照教学的要求有意识地较长时间地观察，但观察的精确性、深入性不够，不能透过复杂的现象看本质；注意的广度接近成人，但稳定性多由兴趣引起的无意注意；有意识记忆有所发展，并逐渐占主导地位，但个别差异明显——男生反对死记硬背，女生偏重机械记忆；抽象逻辑思维开始占优势，但具体的形象思维还时有表现，其抽象的概念思维还需要感性经验的支持；想象随着兴趣的扩展、知识的增长、能力的提高，变得十分丰富、生动和负责，表现在想象的有意性、目的性、创造性增强，现实性有所发展。

2. 情感和意志方面

情感内容日趋丰富、深刻，表现在对道德感、理智感和美感的理解性和自觉性上，也表现在自我评价与自我意识等方面。例如在人物的评价方面，多数学生追求的内心和外在的统一，但其情绪易冲动且不善于自我克制，因此，心理学家认为十二岁到十四岁是情感发展最困难最令人操心的阶段，这可能是神经兴奋过程较强而抑制过程较弱的缘故。他们开始表现为对异性感兴趣，有接近异性的倾向和愿望，有表面疏远而内心爱慕的矛盾心理；意志方面表现在依赖性减少，目的性增强，但意志行为易受"暗示"并愿意模拟心中的偶像。

3. 个性方面

自我意识发生了质的飞跃。表现其独立感和成人感，因为少年身体的发育处于第二个高峰期，身体的变化，知识、经验、能力的积累及社会地位的改变，使他们感觉到自己长大成人了；自我意识的视线由外部转向内心，仿佛刚刚发现"自我"，他们不仅关心自己，也对别人的内心世界发生了兴趣，但自我意识具有一定的个别差异、性别差异和城乡差异。

二、高中生的年龄特征

高中生的年龄一般为十四五岁到十七八岁，他们正处于青年初期，身体发育已臻成熟，身高、体重接近成人水平；神经系统发育基本完成，兴奋与抑制过程基本平衡，但机能的复杂化仍在继续发展；性机能发育基本成熟，男女生体型气质分化明显。

1. 思维的发展

（1）思维具有更高的概括性和理论性，并开始形成辩证思维　表现在抽象与具体得到了较高的统一。如果说少年时期的思维主要属于经验型，即思维或多或少地依赖个体感性经验的支持，那么到了青年初期，由于经常要掌握事物发展的规律和系统的科学理论，抽象的逻辑思维就开始迅速发展，在这个过程中既包括从特殊到一般的归纳过程，又包括从一般到特殊的演绎过程，也就是从了解具体的现象、事实上升到学习理论又用理论去指导具体知识的获得的过程，从而实现了抽象的理论思维与具体的经验思维的结合，并逐步形成了全面地、辩证地认识问题、分析问题和解决问题的能力。不过，辩证逻辑只是起步，还并不完善，需要有意训练，才能促使其迅速发展。

（2）扩散思维（求异思维）很活跃　由于辩证逻辑思维的发展，高中生求异思维非常活跃，他们不轻信，不盲从，善于从各个方面和不同的角度去思考和探索，这是一种可贵的品质。

（3）思维的品质　从敏捷性方面来看，思维比成人和儿童都要敏捷灵活，但敏捷性常会导致敏感性，也可能产生不能客观对待现实可能的行为与动机；从批判性来看，由于知识经验的丰富，认识能力提高，独立性增强，常对一件事或一个问题有自己的看法和见解，常对师长甚至书本知识持分析批判的态度，这有利于独立思考能力和勇于追求真理的精神的进一步发展，但又可能形成对什么都持怀疑的态度，甚至出现不听劝告或固执偏激等行为，这也是思维既成熟又不成熟的表现。从创造性方面来看，高中生辩证思维的发展和扩散思维的活跃，常常会提出一些新的见解、设想或谋略，并运用新的方法、思路来解决问题，从而表现出强烈的创造欲望，如在化学实验室动手做学生实验时，可能会随意将两种药品混合，观察是否产生新物质。

2. 情感与意志的发展

（1）情感的倾向基本定型　高中生随着自我意识的发展，一方面，由于自我概念的形成，对于爱憎丑恶现象的分辨变得越来越分明；另一方面，情绪的产生往往具有强烈的冲动性与爆发性，有时可因小事大动肝火，也可因一件小事而振奋，其自控能力较差，容易从一个极端走向另一个极端，如在烦闷苦恼时受到鼓舞，可为之振奋，在热情澎湃时，受到挫折而心灰意冷。

（2）内向性与表现性共存　高中生没有孩童的坦率，喜怒哀乐常积郁于心中，不轻易地显露出来，不愿让人知道，但另一方面又有一种强烈地自我表现的意愿，以期望在别人面前展现自己的才华，只是碍于情面与自尊不愿被人知道自己有这种愿望。

（3）高级情感的发展　他们的道德、理想、信念、人生观、价值观已经初步形成，具有一定的道德水平和法律意识，具有自己独立的人生理想和信念，具有明晰的个人、社会价值观念。

（4）行动目的更加明确现实　他们随着社会知识的增多，意志更加坚定，通常能够把自己的学习与未来前途命运联系考虑。

3. 个性的发展

高中生经常会考虑"我是谁"这一类问题，尝试着把自我的能力、信念、性格等的经验与概念统合起来，形成自我形象的整体评价，但由于经验的缺乏，难以对自己各个方面形成客观的认识，难以在实际生活中始终保持自我的一致性，因此，常常处于理想的自我与现实的自我的肯定与否定的矛盾冲突之中，总希望摆脱老师、父母等承认的束缚，成为独立自主的人。

此时，家长、教师的人格魅力，教师的专业特征与工作方式，同伴的相互关系等对学生同一性的获得具有重要的影响，引导得当对于学生将来的择业、人际关系发展具有直接帮助，否则易形成孤独、自卑心理封闭性的障碍。

三、中学生的个别差异

学生的个别差异表现在很多方面，而与学习密切相关的通常是能力倾向的个别差异。这种个别差异表现在三个方面：一是智力和已有知识经验的差异；二是成就动机及相应的个性特征的差异；三是学习风格差异。有研究表明，作为潜在的认识加工技能的智力对学习活动的种类有着根本性的影响，与成就动机有关的个性倾向对学生在学习过程中所表现的坚持性和努力程度起作用，而作为个体典型的学习方式或学习倾向的学习风格，其主要作用在于对学习活动的调节。

1. 学习风格的差异与教学

学习风格是学生持续一贯的带有个性特征的学习方式，是学习策略和学习倾向的总和。其中学习策略是指学习的一般方法，而学习倾向包括学习态度、动机、意志及对学习环境、学科内容的偏爱等。

个体在学习中偏爱的信息加工方式不同是形成学习风格差异的认知因素，表现在对外界信息的感知、注意、思维、记忆、问题解决等认知方式差异。这种方式大致可分为两类：场独立性型和场依存性型。前者的学习是以内在动机为主，倾向于独立钻研学习，而后者的学习是以外在动机为主，倾向于在他人的陪伴下一起学习。

个体的学习动机、控制性、焦虑性及坚持性是影响学习风格的情感、意动要素。例如焦虑性，即面对当前或预计对自尊心有潜在威胁的情境表现出的反应倾向，按其性质可分为两类：一是正常焦虑，即由客观情境的威胁引起的焦虑；二是过敏性焦虑，即由自尊心缺失或严重伤害引起的恐慌；前者主要受客观环境的影响，后者不仅受客观学习材料影响，更受父母、教师、同伴内在认可与评价的影响。

焦虑对学习的影响是促进还是抑制取决于焦虑的水平，一般来说，焦虑水平过高或过低，学习效率都不高，只有适当才保持最高的学习效率。

因此，在教学过程中，教师一方面要充分考虑学生感知的优势通道，针对学生偏爱的学习方式进行教学；另一方面要针对不同的学生适当调整他们的学习动机，使之维持最佳的学习状态，并对不同的学生采用不同的评价标准和不同的激励措施，以培养他们坚定的学习意志。

2. 智力的个别差异与教学

智力是指处理抽象观念、处理新情境和进行学习以适应新环境的能力。智力由许多不同的心理能力构成，韦克斯勒的智力测验测量了个体在言语和操作两方面的能力，而在每一方面又分别包含了6种不同的心理能力，如在言语能力中包括常识、类同、算术、词汇、理解及数字广度等，即使受测者在测验总分上是相同的，但在各个分测验中也会存在很大差异，从而表现出智力的质的差异。例如，有的学生言语理解能力特别强，而有的学生则表现出较高的空间想象能力。

有研究表明，儿童的智力水平既影响他们的学习数量，又影响他们的学习质量。智力水平高的学生一般形成学习定势的速度快，容易学会解决问题的策略，易于自行纠正错误和验证答案。

因此，改革教学的方式，适应学生的智力差异，促进学生智力的发展非常重要。

目前，有关发展智力的最佳途径主要有三种观点，即认知过程品质说、认知结构说和信息加工说。

我国教育界受前苏联教育学和心理学思想影响，认为智力是由观察力、注意力、记忆力、想象力和思维力组成，而且每一种能力都具有多种品质，如观察力有客观性、全面性、准确性、敏捷性、创造性五种品质；记忆力有敏捷性、持久性、准确性和准备性四种品质等等。所以，认为教学发展智力就是培养五种认知能力或五种心理功能的品质。这一认知过程品质说与教育史上被批判过的形式训练说并无本质不同，区别只在于前者主张把教学形式与内容统一起来，而形式训练说只讲形式，完全忽视内容。

关于发展智力的最佳途径的第二种主张是塑造学生良好的认知结构。这一认知结构说以奥苏伯尔的认知结构同化论为代表。奥苏伯尔提出了良好认知结构的三个特征，同时还提出良好的认知结构是由在纵向上从上位到下位不断分化的方式和在横向上融会贯通的方式加以组织起来的，塑造这样的认知结构就是学校智育的目的。

从信息加工心理学的观点看，教学发展智力的最佳途径是让学生获得陈述性知识、程序性知识和策略性知识。加涅、梅耶、J. R. 安德森等人均持这一观点。尽管他们各自所持的术语有所不同，但信息加工心理学家和认知结构心理学家在强调知识必须经过编码和良好的组织这一点上是共同的。此外，信息加工心理学家强调陈述性知识向程序性知识的转化，强调技能的自动化，强调认知策略是个人对自己的认知过程进行调控的能力，这些都是认知结构论未予重视的。

总之，根据当前教育心理学的最新发展，教学促进智力发展的正确途径有以下三项：

（1）向学生传授陈述性知识，学生习得的这种知识必须符合奥苏伯尔的良好认知结构特征（可利用性、稳定性与清晰性、可辨别程度）；

（2）帮助学生将陈述性知识转化为程序性知识，使之成为顺利完成各种智慧任务的技能；

（3）教会学生习得与应用策略性知识，使之学会学习、记忆和思维的技能，成为自觉的自我学习者和能自我调控的人。

这三项任务相互制约、相互依存，均应受到重视，不可顾此失彼。

第二节 ● 化学学习的认知系统

化学学习是一般学习中的特殊学习活动，它既具有一般学习的内容和特征，又具有其独特的学科特点。本节主要从认知层面探讨化学课堂学习的内容、过程、实质与特征。

一、化学学习的内容

化学的学习内容非常丰富，我们只有将其内容加以分类，才有利于深入探讨。

美国心理学家加涅（Gane）根据学习的结果及性质将学习分为五类：言语信息学习、智力技能学习、认知策略学习、态度学习、运动技能学习。根据学习内容的复杂难易程度将学习分为八类：信号学习、刺激-反应学习、形成链索学习、言语联想学习、辨别学习、概念学习、法则学习、问题解决学习。这八类学习之间具有累积和层次关系，即后一种学习要以前面的学习作为前提条件和基础。

美国教育心理学家布卢姆（Bloom）将学习分为三大领域：认识学习、操作运动学习、态度情意领域。并根据学习的要求将各类学习分为不同的水平层次，比如认知领域的学习分为记忆、理解、简单应用、复杂应用、综合与评价等六个不同的等级。

那么，根据以上几种学习的分类学说，我们按化学学习内容进行分类（见图3-1）。

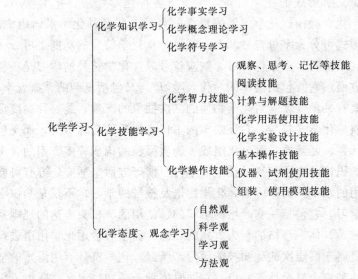

图 3-1 化学学习分类

1. 化学知识的学习

化学知识是化学学习的基础，从形成和发展学生的化学心理结构（智力结构）来看，化学知识学习可以说处于核心地位。化学技能学习、科学态度和方法学习均要以化学知识为依据，或紧密结合化学知识的学习而展开。

（1）化学事实学习 是为学生学习打基础和为深入学习提供感知"素材"的重要活动。主要包括各类化学物质的性质、用途等事实，各种化学反应的现象事实，有关的描述性事实信息等各种感性认识。这类学习在化学学习中也发挥着激励学生的知、情、意、行的作用。化学事实学习主要依靠注意、感知觉、表象、联想、记忆等认知操作活动进行。以认知层次看，是感知水平的较低层次的学习。化学事实学习的最大特点是直接性、生动性和具体性。

（2）化学概念学习　包括化学基本概念、原理和规律等知识的学习，对于建构学生的认知结构起着关键作用。从认识层次看，属于高级层次的学习，是在化学事实学习的基础上，认识活动从生动的直观到抽象的思维转化的结果。学习过程中主要依靠丰富而具体的思维活动及运用科学抽象、思想模型、逻辑分析与综合，从抽象到具体等方法。在教学中要运用实物实验直观、模象直观、语言直观等方式减少概念本质认识上的间接性；丰富有关物质及其性质的事实经验帮助学生尽快、尽好地掌握和熟练运用化学用语；建立良好合理的化学概念表象系统；增加变式练习和运用概念的机会训练学生的抽象思维和辩证思维能力，了解并学会各种化学思维的特点及策略方法。

（3）化学符号学习　是以化学事实学习和概念学习为基础而进行的一种更高层次的认识活动。化学符号是指化学语言的一个方面。化学语言的书面形式有文字和符号两种类型。文字形式的化学语言，主要指各种化学物质、化学状态、化学反应、化学过程、化学操作、化学仪器等概念的名称，即各种化学术语组成的系统。化学符号按其形式可分为字母符号和图示符号；从化学符号的功能上可分为实体符号、状态符号、结构符号、条件符号、效应符号等。化学符号的学习是一种较为综合的学习。一方面，它既包括简单的"代表学习"，又包括复杂的"概念学习"。因此，化学符号具有抽象性，是对化学物质的二次抽象的产物，是一种高度形式化的语言。例如物质的化学式符号，它反映出的不仅是物质的名称意义，而是包括物质的名称、组成元素、元素质量百分比组成、物质微粒的构成等多方面的含义。这样就需要学生从认识论的高度和科学抽象及学习习惯等方面来适应，方有可能逐渐达到熟练掌握运用的水平。另一方面，化学用语及符号的学习，不仅是知识学习而且也是一种技能学习，它包括一套严格的书写的、使用的、口头表达的规则系统，需要学生进行系统、具体、严格的行为方式的训练，而学习运用化学用语进行各种化学思维活动就更属于高层次的认知技能学习。所以，化学符号（用语）的学习具有抽象性、技能性和综合复杂性等特点，它同时依赖于感知、记忆、联想、想象、思维等多种认知操作活动。

2. 化学技能的学习

化学技能学习，是从理论与实践结合层面上，运用化学知识和经验而形成的活动方式，也是学生化学心理结构的重要构成之一。化学技能可分为心智技能和操作技能。化学技能的学习有别于化学知识的学习，知识学习所要解决的是知与不知的问题，而技能的学习所解决的是完成活动要求的动作会不会及熟练与不熟练的问题。它有其独特的学习过程和阶段。

（1）**化学心智技能学习** 特指调节学生化学心智活动的经验，即通过学习而形成的合乎法则的心智活动方式。心智活动过程系指在人脑内部，借助于内部言语，以简缩的形式，对事物的主观表征进行加工、改造的过程。而心智活动方式则指能体现心智活动本身的客观法则和要求的内部动作构成要素及活动程序。化学学习的心智技能可以包括观察、思考、记忆等心智策略技能，解题与计算技能，实验设计与记录技能，阅读与理解技能，识图看表技能等。具有内潜在、高度省略简缩性。

（2）**化学操作技能** 是调节学生外部活动（动作）经验，是通过练习而形成的合乎法则的操作活动方式。化学操纵技能可包括实验操作技能、模型操作技能、绘图技能等。操作技能具有外显性、展开性、不可省略性等特点。操作技能的学习具有精确性、定时性、协调性和稳定性。

3. 态度及方法的学习

它是紧密结合知识学习及技能学习进行的活动，对形成学生的科学世界观、方法论、严谨的学风、实事求是和锲而不舍的学习精神有深刻影响，可以看作行为规范的学习。态度及方法的学习内容，从大的方面看，包括建立正确的科学观、自然观、学习观、物质观及辩证思维观，同时学会学习及研究的基本方法。从具体内容看，科学态度的培养包括好奇心、虚心、尊重事实、客观、进取、精明、信心、耐心、尊重理论结构、责任感、合作精神等；科学方法的训练包括直接或间接的观察法、应用时空关系、分类、应用数字，测量、传达、预测、推理、控制、变因、解释资料，形成假设、定义、实验等。这类学习的实质及目的是使学生建立从事化学科学的学习及研究所必需的良好的品德结构或行为规范结构。它一般要经历服从、接受、内化及个性化的学习过程。

值得注意的是，一个新知识的学习究竟属于上面哪种类型，取决于教学的先后顺序、学生已有知识的性质及掌握情况，以及教师的教学方法。这一分类角度及方法旨在突出和强调学生已有知识及认知结构对新知识学习的重要作用及影响，它实质上是知识的应用与迁移关系的分类。其实，关于化学学习的类型问题是一个很复杂的问题，比如，化学实验的学习不是一个单纯的操作技能学习过程；化学学习策略及方法的学习究竟属于心智技能学习还是态度方法的学习；化学用语的学习究竟是知识学习成分大还是技能学习成分大；化学计算的学习如果属于心智技能学习，那么它的学习内容是否明确、具体、是否技能化了；教材编排顺序与教学顺序（程序）对知识的相互关系类型及其学习类型的作用与影响问题等等都值得我们去探讨和研究。

二、化学学习的过程与实质

在教育的情境中，化学学习是在化学教师的指导下，按照一定的教育目标，学生有目的、有计划、有组织地、主动地获取化学知识形成化学技能、发展智力、培养能力，从而在心理上、行为上引起持久的能力变化或者说构建化学心理结构的过程。具体地说，化学学习是指学生在一定的环境条件下，通过一系列的认知活动，接受化学信息，并经过主体的主动加工和训练，形成、发展完善自己的认知结构，使化学事实、概念、原理及技能组成一个合理的网络，贮存于人脑的长时记忆之中的全部过程。

1. 化学学习的基本过程

化学学习隶属于一般学习，其基本过程与一般学习相似，但其内容与方式有所区别。

依据梅耶（R. E. Mayer）的学习过程模型（见图3-2），学习过程起始点是外部刺激 S，终点是学习者行为表现 R，学习者通过注意接受外来信息（A），并激活长时记忆（LTM）中与之相关的原有知识（B），并进入短时记忆工作状态（STM），然后通过同化、顺应等过程，最终建构意义纳入长时记忆中，使原有认知结构发生变化。

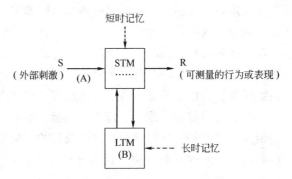

图 3-2　梅耶（R. E. Mayer）的学习过程模型

具体包括以下四个过程：

（1）学生通过看、听、闻、思维、想象等形式感知化学信息，包括化学仪器、化学药品、实验现象、结构模型、元素符号、化学式、化学反应方程式等所表达的显性和隐性信息；

（2）激活长时记忆中与化学信息相关的知识、经验，为新知识的接受做好积极的心理准备；

（3）新旧知识相互联系，即奥苏贝尔的同化过程；

（4）新的认知结构的完善，并进入长时记忆贮存，即保持过程。

2. 化学学习的实质

概括地讲，化学学习的主要实质是原有化学心理结构的改变和新的结构的形成，表现为化学知识的完善、化学技能的提高。具体可从以下几个层面来分析。

（1）从教育角度来看　化学学习是学生在教师指导下，有目的、有计划、有组织地获取化学知识，形成化学技能、发展能力，培养科学态度、方法的特殊学习过程。

（2）从认知心理角度来看 化学学习是学生获得和累积有关化学知识及经验的过程，即化学心理结构的构建过程。这种心理结构主要包括，认知经验结构、动作经验结构、情感经验结构。具体而言，即学生学习化学的过程是不间断地形成、发展、完善自己的认识结构的过程，也就是使化学事实、化学概念原理和规律等知识在学生心智中合理组合、配置形成认知网络的过程。

（3）从学习的具体过程和认知活动角度来看 化学学习的进行过程是通过一系列的心理动作（操作），如注意、感知觉、表象、联想、想象、识记、保持、回忆、分析、综合、抽象、概括、系统化、具体化等，对外来的信息或存在的资料（各种化学教学信息、材料）进行加工处理而完成的。具体而言，在现实的化学教学情境中，学生对化学知识的学习要经历感知、理解、巩固、应用几个基本阶段；对各种化学心智技能的学习要经历定向、操作、内化几个环节；对各种化学实验技能的学习则要经历定向、模仿、实践、熟练等几个阶段，从而达到获取化学知识、发展化学技能、提高化学素养的目的。

三、化学学习独特的认知特征

化学学习除了具有接受性、构建性、连续性、有意义性等学习活动的一般特点以外，还具有下面一些特殊学科特征。

1. 化学学习是以观察和实验为基础的特殊认识过程

首先，化学学科本身的发展是以实验为基础的。可以说，化学实验既是化学学科的研究手段和方法，又是化学学科的研究对象和内容，同时也是化学学科的重要知识构成。

化学教学是向学生传授有关化学学科的知识内容、态度方法、技术能力的，因而化学实验也成为化学教学的重要内容构成，自然也就是学生学习化学的重要内容。

另外，化学学习作为一种认识活动及过程，必须遵循认识活动的基本规律，如由感知到理解、由感性到理性、由浅到深、由具体到抽象、由现象到本质等过程。化学实验正是为学生认识化学问题、理解化学原理提供了具体、形象的感知对象和条件。同时观察新奇的化学现象，满足了学生的好奇心，激发了他们的求知欲。

因此，化学实验不仅是学生化学学习的重要内容之一，也是学生学习化学的重要手段和方法，还是激发学习动力、发展非智力品质、培养能力的重要途径。

2. 化学学习要求宏观、微观相结合的思想活动方式

化学知识可分为两大类，一是实验事实，如对元素化合物的物理性质、化学性质的宏观水平的描述，以及元素化合物的制法、存在和用途等知识，它们可以凭借实验现象或日常现象来直接表征（反映），故称为反映类或描述类知识。另一类是凭借宏观现象进行抽象或构思而概括得出的知识，例如化学基本概念、定律、原理、规律等，可称为"概括类知识"。

在化学教学实际中，反映类知识学习对思想活动没有特别的要求，只是对记忆活动有较高要求。概括类知识则对学生的思维活动及方式有着比较特殊的要求，需要学生善于灵活运用宏观与微观相结合、共性与个性相结合、辨析比较等思维方式进行思考。

这主要是由于一方面化学本身就是研究物质的组成、结构、性质及其相互反应转化关系的科学，学习化学就是要求掌握物质的宏观表现（实验现象及事实）与微观结构的关系，因此，化学学习中的思维活动必然需要具有宏观与微观相结合的特殊要求。另一方面，化学概念等理性知识在认识上具有间接性、二次抽象和概括性、认识角度的多重性等特点，这就要求学生运用不同的方法来理解概括类知识，有时是直接利用分析、综合、抽象、概括，而有时候是利用模型、发挥想象、甚至是猜想来获得知识。

3. 化学学习要求运用独特的词汇系统

化学元素符号、化学式、化学方程式、离子方程式、原子结构示意图式、电子式、电子排布式、结构式以及化学特殊符号等组成了独特的化学词汇系统，简称化学用语。

（1）作为交流的工具　在化学教学中对于推动学生简约地理解、认识或表达物质的特征和变化中起着一般文字或口头言语所不具备的作用，具有简明直观、概括力强的优点，借助化学用语，可以描述或揭示各种物质的组成、结构和变化规律，表示物质的数量和质量含义等。因此，化学用语是化学学习中理解、思维、记忆、应用等各项活动所不可缺少的媒介。

（2）对学生的学习提出了特殊的要求　首先，学生学习和掌握化学用语需要经历一个"识、读、写、意、练"的特殊认识过程，也就是说，需要学生根据物质及其变化来识别、了解符号及用语所代表的意义，需要通过读、写把握其意义，还需要在理解其意义的基础上，经过反复练习和运用，达到"会用"的目的。这种学习远较一般代表学习复杂。其次，化学用语与学生熟悉的一般词汇具有本质的不同，它具有广而深的内涵（言简意赅），并随着化学概念和理论的发展而不断扩展。此外，化学概念及知识观念总是用化学语汇来表示的，化学思维过程也总是和化学语汇联系在一起，这就要求学生在学习化学过程中必须是思维与语言同步发展。

第三节 ● 化学学习的动力系统

化学学习的动力系统包括需要、动机、兴趣、理想、信念、世界观等个性心理倾向，本节主要讨论学生化学学习的动机问题。

动机是发动并维持活动的倾向或意向，它是学生学习的"催化剂"，能极大地促进学习的形成和发展，大多心理学家认为，要坚持长期有效的进行认识领域的学习，动机是绝对必要的。因为认识领域的学习，要求个体具有高效的认知过程，而学习动机正是驱使认知活动的强大动力。因此，在教育教学过程中，培养学生的学习动机，发展学生的学习动力，使学生彻底从"要我学"的被动局面向"我要学"积极场景转变，具有重要的理论意义与应用价值。

一、一般认知过程的动机

1. 行为主义范式下的动机作用理论模型

桑代克、斯金纳等行为主义心理学家主张动机作用的发生是直接的，即原初刺激引起的直接反应，对于机体内部发生的各种心理过程及相应条件不以考虑。

桑代克的驱力说就是早期的动机理论，他以动物为实验对象，通过研究得出，有机体为了降低某种不愉快的激起或唤起感（如饥饿），就会以某种方式做出特定的反应（如饥饿的动物在笼中乱跑），这种不愉快的激起或唤起感即为内驱力，由此推及人类的学习也如此。

斯金纳的强化论是用来解释操作性学习与动机引起的理论，他认为引起动机与习得行为并无两样，即学习有无动机都一样，但有无强化却不同，人们具有某种行为倾向，无需谈论诸如什么内驱力、需要、目的、愿望、期望、知觉等这些主观的纯属猜测的术语，它完全取决于先前这种行为和刺激因强化而建立的牢固联系，并提出了两种强化的程式（连续强化和间隙强化）。他强调的是初始行为结果对后续行为的影响。

桑代克所强调的是原始刺激的作用，而斯金纳所强调的原始刺激引起反应后，强化对后续行为的作用，虽然所强调的侧面不同，但都忽视了主体内部的心理作用。

2. 认知心理学范式下的动机作用理论模型

行为主义动机观尽管对人类动机行为提供了部分解释，但由于只考虑可观察的、外显的刺激和反应，没有对刺激-反应（S-R）之间所可能发生的进一步的心理过程加以推测，因而无法解释，人经过相似的强化经历可以表现出不同的结果。

认知心理学家认为，动机作用的引起不是直接的，而是间接的，原初刺激并非仅仅是外界的环境条件，而是既来自外部环境，也来自学习者自身观念，它是内外因素所有引发动机的行为目标，它是被激活了的一系列内部事件并通过这些内部事件的相互作用最终间接地导致反应。

这些内部事件包括三种类型：冲突观念和不确定性；对成功或失败的归因和对未来成功或失败的预期；对他人成功行为的记忆。认知心理学范式下的动机作用理论模型如图 3-3 所示。

该模型中强化物不是有机体需要满足后的愉快状态，而是有助于学习者发现问题、解决问题的方法或获取目标的信息。

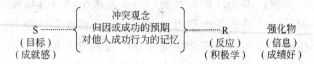

图 3-3 认知心理学范式下的动机作用理论模型

该模型相应的认识动机理论主要包括：观念冲突论、成就动机论、归因论等。

（1）观念冲突论 贝雷恩（D. E. Berlyne）指出，观念的冲突即"认知不协调"，是学习者在经历到新颖、不一致、令人惊奇、变化的学习情境时所引发的好奇，它有助于提高中枢神经系统的唤醒水平，而且情境越新越奇，不确定性越大，越容易产生观念冲突，进一步影响有机体的行为方向和强度。

好奇分为两种，一种是知觉性好奇，它是由新奇、不一致等复杂的感官刺激所引起的；另一种是认识性好奇，它是由不一致的观念，信仰或态度即内部刺激引起的，它与课堂学习中的认识活动联系更加密切。

好奇可以引起学生的求知欲，激起学生对未知事物的探索行为，减少观念的不确定性，例如学生对新奇化学实验的强烈兴趣，就是来源于好奇。由此可见，观念本身具有动机作用的性质，教师有意识造成学生的观念冲突，有利于培养学习动机。

（2）成就动机论 20 世纪 30 年代，默里（H. A. Murry）、麦克勒伦（D. C. Mcclellend）和阿特金森（J. W. Atkinson）等人，利用主题统觉测验来确定人的成就动机的差异，用来说明人类行为引发的原因。

麦克勒伦发现，具有高成就需要的个体（即成就需要测分高者），一般说来是一些开创性的人，能够察觉自己周围的挑战，并成功的应付挑战的人。

阿特金森提出，成就动机中有两种不同的倾向，力求成功的需要和力求避免失败的需要。他认为，生活使人面临难度不同的任务，人们必然会评估自己成功的可能性，对于力求成功的人往往选择有所成就的任务，使自己面临现实的挑战，而对于避免失败的人往往选择易获成功的任务，使自己免遭失败的打击。

因此，分析学生的动机倾向，对于不同的学生采取不同评价方法和不同的教育方式，有利于激发所有学生的学习积极性。

（3）归因论 观念冲突论和成就动机论所探讨的是人类行为产生的原因，而归因论却是从人类行为结果反过来阐述行为激起的动力。

威纳（B. Weiner）于 1972～1979 年就人对自己的行为结果的解释（归因）作了系统探讨，威纳认为，当人将某一行动的结果看作是运气、机遇、命运或别的权威人物的产物时，他便相信自己处于外部控制下，反之，便相信自己处于内部控制之中，并将影响人类行为的因素归纳为两个维度，稳定性与控制性。

教育心理学家进一步研究发现，如果学生将成功（或失败）归因于稳定因素，则他们可能会对以后类似的任务做出成功（或失败）的估计，如果归因于不稳定因素，则他们可能会做出不确定性估计；如果学生将成功归因于努力等可控制因素，他们就会信心百倍，并预期今后获胜，如果学生将成功归因于运气等不可控制因素，他们就会产生感激之情，并希望以后仍交好运。

因此，引导学生对学习结果的正确归因，对学生后续学习的影响非常重要。

3. 需要层次理论

马斯洛（A. H. Maslow）提出的动机作用论认为，人有七种基本的需要，按从低级到高级依次为七个层次，第一层为生理的需要，第二层为安全和保护的需要，第三层为对爱、感情、归属的需要，第四层为对尊重、价值或自尊的需要，第五层为对认识和理解的需要，第六层为对美的需要，第七层为对自我实现的需要。同时，他认为人必须在满足低级需要后才能具备高级需要。

二、学生的学习动机

奥苏贝尔明确指出，动机与学习的关系是辨证的、相辅相成的。动机以增强行为的方式促进学习，而所学到的知识反过来又增强学习的动机。因此，在某些情况下，提高学习动机的最适宜的方式是把重点放在学习的认知方面，而不是动机方面，依靠富有成效的教育成绩来增强学生进一步学习的动机。

奥苏贝尔认为，学校情境中的成就动机至少包括三方面的内驱力，认知内驱力、自我提高的内驱力和附属内驱力。他还认为学生所有指向学业的行为都可以从这三方面的内驱力加以解释，并提出认知内驱力与自我实现的人的"了解与理解的愿望"有关，自我提高的内驱力大致与"尊重、自尊"的需要相对应，附属内驱力则与"爱和自居的需要"相对应。在奥苏贝尔看来，马斯洛的严格按顺序的层次需要并非绝对不可逾越。

1. 认知内驱力

认知内驱力是一种要求了解和理解的需要，要求掌握知识的需要，以及系统地阐述问题并解决问题的需要。这种内驱力多半是来源于好奇，倾向于探究、操作、领会以及应付环境等有关心理因素，在对儿童的日常观察中，我们发现他们经常问这是什么，那是什么，为什么，等等，这主要是出于儿童的好奇心与探究欲望。

然而，个体的这些倾向或心理素质，最初只具有潜在的而非真实的动机性质，也没有特定的内容和方向。这种潜在的动机力量，要通过个体在实践中不断取得成功，才能真正表现出来，才能具有特定的方向，由此可见，学生对某学科的认知内驱力或兴趣远不是自生的，主要是获得的，也有赖于特定的学习经验。

认知的内驱力是学生学习中一种最重要的和最稳定的动机，这种动机的目标指向学习任务本身（为了获得知识），满足这种动机的强化物（知识，实际获得）是由学习本身提供的，因而也被称为内部动机，而不是以赢得学业成就以外的奖励的外部动机。

目前，教育心理学家越来越重视内部动机的作用，越来越强调以"了解和理解"激发学生进一步学习的动机和价值。

2. 自我提高的内驱力

自我提高的内驱力是个体对以自己的胜任能力或工作能力而赢得相应地位的需要。它不是直接指向学习任务本身，而是把赢得地位与自尊心看作是成就的关键，这显然是一种外部动机。

对学生来说，自我提高的动机，既是学生力图用学业成绩来取得名次的一种手段，也是他们在未来的学术生涯或职业生涯中谋求做出贡献和取得地位的一种手段。

心理学家强调内部学习动机的重要性，但并非片面地认为发展外部学习动机不重要，因为很少人始终能表现出充分的认知内驱力，以致把掌握大量的教材看作学习本身的目标。此外，自我提高的抱负，它既是取得相应资格与自尊感的先决条件，又是取得相应职业与地位的重要手段。因此，适当激发学生自我提高的动机也是必要的。如教师对学生成绩或努力的充分肯定，能够满足学生成就动机中的自我提高的需要。

同时与学业上的失败相联系的那些可能导致学生丧失自尊的威胁，也是可以促使学生做出长期而艰巨的努力，如惩罚的威胁，它可以促使学生为了自己的名誉、学分、文凭而去发奋学习，在严格而明确的教学要求的前提下，制造这种威胁也是教师的一种教学策略。

心理学的研究证明，设想自己的大部分学生能够在没有严格而明确的教学要求下自觉地进行学习，完成规定作业，安分守己地接受考核，这只是生活在幻想中的教师的愿望。有心理学家指出，考核的动机力量，更多地在于失败的威胁，而不在于成功的希望。但必须注意的是惩罚等威胁不可走向极端，不应让学生一直遭受学业上失败的打击，更不可做有损学生人格的体罚。

3. 附属内驱力

附属内驱力是指一个人为了赢得长者的赞许或认可而表现出来的把工作做好的一种需要。也就是说，学生从长者那儿博得的赞许或认可中获得了一种派生的地位，这种派生地位不是由学生本身的成就水平决定的，而是从他所追随的某位长者不断给予的赞许或认可中引申出来的。享受这种派生地位乐趣的人，会有意识地使自己的行为符合长者的标准和期望，借以获得并保持长者的赞许，从而使其派生地位更加牢固。这种学生与长者在感情上的依附性，决定了长者成为学生所追随和仿效的人物。因此，教师以身作则、为人师表、榜样示范对学生的学习具有重要的影响。

值得注意的是，认知内驱力、自我提高的内驱力及附属的内驱力三部分的比重通常会随年龄、性别、种族及人格结构等因素的不同而不同。儿童早期的附属内驱力表现最为突出，到了后期（少年期）和青春期不仅在强度方面有所减弱，而且开始从父母转向同伴，在此期间来自同伴的赞许或否定就成为一个强有力的动机因素。

4. 学习动机的激发

在教学过程中激发学生学习动机是非常必要的，但是不是动机水平及强度越高对完成学习任务越有利呢？有研究表明，从事学习活动需要较高的学习动机，但动机激起水平并不是越高越好。在一般情况下，随着动机水平的增加，作业效率也会相应提高，但超过了一定限度时，作业效果反而会变差，这就是著名的耶尔克斯·道德逊定律（见图 3-4）。

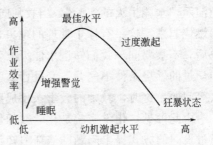

图 3-4 作业效率与动机激起水平的关系

图 3-4 表明，对于同一个学生，相同难度的学习任务，存在着最佳的动机激起水平，过高或过低的动机都不利于学习的正常进行。

但是，对于不同难度的学习任务所需要的最佳动机水平不一样，通常来说，完成容易的任务时，最佳激起水平位置较高，完成中等难度任务时，中等激起水平最佳，任务越困难，最佳激起水平位置越低。因为对于简单或容易的任务，较高的动机水平可以使学生加快反应速度，完成更多的任务，从而提高作业效率。相反，复杂或困难的任务，若动机水平太高，会分散注意，甚至产生焦虑紧张情绪，妨碍学生在复杂情景中做出正确的判断和评价，学习效果反而不好。

有研究表明，过于容易或简单的学习容易导致学生不恰当的学习期待，不利于激发学生强烈的学习动机，而过于困难和复杂的学习容易导致学生消极的学习期待，也不易激发学生强烈的学习动机。

因此，在教学中，教师不仅应根据任务的难度，适度地激发学生的学习动机，而且还要创设具有中等困难程度的学习任务及问题情景，以便学生有效发挥动机的作用。

三、化学学习动机培养的教学策略

学习动机的激发是指在一定的教学情境下，利用一定的诱因，使已经形成的学习需要由潜在的状态变成活动状态，形成学习的积极性。

教师的任务就是使学生潜在的学习愿望变成实际的主动学习行为，作为化学教师，还必须结合学科的特点，有效地实施学习动机的培养，使学生不仅热爱化学、喜欢化学，更是熟悉化学的思维、把握化学的学习方法。

1. 充分运用化学实验，创设问题情境

问题情境是指具有一定难度、需要学生努力克服，而又力所能及的学习情境，即适度的疑难情境，其中任务难度是构成问题情境的重要因素，当难度系数为 50% 时，追求成功者的动机最强。精心设计的化学实验不仅具有新奇的化学实验现象，而且蕴含有新旧知识之间的联系，学生自己动手做实验或观察教师的演示实验后，必然对新奇的实验现象产生强烈的好奇心和众多的疑惑，同时也就具有了强烈

的探求欲望。

例如在高中化学"钠及其化合物"部分，教师在讲授氧化钠、过氧化钠的性质前演示"水能生火的实验"，当教师向裹有过氧化钠的脱脂棉上滴水时，脱脂棉突然燃烧起来，这一有悖于常理的现象，必然引起学生极大的兴趣，学生观察到该现象后，不禁要问：我们知道水能灭火，这里滴水为什么反而还会燃烧呢，是不是初中学过的燃烧条件不完善，又是什么引起脱脂棉燃烧的呢，其化学反应的原理是什么等问题。这时，教师的教学条件成熟，教师的新课讲授将顺理成章。

由此可见，化学实验是化学教师创设问题情境最有利的条件。除此以外，还可通过设问的方式提出问题、从新旧知识联系引入问题、从学生生活经验引入问题、从比较差异提出问题等方式设计教学情境，而且，问题情境不一定局限于新课教学以前，还可在教学过程中或在教学结束后创设。

2. 充分利用反馈信息，给予恰当的评定

心理学研究表明，来自学习结果的种种反馈信息，对学习效果有明显的影响。因为它有利于学生根据反馈信息调整学习活动、改进学习策略，有利于学生为了取得良好的成绩或避免失败而增强学习动机。信息反馈的形式有多种，既可以是在分数的基础上给予等级评价和顺应性评语，还可以是教师微笑的表情和其他赞许的体态语言。

2008 年黄丽、吴鑫德等开展了高中生化学作业批改方式对其学习成绩影响的实证研究，他们首先制订了"化学作业批改方式的实施计划"，然后，对学生的化学作业采用了全批全改、面批面改、当堂自批、小组互改、抽样精批细批、评语批改等方式，学生在上交作业的当天，教师不但给予对或错的评价，还给予适当的、针对性的评语，包括错解原因分析、解题方法指点、批评警句和表扬鼓励等。在实际教学操作过程中，还及时记录了学生对作业批改的情感反映、态度变化、化学成绩变化等项目。结果表明，经过一个学期的实践，学生对化学学习的兴趣更浓了，化学学习的信心更足了，化学学习成绩明显提高了。据此，我们认为教师应该转变传统作业的批改方式，应把批改作业当成是与学生沟通情感的良好机会，针对不同的学生写上不同的评语，即使只有一个赞许的词，也会使学生受到莫大的鼓舞；应该把批改作业当作是给每一个学生上一次辅导课，为其指出优点及不足，使学生有所收获；应该把作业的自批、互批当成是交给学生的一份学习任务，来促进学生的成绩及能力的提高；应该把批改作业当成是评价自己教学成功与否的一面镜子，通过学生作业的反馈，来反思自己的教学是否成功，进而改进今后的教学工作；应该把批改作业当成是提高教学质量的重要途径。

这一研究虽然只是在学生的化学作业批改方式方面印证反馈信息的作用，但有效地说明了反馈信息在教学中的重要价值，因此，教学中及时给予学生恰当的学习反馈，能够有效激发学生的学习积极性、主动性。

3. 合理进行奖罚，维护内部学习动机

心理学家赫洛克（E. B. Hurlook）曾于 1925 年做过一个实验，他把 106 名四、五年级的学生分为四个等组，各组内的能力相当，在四种不同的情况下进行难度相等的加法练习，每天 15 分钟，共练习 5 天。控制组单独练习，不给任何评定，而且与其他三个组学生隔离。受表扬组、受训斥组和静听组在一起练习，每次练习之后，不管成绩如何，受表扬组始终受到表扬和鼓励，受训诉组都受到批评和指责，静听组则不给予任何评定，只静听其他两组受到表扬或批评。然后探讨不同的奖惩后果对学习成绩的影响。

结果表明，对学生实施合理的奖惩，有利于其学习成绩的提高（见图 3-5）。

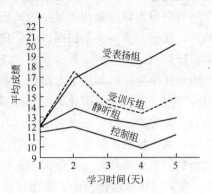

图 3-5　奖励与惩罚对学习结果的影响

值得注意的是，对学生不良的学习行为或习惯，适当的惩罚是必要的，但不可过度，更不可经常性的采用，否则将会影响学生的自我效能，使之失去学习信心。将表扬与惩罚结合起来，即使是对于学习成绩暂时落后的学生，我们也要敏锐地发现其闪光点，并及时给予充分的肯定、表扬和鼓励，以促使其树立改正错误、发奋学习的信心和决心。例如，让化学课经常调皮捣蛋的学生到讲台上来，协助老师一起完成化学演示实验，并向大家描述自己所看到的化学实验现象，这一举动足以让他感到教师对他的信任和同学对他的期待，也必将促使其更加认真学习化学，由此达到外部学习动机向内部学习动机的转化。

4. 合理设置课堂环境，妥善处理竞争与合作

有研究表明，不同的课堂结构有利于激发不同的学习动机，竞争型课堂有利于激发以表现目标为中心的学习动机，合作型课堂有利于激发以社会目标为中心的学习动机，而个体化课堂有利于激发以掌握目标为中心的学习动机。

因此，教学过程中，教师要正确认识并妥善组织学习竞赛，要激励学生乐于接受挑战，要鼓励学生坚持不懈地完成挑战性任务，使他们在完成任务时体验到一种愉悦感、满足感以及自豪感。对学生完成挑战性任务时要给予更高的评价，当然，我们应把挑战的水平定位在学生自我效能的水平上，对自我效能低的学生，一开始应给他们能完成的较容易的任务，逐渐培养他们的自信心。

5. 适当进行归因训练，促使学生继续努力

归因是对于成功与失败的解释，它影响了学习动机，进而影响着学生未来的学习行为。

如果学生把学习成败归因于内在的、稳定的因素，这是一种积极的归因方式，成功时他们将会体验到自豪感与满意感，并期望进一步获得成功，他们就会更努力地学习，遇到困难或失败时也能够继续坚持下去，这种归因方式可以增强成功期望和行为的动机，并产生积极的情绪体验。相反，如果他们把成功归因于他人的帮助或其它的外在因素，那么他们会心存感激而非自豪。如果学生把失败归因于内在能力的缺乏，他们就会很轻易地放弃努力，甚至产生习得性无助感。

因此，作为教师，在学生学习成败的时候，有意识地对学生进行归因训练，引导学生进行积极归因，防止学生习得性无助，十分必要。

所谓归因训练是指通过一定的训练程序，使学生掌握归因技能，有意识地进行归因，逐渐改变不良的归因模式，建立积极的归因模式，从而提高学习积极性。具体步骤如下：第一步，通过观察、谈话或问卷测验等方式了解学生的归因倾向；第二步，让学生进行某种学习活动，并取得成败体验；第三步，让学生对自己的成败进行归因；第四步，引导学生进行积极的归因。当学生将成功归因于自己的努力和能力，将失败归因于自己努力不够时，教师要给以积极强化；如果学生将成功归于外因，将失败归于缺乏能力或外因，那么，教师要对学生进行归因指导，告诉学生成功是你努力的结果，而失败则是你努力不够。

在归因训练的过程中，教师要注意，归因训练是给学生以积极的归因反馈，帮助学生寻找有积极意义的归因，而不一定是找学生成败的真正原因；归因训练要与学习策略指导相结合，当一个学生已付出很大的努力而仍然失败时，教师仅仅指出学生努力不够是不具有说服力的。这时应对学生进行学习策略的指导，教给他一些新的方法，然后再激励学生努力去尝试这一新方法；归因训练不是一次就完成的，教师要在学生学习的各个环节，反复训练，直至学生形成稳定而理想的归因倾向为止。

本章小结

本章主要介绍了中学生的年龄特征、化学学习的认知特点及化学学习的动力特征。

1. 初中生的年龄一般为十一二岁到十四五岁，这个年龄段的学生往往处于半幼稚、半成熟的过渡时期，独立性与依赖性，自觉性与幼稚性错综复杂。高中生的年龄一般为十四五岁到十七八岁，他们正处于青年初期，身体发育已臻成熟，身高、体重接近成人水平；神经系统发育基本完成，兴奋与抑制过程基本平衡，但机能的复杂化仍在继续发展；性机能发育基本成熟，男女生体型气质分化明显。

2. 学生的个别差异表现在很多方面，而与学习密切相关的通常是能力倾向的个别差异。这种个别差异表现在三个方面：一是智力和已有知识经验的差异；二是成就动机及相应的个性特征的差异；三是学习风格差异。

3. 化学学习学生在一定的环境条件下，通过一系列的认知活动，接受化学信息，并经过主体的主动加工和训练，形成、发展完善自己的认知结构，使化学事实、概念、原理及技能组成一个合理的网络，贮存于人脑的长时记忆之中的全部过程。化学学习的主要实质是原有化学心理结构的改变和新的结构的形成，表现为化学知识的完善、化学技能的提高。

4. 化学学习独特的认知特征有：化学学习是以观察和实验为基础的特殊认知过程；化学学习要求宏观、微观相结合的思想活动方式；化学学习要求运用独特的词汇系统。

5. 化学学习动机的激发是指在一定的教学情境下，利用一定的诱因，使已经形成的学习需要由潜在的状态变成活动状态，形成学习的积极性。

作为化学教师，要使学生潜在的学习愿望变成实际的主动学习行为必须注意激发学生学习动机的相关策略。

练习与思考

1. 什么是个性？在课堂教学过程中，根据学生的个别差异，化学教师应如何培养学生的个性？

2. 化学学习有其特殊的认知过程和思维形式，在实际教学过程中，应如何渗透这些学科特征指导学生的学习？

3. 请谈谈你在教学过程中都采用了哪些方法来激发学生的化学学习动机？效果如何？

第四章

化学学习中的认知规律与教学

化学学习中的认知操作包括注意、感觉、知觉、表象、表征、记忆、思维、问题解决等认知心理活动内容。这些认知活动的操作，既是化学知识学习的实质和核心，也是化学学习能力培养、化学智能发展的基础。它们在化学学习活动中不仅客观存在，而且具有各自特定的内涵、活动机制、活动过程和条件。

因此，了解、熟悉并灵活运用化学学习中的认知操作规律，对提高化学教学质量、促进教学改革具有重要的现实意义。本章主要介绍注意、感知、记忆与思维四种认知过程及其规律。至于表象、表征及问题解决等认知操作将分别在第六章和第七章介绍。

第一节 ◉ 注意规律及其在化学教学中的应用

注意本身不是一种独立的心理过程，而是伴随着其他心理过程而产生的心理现象。如果脱离了感知、记忆、思维、想象等心理过程，注意就不复存在了。人类一切心理活动的进行都离不开注意，学生的学习活动无时无刻不伴随注意而发生。一个会学习的学生，往往注意力非常集中，一个有经验的教师，通常会根据学生课堂表现，适时地调整教学方法，以吸引学生的注意力。

一、注意概述

注意是心理活动对一定对象的指向和集中。如果说把注意比喻为"摄影"，那么，注意的指向性就类似于"取景"，即从众多的事物中选择出要反映的对象，而注意的集中性就相当于"调焦"，是指心理活动高度地关注某种对象，以全部精力保证对选择对象进行鲜明清晰的反映，而对其他的无关活动进行抑制。例如，学生在课堂上观察化学演示实验时，将注意力有选择地指向讲台上的实验装置和实验药品，这是注意的指向性；同时还要克服自身的疲倦、排除其他干扰，而将注意力集中在化学实验现象上，这就是注意的集中性。

注意的三种基本类型是：无意注意，即一种事先没有预定目的，也无需作意志努力的注意；有意注意，即一种有预定目的、需要付出意志努力的注意；有意后注意，即一种有明确目的但不需要意志努力的注意，如化学教师准备取液体药品时，手拿试剂瓶就会自然地将手心对着标签的操作。

二、注意的内部作用机制

从 20 世纪 50 年代后,人们对注意的内部机制进行了深入的研究,并总结出了一系列的心理学理论。其中有三种典型的、有代表性理论能够较好地解释注意发生、发展的内部机制。

1. 衰减器理论

衰减器理论是 1960 年特瑞斯曼(A. M. Treisman）提出的,该理论认为,人的神经系统高级中枢的加工能力极其有限,为了避免系统超载,外界众多的信息首先需要过滤器加以调节,选择一些信息进入高级分析阶段,而其余信息暂时储存在感觉记忆之中,然后迅速衰退。正如图 4-1 所示,A、B 等大量的外界信息经过过滤后,只剩下 A 进行相关分析。然而,这种理论并不能解释当注意已经过滤了所有被忽视的材料使得回忆不可能发生时,有些人仍能回忆一些信息的情况。

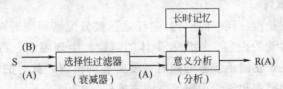

图 4-1 特瑞斯曼的注意衰减器模型

2. 主动加工理论

主动加工理论是 1963 年提出的,它将注意的信息加工分成两个相互联系的阶段,前一阶段是人对刺激物的特征进行加工分析,帮助人们确立要搜索的目标,而后一阶段则是保留重要的目标线索,衰减次要信息（见图 4-2）。该理论与衰减器理论不同的是强调了在知觉分析过程中意识的参与。

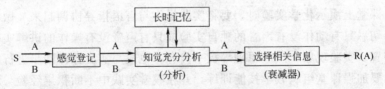

图 4-2 主动加工理论模型

3. 中枢能量理论

中枢能量理论又称资料限制与智源限制理论。该理论认为信息加工和选择的效果受智源数与任务数的影响,智源数越多,任务数越少则注意的效果越好。同时智源的数量与质量受情绪、药物等因素影响,加工效果也受资料质量的影响。

三、注意规律及其在化学教学中的应用

1. 注意的稳定性

注意有一定的稳定性,但受时间、材料内容、呈现方式、情绪、气氛等因素影

响。心理学家设计了一个"钟表实验"——钟表指针以 0.3 秒的时间间隔匀速跳动，途中随机插入一个 0.6 秒的时间间隔跳动，让被试分辨并报告插入的时刻。结果发现，注意在 20～35 分钟后开始出现衰减。

由此可见，注意的稳定性是相对的，为了保持学生课堂注意力的集中，我们应注意以下几个方面：

（1）教师要科学安排课堂活动的时间分配，在课堂上连续的讲授时间应控制在 20 分钟左右，并且，重要内容要优先讲解；

（2）教学内容要选择多种呈现方式，充分调动多种感官刺激，以加强刺激强度；

（3）教学方式要灵活多变，以防学生学习活动单一与僵化；

（4）教学进程中要适时、适度地调节课堂气氛，防止学生注意衰减；

（5）要尽可能的优化教学环境，防止无关刺激对正常教学的干扰。

2. 注意的分配性

注意的分配性是指在同一时间内，"注意"被分配到不同的对象和活动中的比例，它与对象及活动的内容、性质及个体的情绪、生理因素、熟练程度等因素有关，例如：学生在观察演示实验的同时还要听教师讲解，此时的注意该如何分配，就必须根据教学的要求和教学内容等方面来确定。

作为化学教师，除了一般教师应注意的内容（如教师服饰的颜色和款式、教学材料的交替变换频率等）以外，特别要把握以下几点。

（1）化学实验操作技能的科学化、熟练化、自动化　教师的实验操作不仅是确保教学顺利进行的保障，而且是学生学习化学实验基本操作的示范，教师的不合理操作可能对学生引起误导，教师不熟练操作可能对学生情绪、课堂秩序造成影响，进而影响学生对重要信息的关注。

（2）课堂上演示化学实验时，要将实验操作与言语指导协调起来　做到边演示边讲解，切忌只有动作没有声音的独自实验或只有声音没有操作的讲解实验，即便是实验装置、实验现象、反应原理等板书内容，也应与实验操作同步进行。

（3）要加强课堂组织教学技能训练，并在教学实践中不断积累经验　课堂组织教学包括课堂引入、新课讲授、课堂练习、课堂实践、课堂讨论及课堂总结等内容，在每一个项目教学中，应根据注意的指向性和集中性恰当地将学生的注意引导到相应项目中来，例如教师在演示氢气还原氧化铜的实验中，教师不能只是提醒学生观察实验现象，应具体地说明"请学生观察试管中氧化铜粉末的颜色变化、试管中是否产生水珠"等，这样学生的注意力就不至于分散。

3. 注意的转换性

"注意"转换的时间及质量，取决于前后活动的差异及个体对前一活动的态度，一般转换的时间为 1～2 秒，但前一活动高度紧张，前后内容联系少，则转换困难，所花费的时间要多一些。在教学过程中，教师恰到好处地把握各项教学活动的转换时间，既能确保教学效果，又能科学利用有限的课堂教学时间。

（1）教学情境的内容设计要与新授课内容在时间、空间上接近，并引导学生关注相应的重要信息，以确保学生的注意力从教学情境向教学内容的顺利转换。例如在讲授初中化学"二氧化碳的性质"时，教师经常会先让学生观看"死狗洞"的故事画面，观看结束教师应立即关闭动画，并引导学生转换活动，思考狗进入山洞死亡可能的原因，进而展开讨论。

（2）要正确把握学生活动转换时间。在课堂教学过程中，教师经常会要求学生进行观察、倾听、书写、思考等多种活动，当学生从一项活动转换为另一活动时，教师要根据全班同学的完成情况，待多数已经完成后，方可进入下一环节。例如教师在黑板上板书化学反应方程式后，要给学生保留观察或记笔记的时间，不能立即继续讲解或操作实验。

四、集中学生注意力的教学策略

依据注意的影响因素及相关注意理论，科学采取一定的教学策略，不仅有利于教学的有序展开，而且有利于教学的高效进行。

1. 优化教学环境，防止学生分心

所谓教学环境是指学生周围的所有物质，包括声、光、电、文字、图画、仪器、设备等。化学教学中，教师经常需要带仪器、模型等实物进入课堂，如果教师一开始就将这些实物摆放在讲台上，势必影响学生听课的注意力，教师应该先摆放在讲台下面，待需要使用这些实物时再一一呈现给学生。此外，教学中经常需要对物质微观结构、危险化学反应、化学故事等制作多媒体课件，这些课件也不要附带其他诸如"猫""狗"等影响重要信息的无关动画或图片，以免分散学生的注意力。

2. 改进教学方式，引起无意注意

化学演示实验通常要求操作简便、现象明显，明显的现象无疑能够引起学生有益的无意注意，同样，在多媒体教学课件等直观教具中"动画"比"图片"更能够引起学生无意注意；进行酸碱等滴定操作时，溶液从无色变为红色观察更为敏感。因此，在教学过程中，有意识突出重要信息的颜色变化、有目的地制作教学课件，都将有利于引起学生的无意注意。值得一提的是，化学中的很多微观结构模型，如氯化钠等物质的晶体模型、甲烷等有机物棍棒模型，对于部分微粒之间大小比例、作用力及颜色等做了适当的夸张或改变，与实物并非完全一致，这就要求教师在讲解这些模型时给学生予以正确说明和解释，如在氯化钠晶体模型中，氯离子为绿色，实际为无色，模型只是为了突出氯离子与钠离子的区别，而甲烷的棍棒模型中，碳原子与氢原子并非由一根棍棒联结，而是看不见的化学作用力，这样就可避免无意注意给学生带来误导。

3. 关注学生的主观状态，及时调整学生的情感情绪

学生的主观状态是他们学习的基础，在教学过程中，教师生动有趣的讲解、明确具体的提问、积极肯定的评价、富有挑战性和针对性的练习等实践活动，均能够有利于调整学生的情绪状态，让他们体验到成功的快乐和学习的愉悦，因此，教学过程中，根据学生课堂实际，及时调整教学方式，将有利于他们保持乐观的情绪和饱满的热情。

4. 明确学习目的与要求，增强学习的动力

学习目的是学生学习的动力之一，在教学过程中，教师让学生明确了自己学习的具体目的，包括哪些是一定要掌握的，哪些只需要了解，那么，学生在听课、笔记、观察等过程中就更加有的放矢，注意的目标更加明确，学习效果将更好。2010年唐琳、吴鑫德等在《高中化学课堂目标结构与学生目标定向情况的调查及干预研究》中就得出这样的结论，在高中化学教学过程中，教师有意识地对学生实施课堂目标定向教学干预，学生的化学学业成绩具有显著提高。由此可见，学生学习目的明确，学习的注意力集中，学习效率就有显著提高。

5. 把智力活动与实际操作相结合

新课程理念特别强调"体验"，不仅是体验所学知识的实际价值，更是体验实践过程的愉悦。化学课堂教学中的实验操作、课外研究性学习课题研究或化学科技小制作都属于实际操作范畴，我们应该鼓励学生克服畏难情绪、恐惧心理，大胆让学生开展实践探索。例如学生自制鞭炮，自做水中花园、魔棒点灯等趣味实验等，学生将在实践中所遇到的问题带入课堂学习，他们的学习目标更加明确，注意力更加集中。

6. 培养学生的间接兴趣

所谓间接兴趣是指那些间接影响学生学习积极性的因素，包括历史故事、人物传记、学习楷模、经济效益、社会价值等内容。学生受到这些因素的影响，驱使他们努力学习，以实现自己的人生目标与价值。因此，在化学课程教学中，对学生介绍化学发展史、著名化学家的故事、化学的重要价值等，都将有利于激发化学的学习兴趣，提高课堂的注意力。

7. 加强学生意志锻炼

学生的学习过程大多情况下是一种有意注意，而有意注意必须要意志来维持，因此，在教学过程中，严格要求学生，对学生不良的注意习惯及时制止，有意识培养其良好的注意习惯，将有利于注意品质的提高。

8. 运用注意转化的规律进行教学

注意有三种类型，无意注意、有意注意和有意后注意，教学过程中教师应根据实际灵活转换，以达到最佳的教学效果。例如当学生注意集中于观察化学实验现象时，可引导学生从无意注意向有意注意和有意后注意发展，如在学生观察实验后，引导学生描述主要化学现象外的其他异常现象并思考产生这些现象的化学原理等。课堂教学进行到一定时候时，发现学生有些疲劳、涣散时，又可引导学生从有意注意转换为无意注意，如观看化学物质的用途、工业制备等图片或视频等。如此交替，不仅可有效调节教学气氛，维持学生注意，而且还为学生展示了化学的思维方法和学习方法，使他们将化学实验装置—实验现象—实验原理—应用价值等连成一条主线，有利于认知结构的完善。

第二节 感知规律及其在化学教学中的应用

一、感觉与知觉

1. 感觉

在日常生活中，我们经常使用“感觉”这个词，但有时用得准确，有时用得不够准确。心理学中的感觉是指人脑对直接作用于感官的刺激物的个别属性的反映，是一种最简单的心理活动现象，是一切较高级、较复杂的心理现象的基础。人们看到物体的某种颜色，听到物体发出的某种声音，闻到物质散发出的某种气味，感受到自身对水或食物的饥饿，都是外界物体个别属性通过人体感官作用于人脑引起的心理现象，这就是感觉，包括视觉、听觉、嗅觉、味觉、触觉等外部感觉和运动觉、平衡觉等内部感觉。

在学生学习化学过程中，经常需要通过调动自己的感官，倾听教师的讲解，观看化学实验中物质颜色的变化，闻一闻化学反应中物质气味的变化，摸一摸反应容器温度的变化，以达到获取化学知识的目的。因此，感觉这一心理活动也就成为学生学好化学的基础和前提。

2. 知觉

人们通过感官获取了外部世界的信息以后，并非一直保留在头脑中不变，而是要经过头脑的综合、分析等加工，并产生对事物的整体印象，这种人脑对事物整体的反映就是知觉。因此，知觉是人脑对感受到的外界信息的初步加工，是对事物整体属性的能动反映。知觉与感觉既有区别又有联系，从过程上来看，知觉是建立在感觉的基础之上的，是刺激物作用于感官产生的，同时又含有意识对客体的觉察、分辩、识别、确认等活动成分，具有直观性和初步的概括性。

感觉与知觉的过程如图 4-3 所示。

感觉过程

人脑——感官——刺激物的个别属性——初步加工——识别、判断、确认

知觉过程

图 4-3　感觉与知觉的过程

3. 感知觉的影响因素

影响感知的因素主要包括主客观两个方面。

客观变量是指刺激物本身的强度、差异、动静等特性，如声音的大小、颜色耀

眼的程度、气味浓烈程度、状态变化幅度等。不同的特性引起不同的感知，同一特性不同强度也会引起不同程度的感知。

主观变量包括主体对事物的态度、需要、兴趣、爱好；主体对活动的预先准备状态；主体本身的认知经验、已有知识、情感体验等，都将直接影响主体对于感觉到的外界信息的加工水平。

二、感知规律

1. 感觉的规律

（1）视觉　视觉与明度有关，所看到的物体各个部分明亮对比度越大越清晰；与可见光波长有关，一般为 380～780nm，在所有可见光中，人们通常对 500～625nm 光比较敏感，也就是红色、橙色和黄色敏感。

（2）听觉　听觉与音调和音响有关，人的听觉频率范围是 16～20000Hz，其中 1000～4000Hz 是人耳最敏感的区域，且 1000Hz 的声音持续的时间至少要 10 毫秒；音响强度大，听起来响度高，对人来说，响度的阈限为 0～130 分贝，人们普通谈话响度约为 60 分贝。

（3）触觉　触觉与人体部位有关，一般来说，额头、眼皮、舌尖、指尖的触觉感受性较高，手臂、腿其次，胸腹部、躯干较低。

（4）温度觉　温度觉与身体不同部位的温度和接触面积有关，若刺激温度高于皮肤表面的温度，则引起温觉，相反，则引起冷觉，一般来说，身体裸露部位温度为 28℃，前额为 35℃，衣服内为 37℃，且受刺激的皮肤接触面越大，温度觉越高。

（5）嗅觉　嗅觉是由气味的气体物质引起的，这些物质作用于鼻腔上部的黏膜中的嗅细胞，产生神经兴奋，经嗅束传至嗅觉的皮层部位——海马回、沟内，因而产生嗅觉。嗅觉的感受阈受许多因素的影响，人类对不同性质的物质感受性不同，对同一物质的嗅觉也因环境条件、身体状况不同而不同。

（6）味觉　味觉是由化学溶液中的物质引起的，一般来说，舌尖对甜味比较敏感，舌中对咸味、舌两侧对酸味、舌后对苦味比较敏感。

2. 知觉的规律

（1）知觉的整体性　知觉的整体性是指当我们知觉的客观事物，由不同的部分或不同的结构组成时，我们并不把它们知觉为个别孤立的部分或结构，而倾向于把其知觉为一个统一的整体的特征。

知觉的整体性不仅依赖于我们的知识经验，而且也与知觉对象的特点有关。其中，刺激物的结构是制约知觉整体性的主要因素，空间距离彼此接近或相似的部分容易知觉；结构简单和结构对称的容易知觉；连续的、封闭的部分容易知觉。

（2）知觉的选择性　知觉的选择性是指人在知觉客观事物时，有选择地从复杂的刺激环境中以少数事物为知觉对象加以优先知觉，而把其他部分当成知觉的背景。例如，学生认真听讲时，经常把教师的语言以及黑板上的字作为知觉的对象，而把其它的声音以及墙上的其它东西作为知觉的背景。

影响知觉选择性的主要因素有四个方面：

① 对象与背景的差别　差别越大，就越容易把对象从背景中选择出来；差别越小，就越难把对象从背景中区分出来。如教科书中最重要的地方总要打上重点或用特殊字体排出。教师在学生作业的背景上用红墨水批改和评分，正是为了突出评语和分数。

② 知觉对象的运动状态　在固定不变的背景上，运动的物体比静止的物体更容易被优先知觉。例如，夜空中的流星、幻灯、电影等活动教具，都易被人们知觉。

③ 知觉对象各部分的组合特点　刺激物固有的组合特点常常是区分知觉背景与知觉对象的重要条件，凡是空间距离上比较接近或形态上比较相似的更容易当成知觉对象。

④ 人的主观状态　知觉者的需要、兴趣和爱好，当时的心理状态，一般的知识经验，以及刺激物对人的意义是否重要等等，都在一定程度上影响着知觉的选择性。如樵夫进山只见柴草，猎人进山只见禽兽。

（3）知觉的理解性　知觉的理解性是指人们以过去的知识经验为基础，力求对知觉对象做出某种理解与解释，使它具有一定的意义并用语词加以标志的特征。

知觉的理解性受个人已有的知识与经验的影响。知觉的理解性与言语提示有着密切的联系。言语对知觉理解具有指导意义。如在教学中，教师常常会使用生动活泼的语言来帮助学生加深对学习内容的理解，特别是当对象本身的标志不明显时，通过言语的指导和提示可以唤起人的过去经验，补充知觉的内容，形成清晰、完整的理解。

（4）知觉的恒常性　知觉的恒常性包括大小恒常性、颜色恒常性等，是指当知觉的客观条件在一定范围内改变时，我们知觉的映象并没有随知觉条件的变化而改变，而表现出相对的稳定性的现象。

例如，在身边有一只狗，而在远处有一头牛，虽然它们在视网膜上的成像不同，但人的主观知觉仍然是牛比狗大，也就是说，还是按它们的实际大小来知觉的。又如在黄光或蓝光等不同背景下看一面红旗，仍会把它知觉为红色。

知觉的恒常性与视觉线索作用有关，人们正是利用这种大小、距离、形状与观察角度等线索，并结合已有的知识经验，保持了对客观世界比较稳定的知觉。但知觉的恒常性并不是绝对的，它与一个人的实践经验有关，在一定条件下会受到破坏。例如，人在高楼上望着开往远处的汽车，知觉对象的大小就会发生改变。

三、感知规律在化学教学中的应用

感知活动是学生学习化学的基本活动，结合学科特点，有意识地运用感知规律指导学生学习化学，不仅可有效提高化学教学效果，而且有利于学生把握化学的学习特点和学习方法，有利于学生学会学习。

1. 物质的物理特性及化学性质的教学

根据感知的选择性，人们对敏感的颜色、浓烈的气味、耀眼的光芒、对象与背景差异大以及变化的状态等感知程度高，而对于热、电等隐蔽的相对静态的不太敏感，因此，化学教师在给学生展示化学试剂的物理状态或化学变化时，应增强背景的衬托，如在试剂瓶或试管后面放置一张白纸；在滴定指示剂的选择时，应选择从不敏感到敏感颜色的变化，如从无色变为红色。

当然，在学生观察化学反应现象时，不仅要引导学生观察主要的、明显的化学现象，而且还要善于捕捉稍纵即逝的化学现象和不太明显的颜色变化，以培养学生的观察能力和辩证思维能力，激发其创造意识和求异思维，例如在观察金属单质锌与硝酸的反应时，有意识引导学生观察是否产生气泡，观察高锰酸钾制取氧气的实验时，有意识让学生闻一闻所产生的氧气是否具有异味。

2. 化学用语的教学

化学用语是化学独特的语言系统，包括化学元素符号、化学式、化学反应方程式等，它不仅具有形象、直观、通用等特点，而且具有一定语言规则，是学生学习化学的重点和难点所在。因此，教学过程中，教师要从多角度帮助学生充分认识、全面感知，尤其是符号的大小写、上下标等容易忽视的内容所代表的含义，更应该引导学生予以关注，并在板书中运用红色粉笔引起学生注意，在习题中设计变式练习增加感知经验。

3. 化学实验的教学

在化学实验仪器的识别、连接、操作等教学中，由于品种杂、数量多，操作规程多，学生直观感觉经验不易进一步形成知觉意识，造成对这些零散知识的死记硬背，加重学生负担，而且运用起来不能搬家。因此，教师不仅要引导学生知道是什么，而且要让他们意识到为什么，应该怎样，通过学生自己亲手动手体验，增加知觉的恒常性，进一步促进表象、表征等其他认知活动的展开。

4. 化学教师语言指导

教师通过生动活泼的描述、鲜明形象的比喻和合乎情理的夸张等形式，帮助学生对事物进行感知和对化学概念、化学原理的思维，有助于唤起学生丰富的表象，加深对知识的理解。教师的言语虽然有时不如实物直观，但它却更灵活、经济、方便，尤其是它不受时间、地点及设备条件的限制，因此，在化学复习课、习题课等课堂教学实践中得到广泛使用。

5. 直观教具的应用

化学教学中的直观教具包括化学实物、化学模型以及化学多媒体课件等。由于实物直观是在接触实际事物时进行的，所以通过实物直观所获得的感性知识与实际事物具有直接的联系，它在实际生活中有着良好的定向作用，有利于激发学生的求知欲望，有利于培养学生的学习兴趣。

但实物直观往往难以突出客观事物的本质，并且容易受到时间和空间的限制。因此，教学中经常会使用到化学模型，如晶体结构模型、有机结构模型等，它可以摆脱实物直观的局限性，突出了某些重要特征或主要过程，扩大了直观的范围，提高了直观的效果，但通过模型获得的感性知识也存在着脱离实物真实性的危险，使得感性认识与实际事物有一定的差距，因而，实际操作过程中还需要教师恰当的言语引导，帮助学生全面感知。

在化学教学多媒体的制作中，由于动画比图片感知效果好，图片比文字更加直观，因此，对于重要信息应通过动画或图片展现，以文字做相应辅助说明。

第三节 ● 记忆规律及其在化学教学中的应用

随着科学技术的日新月异，人们对记忆力的要求越来越高。如何使学生增强记忆能力，提高学习效率和教学效果？关键在于引导学生积极运用记忆规律，创造记忆的有利条件，选择恰当而有效的记忆方法。

一、记忆概述

学生的学习离不开记忆，记忆是通过识记、保持、再现（再认和回忆）等方式，在人们头脑中积累和保存个体经验的心理过程。记忆活动的形式多种多样，根据记忆的内容来分有形象记忆、语词逻辑记忆、情绪记忆、运动记忆；根据意识的参与程度来分有内隐记忆与外显记忆；根据保持时间来分有瞬时记忆或感觉记忆、短时记忆和长时记忆等。

记忆的基本过程是有识记、保持、再现三个基本环节，每个环节都有其相应的特点、方式和影响因素，具体内容详见表 4-1。

表 4-1　记忆的基本过程及特点

记忆操作	记忆特点	记忆方式	影响因素
识记	是对信息进行编码的过程；获得知识经验的过程	①按刺激的物理特征进行编码 ②按语义类别进行编码 ③以语言的特点为中介进行编码	①学习者的觉醒状态，兴奋程度 ②自我意识状态 ③加工深度
保持	是将感知过的事物、体验过的情感、做过的动作、思考学习过的知识等以一定的形式存贮在头脑中的过程，并非机械照搬	①按空间组织形式存储 ②按系列组织形式存储 ③按联想组织形式存储 ④按层次组织形式存储 ⑤按更替组织形式存储	①合理的记忆组织 ②与遗忘作斗争，减少前后抑制干扰 ③组织有效复习 ④利用外部记忆手段 ⑤注意用脑卫生、良好情绪及积极动机

续表

记忆操作		记忆特点	记忆方式	影响因素
再现	再认	是以前感知过的、体验过的、思考过的事物、知识、经验等再度出现时,仍能认识、辨别和确认的过程	①压缩形式的感知水平的再认 ②展开形式的思维水平的再认即推论型的再认	① 学习材料的性质和数量 ② 学习与再认的时间间隔的长短 ③ 思维活动的积极性 ④ 学生的期待与个性特征
	回忆	是以前感知过的、体验过的、思考过的事物、知识、经验再度在人的头脑中重新出现的过程	①有意回忆与无意回忆 ②直接回忆与间接回忆 ③联想回忆 ④双重提取方式 ⑤暗示回忆	①学习材料之间的接近、相似、对比、因果等关系 ②学习材料的记忆线索、表象经常等 ③定势及兴趣 ④记忆干扰

在表 4-1 中,我们看到,编码是识记的一个基本心理操作,它是把来自感官的信息变成记忆系统能够接受和使用的形式的心理操作过程。一般来说,我们通过各种感觉器官获取的外界信息,首先要转换成各种不同的记忆代码,即形成客观物理刺激的心理表征,才能保持在大脑之中。

所谓心理表征,是指客观事物的物理特征在大脑中的存储方式,例如在学生学习完金属钠以后,教师请学生描述金属钠的大小、形状、颜色、性能、用途等特征时,学生对金属钠的关键特征进行全面的描述即为心理表征。尽管没有什么心理表征会像真实物体当面呈现时那么逼真,但它们能让大家了解金属钠的一些重要特点。心理表征保存了过去经验中最重要的特征,从而使你能够把这些经验再现出来。

二、记忆规律

1. 感觉记忆

感觉记忆保持的时间,在视觉范围内最多不超过 1 秒钟,在听觉范围内保持的时间约在 0.25～2 秒。

感觉记忆贮存的容量,凡是作用于感官的刺激均有可能进入感觉记忆,这些刺激如果受到注意就会转入短时记忆,如果没有受到注意,就会很快消失。

2. 短时记忆

短时记忆保持的时间,1 分钟以内。

短时记忆贮存的容量是 7±2 个组块。短时记忆容量的有限性,要求我们利用已有的知识经验,扩大每个组块的信息容量,从而达到增加短时记忆容量的目的。此外,短时记忆中的信息如果得不到复述,就会很快消失掉。复述是使信息保存的必要条件,复述的方式有两种:维持性复述和精细复述。

维持性复述是指将短时记忆中的信息不断地简单重复的过程。精细复述是指将短时记忆中的信息进行分析，使之与已有的经验建立起联系的过程。例如化学反应方程式的记忆，不断抄写的过程为维持性复述，而根据反应物的性质、化合价变化规律、质量守恒定律来理解化学反应方程式的过程就是精细复述。

3. 长时记忆

长时记忆保持的时间，为 1 分钟以上乃至终生。

长时记忆贮存的容量是无限的，任何信息只要得到足够的复习，均能保持在长时记忆中。

由此可见，感觉记忆、短时记忆和长时记忆三个记忆系统是相互联系、相互影响的。外界刺激作用于感官而引起感觉，它保留下来的痕迹就是感觉记忆。如果不加以注意，痕迹便立即消失；如果加以注意，就转入短时记忆。短时记忆中的信息，如果得不到复述，就会产生遗忘；如果加以复述，就进入长时记忆。同时，长时记忆中的信息只有提取到短时记忆中，才能发挥其作用。

信息提取的形式有两种：再认和回忆。

4. 再认及其影响因素

再认是指人们对感知过、思考过或体验过的事物，当它再度呈现时，仍能认识的心理过程。

再认有两种水平：感知水平和思维水平。感知水平的再认发生是迅速而直接的，例如对化学元素符号的再认；思维水平的再认则依赖于某些再认的线索，并包含了回忆、比较和推理等思维活动过程，例如对元素化合物的化学性质的再认，必须依赖先前所看到或做过的化学实验，并以此为线索进行回忆。

再认的质量与效率受到许多因素的影响。

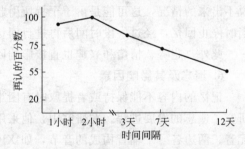

图 4-4　时间间隔对再认的影响

（1）材料的性质和数量　材料的相似程度越高，再认越困难，越容易发生混淆，如元素符号"Cu"与"Ca"、"Ba"与"Be"，化学式"$KMnO_4$"与"K_2MnO_4"、"$KClO_3$"与"KCl"等。材料的数量对再认也有影响，数量越多，再认时间就相应增加。

（2）再认的时间间隔　再认的时间间隔越长，再认的效果越差。有研究结果表明，间隔 2 小时的再认成绩最好，再认效果随时间延长逐渐下降。图 4-4 显示了时间间隔对再认的影响。

（3）思维活动的积极性　对于不熟悉的材料进行再认，积极的思维活动可以帮助进行比较、推论、提高效果。

（4）个体的期待　再认的速度和准确性不仅取决于对刺激信息的提取，而且依赖于主体的经验、定势和期待等。

(5) 人格特征 一般地说，场独立性的人比场依存性的人有较好的再认成绩。所谓场独立性的人是指学习工作等活动不易受周围环境影响的人，相反，易受周围环境影响的人属于场依存性的人。

5. 回忆及其策略

回忆是过去经历过的事物的形象或概念在人们头脑中重新出现的过程。在回忆过程中，人们所采取的策略，将直接影响回忆的进程和效果。

(1) 联想策略 联想是由一个事物想到另一个事物的心理活动，由于知识是相互联系的，而不是孤立和零散的，因此，人们可以运用事物之间空间或时间上的接近、形式或性质上的相似、特征上的相对以及因果等逻辑关系，帮助人们回忆某事物。例如学生学习元素化合物的性质时，每一主族通常重点学习一种元素的性质，那么，根据其原子结构的相似性，同族其他元素的化学性质可以通过联想而获得。

(2) 借助表象、词语两重线索进行双重提取 寻找关键支点是回忆的重要策略，在回忆过程中，借助表象和词语的双重线索，可以提高回忆的完整性和准确性。

(3) 提供暗示线索 在回忆比较复杂的和不熟悉的材料时，呈现与回忆内容有关的上下文线索，将有助于材料的迅速恢复。若暗示与回忆内容有关的事物，也能帮助回忆。

(4) 与干扰作斗争 在回忆过程中，经常会发生"舌尖现象"，即话到嘴边又说不出来的情况，这可能是由于干扰所引起的。克服"舌尖现象"最简便的方法是当时停止回忆，经过一段时间后再进行回忆。

此外，定势、情绪和兴趣也直接影响回忆的方向和效果。

6. 遗忘及其影响因素

记忆的内容不能保持或者提取时有困难就是遗忘。德国心理学家艾宾浩斯最早研究了遗忘的发展进程。在研究中，他采用无意义音节作记忆材料，即由中间一个元音、两边各一个辅音构成的音节，如 XIQ、ZEH 和 GUB 等，以自己作为被试，采用机械重复的记忆方法对词表进行系列学习，当达到刚能一次成诵的程度时便停止，然后间隔一段时间后再测量自己还能记得多少。记录到实验结果如图 4-5 所示，这就是著名的艾宾浩斯遗忘曲线。

他认为"保持和遗忘是时间的函数"，遗忘在学习之后立即开始，遗忘的过程最初进展得很快，以后逐渐缓慢。例如，在学习 20 分钟之后遗忘就达到了 41.8%，在 31 天之后遗忘仅达 78.9%。

影响遗忘进程的因素如下。

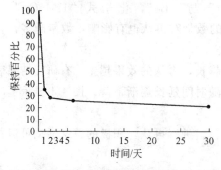

图 4-5 艾宾浩斯遗忘曲线

① 识记材料的性质与数量 一般认为，对熟练的动作和形象材料遗忘得慢；对有意义的材料比对无意义的材料遗忘要慢得多；在学习程度相等的情况下，识记材料越多，忘得越快，材料少，则遗忘较慢。

② 学习的程度 有研究表明，低度学习的材料容易遗忘，而过度学习的材料比适度学习遗忘少、记忆效果要好一些；花费在过度学习上的时间达适度学习的150％左右，效果最好。所谓适度学习是指对材料的识记能达到恰好背诵无误的程度的学习，不能一次达到背诵无误的程度，称为低度学习，达到成诵无误之后还继续学习，称为过度学习。

③ 识记材料的系列位置 有研究发现，在回忆的正确率上，最后呈现的材料遗忘得最少，其次是最先呈现的材料，遗忘最多的是中间部分，这种现象叫系列位置效应。系列位置效应曲线如图 4-6 所示。

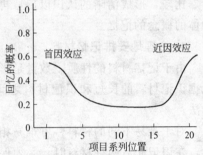

图 4-6 系列位置效应曲线

最先呈现的材料较易回忆，遗忘较少，这种现象叫首因效应。

最后呈现的材料最易回忆，遗忘最少，这种现象叫近因效应。

④ 识记者的态度 识记者对识记材料的需要、兴趣等，对遗忘的快慢也有一定的影响。研究发现，人们的生活中不占重要地位的、不引起人们兴趣的、不符合一个人需要的事情，容易出现遗忘。

三、记忆规律在化学教学中的应用

化学知识中需要记忆的内容很多，如何全面、准确记忆就成为学生学好化学的一个关键，因此，教师为学生努力创造记忆的条件，引导学生科学记忆，组织学生合理复习，是提高教学效率的一个重要策略。

(一) 引导学生科学识记的教学策略

1. 让学生明确记忆的目的和任务

记忆的目的任务越明确，越具体，记忆效果越好。因此，在记忆前应根据材料的内容、性质以及学习要求等对学生提出明确具体的要求，让他们清楚地知道记忆什么材料，应记忆到何种程度等。

2. 充分利用无意记忆增强记忆效果

一般来说，有意记忆的效果要优于无意记忆。但有意记忆毕竟是一种需要付出意志努力的记忆，如果只运用有意记忆，时间一长，必将使人疲倦。因此，在学习中除了运用有意记忆外，还应充分利用无意记忆，让学生在比较轻松的情况下去获取有关知识，例如让学生利用化学元素符号的读音来拼写同学的名字，并要求只写符号不写文字，这样随意游戏，便可很快掌握常用的元素符号的读音和书写。

3. 充分发挥理解记忆提高记忆效果

大量的实验及经验表明，以理解为基础的意义记忆，在全面性、精确性和巩固性以及速度等方面，都比机械记忆效果要好。因此，在学生识记前，应尽可能给学生讲解需要记忆的材料的性质、意义，帮助学生深入理解材料，并引导他们分析、比较、整理、归类。

化学中的一些基本概念学生经常容易混淆，教师可引导学生将它们放在一起分析、比较，形成清晰的认识以后，再让他们记忆，如同位素、同素异形体、同分异构体的概念的记忆。

4. 合理地安排记忆材料

由于记忆材料的性质、数量是影响记忆效果的重要因素，因此，在记忆时，应根据识记材料的长短和识记材料之间的意义联系程度，指导学生采用不同的识记方法。

对于难易不同的材料，可难易相间地去记忆。为防止前摄抑制和倒摄抑制的干扰，在识记先后两种材料时，必须保持一定时间的间隔，对记忆材料的序列的中间部分应让他们投入更多的精力去记忆。

5. 适当传授记忆术

所谓记忆术，是指通过运用某种辅助工具和人为的联想结构，或将识记材料赋予人为的意义，或将零星散乱的材料给以人为的组织，使识记忆材料与自己的知识经验联系起来，纳入已有的知识结构，从而提高记忆效果的一种记忆手段。采用记忆术，对于没有明显意义的学习材料的记忆特别有帮助。

常用的有口诀法、谐音法和推算法等。例如让学生记忆化合价时，教师往往归纳将常见元素的化合价归纳成口诀"一价钾钠氯氢银，二价氧钙钡镁锌，三铝四硅五价磷，二三铁二四碳，二四六硫要记清"。

当然，记忆术有很多种，我们可以让学生根据自己的实践经验，能力发挥自己的智慧，创造出更多适合自己的有效记忆法。

（二）指导学生有效地组织复习

复习是防止遗忘的最有效的办法，作为教师科学指导学生复习的方法，将有利于学生提高学习效果。

1. 要引导学生合理安排复习时间

一方面是及时复习，因为遗忘规律是先快后慢，复习必须及时，可收到事半功倍的效果；另一方面是分布复习，也就是把所要识记的材料分散在若干相间隔的时间内进行复习。此外，教师也可在教学进程之中，对需要记忆的材料经常安排复习的机会，例如课堂教学伊始，新课讲授以前，通过提问、默写、实验等方式帮助学生复习先前所学内容。

2. 恰当地安排复习材料

教学中安排复习数量要适当，不要搞简单的题海战术，为防止复习材料的干扰，类似的材料不要安排在一起复习。

3. 反复阅读与试图回忆相结合

对材料的复习，可以通过一遍遍的反复阅读来进行，也可以通过在阅读的过程中结合试图回忆来进行。研究表明，反复阅读与试图回忆相结合，比单纯通过反复阅读来进行复习效果要好。

4. 复习方法的多样化

复习方法的单调容易使人产生消极的使人产生消极情绪和感到疲劳。多样化的复习可使人感到新颖，容易激起人们进行智力活动的积极性，使复习材料与原有知识之间建立多种联系，以便牢固地保持。

总之，在化学教学过程中，培养学生的能力是重要的，记忆也是一种最基本的能力，而且对于化学学习具有重要的影响，因此，我们应有意识地培养学生的记忆能力，促进学生化学知识的积累和化学素养的形成，进而推动其他能力的发展。

第四节 ◉ 思维规律及其在化学教学中的应用

学生通过感知觉、观察与记忆对教学的内容进行信息加工，只能获得对事物的表面特征的感性认识。要认识客观事物的本质和规律，必须借助于思维与想象，实现由感性认识向理性认识阶段的跃迁。

一、思维与想象

1. 思维

思维是人脑借助于言语、表象和动作实现的，对客观事物的概括和间接的反映，它揭示事物的本质特征和内部联系，是认识的高级形式。

思维具有概括性与间接性的特点，思维的概括性表现在把同一类事物的共同特征和本质特征抽取出来加以概括，思维的间接性是以其他事物为媒介来认识客观事物。

2. 想象

想象是对头脑中已有的表象（事物不在面前时，人们在头脑中出现的该事物的形象）进行加工改造，创造出新形象的过程，是一种高级的认识活动。

形象性和新颖性是想象活动的基本特点，因此，有的心理学家把想象称作是一种特殊形式的思维。

想象是对记忆表象的加工、改造，其具体的心智操作有，一是粘合，即把两种以上事物中从未结合过的某些属性、特征、部分在头脑中结合在一起而形成新的形象；二是夸张，即通过改变事物的正常特点，或把客观事物的某种品质、部分、属性或与其他事物的关系加以突出、强调，从而形成新的形象；三是典型化，即把某类事物共同的、最有代表性的特征集中在某一具体事物上，从而形成新的形象；四是联想，即由一个事物想到另一个事物，也可以创造新的形象，想象联想不同于记忆联想，它的活动方向服从于创作时占优势的情绪、思想和意图。

二、思维规律

1. 思维的规律

思维的基本形式是概念、判断和推理，其基本的心智操作包括分析、综合、抽象、概括和具体化等。

思维通常要凭借一定的中介而进行，根据其所凭借的中介的不同，人们常将思维划分为直觉的动作思维、具体的形象思维和抽象的逻辑思维。

（1）直觉动作思维　它是一种以实际动作做伴随的思维，也就是说，人们的思维活动离不开触摸、摆弄物体的活动，如3岁前的幼儿的思维就属于动作思维。成人有时也出现动作思维，但成人的动作思维还要以丰富的知识经验为中介，并在整个动作思维过程中由语词进行调节和控制，与没有完全掌握语言的幼儿的动作思维有所不同。

（2）具体形象思维　是以事物的具体形象和表象为支柱的思维。例如，化学晶体结构中晶胞常数的计算，经常要借助于晶体结构模型来进行；化学实验设计中，经常要运用头脑中已有实验的表象，对其进行综合分析和比较，最后选择一条最优的实验路线。

（3）抽象逻辑思维　是以概念、判断和推理等形式进行的思维，是人类特有的一种思维形式。例如，化学教师经常引导学生通过化学实验现象，推断元素及其化合物的结构、性质和用途；运用数理方法解答化学问题等。

2. 想象的规律

根据想象的独立性、新颖性和创造水平的不同，可以将想象分为再造想象、创造想象和幻想。

（1）再造想象　根据语言或非语言的描绘，在人脑中形成相应新形象的过程，称为再造想象。再造想象必须以别人的描述和提示为前提，再造别人想象过的事物，虽然具有一定的独立性，但独立性差。值得注意的是，再造想象不是别人想象的简单重现，而是依据自己以往的经验再造出来的。由于个体之间的知识经验、兴趣爱好和个性的差异，每个人再造出来的形象会有所不同，再造想象中也有一定的创造性成分。

再造想象的形成要求有充分的记忆表象作基础，表象越丰富，再造想象的内容也就越丰富。同时，再造想象离不开词语、思维的组织作用。它实际上是词语指导下进行的形象思维的过程。

基于这些特点，为培养和发展再造想象的能力，首先要扩大人们头脑中记忆表象的数量，充分贮备有关的表象。同时，还要掌握好语言和各种标记的意义，只有这样，才能从语言描述和符号标记中激发想象。

（2）创造想象 创造想象是不依赖现成的描述而独立创造出新形象的过程。文学家、艺术家、发明家、科学家和设计人员的创新作品都是创造想象的产物。与再造想象相比，创造想象具有首创性、独立性、新颖性等特点。

培养和发展学生的创造想象要满足三个基本条件，一是激发学生的创造动机和创造欲望，它是创造想象的动力；二是努力扩大学生的知识范围，增加表象储备，因为表象是创造想象的基本材料，头脑中有关的表象储备越丰富，创造想象也就越新颖、独特和深刻；三是促使学生开展积极的思维活动。

（3）幻想 幻想是与个人愿望相结合并指向未来的想象，它是创造想象的一种特殊形式。幻想中的形象总是与个人的愿望相结合，体现了个人的向往和祈求，而创造想象所形成的形象则并不一定是个人所向往的形象，同时，幻想还常常是创造性活动的准备阶段。

3. 创造

创造作为思维和想象的特殊形式，具有直觉思维的成分，是创造想象的结果。

直觉思维与相对逻辑思维而言的，是人们面临新的问题、新的事物和现象时，未经有意识的逻辑推理过程，而对问题的答案突然领悟或迅速做出合理的猜测、设想的思维。例如阿基米德发现浮力定律，门捷列夫发现元素周期律就是典型的直觉思维。

创造性活动是创造性思维和想象的结果，既是直觉思维与分析思维的结合，也是发散思维与聚合思维的结合。因此，不能离开常规思维谈创造性思维的培养，应将两者有机结合，贯穿于教学全部过程。

三、思维规律在化学教学中的应用

1. 化学学科独特思维习惯的培养

在化学教学过程中，我们经常看到这样的现象，学生刚刚学习化学时，学习成绩没有太大的差异，随着难度的增加，差距越来越大，有的学生越来越喜欢化学，而有的学生越来越讨厌化学，这其中一个重要的原因就是是不是真正掌握了化学独特的思维习惯，因为习惯决定着效率，影响到学习质量，进一步制约着学习兴趣的发展。因此，培养学生的化学思维在化学教学中具有重要的意义。

化学学科独特的思维包括三个方面：以观察和实验为思维的源泉，宏观与微观相结合，运用独特的词汇系统。那么，教学过程中，应该如何传授这种思维方式呢？

（1）以观察和实验为思维的源泉 鉴于化学理论落后于化学实验的学科性质，化学家们常常以实验事实为依据来探索化学问题，而且，实验本身也有很多不确定因素，如化学试剂的纯度、化学反应的条件、化学反应的副产物等，因此，在化学教学过程中，要让学生养成通过化学实验所观察到的实验现象来做结论的思维习惯，透过现象看本质，经过实验验证结论。

因此，教学过程中应尽可能地多做演示实验、学生实验，并有意识地将教材中的验证性实验改为探索性实验。在学校条件允许的情况下，应尽可能开放学校的实验室，放手让学生大胆开展实验探究，这无论对于化学思维能力的培养，还是动手能力的培养都是非常有益的。

（2）宏观与微观相结合的思维方式　宏观思维主要是指依据化学实验的宏观性质为线索来推断物质的微观结构的思维方式，微观是指根据物质的微观结构特点来推断物质的化学性质的思维方式。在化学教学中，对于能够演示的典型化学实验经常引导学生从所观察到的实验现象，推知其微观的反应实质，但对于一些难以实现的化学反应，通常是依据元素的原子结构等微观特征来推断其所具有的化学性质，有时还会将该元素在元素周期表中的位置结合起来，将"位"、"构"、"性"联系起来形成三位一体。

（3）运用独特的化学词汇系统进行思维　化学用语就是化学独特的词汇系统，它不仅非常直观，而且包含了丰富的化学规则和化学意义，它既是化学物质、化学反应本质的表现形式，也是国内外化学家们相互交流的工具。因此，让学生掌握、熟悉，并习惯使用化学用语进行表达和思维，是学生学好化学的关键。

在传授这一思维方法时，教师应遵循循序渐进的原则，逐步让学生熟悉和适应，并让学生体验到其方便、快捷的特点，训练学生一看到物质的名称就能写出其化学式，一看到化学反应就想到其化学反应方程式，从而使其形成内部思维定势，并促使其心理操作的熟练化、自动化。

2. 化学创造性思维的培养

（1）通过典型事例激发学生的创造欲望　创造作为一种心理活动，需要一定的动机为动力，强烈的创造欲望是创造性思维培养的前提和基础。因此，在化学教学过程中，教师要通过典型的人物、事例以及其创造成果来激发学生的创造欲望，例如拉瓦锡发现了空气中氧气等物质的存在改变了人们对于空气成分的认识，侯德榜制碱工艺的改进改变了中国化学工业的面貌，当代纳米材料的合成有力地促进了材料工业的发展等。

（2）通过常规课堂教学培养学生良好的思维品质　思维的变通性、独特性和流畅性是创造性思维在行为上的典型特征，化学课堂是培养学生优良思维品质的重要场所。在教学过程中，应有意识地培养学生学会举一反三、触类旁通的学习习惯，例如做练习过程中，不是单纯追求习题的答案，解答完毕还要将已知变为未知，反过来思考问题的解决方法，并通过练习归纳总结一类问题的解决策略；要有意识地引导学生敢于向传统理论提出挑战，对同一问题提出多种不同的理解或解决方法，尤其要重视和保护学生新颖、独特甚至是奇怪的想法；此外，还要经常鼓励学生提高思维的效率，尽可能地在短时间内进行发散性思维。

（3）通过研究性学习活动培养学生的创造意识　研究性学习采用的发现学习的方式、探究性学习的过程而进行的学习，是在问题的驱使下学习的过程。例如学生试图考察含磷洗衣粉对人体的危害，以白鼠为研究对象，在喂养白鼠的过程中，分别添加不同剂量、不同浓度的洗衣粉，观测白鼠的生理指标的变化，由此推测，这种洗衣粉对人体可能带来的危害。在这个过程中，不仅培养了学生的创造意识，而且培养了学生的创新精神和科学态度。

因此，在教学过程中，鼓励学生大胆提出课题，帮助学生科学设计课题，并为学生提供实施的必要条件和环境，有利于将研究性学习活动落到实处，有利于真正实现创新教育的发展。

（4）通过广泛的社会实践培养学生的创造能力　　当代的学生观认为，学生是独立的社会个体，他们具有一定的社会经验和完整的人格特征，因此，鼓励学生紧密联系实际，广泛开展社区活动、生活实践，对于培养他们的动手能力、创新能力具有重要的教育意义和实践价值。例如，在当前水污染严重的环境下，指导学生运用所学到的化学知识，提取河水、井水和瓶装矿泉水进行分析比较，并对比人体健康所需要的化学元素和其他成分，进而为人类饮水提出科学合理建议。通过这些活动的开展，必将对学生的系列能力具有显著的提升。

本章小结

认知包括感觉、知觉、记忆、表象、表征、思维和问题解决等心理活动。"注意"并非一种独立的认知过程，而是一个复合的心理活动。运用认知规律进行化学教学可以有效提高化学教学效率。

1. 根据注意的稳定性、分配性和转换性规律，在化学教学过程，教师可以灵活地进行教学设计和组织教学。

2. 感知是化学学习最基本的认知活动。教师应结合学科特点，有意识地运用感知规律指导学生的化学学习、提高教学质量。

3. 记忆是通过识记、保持、再现（再认和回忆）等方式，在人们头脑中积累和保存个体经验的心理过程。化学学习中很多内容需要学生记忆，如何全面、准确记忆就成为学生学好化学的一个关键，因此，教师为学生努力创造记忆的条件，引导学生科学记忆，组织学生合理复习。

4. 思维是人脑借助于言语、表象和动作实现的，对客观事物的概括和间接的反映，它揭示事物的本质特征和内部联系，是认识的高级形式。中学生虽然具有抽象思维能力，但有时候经常需要借助于实物进行具体的形象思维，因此，在化学教学过程中，应尽量使用一些直观教具，促进学生思维的发展，并要以学科知识传授为载体，有意识培养学生的创造意识和创新精神。

练习与思考

1. 根据注意规律，请说说化学教师在演示课堂实验时应注意哪些问题？

2. 想一想，在化学教学过程中，有哪些方法可以让学生集中课堂注意力？

3. 有人认为"化学是第二外语"，你怎么认为？为什么？

4. 化学创造性思维能力培养与高考是否相互矛盾？你认为化学教学过程中，如何才能做到培养学生的创造意识？

第五章

化学陈述性知识学习心理与教学

在前面几章，我们已经了解到学生的年龄特征、学习心理和相关的原理和理论。本章将紧密联系化学教学实际，探讨化学符号、化学概念、化学原理等同属一类的化学知识的学习心理与教学方法。

第一节 ● 化学陈述性知识的性质与内容

一、知识及其类型

1. 知识的定义

从哲学的角度来看，知识是客观世界的主观反映，就其反映的内容而言，知识是客观事物的属性和联系的反映，是客观世界在人脑中的主观映像。

从心理学的观点来看，知识是个体头脑中的一种内部状态。当代著名的认知心理学家皮亚杰认为，知识是主体和环境或思维与客体相互交换而导致的知觉建构。也就是说，知识是主体与其周围环境相互作用而获得的信息及信息的组织方式，其本质是信息在人脑中的心理表征。

2. 知识的类型

了解知识的科学合理分类，有助于教师进行合理的教学设计。传统教育心理学主要是根据客体化知识本身的性质和特点对知识进行分类的。如根据个体获得知识的方式，将知识分为直接知识和间接知识；根据知识本身的层次，将知识分为感性知识和理性知识或称为实践知识和理论知识；根据学科的不同，将知识分为语文知识、数学知识、物理知识、化学知识等。但总的来说，以上这些分类方式都没有注意到个体获得知识的心理过程和特点，因此，它们在具体指导实际教学方面仍存在着许多欠缺。

1958 年英国科学家、哲学家波兰尼根据知识的表达方式分为显性知识和隐性知识，信息加工心理学家根据知识在头脑中的表征方式将知识分为陈述性知识和程序性知识。这一分类对教育教学实践具有积极而深远的影响。

(1) 显性知识与隐性知识　显性知识（explicit knowledge）也称"明言知识"（articulate knowledge），是能用语言文字（包括数学公式、图表）等符号表达的知识。

隐性知识（tacit knowledge）是只能意会而不能言传的知识。如幼儿在受正规教育之前，能用合乎语法的句子表达自己的思想，但是他们未清晰地意识到自己的话语中暗含的语法规则。又如有经验的教师在课堂教学过程中能够做到有效地进行课堂组织与管理，但他们不一定能清晰地意识到其中所运用的教育心理学原理。

(2) 陈述性知识与程序性知识　陈述性知识（declarative knowledge）知识是用于回答"世界是什么"的问题，如中国的首都在哪里，什么是物质的量，物质的量与质量、气体的体积有什么关系等问题，都属于有陈述性知识。这类知识大致与我们传统上讲的知识概念（即狭义的知识）相当。

程序性知识（procedural knowledge）是用于回答"怎么办"的问题，如自行车怎么骑，如何进行课堂教学设计，化学反应方程式如何书写、如何记忆等问题，都属于程序性知识。

实际上，信息加工心理学的两类知识划分与波兰尼的两类知识划分存在着很大的一致性。陈述性知识也就是显性知识，是个体能够意识到并能用言语表达的；程序性知识中有些是显性知识，而有些是个体完全不能意识和无法用言语表达的，如一些问题解决思维策略就是隐性知识。

二、陈述性知识的心理表征方式

知识的表征或知识的心理表征（mental representation），指信息在心理活动中表现和记载的方式。一个外在的客体在心理活动中可以以具体形象、概念或命题等形式表现出来，这些形象、概念或命题都是陈述性知识的表征形式，它反映着客观事物及其本质特征。

同一事物可以有不同形式的表征，不同表征形式所具有的共同信息称为表征的内容，而每一表征形式信息加工心理学称其为编码。

不同倾向的心理学家分别提出了神经网络理论、命题网络理论、图式理论和双编码理论来解释信息是怎样在人脑中编码和长时贮存的。其中，神经网络理论适合解释机械的和较低级的知识的表征，命题网络和图式理论适合解释复杂的知识表征，双编码理论得到了大量的研究和观察到的事实的支持。

1. 初级知识的心理表征

神经网络理论人为，人脑就如同电脑，计算机程序可以将信息编成神经网络的代码，不同代码通过结点相互联结，那么，人脑的生物神经网络则通过神经元之间的联结。学习是大脑神经元联结及其强度的改变的过程，联结加强的基本方式之一，就是同时激活若干结点。

例如化学符号、仪器、药品的识别与再认，教师经常采用实指的方法进行教学，每次实指都给学生交代某符号或实物的典型特征，并激活了学生头脑中的神经元及结点，由此形成了对该符号或实物的认识，而且，接触的机会越多，越容易被激活，神经元之间的结点越牢固，再认就越容易。

许多心理学家在考虑人的心理时，重点放在高级信息加工上，很少关心支配符号表征系统的结点的神经或特征模式的激活，但实际上，人们在掌握高级的知识之前，必须先掌握低级的知识，因此，初级知识的表征也不容忽视。

2. 复杂知识的心理表征

（1）命题与命题网络　命题这个术语来自逻辑学，指表达判断的语言形式，由系词把主词和宾词联系而成。例如，"北京是中国的首都"这个句子就是一个命题。在认知心理学中，命题是指语词表达的意义的最小单位。一个命题是由一种关系和一组论题（arguments）构成的。关系一般由动词、副词和形容词表达，有时也用其他关联词如介词表达；论题一般指概念，一般由名词和代词表达。

例如"摩尔是物质的量的单位"这个命题包含了两层含义，即摩尔是一种国际单位，如同其他国际单位千克、毫升、小时等单位一样；"摩尔"这个单位对应的物理量是"物质的量"，该物理量就如同质量、体积、时间等物理量一样。

命题网络是指两个或两个以上的命题通过共同成分彼此联系而成的网络。例如衡量物质数量多少的物理量有质量、体积、物质的量，那么三者之间所构成的概念网络即命题网络。

有研究表明，知识在人脑中的贮存呈现一个空间立体网状结构，人们在学习、贮存和提取知识时，往往利用命题之间的共同联系作为线索展开自由联想。

（2）图式　现代认知心理学认为，对于表征小的意义单元，命题是适合的，但是对于表征一些特殊概念的较大的有组织的信息组合，命题是不适合的。于是，提出了图式的概念，并认为人的较复杂的整块的知识是用图式来表征的。

皮亚杰认为儿童生来就有某些认知图式，如"吸吮图式"、"抓握图式"。现代认知心理学家在皮亚杰的图式概念基础上进一步发展了图式概念。所谓图式是指人头脑中关于普通事件、客体与情景的一般知识结构，它包含有三层含义：一是图式具有概括性，是关于事物的整体映像，而不是事物个别属性的反映；二是图式中含有同类事物的本质特征，也含有非本质特征，因此，一类事物的图式不同于它的概念，概念只是反映一类事物的本质特征；三是图式中的知识是以某种方式或结构组织起来的。

（3）编码　双编码理论认为，陈述性知识以言语和意象两种方式表征。这一理论的提出者佩维沃（A. Pavio）认为，知识是由言语和意象（或表象）表征的联想网络构成的。

言语系统中的词是客体、事件和抽象观念的代码，它们与其表征的对象的联系是任意的（如"书"这个词与实际书并没有物理上的相似性）。

意象系统（imagery system）的非言语表征与引起它们的知觉具有某些共同特

征（如一本书的表象与实际书的知觉有某些共同特征）。意象表征包括视觉表象（如铃的表象）、听觉表象（如铃声）、动觉（如摇铃的运动）、与情绪有关的骨骼肌感（如心跳加速）以及其他非言语表征。

例如，一本书的意象表征涉及与书相关的视觉和触觉的性质。言语表征一般是系列化的，而意象表征能同时对许多特征进行编码。一个复合意象（如教室的意象）能同时对与教室有关的特征进行编码，而教室的言语表征一次只能涉及某一信息（如房子内有课桌，中间有通道，墙壁上有窗子，如此等等，直至穷尽教室的所有特征）。

意象表征系统和言语表征系统的成分是彼此联系的。如大多数人的书的意象表征和言语表征之间存在联系。当客体与图片呈现时，由于有这样的联系，人们见到图片，就能生成心理表征和名称。又如，"外科"一词可以引起丰富的非言语联想，包括生动的疼痛的意象，缝针处一带撕裂和紧绷感的记忆。因此，双编码是有效和高效思维的重要方面。

佩维沃曾经列举了 60 种可以用双编码理论解释的现象。如具体材料比抽象材料易记，因为前者易于双编码，后者不易于意象表征。又如，图片与词语相比，图片比词易学，词读起来快，而图片的命名较慢。这表明，对于词语而言，可以直接进行言语编码，在对图片的反应中，只能通过意象表征才能接近言语编码。许多证据表明，视觉表象的激活干扰视知觉，反之亦然。从神经生理学来看，左半球损伤更易于干扰言语加工，相反，右半球损伤则更易于干扰非言语加工。这些都是支持双编码理论的证据。

班杜拉的社会学习理论也对双编码理论提供了支持。班杜拉认为，观察事物主要依赖两种表征系统，即言语表征系统和意象表征系统。有些行为以意象形式保持。感官刺激激活并引起外部事件的知觉，是重复接触外部世界的结果，起榜样作用的刺激（观察）最终产生持久的、可提取的、被示范的行为。意象（内部唤起的知觉）能激活客观物质中不存在的事件。事实上，当事情高度关联（如当一个人的名字总是与该人相连）时，最终只听到名字，而未想象那个人是不可能的。同样，只要提及重复观察的活动（如开车），通常能唤起其表象。在发展早期，由于言语技能缺乏，以及由于有些学习行为模式不易于言语编码，在这些条件下，视觉意象在观察学习中起特别重要的作用。第二个表征系统涉及被示范的行为的言语编码，它能说明人类观察学习和保持的显著快速性。这种编码系统由于携带容易储存的大量信息，能促进观察学习。

三、中学化学概念表征形式对学习化学效果影响的研究

为了探索中学化学概念的表征形式对概念学习效果的影响，刘芬等人在深入调查的基础上，选取"容量瓶"作为具体概念，选取"氧化物"作为定义性概念，选取"萃取"作为操作性概念，探索几种外部表征形式的教学对高中生化学概念学习

效果的影响。

1. 研究结果

（1）不同类型化学概念心理表征形式不同　在中学生头脑中化学概念具有多重表征的认知状况，不同类型的化学概念在中学生心理的主要表征形式有差别。对于"化学物质"类概念主要的心理表征形式为文字语言描述、化学语言符号描述；"化学语言"类和"定义概念"类概念主要心理表征形式为文字语言描述、化学语言符号描述和样例表征形式；"规则"类概念的心理表征形式主要为文字语言描述和样例表征形式；"操作性"概念主要的心理表征形式为文字语言描述表征、表象表征和样例表征三种表征形式；"计算"类概念主要的表征形式为文字语言描述表征。

（2）高中生化学概念心理表征形式的丰富程度存在年级差异和学校差异　高一年级学生化学概念的心理表征形式相对来说比较零散，概念的结构化程度差一些，随着年级的升高，知识的丰富，学生化学概念表征形式不仅种类有量的增长，而且层次、水平也有提高。也就是说，随着化学概念学习层次的深入，学生能主动建构更丰富、更完善的化学概念心理表征形式。不同类型学校的中学生因化学知识的基础不同，在化学概念心理表征结构化程度存在差异，省级示范性中学学生比普通中学的学生，化学概念的心理表征的结构化程度更高。

（3）概念外部表征形式对内部表征形式具有直接的影响　内部意识的结构是对外部环境结构的反映，外部表征不仅是对内部意识的刺激和输入，它还对许多认知任务具有指导、约束甚至决定认知行为的作用。在对三个具体概念的研究中发现，不同类型的化学概念的主要心理表征与问卷调查结果的心理表征形式类似，而且，概念的外部表征形式直接影响概念内部表征的具体形式。例如：在只给出纯文字的外部表征形式时，学生建立的内部表征绝大多数是文字语言心理表征形式，例如在给出概念的实物等外部表征形式时，相当一部分中学生建立的心理表征为"表象"表征形式，在"萃取"等操作性概念学习中，有相当一部分中学生建立的心理表征为"萃取"等操作过程的图式表征形式。

（4）化学概念外部表征形式的丰富程度影响着学生学习的效果　实践证明，概念的外部表征形式越丰富，中学生对化学概念的学习效果越好。例如，在"氧化物"概念研究中只给出纯文字外部表征的情况下，对学生给予文字直观的信息量越多其学习效果越好。

（5）"样例与反例"的恰当应用可以提高定义性化学概念的学习效果　以典型定义性化学概念——"氧化物"概念进行研究，不管是以书面文字形式还是以口述的方式，在多种实验方案中，给出"氧化物"概念的定义及正反例的学习方案，学生的概念学习效果最好。

（6）实验表征可以提高操作性化学概念的学习效果　以典型操作性概念——"萃取"概念进行研究，从"萃取"概念的外部表征——纯书面语言表征、模象与语音综合表征（录像）、实物与语音综合表征（演示表征）三种表征形式的学习下，实物与语音综合表征形式，中学生的学习效果最好。

2. 教学启示

（1）要有意识地使用多元概念外部表征以提高学生概念学习效果　在传统课堂教学中，教师的化学概念教学往往是用单一外部表征的刺激形式，没有要求学生去联系同一化学概念的不同表征，致使课堂有"惯用表征"，学生不自觉地把自己束缚在惯性思维中，对化学概念很难激活其描述性表征。其实，人们可以通过不同的感觉通道来感知外部信息，不同的表征形式反映了概念的不同侧面，使用多元表征，使同一概念的不同信息互相补充。在不超出学生记忆负荷的基础上，课堂教学教师可设计更多的概念外部表征的刺激形式，不管是从视觉还是听觉尽可能给予概念属性等特征的多种表达形式，帮助学习者从多个角度、多层面地认识概念，丰富学生概念域的命题网络和形成表象，建构概念丰富的内部表征，达到完整认识化学概念的学习目的。

（2）要针对不同类型化学概念选择相应的外部表征形式　相同类型的化学概念具有某些相同的属性，与此相适应，本研究发现相同类型的化学概念具有相似的心理表征形式，而且概念外部表征形式直接影响概念内部表征形式。"氧化物"概念研究表明，对于相同的信息，书面文字表征与语音表征，学生对"氧化物"学习效果不一样。"容量瓶"概念研究表明，在纯文字描述表征与模象（或图片）表征与实物表征学生的学习效果存在差异，而模象表征（图片）与实物表征，中学生的学习效果没有差异。中学生在三种不同的外部表征形式方案学习下，"纯文字表征"效果最差。"萃取"概念研究表明，在纯文字描述表征、模象表征（录像）、实物表征三种不同的外部表征形式下，学生的学习效果存在差异，且学习效果由好到差的是："实物表征"、"模象表征"、"纯文字表征"。因此，教师在化学概念教学中一定要明确概念的类型和属性，有针对性地选择相应的外部表征形式以提高学生概念学习效果。

（3）要培养学生的深度认知加工以促进概念内部表征的生成和建构　在传统课堂教学中，教师虽然将教材中的概念以学生易于理解接受的形式传输给学生，但容易忽视教会学生如何将这些内容组织成有层次的、有内在逻辑关系的知识结构系统。心理表征最重要的是以何种心理结构形式对知识进行组织。只有经过组织并形成良好结构的知识才有利于理解和记忆，才有利于概念内部表征的生成。因此，教师在进行概念的教学设计时，要考虑加强与概念有内在联系的知识的学习，培养学生的深度认知加工，引导学生去建构包含有强抽象关系、弱抽象关系和广义抽象关系三种关系的概念，以促进概念内部表征的生成。这不仅有助于学生建构高质量的单个概念的多重表征形式，而且有助于积累建构密切联结概念内部表征的捆绑结构体系，形成自己丰富立体的概念内部表征。

四、化学陈述性知识的内容

化学陈述性知识主要有化学用语、化学基本概念、化学基础理论三方面内容的知识。这里主要就在中学化学学习中陈述性知识主要内容进行分析。

1. 化学用语

主要包括三类：

（1）表示元素（原子或离子）的符号或图示，如化学元素符号、离子符号等；

（2）表示物质的组成或结构的式子，如化学式、原子或离子结构示意图、有机化合物的结构式等；

（3）表示物质化学变化的式子，如化学反应方程式、离子反应方程式等。

2. 化学基本概念

主要包括八个方面的概念：

（1）关于物质组成的概念，如同位素的概念、同素异形体的概念等；

（2）关于物质结构的概念，如同分异构体的概念等；

（3）关于物质性质的概念，如氧化性、还原性、酸碱腐蚀性等；

（4）关于物质变化的概念，如氧化还原反应、置换反应、化合反应、分解反应、中和反应、复分解反应、离子反应等；

（5）关于化学量的概念，如原子量、分子量的概念；

（6）关于化学用语的概念，如化学式的概念、化学反应方程式的概念等；

（7）关于实验技术及设计概念，如物质分离与鉴别的概念等；

（8）关于计算的概念，如质量分数的概念、物质的量浓度的概念、十字交叉法的概念等。

3. 化学理论

主要包括五个方面：

（1）物质结构理论，如元素周期律等；

（2）化学定律，如质量守恒定律等；

（3）化学反应速率与化学平衡理论，如勒沙特列原理等；

（4）溶液理论，如溶解度、胶体等；

（5）电化学基础理论，如电解池与原电池原理等。

了解并熟悉化学教材中陈述性知识的主要内容，不仅有利于我们对化学教材的分析与处理，更有利于我们有效把握这一类型知识的教学方法。

第二节　● 化学陈述性知识学习的过程与条件

一、化学陈述性知识的学习类型

根据奥苏伯尔的学习分类，陈述性知识学习有两种不同性质的学习结果，一是机械学习的结果，二是有意义学习的结果。其中，机械学习又有两种情况：第一种是机械材料的机械学习，如记忆电话号码、人名、地名、化学元素符号等；第二种是有意义材料的机械学习，如背诵唐诗、宋词、化合价口诀等。有意义学习的结果是学习者头脑中获得表象、命题、命题网络和多种形式的图式，也就是言语符号或其他符号在学习者头脑中引起的心理意义。符号引起的心理意义包括单个符号引起的具体事物的表象、一类事物的共同本质属性（即概念）以及一组符号引起的命题等。

由于两类学习结果的性质不同，所以其学习的过程和条件也相应不同。这里主要介绍化学陈述性知识有意义学习的类型。

1. 化学符号表征学习

符号表征学习（representational learning），又译表征学习，指学习单个符号或一组符号所表达的意义。在任何言语中，符号可以代表物理世界、社会世界和观念世界的对象、情感、概念，这种代表关系是约定俗成的，对于学生来说，某个符号代表什么，他们最初是完全无知的，但他们又必须学会这些符号代表的含义。例如，"狗"这个符号，对初生儿童是完全无意义的，在儿童多次同狗打交道的过程中，儿童的长辈或其他年长儿童多次指着狗（实物）说"狗"，儿童逐渐学会用"狗"（语音）代表他们实际见到的狗。我们说"狗"这个声音符号对某个儿童来说获得了意义，也就是说，"狗"这个声音符号引起的认知内容与实际的狗引起的认知内容是大致相同的，同为狗的表象。化学元素符号、化学式的学习亦如此，在学习化学以前，学生并不知道"H_2O"所代表的意义，但是通过教师演示电解水的实验，学生可以了解到水的组成及化学式"H_2O"中"H"、"O"、"2"所表达的含义，并建立了水与"H_2O"的对应联系。

因此，符号表征学习的心理机制，是符号与其代表的事物或观念在学习者认知结构中建立相应的等值关系。此学习过程大致分类两个阶段，第一阶段是概念获得意义，如狗是一种什么样的动物，水是一种什么样的液体；第二阶段是符号获得意义，如"狗"这个词就表示狗，"H_2O"这个式子表示水。

2. 化学概念学习

概念可定义为符号表征的、具有共同本质特征的一类人、事、对象或属性，它包括四个基本成分：概念例子、概念名称、概念定义和概念属性。

概念学习（concept learning）实质上是掌握同类事物共同的关键特征。例如，学习"三角形"这一概念，就是掌握三角形有三个角和三条相连接的边这样两个共同的关键特征，而且知道与它的大小、形状、颜色等特征无关。如果"三角形"这个符号对某个学习者来说，已经具有这种一般意义，那么它就成了一个概念，成了代表概念的名词。又如对于"分解反应"概念的学习，就是掌握化学反应的形式是一种物质生成多种物质这个关键特征，并且知道化合价是否发生变化与"化合反应"无关。

3. 化学命题学习

命题（propositional）可以分为两类：一类是非概括性命题，只表示两个或两个以上的特殊事物之间的关系，如"物质的量是衡量微粒数目多少的物理量"，在这个句子里的"物质的量"和"物理量"都代表一个特殊事物，这个命题只是陈述了这两个事物的关系。另一类命题是概括性命题，表示若干事物或性质之间的关系，如"溶解度是一定温度和压力条件下100份溶剂中最多所能够溶解溶质的份数"，这个命题所表达的是特定条件下溶质与溶剂的数量关系。

不论概括性命题还是非概括性命题，它们都是由词语联合组成的句子表征的，因此，在命题学习中也包含了符号表征学习、概念学习的过程。由于构成命题的词语一般代表概念，所以命题学习实质上是学习若干概念之间的关系，或者说，学习由几个概念联合构成的复合意义。

值得注意的是命题学习在复杂程度上一般高于概念学习，如果学生对一个命题中的有关概念没有掌握，他就不可能理解这一命题，也就是说，命题学习必须以概念学习为前提。

二、化学概念获得的过程与方式

1. 具体概念的学习

具体概念一般是不下定义的概念。其学习过程是从例子中学，例如，"一年有四季，春天暖，夏天热，秋天凉，冬天冷"这里"暖、热、凉、冷"所涉及的概念是具体概念，又如"加热"等化学实验操作、"溶液变浑浊"等实验现象，都不能通过下定义而获得，只能从具体实际例子中学习。

这种从具体例子概括习得概念的方式称为概念形成。其学习过程是从例子中发现共同本质特征的过程。其条件是同时呈现若干例子（包括正例和反例），学习者提出共同本质特征的概念假设，外界提供假设正确与否的反馈信息。

2. 定义性概念的学习

定义性概念是能够通过下定义揭示其正例的共同本质属性的概念。其基本学习形式是概念形成和概念同化。

（1）概念的形成 由学习者从大量同类事物的不同例证中发现同类事物的关键特征，这种获得概念的方式称为概念的形成（concept formation）。

在概念形成过程中，善于发现同类事物的共同特征、本质属性是概念形成的关键。例如，学生已经学习到了一些化学反应"$CaCO_3 \xrightarrow{\text{高温}} CaO + CO_2$"、"$2KMnO_4 \xrightarrow{\triangle} K_2MnO_4 + MnO_2 + O_2 \uparrow$"、"$2KClO_3 \xrightarrow[MnO_2]{\triangle} 2KCl + 3O_2 \uparrow$"，经过观察发现这些反应具有一个共同的特征：由一种物质变化为几种物质。但有的化合价有变化，有的没有变化，由此可形成"分解反应"的概念。

（2）概念的同化 在概念学习过程中，有时也可以用定义的方式直接向学习者呈现概念，学习者利用认知结构中原有的概念理解新概念，这种获得概念的方式叫概念同化（concept assimilation）。

在奥苏伯尔的同化论中，概念同化是一种下位学习，其先决条件是学习者认知结构中有同化新的下位概念的上位概念。如百分数这个定义性概念，如果学生头脑中已有"分数"这个上位概念，那么百分数可以用概念同化的形式学习。其学习过程是一个接受过程，即百分数的定义特征不必经过学习者从例子中发现，可以直接以定义形式呈现。学生利用其原有上位概念"分数"同化"百分数"。在学习时，学生找出百分数与分数的相同，新的百分数被纳入原有分数概念中，同时要找出新知识（百分数）与原有知识（分数）的相异点，这样新旧知识可以分化，不致混淆。奥苏伯尔认为，中小学生在各门学科中习得的大量概念都是通过概念同化的方式习得的。

同化论的核心是相互作用观。它强调学习者的积极主动精神，即有意义学习的心向；强调有潜在意义的新观念必须在学习者的认知结构中找到适当的同化点。新旧观念相互作用的结果导致有潜在意义的观念转化为实际的心理意义，与此同时，原有认知结构发生变化。这种变化既有质变，又有量变。

三、命题知识的同化过程与条件

奥苏伯尔用同化的思想系统地解释命题知识的学习。由于命题是由概念构成的，而概念的定义本身也是一种形式的命题，所以此处命题知识的同化过程也包含了概念的同化过程。

有意义言语学习理论强调，在新知识的学习中，认知结构中原有的适当观念起决定作用。这种原有的适当观念对新知识起固定作用，故称这种观念为起固定作用的观念。新的命题与认知结构中起固定作用的观念大致可以构成三种关系：（1）类属关系或下位关系，即原有观念为上位的，新学习的观念是原有观念的下位观念；（2）总括关系或上位关系，即原有观念是下位的，新学习的观念是原有观念的上位观念；（3）并列结合关系，即原有观念和新学习的观念是并列的。在这三种关系中，学习的内部和外部条件不同，新旧知识的相互作用的过程和结果也有很大不同。

1. 下位学习（subordinate learning）

认知心理学假定，在观念的抽象、概括和包容的水平方面，认知结构本身倾向于按层次组织。新的命题意义的出现，最典型的反映是新旧知识之间构成一种类属关系。由于认知结构中原有的有关观念在包容和概括水平上高于新学习的知识，因而新知识与旧知识之间构成的这种类属关系，又称下位关系，这种学习便称为下位学习，又称类属学习。这种类属过程多次进行，就导致知识不断产生新的层次，因而也就不断分化与精确化。例如学生在学习完"物质结构与元素周期律"的知识后，再学习各个主族元素的性质的学习就属于下位学习，在主族元素的学习过程中，不仅能够强化元素周期律的知识，而且能够把握同一主族元素中某些元素的特殊性质，由此加强了对元素周期律的认识，为后续学习副族元素性质打下了坚实的基础。

类属学习的效率取决于认知结构中原有的起类属作用的观念的形成和巩固。这种概括和包容水平较高的观念一旦形成，便具有以下特点：（1）对后继的学习任务特别适合，并有直接关系；（2）具有足够的稳定性，有利于牢固地固定新学习的意义；（3）围绕一个共同的知识点组织有关的知识，使新知识彼此联系，又使新旧知识相互联系；（4）能充分解释新学习的材料的细节，使这些任意的事实细节具有潜在意义。

2. 上位学习（superordinate learning）

当认知结构中已经形成几个概念，现在要在这几个原有观念的基础上学习一个包容程度更高的命题时，便产生了上位学习，或称总括学习。例如，中学教材中氧化还原反应的概念从初中到高中的演变过程就是一个上位学习过程，初中阶段根据一些化学反应的典型实例（氢气还原氧化铜）归纳得出"有氧得失的反应属于氧化还原反应"的概念，高中阶段根据学生对更多的反应属性的认识归纳得出"化学反应中一些元素有化合价变化的反应属于氧化还原反应"，这不仅对氧化还原反应的概念认识的深化，也是氧化还原反应的总括学习过程，是在对被提供的材料进行归纳组织或综合成整体的学习。

为了适应命题知识的学习，尊重学生的认知规律，化学教材在编写过程中，总是在一些具体类别物质结构和性质的学习之后，紧接着编排了关于化学原理、化学理论或化学定律等概括性抽象知识的学习，然后，再安排其他类别物质的学习，这充分体现了上位学习、下位学习规律的有机结合和灵活运用。

3. 并列结合学习（combinatorial learning）

当新的命题与认知结构中原有的特殊观念既不能产生从属关系，又不能产生总括关系时，它们在有意义学习中可能产生联合意义，这种学习称为并列结合学习。许多新的命题和概念的学习都导致这类意义。这些命题和概念是有潜在意义的，因为它们是由一些已经学习过的观念合理结合而构成的，这些观念与整体的有关认知内容一般是吻合的，因而能与认知结构中有关内容的一般背景联系起来。它们与上位命题、下位命题不同，不能与认知结构中的有关特殊观念相联系。在并列结合的命题学习中，由于只能利用一般的和非特殊的有关内容起固定作用，因此，对于它们的学习和记忆都比较困难。

学生在数、理、化以及社会科学中学习概括的许多例子，都是并列结合学习。如学习质量与能量、热与体积、遗传结构与变异、需求与价格等概念之间的关系，就属于并列结合学习。假定质量与能量、热与体积、遗传结构与变异为已知的关系，现在要学习需求与价格的关系，这个新学习的关系虽不能类属于原有的关系之中，也不能概括原有的关系，但它们之间仍然具有某些共同的关键特征。例如，后一变量随前一变量的变化而变化等。根据这种共同特征，新关系与已知的关系并列结合，新关系便具有了意义。

总之，类属过程、总括学习和并列结合学习都是内部的认知过程。我们强调，新知识的获得主要依赖认知结构中原有的适当观念，必须通过新旧知识的相互作用，有意义学习才能实现。这种新旧知识相互作用的结果，就是新旧意义的同化，进而形成更为高度分化的认知结构。

四、化学陈述性知识的课堂学习过程及条件

1. 化学陈述性知识课堂学习心理机制

在课堂教学环境中，化学陈述性知识的学习具有各种陈述性知识学习方式的综合特征，运用维特罗克（M. C. Wiltrock）的生成学习模式，可有效解释其学习过程与条件。

维特罗克的学习模型中对于学习过程的描述比较复杂，抽取其主要信息可形成一个简化模型（见图5-1）。

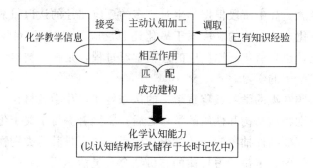

图 5-1　陈述性知识的课堂学习模型

图5-1中"化学教学信息"是指学生通过阅读化学教材、倾听化学教师讲解和练习所获得的相关信息，"已有知识经验"是指学生在接受新课学习之前在头脑中所拥有的全部经验，包括化学的知识和其他知识。当两者相互作用时，如果学生运用已有认知结构的知识能够理解新知识，并能够在原有认知结构中为新知识顺利地找到一个固着点或"锚位"，那么，新知识建构成功。也就是说，学生在头脑中将所学新知识生成了一定的意义，与旧知识建立牢固的联系和清晰的认识。如果学生原有认知结构中没有与新信息对应的经验，那么，即使学生能够感知到化学教学信息，但无法将它与原有知识有机结合，同时，这些信息很快就会在学生的短时记忆空间衰减，无法进入长时记忆中，一些"差生"的学习正是如此。

2. 化学陈述性知识课堂学习过程

在传统班级授课制的课堂环境下，化学陈述性学习的基本过程包括以下几个循序渐进的阶段：

（1）化学教学信息的直观刺激　也就是学生在教师言语或其他教学情境的影响下，产生学习欲望、激发学习动机的过程。刺激越强，学生学习积极性越高。例如

给学生演示"滴水生火的实验"。

(2) 原有知识经验的激活 在这个过程中,学生在学习需要的驱使下,面对外界环境的刺激信息和认知冲突,必然要调动长时记忆中的相关信息,试图解决当前的认知冲突,以满足心理上的缺失需要。例如,学生原有的经验是用水灭火,当学生看到教师将水滴到脱脂棉上,棉花燃烧起来,势必产生一种强烈的好奇心。

(3) 认知的积极加工与改造 学生作为主体在与环境客体的相互作用过程中不是被动的接受,而是能动反应,也就是说,学生为了突破已知与未知之间的心理视野,必将积极思维、努力搜索,并试图运用原有知识经验解决问题。例如,学生在好奇心的驱使下,经过教师言语的引导,必然陷入沉思,并期待教师为他们"揭秘",当教师告诉学生在脱脂棉里包裹了一些过氧化钠时,学生仍然不得而知,此时正是教师传授新知识的最佳机会。

(4) 命题的同化与顺应 学生在教师的引导之下,逐步缩小心理视野,直至认知矛盾得以解决,但在认知冲突解决过程中,如果新知识能够纳入已有知识体系之中,那么,这个过程即实现了新知识的同化;如果新知识与原有认知结构不一致,那么,必然需要改变原有认知结构,以适应新知识的需要,这个过程称为顺应。例如,当学生得知过氧化钠与水反应产生氧气致使棉花燃烧,并获得关于过氧化钠的化学性质等有关知识后,必然与氧化钠等原有知识相联系,并决定将新知识纳入已有认知结构或改变原有认知结构。

(5) 意义的获得与应用 经过同化或顺应这个过程,新知识必将在学生头脑中获得一定的意义,并促使认知结构得到丰富和发展,为新知识的运用提供准备。例如,学生掌握了过氧化钠的化学性质后,便会思考能否应用过氧化钠为潜水员提供氧气等实际问题。

(6) 知识的建构 将新旧知识运用实际解决问题,并经过反复实践和提炼,新知识便在学生头脑中形成牢固的结构,并具有与原有知识经验清晰的认识,由此新知识建构成功。例如,学生在通过过氧化钠性质、用途等学习后,便对其有清晰的认识,并将过氧化钠纳入到金属钠的氧化物的知识体系之中,由此扩充和改善其认知结构。

3. 化学陈述性知识课堂学习条件

根据化学陈述性知识学习心理机制,要确保学习成功高效,必须同时具备以下几个条件。

(1) 恰当的外界信息 外界信息是指学生学习新知识前,教师所提供的教学情境。所谓恰当是指外界信息对学生的刺激要达到一定强度,例如教师言语要生动,实验设计要巧妙,实验现象要明显,教学模型要逼真。

(2) 匹配原则 所谓匹配是指新知识学习前的教学情境要与新知识紧密的联系或关联,也就是说,对于新知识的学习具有预示作用和启示意义。

(3) 主动加工原则 主动加工是指学生在学习过程中具有主动学习的心向,也只有学习主动联系新旧知识，并通过同化和顺应主动建构，那么，所学知识才具有意义，才更加牢固。

（4）积极反思与及时反馈原则　针对学生而言，积极反思不仅有利于知识的获得，而且有利于知识组织方式的获得，有利于认知结构的不断优化；针对教师而言，及时给学生的学习提供反馈信息，不仅可以提高学生的学习效率，更有利于促进学生良好学习习惯的形成。

（5）网络化原则　网络化是指将所学概念、规则层次化，并将各种命题有机联系在一起，构成一个立体命题网络，以提高知识组块、减轻记忆负荷，便于实际问题解决时灵活调取各个组块的知识。

第三节 ◉ 化学陈述性知识的学习策略与教学

学习策略是指学习的一般方法与技巧，教师帮助学生熟悉并把握学习策略，能够使教学达到事半功倍的效果。本节主要根据认知心理学揭示的陈述性知识学习的规律，介绍促进陈述性知识学习与保持的三种基本策略：复述策略、精加工策略和组织策略。

一、促进简单陈述性知识学习与保持策略

所谓简单的陈述性知识主要是符号表征学习和事实学习，例如化学符号的学习，元素化合物性质、制备、用途等知识的学习。这类学习的难点不在于理解而在于保持，因为它们遗忘速度快，遗忘率高。在这类知识的教学中，教师指导学生的学习与记忆策略，有利于培养学生良好的学习与记忆习惯。

1. 复述策略

复述（rehearsal）指为了保持信息而对信息进行多次重复的过程。对于无意义材料，学生为了记住，往往采用出声或不出声地重复念读的方式进行记忆。然而，美国心理学家盖茨（A. T. Gates）在 1917 年的实验表明，重复与结果检验相结合的学习方法比单纯重复的方法学习效果要好，因此，为了提高记忆效率，学生应该在复述的同时尝试回忆，并检验自己的记忆效果。当达到能够背诵的时候，适当过度学习更有利于记忆效果。

2. 精加工策略

精加工（elaboration）指对记忆的材料补充细节、举出例子、做出推论，或使之与其他观念形成联想，以达到长期保持的目的。记忆术是典型利用精加工的技术，例如，化合价记忆口诀、溶解度记忆口诀等。

3. 组织策略

组织指发现部分之间的层次关系或其他关系，使之带上某种结构，以达到有效保持的目的。组织策略的实质是发现要记忆的项目共同特征或性质，而达到减轻记

忆负担的目的。

在 20 世纪 60 年代之前，关于人类言语联想学习的研究主要涉及简单知识的学习，其研究得到的规律，以及据此发展起来的技术都可以用于促进简单知识的学习与保持。例如，根据艾宾浩斯揭示的遗忘先快后慢的规律，采用新学习的材料及时复习的策略；根据分散学习的效果优于集中学习的效果的规律，采用分散学习与记忆的策略；根据先后两种相似材料的学习易于相互干扰的规律，采用对先前的材料过度学习的策略等。

二、促进复杂陈述性知识学习与保持策略

所谓复杂的陈述性知识是有意义的言语材料，且其意义是以命题网络或认知图式的形式持久地储存在人类中的一类陈述性知识。复杂陈述性知识的学习，同样可以利用上述复述、精加工和组织三种策略，但应用的目的和条件不同。

1. 复述策略

在复杂知识学习中，复述策略包括边看书边讲述材料，在阅读时做摘录、划线或圈出重点等。心理学家对划线的作用做了许多研究。例如，有人比较了在不同划线条件下的回忆效果，当要求学生自由划出一段文章中的任何句子比只要求他们划出最重要的句子的回忆效果好。原因是在自由划线条件下，被试可以将文中已有的结构联系起来。

研究还发现，学生在无关信息下划线，降低了他们对重要信息的回忆。研究认为，六年级以下的学生不能可靠地确定哪些信息是重要的，因此，鼓励高年级学生采用划线的学习方法效果较好。对于低年级或不知如何划线的学生，可以逐步教会这种学习方法。首先向他们解释材料中哪些内容是重要的，其次教他们划出一段材料中少量的最重要的句子，最后再教他们对划出的句子进行复习或释义。

划线与其他符号注释相结合，更有助于学生思考材料的内容。符号注释包括文后用数字如 1、2、3…标出文中的要点、论据或事件等；在书页旁做上各种记号，如用"?"表示有疑问的句子，用箭头指出句子之间的逻辑关系，写简要评语表示自己的看法等。许多著名人物在读书时都采用这一促进思考的方法。

2. 精加工策略

在复杂知识学习中，精加工策略包括释义、写概要、创造类比、用自己的话写注释、解释、自问自答等具体技术。

（1）记笔记和做笔记 记笔记（note taking）和做笔记（note making）是心理学中研究较多的精加工技术，维特罗克称之为生成技术。研究表明，笔记有助于指引个人的注意，有助于发现知识的内在联系，有助于建立新知识与旧知识之间的联系。

心理学家认为，笔记有两步：第一步是记下听讲中的信息（即 note taking）；第二步是使记下的信息对你有意义，即理解它们（即 note making）。如果笔记只停

留在第一步，对学习并无多大的帮助。重要的是进入第二步，对笔记加工。

有人建议采用三步做听课笔记：第一步是留下笔记本每页右边的 1/4 或 1/3；第二步是记下听课的内容；第三步是在整理笔记时，在笔记的留出部分加边注、评语等。其中，第三步非常重要，这些边注、评述或其他标志不仅可以促进学生的理解，而且可以为他们今后的回忆提供线索。

复习笔记的内容是一种再加工过程，所以能促进学习。学生只做笔记不复习，或者借用他人笔记复习，虽然也能从中获益，但最好的方法还是学生自己做笔记并复习自己的笔记。

（2）促进学生养成做笔记的良好习惯　为适应学生做笔记，教师讲课时应创造有利于学生做笔记的条件。

① 注意控制讲课速度，尤其是采用多媒体教学时讲课速度不宜过快，要注意多媒体毕竟只是教学的一个辅助手段，决不能完全用多媒体代替板书。

② 重复比较复杂、难于理解的材料，因为这些材料往往是学生学习困难所在，教师从多个角度反复解释、分析、说明，将有利于学生及时记录思维线索和方法。

③ 板书要有层次，教学重点必须板书，并采用红色粉笔分别予以标注。

④ 为学生提供一套完整和便于复习的笔记。

3. 组织策略

在复杂知识学习中，编织概念网络图是一种良好的组织材料的技术。这种网络图就如一棵倒置的知识树，有时可以把最概括的概念置于树干的顶端，把局部的概念置于枝杆，把具体细目置于树枝的末梢，从而形成一个层次关系。有时可以以某个概念为中心，并由此向四周发散（见图 5-2）。概念图的功能主要是通过构筑知识之间的网状关系，使众多相关知识点紧密联系在一起，形成一个完整的知识链。

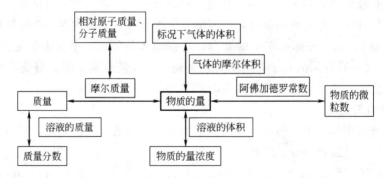

图 5-2　物质的量的概念图

三、化学陈述性知识的教学策略

上述的一般陈述性知识的学习与教学策略，对于不同类型的化学陈述性知识又有相应的教学策略与方法。

1. 化学用语的教学策略

（1）"名"、"实"结合理解记忆 "名"、"实"结合主要是指化学名称与符号要结合起来记忆，孤立起来单独记忆很容易造成"名"、"实"分离或者名不副实，对于化学式与化学反应方程式的教学，还应让学生对化学式的组成事实及规则进行分析，对参加化学反应的物质酸碱性、氧化还原性及变化趋势进行分析，以便促使其在理解的基础上记忆。

（2）分散难点多次强化 对于相似的化学元素符号、化学式、化学反应方程式往往学生容易混淆，为了增强学习效果，教学过程中应在分别在不同的时间和场合下配对呈现，以增强其对细微差别的辨别性。例如高锰酸钾（$KMnO_4$）与锰酸钾（K_2MnO_4）、氯酸钾（$KClO_3$）与氯化钾（KCl）的辨别。

（3）加强练习达到三会 三会是指会读、会写、会用，化学用语的读与写都要符合规范，运用起来要灵活自如，不仅是熟练，而且要达到自动化程度，比如一看到某化学物质的名称（高锰酸钾），就要能够迅速想到其化学式（$KMnO_4$）。

2. 化学概念的教学策略

（1）深入讲解概念的重要特征促进学生积极建构 对概念的重要词语的理解是掌握概念的关键，教师对概念关键部分的重视能够引起学生有意注意，并能够促使学生积极思考和主动建构。

（2）充分运用变式和对比促进学生对概念的全面理解 概念可以从多个角度进行界定，不同的人按照不同的目的和要求具有不同的说法，从多方位全面了解某个概念的内涵与外延，甚至概念在不同场合下的运用，不仅有利于对概念本身的把握，而且更有利于对概念的灵活运用。例如日常概念与科学概念既有差别又有联系，在学科概念教学过程中，为学生介绍相关的日常概念及其应用，将有助于其实践能力的进一步提升。

（3）积极采用一定方式促进学生概念网络 概念图和思维导图都是建构知识网络体系的良好方式，但前者强调的是静态的结果，后者强调的是动态的过程。教学过程中，教师既可采用某种单一的方法，也可同时采用或交替采用两种方式。学生经过概念的网络化的加工，对概念的层次关系、逻辑关联将会更加明晰，同时其知识组块加大，记忆负担减轻。

3. 化学理论的教学策略

（1）积极采用探究式教学启迪学生思维 理论是前人从实践中研究出来的成果，其表现形式往往都是抽象的，如果教师单纯采用讲授的方式进行教学，其效果不一定很理想，但如果能够巧妙地设计一些探究实验，不仅可有效培养学生的科学素养、科学方法和科学精神，而且还能够让学生体验到探究的快乐，感受到探究的成就，培养他们的自我效能。

例如质量守恒定律的教学，如果单纯在课堂上讲授什么是质量守恒，学生会感觉到非常枯燥，但如果教师要求学生运用一个带软木塞的锥形瓶、一个的燃烧匙和一小块白磷，设计一个实验验证白磷与空气反应前后质量守恒，那么学生会更感兴趣，收获也将更多。

（2）紧密联系实际努力促进陈述性知识向能力转化　知识是能力的载体，没有知识做基础就无法发展能力，但并不是有了知识就一定具有能力，促进知识向能力升华最有效的方式就是联系实际，因此，教学过程中要重视联系实际介绍化学理论在生活、生产中的应用。例如勒沙特列原理在工业合成氨反应中的应用，根据该理论，"加压"、"降温"是可以有效促进合成氨反应平衡向氨气产率提高方向移动，但限于材料的耐压程度，实际操作过程不可能无限增压，此外，降温虽然可以提高氨气的反应产率，但反应速度减低，经济效益下降。因此，实际操作过程往往需要综合考虑多种因素，从中选择最优方案。这个过程实际就是一种能力提升过程。

阅读资料

改良的面包机——隐性知识的显性化

　　野中郁次郎在 20 世纪 80 年代开始研究隐性知识问题时，曾经受到松下电器公司一位软件专家改进烤面包机的启示。

　　一位名叫田中郁子的工程师在 1985 年接受了一项任务：改进松下公司制造的烤面包机，原因是松下的烤面包机总是无法与面包师傅的面包制作诀窍抗争，生产出的面包没有特色，烤面包机因此也没有销路。于是，田中郁子开始走访大阪、东京的各大西餐点、面包房，并且拜大饭店首席面包师为师，详细记录他们叙述的经验，分析他们的制作和烤制过程，发现他们在做面包的时候放作料有时间和数量的差别，但在面包师看来，这些都是习以为常的差别，所以讲不出来，就像教师对不同孩子采取不同的教育方式习以为常一样。后来经过一年的努力，田中郁子和她的项目工程师们终于研制出了畅销的新型面包机，有 5 组不同的按钮。因为人的口味是相对稳定的，用户可以根据自己的口味选择相应的面包机，制作不同口味的面包。

　　野中郁次郎认为，田中小姐工作的本质实际上就是：将面包师傅们自己都无法说清的隐性知识显现出来，并且以这些知识来改进面包机。

　　教学就是这样一个储存着大量隐性知识的专业。"教学无定法"从一个侧面反映出教学领域中存在着大量的有效方法，存在着大量的尚未规范和显性化了的知识。教育研究者们日益认识到，教育是一个特殊的研究领域。在这个领域中，教师和学生的成长一方面有共同的成长规律；另一方面，每个教师和学生又是独特的，有自己独特的能力性向、认知风格、成长节奏以及由这些要素经过独特组合而形成的心理和认知结构。另外，每个教师所处的教育环境和面对的教育对象也是独特的。因此，教育领域的专业知识和能力远不止已经被教育专家发现、归纳和格式化的、编码为各分支的教育科学知识，更丰富的知识和才能还积聚在我们每一个教师的教学和教育经验中。[资料来源：张民选.隐性知识与隐性知识的显性可能.全球教育展望，2003，（7）]

 **本章小结**

　　对于不同类型的知识应采用不同的学习和不同的教学方法，本章重点介绍一种类型的化学知识的学习与教学规律。

　　1. 根据知识的表达方式知识可分为显性知识和隐性知识，根据知识在头脑中的表征方式知识可分为陈述性知识和程序性知识。陈述性知识主要是显性知识，程序性知识有些是显性知识，有些是隐性知识。

　　2. 陈述性知识主要是以命题或命题网络的形式贮存在头脑中的知识，它的心理表征方式主要有神经网络、命题网络、图式和双编码。化学陈述性知识主要有化学用语、化学基本概念和化学基础理论三个方面的知识。

　　3. 维特罗克（M. C. Wiltrock）的生成学习模式可有效解释化学陈述性知识课堂的学习过程与条件。

　　4. 根据认知心理学揭示的陈述性知识学习的规律，陈述性知识学习与保持主要有三种基本策略，即复述策略、精加工策略和组织策略。对于不同类型的化学陈述性知识又有具体相应的特殊教学策略与方法。

 练习与思考

　　1. 关于化学用语的知识是属于陈述性知识还是程序性知识？为什么

　　2. 依据化学陈述性知识的特征，请设计一个关于"物质的量"概念的片段教学。（时间 8 分钟）

　　3. 维特罗克（M. C. Wiltrock）的生成学习模式可以解释陈述性知识的学习过程及条件，对于化学陈述性知识的学习，它是不是还存在不足？有哪些不足？为什么？

第六章

化学程序性知识学习心理与教学

依据信息加工心理学关于知识分类的观点，广义知识包括陈述性知识和程序性知识。陈述性知识大致与我们传统意义上讲的知识相当，这种知识被称为狭义的知识，程序性知识与传统意义上讲的技能相当，按照 R. M. 加涅对学习结果的分类，程序性知识可分三类：心智技能或称智慧技能、动作技能及认知策略。

在第五章中，我们已经了解到陈述性知识主要是以命题或命题网络的形式贮存在头脑中的知识，那么，本章将要介绍的程序性知识是以产生式或产生式系统贮存在头脑中的知识。

产生式这个术语来自计算机科学。信息加工心理学的创始人西蒙（H. A. Simon）和纽厄尔（A. Newell）认为，人脑和计算机一样，都是物理符号系统，其功能都是操作符号。计算机之所以具有智能，能完成各种运算和解决问题，是因为它储存了一系列以如果/那么（if/then）的形式编码的规则的缘故，也就是说，人经过学习，其头脑中储存了一系列以如果/那么的形式表示的规则，这种规则被称为产生式。因此，产生式就是指一种"条件-活动规则"（Condition-Action）简称 C-A 规则，其中"C"是保持在短时记忆中的信息，而不是外部刺激，"A"既有外显的行为反应，也有内隐的心理活动。这种在一定的条件下，产生的系列外显或内隐的活动系统即称为产生式系统。

第一节 ● 化学心智技能的学习与教学

一、化学心智技能及其特点

1. 化学心智技能的概念

心智技能（Intellectual Skill）又称智慧技能或智力技能，是一种调节、控制智力活动的经验，是通过学习而形成的合乎法则的心智活动方式，表现为运用规则对外办事的能力。

化学心智技能是一种运用化学思维规则解决化学问题的心智活动方式，它既具有一般心智技能共同的特征，又具有其独立的内涵。

2. 化学心智技能的特点

（1）动作对象的观念性　心智活动是人脑对问题解决的认知加工过程，面对同样的问题情境，不同的人可能有不同的认识，在内心可能构建不同的行为方式。例如实验室需要制备氧气，有的考虑采用高锰酸钾，有的打算采用氯酸钾，还有的计划采用双氧水，那么，无论选择何种方式，内心肯定都是基于一定原因的，这些原因就是各人的观点、思想、理念。

（2）动作执行的内隐性　由于心智技能属于人脑内部活动，往往看不见摸不着，这就决定了其操作过程的隐蔽性。教学中我们经常碰到有学生存在这种现象：上课听得懂，知识记得住，就是题目做不出。也许正是心智技能的缺乏才导致这样的结果，而心智技能具有内隐性，难以被人觉察，所以经常会使人觉得束手无策。

（3）动作结构的缩减性　心智技能作为一种内在的心理操作，其活动程序的外部表现是省略和简化了的，这种缩减的程度依据个人经验的不同、知识贮备数量与质量的差异有所区别。因此，当我们问及学生对于某个问题是怎么解决的，他的回答，也许大家都很难理解，因为他的思维是跳跃性的。此外，化学学科思维的独特性也进一步影响化学心智技能动作结构的缩减性，如当人们运用一套独特的化学词汇系统进行思维时，化学符号本身就是缩减的，它暗含了很多化学规则，因此，其心智活动的缩减性表现得尤为突出。

（4）内化经验的习得性　心智技能不是与生俱来的，也并非神秘莫测和需要慢慢领悟的，而是后天习得的。只是有时候人们事先知道做事的规则，然后学会用这些规则来支配自己的行为。而有时候则是行为或实践在先，对行为或做事的规则的意识在后，后者主要是通过模仿和自发发现进行学习的，属于内隐学习，习得的知识被称为隐性知识。

二、化学心智技能的基本内容

化学心智技能是在一般的心智技能的基础上所形成的特殊认知技能。

1. 一般心智技能的内容

加涅的智慧技能层次论把智慧技能分成五类：辨别、具体概念、定义性概念、规则、高级规则。加涅进一步提出五种智慧技能的习得存在着如下的层次关系：高级规则学习以简单规则学习为先决条件；规则学习以定义性概念学习为先决条件；定义性概念学习以具体概念学习为先决条件；具体概念学习以知觉辨别为先决条件。由此可见，一般心智技能包括三种基本类型：辨别技能、概念学习技能、规则学习技能。

（1）辨别技能　辨别技能是对不同刺激的各种物理特征做出反应的能力。如元素符号 Pd 与 Pb 辨别，滴管与滴定管，表面皿与蒸发皿，集气瓶与广口瓶的辨别。

信息加工心理学把知觉辨别能力的形成过程看成模式识别能力的习得过程。模式是由若干元素集合在·起组成的·种结构。物体、图像、语言、文字或人物的脸都可以看成模式。较为复杂的模式往往可以分成若干子模式。这些子模式也可以是由若干元素按一定关系组成的结构。模式识别是人们把输入的刺激（模式）的信息与长时记忆中的有关信息进行匹配，从而辨别出该刺激物属于什么范畴的过程。

心理学家认为，人有惊人的辨别能力，这种知觉能力有的是在无意中自发进行的，而有的是在教学的条件下实现的，所以教师采取相应的教学方法促进学生辨别学习，例如刺激与反应接近、及时反馈、多次重复等措施。

（2）概念学习技能　概念包括概念的名称、定义、实例、属性、用途等方面内容。概念本身属于陈述性知识，而概念获得的方法与措施则属于程序性知识，例如"下位学习"、"上位学习"、"并列学习"及变式练习等。不论用何种方式学习概念，如果学生仅仅理解了概念并能用语言陈述同类事物的共同本质特征，这还只能表明心智技能学习达到了陈述性知识阶段，概念作为一种心智技能的本质特征，在于它们能在不同于原先的学习情境中应用，而促进应用的关键是变式练习。

（3）规则学习技能　所谓规则是指人们在认识世界时发现的反映各种事物内在联系的公式、定律和法则等。习得规则的形式有很多，但最基本的学习形式是两种：一是从例子到规则的学习，这是上位学习的一种形式，也称发现学习，但"上位学习"的教学过程中应注意样例的代表性；二是从规则到例子的学习，这是下位学习的一种形式，也称接受学习。

2. 化学心智技能的内容

化学心智技能内容包括三种基本要素：有关的操作知识，操作规则；有关的活动程序及内部调控过程；习得的运动及心智活动定型。具体而言，主要有四种基本类型：化学辨别技能；化学计算机技能；化学实验设计技能；化学用语的使用技能。

（1）化学辨别技能　主要表现在对化学符号的辨别，对化学物质外观形状、颜色的辨别，对实验仪器的识别等方面。这是学习化学最基本的技能，它是其他技能形成的前提和基础。

（2）化学计算机技能　主要表现在根据化学式、化学反应方程式等式子的计算，根据溶解度、物质的量浓度等概念的计算，根据化学平衡原理、电化学理论的计算等。这种技能的形成与发展依赖于对相关化学概念、化学原理等陈述性知识的理解与掌握，有研究表明，在短时间内对高中生进行有机化学计算问题思维策略训练，其训练效果不显著，主要原因就在于受到有机化学知识的束缚。因此，要想提高学生的化学计算技能，必须首先扫清化学知识的障碍。

（3）化学实验设计技能　主要表现在化学试剂、化学仪器装置的优化选择技能，化学物质分离与提纯方法的有效调用技能，化学实验设计的综合评价技能等方面。化学实验设计技能的形成不仅要以化学陈述性知识为基础，而且要以化学实验操作等动作经验做支撑，因此，要想提高学生的化学实验技能，必须重视化学实验基本操作训练，并有意识地将部分验证性实验改为探究性实验，以提高学生在实验过程中思维的参与度。

（4）化学用语的使用技能　由于化学用语本身包含的信息的丰富性，化学用语的使用必须建立在化学用语的理解与辨别基础上，表现为对化学用语暗含化学信息的搜索、对比、选择、运用等心理操作。化学用语使用技能的形成关键在于其操作的熟练化与自动化程度，例如一看到化学物质的名称就要想到其化学式及其化学组成成分，一看到物质变化的现象，就要想到其可能发生的化学反应方程式及参加反应的各种物质数量的变化、颜色的变化、状态的变化等，并将反应现象与反应原理有效对应起来。

三、化学心智技能的形成过程与教学

目前，关于化学心智技能的组成结构、作用机制的研究还缺乏系统性，依据心智技能的形成规律，指导教学更是薄弱，只有一些零散的思路研究及解题技巧可以借鉴。

北京师范大学冯忠良教授根据我国教学的实际，将加里培林的心智技能形成五阶段（动作的定向阶段、物质与物质化阶段、出声的外部言语阶段、不出声的外部言语阶级、内部言语动作阶段）经过合并、简化、概括即为三阶段（原型定向、原型操作、原型内化）、四水平（借助外部物质执行水平、出声的外部言语执行水平、不出声的外部言语、内部言语执行水平）。我们依据这个阶段的划分来说明化学心智技能的形成过程与条件。

1. 化学心智技能的原型定向阶段

这个阶段相当于平时习题课教学过程中的读题、审题阶段，学生清楚地意识到自己将要解决什么类型的问题，需要哪些知识才能解决这些问题，如何解决这些问题的动作要素及动作次序，由此在头脑中形成关于这类问题解决的模式——原型。

然而，对于一个熟练的问题解决者，这些操作都是内隐在头脑中秘密进行的，自己的潜意识是非常清楚的，他人无从知晓。对于一个新手，要想获得这些隐性知识与技能，往往需要自己慢慢领悟。

一个经验丰富的化学教师，往往通过两种方式使学生获得这些内隐知识，一是将自己意识到的内隐在头脑中的程序性观念直接传授给学生，二是将自己换位于学生位置，为学生示范对问题整体情境的理解与把握，示范思维过程等心理操作程序，并讲解操作缘由和操作要领。第二种方式更有利于学生对那些教师本人都意识不到或已经意识到但说不清道不明的隐性知识的获得。因此，可以说，化学教师的示范是学生获得化学心智技能原型定向的媒介。

2. 化学心智技能的原型操作阶段

原型操作阶段是学生依据定向阶段所获得的心智技能的自主实践过程。在这个过程中，学生把头脑中初步建立起来的程序观念、计划和方法，主动付诸于实践，并以外显的实际操作而呈现。

学生在这一阶段具有两个主要任务：一是模仿原型定向做出相应的动作反应；二是把实际的动作与原型反复检查对比，完善自己的操作行为。因此，这一阶段也是学生自我实践阶段。

教师指导学生进行原型操作实际时应注意：

（1）将心智活动的程序，按一定的顺序（从易到难）逐步分解，逐项分散训练，既便于学生了解具体过程，又便于建立整体映像，又有利于学生获得成就动机，提高学习兴趣。

（2）适当变更活动方式与内容，确保学生认识的全面性。

（3）在分散训练的同时，结合相应的综合训练，促进心智技能操作从外到内的转化。

（4）加强动作的执行与言语的结合，也就是教师根据学生对自己动作的反省和实际存在的疑惑，给予关键性的指点、引导。

（5）学生的实践操作，需要多次反复的实践与情感体验，才能趋近原型定向的程序观念。

3. 化学心智技能的原型内化阶段

原型内化阶段是学生离开原型定向和实际操作活动时，将心智活动完备的实践模型向头脑中转化，以产生式或产生式系统贮存于长时记忆中的过程，从而实现了由感性认识向理性认识的升华。

这一阶段的中心任务是，使外显行为转化为内隐的观念，使动作的机械性转化为协调与自动化。

四、化学心智技能的学习条件与教学

1. 化学心智技能的学习条件

（1）化学概念规则的理解与掌握；

（2）典型示范与变式练习；

（3）主动领悟（要领），不断对比（原型），积极思考并完善程序。

2. 化学心智技能的教学

根据化学心智技能的形成过程与学习条件，心智技能的获得必须以知识的理解（陈述性知识获得）为前提和基础。如果我们只重视知识的传授，忽视技能训练，那么能力的培养缺乏深入；如果只重视技能的训练（题海战术），而忽视知识的理解、巩固，那么能力的培养将成为了空中楼阁。

因此，在化学心智技能的培养过程中，既要重视知识的传授，又要广泛深入地开展技能训练（具体的训练方式与方法详见第七章），只有这样才能有效促进学生学习化学。

第二节 ◉ 化学认知策略的学习与教学

认知策略也称认知技能，是学习者内部组织起来的、用以支配自己心智加工过程的技能，R. M. 加涅认为认知策略是一种特殊的心智技能。

R. M. 加涅的女儿 E. D. 加涅（E. D. Gagné）认为，认知策略可分为一般的认知策略和专门领域的认知策略。一般的认知策略是指跨学科领域的认知策略，例如"目的-手段分析法"、"爬山法"、"倒溯法"等，这些方法可以广泛地适用于自然科学、社会科学和日常生活的问题解决。专门领域的认知策略是指适合特殊领域的认知策略，如适合物理概念和原理的学习的推理策略；通过操作实验变量，推导出物理概念和原理的策略；适合语文学科中写作的特殊策略：通过具体描写人物语言、行动和外貌特征，揭示人物内心世界的策略；在解决几何问题时通过作辅助线把未知图形与已知图形联系起来，从而使问题得以解决的策略。

显然，化学认知策略属于专门领域的特殊认知策略，例如通过化学实验现象检验假设策略，"位"、"构"、"象"联合思维策略等。

一、化学认知策略是一种特殊的心智技能

认知策略虽然与心智技能同属于程序性知识系列，但它具有其独立的特征，有人通过一项以策略性知识为主要目标的教学实验过程归纳了认知策略与心智技能的区别。

1. 支配认知策略的规则具有内潜性

根据加涅的学习结果分类，支配心智技能的规则是对外的，而支配认知策略的规则是对内的。对外办事的规则易于通过实物或其他媒体进行演示。由于人的认知活动潜藏于人脑内部，无法直接观察到，所以难以把支配人的认知活动的规则用演示的方法告诉学生。

2. 支配认知策略的规则具有高度概括性和模糊性

学生要学习的认知策略主要是思维与解决问题的策略。支配这些策略的规则一般具有高度的概括性，这种高度概括性也给它带来了模糊性。例如，化学框图问题解决的"启发式"思维策略，尽管属于具体领域的，但也是高度概括的，因为如何找到一个突破口，可因人而异，可随着问题情境的变化而不同，所以有时候令人难以琢磨。

心智技能是相对明确和具体的。例如根据化学反应方程式的计算技能，就是运用化学反应中各种物质的计量关系规则，建立已知与未知的等量关系。如果将这种心智技能对应于某些具体问题解决方法和措施，认知策略则为一类方法。

3. 支配认知策略的规则多数是启发式的

所谓启发式就是运用这些规则进行认知操作，有助于认知过程的高效实施，但不能保证实施一定成功。

例如，某无色透明液体与活泼金属发生反应产生氢气，我们可以假设该无色液

体为稀硫酸，活泼金属为锌粒，还可以假设为水与金属钠反应，这种通过对具体物质的猜想，再结合其他情境加以验证的过程，可以提高问题解决的效率，但并不能保证一次猜想就成功。支配认知策略的规则也是一样。

正是基于这些特点，认知策略的学习一般比心智技能的学习更困难，需要接触的例子更多，需要变式练习的机会更多，需要从外界得到更具体的反馈和纠正，需要元认知的共同参与。

二、化学认知策略的学习内容与学习条件

1. 化学认知策略的学习内容

不同类型化学知识的学习，其认知策略的内容也不一样。

化学陈述性知识学习的认知策略主要包括复述策略、精加工策略和组织策略等；化学心智技能和化学实验操作技能学习的认知策略主要包括观察示范例样策略、模仿练习策略、对照与创新策略等；认知策略学习的策略主要包括观察并模仿榜样示范策略、创设自我独特学习模式和习惯策略、评价监控反省自我学习行为方式的策略、内外调控与优化策略等。

2. 化学认知策略的学习条件

（1）原有知识背景　根据信息加工过程理论，认知策略对整个信息加工过程起调控作用，使用策略的目的就是提高信息加工的效率。这就使得策略的应用与它加工的信息有着十分密切的关系。研究表明，策略的应用离不开被加工的信息本身，儿童在某一领域的知识越丰富，就越能应用适当的加工策略。

（2）学生的动机水平　任何认知策略或学习策略都可以用一套规则来描述。有研究表明，单纯向学生传授学习策略，虽然可以使他们掌握该策略，并提高学习成绩，但如果既传授策略又为学生提供应用策略能够带来效益的信息，能激励学生进一步理解策略，并运用学过的策略进行学习。

（3）元认知发展水平　20世纪70年代认知发展心理学家弗拉维尔首先提出了元认知（metacognition）概念。元认知（又称为反省认知）是对认知的认知，是一个人所具有的关于自己思维活动和学习活动的认知和监控，它在人的学习、记忆、思维和解决问题中起监测和控制作用。元认知包括三个基本成分：①元认知知识，即个人所具有的关于哪些因素可能以什么方式来影响自己的认知过程和认知结果的知识；②元认知体验，即伴随着认知活动而产生的认知体验或情感体验；③元认知监控，即对认知过程的监视、调节和控制。

认知策略中的元认知成分是策略运用成败的关键，也是影响策略可迁移性的重要因素。而元认知成分的掌握情况则主要取决于个体自我意识发展水平的高低。一般来说，儿童先有对外部事物认识的发展，然后才有自我意识的发展。由于儿童的自我意识发展水平较低，对他们来说，策略的应用达到元认知水平相对比较困难，这也是低年级儿童使用策略效果较差的原因之一。因此，有些心理学家主张，认知

策略学习应与元认知训练结合进行。

三、元认知训练与化学元学习能力的培养

1. 元认知训练方法

元认知训练既然在认知策略学习中具有核心地位，所以在教学实践中我们应努力开拓元认知训练方法，以提高认知策略学习效果。我们认为凡是有利于促进学生反思自己的思考过程并进一步调节自己思考策略的手段都可以用来作为元认知的训练。

（1）自述理由法　语言不仅具有符号的功能、抽象的功能、交流的功能，其实，语言也具有自我调节的功能。关于问题解决的许多研究都发现，人在解决复杂问题时，习惯于出声思维，而且，解决问题过程中的这种言语活动不仅提高了解决问题的速度，而且提高了解决其它问题的迁移水平。因此，在教学中，当发现学生在思考困难问题的过程中思路受阻或"误入歧途"时，就要打断他的思考并询问他"为什么这样认为"、"结果怎么来的"等问题，并通过他自己陈述理由的方式，重新审视问题的症结，从而领悟问题解决的新方向。

（2）自我提问法　自我提问法是指在思考的整个过程中通过自己问自己一系列问题来引导自己在正确的思考方向上不急不忙地有序思考。

大量研究发现，许多学生学习不成功的原因往往是因为没有良好的思维习惯，他们在回答问题或解答应用题时，经常没有完全把握题意就开始答题，结果思考很长的时间不得其解，其后才发现自己"题没有看清楚"，白白浪费许多时间，并且增加了学习上的挫折感。在审题之后的思考中，他们常常丢掉了一些已知条件，也没有充分注意运用未知条件和许多限制条件来帮助自己明确思维目标并限定思维方向，结果东碰西撞，浪费了很长时间之后才发现自己没有进行"充分的双向推理"。在解题之后，他们满足于"寻找到了答案"，不知道解题的目的不在于"找答案"，而在于"学思路"、"学方法"，在于能"举一反三"。

为此，我们在化学问题解决思维策略训练过程中，有意识设计了一个自我提问单（见表6-1），用以训练学生自我提问的习惯，结果取得了显著的效果。

表 6-1　自我提问单

分析意题阶段	(1)仔细看清每一句子了吗？ (2)题目中的已知条件(特别是隐含的已知条件)都注意到了吗？ (3)从整体上把握题意了吗？设哪个未知数最好？
解题答问阶段	(1)充分地进行双向推理了吗？ (2)对已列的方程有把握吗？ (3)有比较简便的方法解方程吗？
解答后反思阶段	(1)验证了吗？ (2)这个题的思路有什么特点？还可以用来解决什么问题？

（3）他人提问法　自我提问法的优点是能调动学生的主体作用，有助于他的内化外部要求。但是，一些研究表明，学生在刚开始时很不习惯于"停顿下来"、"自我提问"，他们还是愿意一直埋头拉车，直到进入死胡同。因此，我们主张在自我提问的训练之前，必须有一个他人提问的训练过程。一般是先由教师按照"提问单"逐步提问，其后就可以由学生两人一组进行相互提问（轮流担任提问者和回答者），经过一段时间的训练之后再进入自我提问阶段，就能取得更理想的效果。具有很强"惰性"，并养成习惯的学生，一下子很难改变，元认知监控的新习惯有一个从"被迫"到"自觉"的发展过程。

国外的一些实验证明了学生相互提问的有效性。在一个实验中（King，1991），让学生学习游戏机中的一系列问题。把学生随机分为三组，第一组是有指导的相互提问组，将学生每两人分成一对，给他们一个《提问单》，上面列有解题三个阶段的一系列元认知监控性质的问题，要求他们在编人员解决问题过程中运用这个《提问单》相互提问；第二组为单纯提问组，学生还是两人一对，也要求他们相互提问，但未给《提问单》，未给以他们任何提问的方法指导；第三组是对比组，既不要求他们相互提问，也没有得到《提问单》。训练每周 2 次，每次 45 分钟，共持续 3 周。训练之后的测验表明，第一组学生在解决老问题和新问题的测验成绩上都高于第二组和第三组。这一结果证明了用"相互提问"方法进行元认知训练的有效性。

2. 化学元学习能力培养方法

元认知的研究具有明显的认知主义的取向，因此存在一个严重的缺点——不过问认知以外的因素。相比较而言，元学习（metalearning）研究，十分注意认知因素与非认知因素的相互作用。所谓元学习是对学习目标、学习内容、学习过程、学习方法和学习策略等有关学习的总结、反思和调控，主要包括三个方面内容：一是学习者对学习策略的制订与创设；二是学习者对自身学习实际过程的评价与监控；三是学习者对自身学习实际过程的心理调控与优化。

元学习能力的培养能够提高学生的主体意识，增强学生对自己的学习进行调控的自觉性，因此，能够明显提高学习能力和学习效果。

然而，在学校中，传统的教学方法使学生没有机会自己确定学习目标、分析学习任务，他们没有多大的选择余地。多数学生面临一个学习任务时，他们的主要目标是完成这一任务，而不是去理解完成这一任务是为了达到什么目的。许多教师重视学科知识的传授，而忽视学习方法的训练。学生的主体地位得不到保证，因此主体能力得不到锻炼，主体精神得不到培养，元学习能力自然也得不到培养和发展。

元学习能力培养的方法具体可从三方面入手。

（1）目标学习训练　我们认为，元学习首先应该是一种目标学习。目标学习是指运用自己确立的目标来指引自己的学习过程的一种学习模式。目标学习能力体现为如下四点要求：①会自己确立学习的目标体系；②善于选择达到目标的恰当手段；③善于在目标检测的基础上采取学习上的调控措施；④善于总结自己达到目标的成功手段。为此，教学过程中，我们可以首先让学生树立目标意识，然后激发他们达到目标的动机，引导他们选择达到目标的方法，最后，通过自我检测和经验总结等方式进一步强化目标学习过程和学习效果。

（2）元认知监视的训练　学习的主要功能表现在对学习过程的有效调节（控制）上。而元认知控制又必须以元认知监视为前提，因为只有觉察到当前学习策略的问题才会有学习策略的调节出现。

学生往往缺乏"自知之明"，不能准确地"监视"自己的学习状况。有个"事后诸葛偏向"（hindsinght biases）的现象正说明了这个学习状况。就是说，一旦向被试者提供一个问题的答案，他们会感到这个答案很容易，因此错误地判断"如果让自己独立完成的话一定很顺利"，从而产生自己独立完成这一作业可能性的错误估价。例如，听一个很有演讲技巧的老师的讲授，听得入神，也听得轻松，学生就会自认为老师所教知识简单，自己已经理解和掌握得很好了，其实，老师讲解的生动程度和学生掌握知识的牢固与灵活程度是很少相关。

元认知监视训练的基本思路是设法增强学生的元认知体验。训练的主要原则之一是让学生形成主观体验。学生必须体验日后要面临的测验类型，必须要体验到眼前的学习应和日后考试的要求保持一致。训练应该能够使学生认识到什么样的知识在后来什么样的测验条件下真正能够被提取（accessible）。实际训练办法是增加学习时的困难度，如改变训练的条件，包含背景干扰（context interference）、分散练习、减少反馈频率、运用测验作为学习活动。这样做的目的是通过增加学习难度来创造失败体验的机会，增加学生的元认知监视意识。

但是，还需要有其它措施的配合。例如，教师和学生对错误的态度应该改变。人只能在错误中学习，在产生错误和纠正错误的过程中学习。如果在教学过程中精心设计，避免可能导致学生产生错误的情境，那么学生在考试时遇到这一情境就会产生错误。这一原理也适用于许多工作场合。学习时候，如果缺乏在容易产生错误的情境中的亲身体验，那么在学习的时候表面上看会产生高分，不会遭遇挫折，但这样做却不利于长期性的知识储存与运用，不利于将来的考试和在复杂情境中的运用。所以研究者呼吁，要在教学中引入困难，只有在失败的体验中才能增加元认知体验，提高元学习能力。

（3）学习方法自我调控的训练　受当代认知心理学的影响，心理学家对学习方法自我调控的研究，现在主要集中在学习策略上。麦克奇等人认为，尽管有些学生自己能够获得和使用有效的学习策略，但多数学生并不能做到这一点，因此需要教师教学生如何运用学习策略。

如何使学生掌握科学高效的学习方法，在学校中通常有三种途径。第一是通过学生的自身学习经验自发地学习，教师不承担任何责任，学生对自己的学习技能负责；第二是通过教学活动无形中获得，有经验的优秀老师能十分科学地组织自己所传授的知识，使学生在完成学习任务的同时，内隐地逐步学到适当的学习策略；第三是通过专门训练明确地获得有效的学习方法。

对于教师来说，第一种是不负责任的做法，第二种是值得赞扬和提倡的做法，但很多老师达不到这一境界。我们提倡运用第三种方法进行实验，取得成功之后，再向第二种方法过渡，将专门训练渗透到课堂教学之中去。

3. 化学元学习能力培养的研究

为了探索高中生化学元学习策略训练对化学元学习能力的影响，张田、吴鑫德等在广泛调查的基础上，以某中学 5 个自然教学班的 264 名高二年级学生测试，运用自编的《高中生化学元学习策略训练教案》、《高中元学习能力培养自我提示卡》等材料，对高中生化学元学习策略进行训练。训练的主要内容围绕六个主题：①认识元学习；②通过预习，培养学生目标确定能力；③通过主体性的发挥，培养自我调节能力；④适时测验，培养自我评价能力；⑤利用学案和提示卡，培养自我监控能力；⑥指导反思，培养自我反思能力。训练时间共计 12 周，每 2 周训练一个主题，最后 3 周主要是综合训练。

结果表明，对高中生有意识地进行化学元学习策略训练可以使他们的化学元学习能力有显著的提高，且差生的提高更加明显。

因此，在平时的化学教学中，紧密结合新课改理念、学科特点和学生的实际，加强化学元学习策略训练和元学习能力的培养，不仅十分必要，而且具有重要现实意义和理论意义。

四、化学认知策略的教学

1. 化学认知策略教学的基本原则

尽管认知策略与元认知研究是学习研究的一个新领域，而且研究的难度高，但可以从已有的研究中引申出若干认知策略的教学论原则。

(1) 内隐的规则外显化原则　支配认知策略的是一类特殊的程序性知识，这些知识大部分是内隐的，个人不能用明确的言语把它们陈述出来，但它们都能对人的认知活动起调控作用。为了对学生进行有目的和有计划的认知策略训练，训练者必须明确向训练者陈述支配策略活动的规则是什么（这里的规则常常是启发式的），使内隐的规则外显。

(2) 主导与主体相结合的原则　策略训练应与动机激励相结合，使学生体验到新学习的策略能有效提高他们学习效率和解决问题的成功率。要充分发挥学生学习的主体性，引导学生根据自身的实际情况分析自己的学习任务，确定自己的学习行为、学习方式和发展目标。教师作为学生学习的组织者、促进者，应为学生创造一种民主、宽松、愉快、合作的学习环境。

(3) 综合训练原则　策略训练应与元认知训练相结合，被训练者不仅应知道要训练的策略是什么，而且要在变式练习中体会到策略应用的条件。此外，策略教学不能离开学科内容单独进行，而应该结合学科知识内容渗透式训练。

（4）持久性原则　认知策略有的比较简单，如为了控制注意可以在阅读的材料上划线的策略，为了延长短时记忆的复述策略，这些策略可以在短时内学会。但对于思维与推理等复杂的策略，则需要很长时间才能掌握。此外，根据已有的研究发现，尽管在短期内取得了策略训练实验效果显著，但训练毕竟耗时费力，要想保持长久的实验效应，必须有目的、有计划，并持之以恒、坚持不懈的进行，方能实现从量变到质变的飞跃，最终达到事半功倍的效果。

2. 新课改理念下高中生元化学学习能力培养的教学建议

普通高中教育是在九年义务教育基础上进一步提高国民素质、面向大众的基础教育，普通高中教育应为学生的终身发展奠定基础。新一轮基础课程教学改革正是为了促进学生全面发展，培养学生自主学习能力和自我发展能力，最终达到全面提高国民科学素养的改革。其基本理念是立足于学生整体素质的全面发展，培养学生良好的学习品质，促进学生学习方式的变革和自主学习能力的形成。

为此，各个学科教师结合学科自身的特点，积极创设良好的课堂学习情境、促进学生个性的发展和认知结构的完善、元学习能力的提高显得十分重要。

首先，要转变观念，提高自身素质。新的课程标准明确指出，要正确处理好知识和能力的关系，要在实现知识教学目标的同时，实现能力培养的目标。能力立足于知识基础之上而又落实于知识的实际运用之中，没有知识就没有能力，没有能力知识就得不到有效的增长、贮存和灵活的提取，更得不到创造性的运用。什么是知识？什么是能力？知识可以细分，可以传授，那么，能力是否可以细分，可以传授呢？当代心理学研究告诉我们，能力如同知识一样，既可以细分也可以传授，本研究中就将化学的元学习能力细分为化学学习目标确认能力、自我检测能力、自我监控能力、自我调节能力、总结反思能力等，并结合教学实际制定了相应地训练策略，取得了良好的训练效果。由此可见，只要我们努力学习，不断钻研化学新课标，把握新课改的理念，那么不仅不会影响化学知识的教学，而且还会使知识教学如虎添翼、事半功倍。

其次，要注意转换角色，适应改革需要。新课改要求教师的角色由课堂的主宰者、知识传授者转换为信息的组织者、传导者、帮助者和促进者。也就是说，教师的教学任务不单纯是局限于教材中知识的传授，更重要的是注重学生自主学习能力的培养，包括学习动机、学习方法、学习准备、思维品质及个性品质等方面。作为化学学科教师，我们的教学视野就不能仅仅局限于化学知识的传授上，而要以化学知识教学作为载体和情境，使学生积极、主动参与教学活动，并从中既学到知识又学会如何获取知识的方法，使他们体验到自己再不是"工具"或"容器"，也不是教师的"雇工"，而是真正学习的主人。

最后，要注意调整方法，提高教学效率。传统的教学比较注重教材和教参，并受制于教材和教参所规定的内容和程序，比较注重教师在课堂上的讲解和学生超负荷的重复练习，强调学生学习的结果和答案的标准化，忽视了教材和教参文字以外丰富的教学素材和媒介，忽视了教学过程中师生的互动和交往，忽视了学生的情感、态度和心理活动，从而降低了学生思维的灵活性、敏感性，使学生成为了"自动化"解题机器。

新一轮课改理念告诉我们，教材只不过是教学的一种媒介，教师不能"教教材"而是"用教材教"，教学交往的过程要更加注重师生的交互程度、水平和互动的方式、成效，不要将习题训练代替学生的实践探究活动，即使是课堂训练也要强调解题思维策略训练和思维能力的培养，决不能将教师"教"的过程简单地替代学生"学"的过程。

有研究表明，高中生不能有效地学好化学，并非完全是化学知识基础的问题，而在于化学元学习能力的差别。因此，广泛联系化学与社会、化学与材料、化学与环境、化学与生活等生动活泼的教学素材，既有利于激发学生主动的求知欲望，又有利于培养学生科学的探究精神和科学获取知识的方法，从而有效地促进学生个性的形成、认知结构的发展。

第三节 ◉ 化学动作技能的学习与教学

动作技能是人类一种习得的能力，是人类有意识、有目的地利用身体动作去完成一项任务的能力。个体越是经济、有效、合理地利用身体动作完成任务，其动作技能的水平就越高，其能力就越强。化学动作技能主要表现为化学实验操作技能。

一、化学实验操作技能的内容及特点

化学实验操作技能是通过学习而形成的符合化学实验操作规范、操作程序、操作方法的系列的活动方式，是对化学仪器、设备和药品的使用能力，对化学实验基本操作的掌控能力等。

1. 化学实验操作技能的内容

化学实验都离不开药品和仪器，它是基本操作的工具和物质基础，因此，化学实验操作技能包括使用仪器，使用药品和基本操作构成了化学实验技能的主要内容。

（1）化学仪器与装置的操作技能　化学仪器按照其用途可分为反应器具、收集器具和测量器具，这些仪器经过组装便形成了一套化学实验装置。没有独立于化学仪器以外的实验装置，因此，化学装置的操作技能主要表现为化学实验仪器的操作技能。

反应器具的操作技能主要有：酒精灯、铁架台、烧杯、试管、锥形瓶、烧瓶等仪器的选择与使用操作。

收集器具的操作技能主要有：冷凝器、尾接管、干燥管等仪器的选择与使用。

测量器具的操作技能主要有：天平、量筒、量杯、移液管、滴定管等仪器的选择与使用。

（2）化学药品的操作技能　化学药品的操作主要包括固体药品、液体药品和气体药品的取用操作。

例如，如何从煤油中取用金属钠，如何将锌粒或高锰酸钾放入试管中，如何取用浓硫酸，如何从滴瓶中取用澄清石灰水等。

（3）化学基本操作的动作技能　按照实验目的可将化学基本操作分为加热的基本操作、收集的基本操作、提纯与除杂的基本操作、分离的基本操作等。这些化学实验基本操作除了借助于实验仪器、药品实施之外，还要根据操作的原理及派生出一套规则来进行，同时，在实际操作中，由于不同的仪器、不同药品的协同使用，还能派生出一系列的具体动作的变换和配合等。

例如，气体的收集操作，如果所收集的气体比空气轻或重，分别可采用向下或向上排气集气法；如果所收集的气体难溶于水，可采用排水集气法。

由此可见，化学实验基本操作技能，不仅要符合一定的操作规程，而且要综合考察物质的性质、反应的原理等陈述性知识，多种心理操作相互协同、相互配合才能完成。

（4）其他化学实验操作技能　有些实验操作属于正式实验前或实验后的辅助操作，这些实验操作对于实验的成败也具有重要的影响。例如，玻璃器皿的洗涤操作，腐蚀性药品的保存操作等。

2. 化学实验操作技能的特点

（1）化学实验操作技能属于动作经验而不是操作性知识　操作性知识只是活动的定向工具，而操作技能则是动作执行的过程。例如，托盘天平的操作步骤：①调零；②称量物上盘；③加减砝码；④复原。关于这四个步骤的知识不属于操作技能，按照这四个步骤执行的外显动作才属于操作技能。

（2）化学实验操作技能作为一种操作活动的方式而不是心智活动方式　操作动作也叫外部动作，是由外显的肌体运动来实现的。就动作的对象来说，操作动作的对象是物质客体或肌肉，具有物质性；就动作的进行而言，操作动作由外部显现的肌体运动来实现，具有外显性；就动作的结构方面而言，操作活动的每个动作必须切实执行，不能合并、省略、在结构上具有展开性。

（3）化学实验操作技能是合乎法则的活动方式　合乎法则是由于这种活动方式必须具有下列特点。

①　动作的精确性　只有动作符合规范要求，才能确保动作的精确，例如浓硫酸的稀释操作，只能将浓硫酸沿容器壁缓慢倒入水中，并不断搅拌散热，否则就可能引起事故。

②　动作的定时性　这就要求动作熟练、迅速、精确，例如采用排水集气法收集氢气，何时收集、怎么收集，操作者必须心中有数、动作迅速，否则将有可能导

致所收集的氢气不纯。

③ 动作的协调性　主要表现有：感觉-运动的协调性，即眼和手脚、头部动作的协调地配合，肌肉运动对物体的重量、速度、距离、方向等的适应；复杂动作的统一，即各种动作的动力平衡与配合，前一动作的完成为后一动作的执行准备条件；在时间上统一运动的协调性，表现为在迅速连续进行不同的动作时，按照一定序列使之融合成为一个整体。

④ 动作结构的稳定性　这是合乎法则活动方式熟练时的必然结果，因而这种活动方式在执行时，不需要高度的意志控制，可以在自动化的水平上实现。

3. 熟练操作的基本特征

技能总是在人们完成某种操作或动作中表现出来的。操作或动作是可以观察的外显活动，其执行的速度、精确性、力量或连贯性均可以测量。心理学家总是将达到较高速度、精确性、连贯的操作或动作称为熟练操作或熟练动作，熟练操作则是技能获得的标志。

心理学家将初学者和专家完成同一任务的操作加以比较，发现熟练操作具有以下几个特征。

（1）立即反应代替了逐步尝试　从控制论的观点看，人的任何操作或动作可以分解为复杂的刺激与反应过程。从刺激到反应之间需经历信息的输入，信息编码，信息加工，译码（即符号的指令转化为神经冲动），信息输出五个过程。

研究表明，从一步一步有意识的尝试到自动操作的形成，需要经历许多中间环节，每一中间反应都指引学习者在反应连锁中前进一步。初学者的操作分解成许多小步，看起来很笨拙。随着练习的增多，个别的中间反应逐渐省略，最终实现立即反应的动作效果。

（2）利用微弱的线索　任何动作都受情境中的线索指导。线索可以是看到、听到或触到的，有关的线索是有助于人辨认情境或指引其行动的体内外刺激。

例如，一个优秀的乒乓球运动员对微弱的线索有敏锐的感知觉，他可以通过对方移动时所产生的风声、地面震动的触觉和对方呼吸的声音来判断对方移动的位置。一个优秀的化学实验员可以利用微弱的颜色变化判断酸碱中和滴定的终点。

（3）错误被排除在发生之前　高度熟练的运动，看起来连绵不断，但将连绵不断的动作记录放在显微镜下观察，发现连续的动作实际上是一连串的脉冲。每一个脉冲对前一脉冲起着检验、更正和增强作用。在连续的动作技能中，操作者不断进行尝试与纠正。

例如，汽车司机在开车时并不能沿着路边或中线笔直行驶，时而偏左，时而偏右，他需要不断进行调整，实际走的是锯齿形路线。心理学家希金斯（J. R. Higgins）等人的研究发现，熟练的专家甚至尚未等到肌肉信号的到来，便能预料到他给自己的肌肉发出了不正确的指令，在错误发生之前，能收回这个指令。

又如一个老教师在课堂教学中演示氢气的燃烧实验，在点燃前突然发现还没有检验氢气的纯度，于是立即停止点燃操作，这样可避免一场事故的发生。

（4）局部动作综合成一系列的连续性动作 心理学的研究表明，人对外界刺激的变化，每秒钟只能进行两次调节。但熟练的钢琴家每秒钟能弹奏 10 个以上的音符。这是怎么做的呢？研究表明，熟练的演奏家不是对单个音符作孤立的反应，他们的局部动作已被综合一系列的连续性动作，或者说他们已发展了内部的指导程序。凯尔（S. W. Keele）指出，有实质性的证据表明，尽管动作技能开头可能是逐个成分学会的，但技能学习的较高阶段包括发展一个内部程序，它使完整的操作畅通无阻地执行。

（5）在不利条件下能维持正常操作水平 具有同样操作水平的人，其熟练程度可能不同。检验谁是最熟练的操作者的最好方法是看谁在条件变化时能保持正常的操作水平。最优秀的飞行员能在恶劣的天气条件下维持协调的和准确的操作。著名的篮球明星在有对手贴身防守，甚至由于对手犯规而自己身体失去平衡时，仍然可以投篮命中。紧急情形的突然出现，可能使不熟练者手足无措，但能使熟练者的技能发挥至高峰。

二、化学实验操作技能形成阶段及水平

1. 化学实验操作技能形成的阶段

化学实验操作技能的学习需要从分解动作开始，再进行定位练习，最后是综合练习，大体上可分为三个阶段：

（1）基本单元操作训练阶段 这个阶段主要单项操作训练，例如加热、过滤操作，滴定管的操作等。单项分解动作训练主要是熟练掌握单项操作要领与规范。

（2）单元操作的交替训练阶段 这个阶段主要是将密切相关的两个或几个连续的单项操作综合在一起进行训练，例如，高锰酸钾加热制取氧气的实验，就是粉末药品的取用操作、加热操作的综合训练。

（3）多项单元操作综合训练阶段 这个阶段主要是联系教学实际，结合化学实验内容，将多个操作单元联合为一个整体的系统训练，例如氧气的性质与制备实验，主要训练动作的连贯性、协调性，从而实现实验操作技能由有意注意向有意后注意的转化。也就是说，这个阶段学生关注的中心不再是化学实验操作的动作本身如何执行，而是实验内容、实验现象和相关原理。

2. 化学实验操作技能的水平

化学实验操作技能的形成，在不同阶段表现不同的水平。

（1）知觉水平 主要是通过感知，获得感性认识，例如通过教师讲解或操作，知道启普发生器等化学仪器的名称、用途和基本操作等信息。

（2）模仿水平 主要是通过模仿教师或他人的操作，感受操作的要领与方法，但操作动作不熟练，而且可能出错。例如学生初次使用托盘天平有可能直接用手拿

砝码，或将砝码与重物放反。

（3）初步学会水平　初步学会是指学生在教师指导下能够正确使用仪器，进行规范操作，能判断实验操作的正误，对实验现象能做观察并简单记录。例如利用高锰酸钾制备氧气的实验，学生能够自己组装仪器、检查气密性、在试管中放入高锰酸钾粉末、用酒精灯火焰加热并收集氧气，但可能出现加热时没有使用外焰加热或没有预热等错误操作，但错误次数较少。

（4）学会水平　学会是指学生能够自己能独立、灵活、正确地进行实验操作，能够合理解释实验结果，正确填写实验报告，实验操作过程无错误，能正确、规范、迅速地完成化学实验。

（5）创新水平　创新是指能综合知识和实验操作技能，正确选用所需仪器、操作，实现操作的自由组合，并根据问题解决的实际需要，创造性地完成实验任务。

由此可见，化学实验的基本单元操作训练阶段主要表现为知觉和模仿水平，单元操作的交替训练阶段主要表现为初步学会水平，多项单元操作综合训练阶段主要表现为学会与创新水平。前一阶段是后一阶段发展的前提和基础，只有经过不同阶段的系统训练，实验操作技能才能有效形成。

三、化学实验操作技能形成过程与条件

1. 化学实验操作技能形成机制

有研究者将动作技能的形成过程划分为四个阶段：①操作定向；②操作模仿；③操作整合；④操作熟练，并将每个阶段的活动内容、活动结果、活动方式，以及阶段间发展变化的心理机制进行了系统的归纳总结（见图6-1）。其中的操作定向与操作模仿两阶段对应于化学实验基本操作单元训练阶段，操作整合阶段对应于单元操作交替训练阶段，操作熟练阶段对应于以实验内容为线索的综合训练阶段。

2. 化学实验操作技能获得的心理历程与条件

有研究者认为，学生在形成操作技能过程中，通过与周围环境信息的相互作用，经历了陈述、知识编辑和程序化心理历程（见图6-2），运用该图可以较好地解释化学实验操作技能获得的心理历程与条件。

图6-2表明，学生在学习一项操作技能时，头脑内部进行了系列的心理活动。

（1）陈述　学生接受关于此操作技能的事实、信息、背景知识和一般指导，并将这些信息按完成操作技能所需要的顺序和要求排列，由于这些信息对于学生是新的，因此，学生需要通过记忆保存这些信息。例如托盘天平的操作，学生必须记住"左物右码"这个规则，才不至于操作出错。

（2）知识的编辑　学生需要将所接受的关于操作技能的基本知识从陈述的形式转换成不需要高度注意的程序形式，这一程序能使输入的信息直接应用。例如托盘

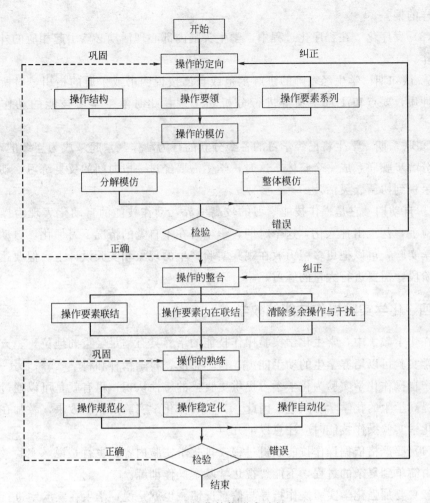

图 6-1　操作技能形成过程

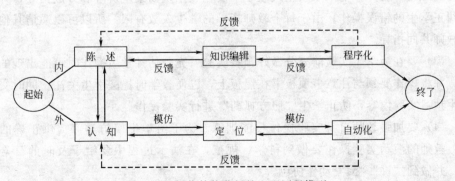

图 6-2　操作技能获得的心理历程模型

天平为什么必须左边放物体，右边放砝码，学生不仅需要正确理解，而且需要自我
总结出"左物右码"这个操作要领，并知晓如果不这样操作，所称量的结果将会出

现怎样的偏差。

（3）程序化　在程序化过程中，学生头脑内部心理活动必然引起相应的外部活动操作。

① 认知期　学生经教师的讲解示范或自己按说明书或手册的指引，对所学技能的性质，要点和注意事项等进行分析和了解，此时学生学习技能的动作非常缓慢。

② 联系期　学生将已经学习的各个分立的行为动作联系起来成为连续的动作，即将分解步骤联系成一个整体。这时，学生需要经过一段时间的反复练习，动作才能由呆板到协调、灵活。

③ 自动期　它是操作技能学习的较高境界，动作技能的自动化表现为操作的得心应手，甚至出神入化。这个时期，学生可在不自觉的情况下习惯化、自动化操作化学实验，可以把更多精力放在观察实验产生的现象和实验设计上。但要达到自动化阶段，需要进行大量的练习。

四、化学实验操作技能的教学

在化学教学中，学生化学实验操作技能的培养具有举足轻重的地位，一方面通过化学实验可以培养学生的动手能力、科学态度、科学精神和科学素养；另一方面通过亲自操作化学实验为化学学习提供更直接的感性认识；再有就是可以通过化学实验提高学生的化学学习兴趣。因此，为了确保化学实验的教学效果，教师在培养学生化学实验操作技能时应注意以下几点。

（1）要严格依据操作技能获得过程安排化学实验内容。也就是说，实验教学要遵循由简单到复杂的过程，不能忽视化学基本操作训练。

（2）要加强化学实验操作指导与信息反馈。也就是说，学生在实验室进行实验技能训练时，教师不能采取放羊式教学，要在教学现场集中讲解和分散指导，并及时纠正学生的错误操作。由于每个教师指导的学生人数有限，所以可以邀请其他化学教师共同指导。

（3）要在为学生实验前充分做好预备实验。充分估计学生操作时可能出现的问题，并将操作要领与注意事项板书在黑板上，以便教学时提醒学生关注。同时交代学生预习实验内容，防止学生"照方抓药"进行实验操作。

（4）要加强教师自身实验操作技能训练。为了给学生模仿学习提供正确的样例，教师的演示实验操作要做到科学、规范，在演示过程中要给予及时的言语指导，并做到"讲""演"动作协调。

（5）要将实验教学与知识教学有机结合起来。这种结合不仅是时间安排上的紧密结合，更重要的是内容安排上的结合，使化学实验既达到综合训练实验操作技能的目的，又达到化学知识学习的目的。

本章小结

　　本章主要介绍一种类型化学知识——程序性知识的学习与教学，这种类型的知识有的属于隐性知识，在教学过程中很容易被人忽视，因此，教师在教学设计与教学实施过程中，不仅要注意区别知识的类型，更应该根据不同类型知识的特点，采用不同的教学方法。

　　1. 程序性知识是以产生式或产生式系统贮存在头脑中的知识，可分为三类：心智技能或称智慧技能、动作技能及认知策略，其中认知策略属于一种特殊的心智技能。

　　2. 心智技能包括三种基本要素：有关的操作知识和操作规则；有关的活动程序及内部调控过程；习得的运动及心智活动定型。化学心智技能主要有：化学辨别技能；化学计算机技能；化学实验技能；化学用语的使用技能。

　　3. 化学认知策略是对认知的认知（元认知），也就是对化学学习活动中认知活动的反思、监视和调节，不包括对化学学习活动中情绪、情感、态度等非认知成分的认知，因此，属于化学元学习的一个部分。

　　4. 化学动作技能主要表现为化学实验操作技能，是通过学习而形成的符合化学实验操作规范、操作程序、操作方法的系列的活动方式，是化学仪器、设备和药品的使用能力，是化学实验基本操作的掌控协调能力等。

 练习与思考

　　1. 在教学设计过程中如何分辨陈述性知识与程序性知识？

　　2. 在化学习题课的教学中，如何应用程序性知识教学规律进行教学设计？请选择一个具体习题，设计其教学过程。

　　3. 在化学的实际教学过程中，我们经常发现，有的教师在课堂教学伊始，首先给学生呈现新课程的三维教学目标"知识与技能"、"过程与方法"、"情感态度与价值观"，你认为合适吗？为什么？

　　4. 我们在平时的教学过程中，特别强调学生学习能力的培养，请根据化学元学习的理论，结合自己的实际，提出一个培养学生化学学习能力的具体方案。

第七章

高中生化学问题解决能力培养的实践与研究

学习知识的最终目的，不在于对知识本身的理解与掌握，而在于运用知识解决实际问题。有关问题解决的研究虽然是心理学的传统课题，但它却始终是思维心理学研究的重要内容之一，自 20 世纪 80 年代以来，问题解决的研究越来越重视与学科教育的结合。

本章将结合化学学科教学实际，介绍高中生化学问题解决能力培养的系列研究案例，为广大化学教师提高化学教学质量和化学教育研究能力提供参考。

第一节 ● 高中生化学问题解决能力及其影响因素分析

一、问题及问题解决

1. 问题（Problem）

所有的问题解决必定以对问题存在的认识为开始，离开了问题，问题解决就成了无源之水、无本之木，然而，不同的研究者从不同的视角对问题的概念提出过不同的看法。

有人认为，问题是基于一定的科学知识的完成、积累，为解决某种未知而提出的任务。

有人认为，当问题解决者经过某种情境从一种状态转变为另一种状态，且不知道如何扫除两种状态之间的障碍时，就产生了问题。问题由三部分组成，即给定状态（或初始状态、初始条件）、目标状态及阻止给定状态转变为目标状态的障碍。

有人认为，"问题"必须包括四个方面：目标、给定条件、转换方法、障碍，并具有两个基本特征：一是问题与主体有关，所有问题都是相对于问题解决者来定义的；二是问题对于主体来说，一定存在困难或障碍，问题是矛盾或困难在特定主体的头脑中的反映。

有人认为，作为"问题解决"中的问题，主要是指非常规问题（nonroutine problem），即需要高级思维技能（如发散或集中思维或创造性思维）才能解决的问题，而不是事实性问题。

那么，我们认为，作为化学问题解决中的"问题"，主要是指依托化学学科知识才能解决的非常规问题，这些问题既可以是绝对问题，又可以是相对问题。

2. 问题解决（Problem solving）

对问题解决含义的解释，不同的人也有不同的看法。心理学界普遍认为，问题解决是联结的激起或是知觉的重组或是思维的过程；教育学界则普遍认为，问题解决是把学科知识用于各种情况的能力或是学习的目的或是教学的过程。

我们认为，在教育领域中，问题解决是个人面对问题情境时，综合运用已有知识、技能和经验达到解决目的的思维活动历程。所要解决的问题主要还是常规问题或经过简化了的非常规问题，其创造性认知过程也是相对的，并非绝对意义上的知识创造，旨在相对问题的解决过程中培养学生的创造意识、创造精神和创造性学习方法和实践能力。

无论将"问题解决"视为是教学的一个目的，教学的一个过程，教学的一种形式，还是一个基本技能，都是不全面的。严格地说，问题解决既不单纯是目的或形式，也不单纯是技能或能力，就概念本身而言，问题解决应该是一个思维过程，是一个具有明确指向性的系列心理行为过程。

因此，不能将"问题解决"简单地理解为"做题"，更不能戴上"问题解决"的桂冠，搞新一轮"应试教育"和"题海战术"。

二、问题解决的理论

问题解决是一种重要的思维活动，因为它包含着概念、判断、推理，又突出地表现人的心理活动的智慧性和创造性，很早就得到了心理学家的重视和研究，同时也经历了从最初关注知识贫乏领域的"纯粹"信息加工，逐渐向重视知识丰富领域问题解决研究的转化过程。其中影响较大的有联想理论、格式塔理论以及现代信息加工理论。

1. 联想理论

联想主义心理学的建立者 Hartley 认为，联想是能动的，他用"力量（power）"一词来表述这种能动性，就是说，只要一个感觉或观念出现，就会导致另一个感觉或观念出现。他认为观念是经验的产物，人们把某一经验分析为其组成部分，每一部分包含一种特殊的观念，人们通过联想而使这些经验成为观念。这是关于问题解决的最初描述。联想学说的苏格兰学派的 Brown 进一步用"暗示"取代"联想"，所谓暗示是一种主动作用，是由某一种观念或思想引起另一种观念或思想，其中包含着创造性思维。Bain 在论述联想学说时，也涉及许多问题解决的策略，他发挥了斯宾塞的观点，阐发了"尝试错误"在问题解决中的作用。他把构造联想视为对以前习得的经验的一种新的创造或组合。总之，联想理论是将问题解决过程看作一种联想学习过程，带有渐进的性质。在这种学习过程中，适宜的联系得以建立并通过强化而巩固，反之，不适宜的联系则逐渐消退，这种学习具有尝试错误的方式。后来，桑代克通过研究动物的问题解决，也提出了尝试-错误的问题解决方法，行为主义者将这些由动物的实验理论推广到人，对问题解决的研究产生了广泛的影响。

2. 格式塔理论

格式塔学派认为问题解决非常类似知觉，当我们在注视某一物体时，作为知觉者的任务是将视觉场中分离的成分排列为一个连贯的整体，作为问题解决者，我们的任务是心理上一次又一次重新结合问题中的成分直到获得稳定的格式塔。

格式塔学派的代表人物苛勒通过对黑猩猩解决问题的研究，得出问题解决并非一种盲目尝试错误的过程，而是出于对问题产生了顿悟，需要有理解、领会与思维等认识活动的参与。

格式塔学派的另一代表人物惠特海默也对问题解决进行了专门的研究，在他看来，对情境、目的和解决问题的途径等各方面的相互关系的新的理解是创造性地解决问题的根本要素，而过去的经验也只是在一个有组织的知识整体中才能获得意义和得到有效的使用。

格式塔学派通常认为问题解决按固定的顺序进行。根据 Walls 的观点，这些加工过程分为四个阶段：

（1）准备　在问题解决的阶段，解决者认识到问题的存在，并做出理解和解决问题的初步尝试；

（2）酝酿　如果初步尝试失败，问题解决者可能将问题搁置一段时间，至少在意识水平上，思考者不再对任务进行加工，然后在某种潜意识水平上，加工继续进行；

（3）豁朗期　豁朗是顿悟的闪现，这种顿悟是潜意识工作的结束，并把答案带到意识层面上来；

（4）验证期　确认顿悟，通常只是检查以确信顿悟的工作。

由此可以看出，格式塔心理学家强调思维的不连续性，即认为问题解决是由一些在性质上互不相同的过程来完成的，主张由顿悟而获得解决问题的方法。在他们看来，顿悟的结果是使个体形成新的认知结构，强调问题情境对问题解决的重要性。

联想理论和格式塔理论曾经推动了问题解决的研究，他们的一些看法也得到了研究结果的支持，但他们都未能成功地解释整个问题解决过程。

3. 现代信息加工理论

问题解决的研究在 20 世纪认知心理学兴起后，出现了新的转折。Newell 和

Simon 从信息加工观点出发首先提出，将人看作主动的信息加工者，将问题解决看作是对问题空间的搜索，并用计算机来模拟人的问题解决过程，以此来检验和进一步发展对人的问题解决的研究。

（1）知识贫乏领域问题解决的研究　20 世纪五六十年代，信息加工心理学对问题解决的研究大多数集中在知识贫乏领域中的问题上，如算术谜题、智力游戏等。在这些领域的任务中，被试解决问题所需知道的内容都包含在一个简单的指导语中。Newell 和 Simon 1972 年出版的 Human Problem Solving（《人类问题的解决》）一书标志着知识贫乏领域问题解决的研究达到了顶峰，在这本书中，他们建立的模型不仅能解释被试解决问题的每一步，而且能解释被试的口头评论、步骤间的延缓，甚至眼动等现象。

信息加工理论将问题解决描述成问题解决者与任务环境相互作用的过程。在这一过程中，问题解决者首先要将任务环境表征为记忆中的问题空间，然后在问题空间中解决问题。问题解决者、任务环境和问题空间三个概念就构成了问题解决信息加工理论的基本框架。Simon 认为，问题解决的过程可以分为两个基本的子过程：理解和搜索。理解过程主要产生个人对问题的心理表征，问题表征的方式对问题解决的难易有显著的影响。

① 并不是问题中的所有信息对问题解决来说都是必要的，有些信息对问题解决者是多余的，有时甚至会把问题解决者的思路引向不适当的方向。因此，建立问题表征应该是有选择性的。

② 有关问题类型的知识对于建立问题表征具有重要的作用，它不仅可以使人们知道要注意什么样的信息，而且可以使人们从记忆中提取有用的解决问题的策略。搜索过程则是在问题表征的基础上发现问题或计算问题的解法。

Newell 和 Simon 的理论强调个体在解决非专门领域问题所使用策略的相对不变性。他们认为人们所用策略的相似性反映了人们的信息加工系统并不是非常复杂的，在处理很多问题时，人们往往只使用几个基本的通用启发式；同时还强调了形成正确表象的重要性，因为搜索模式通常是相当有限的，因而构建合适的问题空间可能成了解决过程中最重要的行动。

但是，人们对 Newell 和 Simon 的研究方法提出了很多问题，其中一点涉及将口头报告作为研究资料是否合适的问题。因为人们有时意识不到影响他们做出某种反应的刺激的存在，其次他们有时也意识不到自己的所有反应，第三即使能够意识到有关刺激的存在，人们也有可能意识不到自己已经受到了它的影响；此外，Newell 和 Simon 的研究都是以人为设计的游戏与问题作为实验材料的，与现实中的问题解决能力可能并没有真正的联系。

（2）知识丰富领域中问题解决的研究　20 世纪 70 年代后期以来，信息加工心理学在问题解决研究中的重点逐步由知识贫乏的任务领域转移到知识丰富的任务领域。在知识丰富领域的问题中，为了提供解决问题所必需的知识，往往需要许多页纸的指导语，甚至要求有更大的知识背景。根据所需知识的类型，在信息加工心理学中已经研究过的知识丰富领域的问题所涉及的领域主要有：代数、几何、物理、棋类、医疗诊所、公共政策制定以及计算机程序设计等。

Simon 强调专家知识在知识丰富领域问题解决中的作用，他认为专家知识是保存在长时记忆中，这些知识既包括关于某一领域的事物和对象的知识，也包括许多与之有关的线索，这些线索使专家能够方便地提取有关知识。因此，专家所具有的知识可以粗略地分为两类：一类是关于特定事物和对象的知识，可以表示为数据结构、图式或框架等；另一类是有关如何完成具体任务的步骤或程序。Simon 等人从 20 世纪 80 年代以来重点研究了问题解决中再认与直觉、知识丰富领域问题解决中的专家-新手差异、知识丰富领域中的问题表征、结构不良等。

① 直觉与再认　在知识丰富领域的问题解决中，专家除了拥有大量的知识外，还有一个很重要的特点，即专家遇到问题时可以很快分析情境并做出反应。Simon 认为，一个人只有对非常熟悉的东西才会有直觉，因此，直觉实际上是一种再认，即对解决问题能力的再认。专家之所以能够很快地解决问题，是因为他能够准确地再认熟悉的知识组块，并迅速从长时记忆中提取相应地知识使问题得以解决。实际上，主要强调了知识在问题解决中的作用。

② 知识丰富领域问题解决的专家-新手的差异　为了把熟练的效果从不同任务领域的影响中分离出来，许多研究者对专家和新手在问题解决过程中的差异进行了深入的研究。Simon 将知识丰富领域问题解决的专家-新手差异归纳为几点：一是专家不注意中间过程，可以很快地解决问题；新手则需要很多中间过程，而且要有意识地加以注意，这种差别使专家的口语记录短得多，解决速度也快得多。二是新手往往先明确目标，采用从未知到已知的方式解决问题，表现为一种再认的过程。三是专家更多地利用生活经验的表征来解决问题，表现为直觉的特点；新手则更多地依赖正规的方程式解决问题。四是在对时间进行分类时，专家主要考虑问题的深层结构；而非专家更多的受到了问题表面形式的影响。

③ 知识丰富领域中的问题表征　在知识丰富领域中知识表征同样对问题解决具有重要的影响，在解决问题的过程中，被试必须利用所学的知识分析问题陈述中的语义，建立适当的表征，并在此基础上进行问题解决。在问题表征的研究上，认知心理学家主要涉及两个问题：第一，被试如何从对问题的言语陈述中获得问题表征，并以适当的方式储存在记忆中；第二，问题表征的方式是如何影响问题解决的过程和结果。

④ 结构不良的问题解决　所谓结构不良问题是指那些意义、目标或算式不明确的问题，主要是一些现实生活中的复杂问题。在解决结构不良的问题时，虽然目标是经常改变的，但如果我们把被试的口语报告记录下来，就会发现在一个短暂的时段里，问题解决过程的结构是合理的。由此可见，结构不良问题是由一系列结构

合理的小问题组成的。在解决小问题的每一段里提出了下一个待解决的新问题，同时对整个问题的解决也提供了信息。Simon 认为有两种方法可以帮助人们解决复杂的结构不良问题：第一种方法是做计划，把整个大问题加以抽象，把有助于解决问题的成分抽取出来，在这种方法中，合理安排解决小问题的顺序是很重要的；第二种方法是满足法，就是只要找到一个比较满意的解决办法，而不保证这种解决方法就是最好的解决方案。

（3）认知心理学关于问题解决的理论解释

① 模板说　即通过同类题的训练，形成某一特定问题的解题模式，在解答时就从记忆中提供这种"模式"，使问题得以解答。

② 原型说　这里的原型不是问题的模式，而是一类问题的内部表征，当问题解决者碰到问题时，试图回忆该类问题解答的有关"模式"，一旦新问题与记忆中的原型匹配，解法就被发现。

③ 特征分析说　即问题解决者在解答问题时，不是找"模板"或"原型"，而是运用多样化的思维方式对问题进行分析，抽取与问题有关的特征，并加以重新组合，同时，将长时记忆中所贮存的各种信息特征进行分析和整合，一旦获得最优匹配，问题得到解决。

4. 当前问题解决研究的发展趋势

知识作为问题解决技能的一个本质要素和载体，在 20 世纪六七十年代就有人开始研究它，但那时人们正忙于消化和吸收、重复和验证纽维尔和西蒙等人进行的一系列"纯粹"信息加工实验，而没有给知识应有的地位，直到 20 世纪 80 年代早期才真正得到重视，这主要表现在三个方面：一是对重视专长的研究；二是从纯理论的研究走向与学科教育结合；三是很多以信息加工思想为基础的理论都强调了知识对问题解决的作用。

由此可见，在问题解决的信息加工取向的研究中也发生了很大的变化。目前和今后的研究在范式、思路和内容上主要具有如下特点。

（1）在研究范式上信息加工理论与建构主义相整合　信息加工的研究范式存在许多先天的不足。它以计算机类比人类大脑的功能，认为人的智能也是计算性的，是串行加工的。这些基本假设都受到很大挑战。比如，如果人类完全像计算机那样遵循串行的序列信息加工，计算程序的极端复杂性，以及计算步数的爆炸式增长，要耗费大量的计算时间，使计算无法进行。而人类的问题解决速度通常很快，甚至有"顿悟"现象。另外，无法解释人类认知的非理性和非逻辑性问题。正如我国心理学家朱智贤、林崇德指出的，信息加工心理学"无法说明人的心理、意识是人的社会实践活动的产物，是完整的主体和客体相互作用的产物，是认识和情感意志辩证统一的产物。因而也不能真正说明人心理的社会性、能动性和创造性"。

把人假设成像计算机那样的信息加工系统，从哲学思想考虑，是"机械论"的继续，这就如同"人是机器"的假设如出一辙，只不过类比的这种机器稍稍聪明了一点。但是人是一个可以生长的有智慧的自组织系统，而计算机，最起码就目前而言远不具备人类智慧的特征。人类的智慧来源于知识经验的积累和创造性应用，而信息还远不是知识，从信息中挖掘出有用的成分被主体组织在其认知结构中方成其为知识，方能形成策略和智慧。因此，虽然信息加工理论这个框架可以用，但是必须考虑到知识的作用、智慧的生成；不仅要考虑到认知的形式化操作和表征，还要考虑认知加工的内容问题。换句话说，我们人类智能的本质与其说是"信息加工"，还不如说是"知识建构与智慧生成"。因此，当信息加工范式被应用到教育与发展领域时，大多数人都接受了建构主义的观点，重视知识的个体建构和社会建构，以此说明知识的获得问题，其中的认知建构主义思想主要来自皮亚杰，社会建构思想来自维果茨基。

然而，建构主义主要是一种哲学思想，因而比较空泛。它虽然是正确的，却不能对知识获得问题的细节和技术层面做出详细的说明和解释，而信息加工思想却可以弥补这一不足。因此，今后应该在哲学上吸纳建构主义，并利用信息加工思想和技术详细说明问题解决的本质和过程，使二者有机整合起来。

（2）问题解决研究中的主客体相互作用思想日益凸显　一个问题是否成其为问题本身就得从主客体的对象关系上考察。四则运算对于数学家不算问题，对于小学生则不然。而对于主客体相互作用这个问题，在问题解决的早期研究中并没有得到充分的重视。比如，试图通过对知识贫乏问题的研究，寻找一般的解题策略就是在力图控制知识的影响，也是在忽视主客体的相互作用。如果把信息视为认知加工的客体，把人视为认知加工的主体，那么在信息加工过程中，主体和客体之间存在着动态的相互作用。人在与自然事物和社会他人的相互作用中获得了一定的信息加工能力（包括认知图式或知识结构），以及影响信息加工的其他主体特征（如情绪、情感、态度、习惯等），这就使人具备成为认知主体的条件。当人接受内外环境提供的信息，并进行加工时，人作为主体，信息作为客体，就构成了主客体相互作用的对象关系因此，信息的特征、主体的特点都影响着信息加工过程。今后在问题解决研究中，应该从主客体相互作用的思路出发，综合考察各种因素的影响。例如，考察图式对问题解决的引导作用，考察问题结构特点对问题解决行为的影响，以及图式与问题结构如何相互作用。

（3）在研究内容上以知识层次为重心　问题解决研究的早期是不涉及、甚至力图避开知识问题的，而20世纪80年代以来发生了变化，认识到知识在问题解决中的决定性影响，以及问题解决的知识获得性质。也就说，问题解决同时具有信息加工和学习两种性质。比如，关于图式的大量研究，本身就反映了对知识的重视。知识包括陈述性知识和程序性知识，策略属于程序性知识范畴。对策略的研究，最初的时候，研究者关注有普遍使用价值的策略，如复述、精加工、手段-目标分析策略等，而现在主要关注具体知识领域的专门策略的研究。

当然，问题解决的研究还有存在一些尚待进一步探讨的问题，例如生态学效度问题，认知因素和非认知因素的整合问题，文化对问题解决的影响问题等。

三、影响高中生解决化学问题能力的因素

为了深入了解影响高中生解决化学问题能力发展的因素，吴鑫德、吴伶俐等首先对湖南省 7 所中学的 72 名师生进行了开放式问卷调查，然后对湖南省 13 所中学的 3054 名高中生进行封闭式问卷调查，并在剔除无效问卷后，将所收集的数据采用 SPSS10.0 统计软件进行分析。

1. 影响高中生解决化学问题能力的主观因素

影响高中生解决化学问题能力的主观因素包括高中生对问题解决学习的主体性、高中生化学知识的储备以及化学问题解决学习方法、学习动机、学习态度等。

高中生对化学问题解决学习的主体性是培养其化学问题解决能力的根本，如果学生不能自觉、独立、坚持完成问题解决学习过程，那么即使是最好的学校教师、最优秀的教师都将无能为力。但是学生的学习主体性不是与生俱来的，也不是一成不变的，而是可以通过教育来培养和发展的。

高中生化学知识的储备，包括知识的拥有数量和质量，应该说是化学学科问题解决的基础，正因为这样，学科问题解决才不同于一般问题解决，此外，由于化学学科的特殊性（以实验为基础、有一套独特的符号系统以及微观与宏观相结合的思维方式等），所以，在化学问题解决过程中，其知识的储备相对物理、数学等其他学科问题解决更为重要。

化学问题解决的元学习方法和思维策略，虽然也属于广义的知识范畴，但它属于策略性知识，它往往隐含在人的头脑中，表现在问题解决的过程中，决定和控制着人脑的思维活动和问题解决步骤，它常常确保问题解决是否顺利和有效进行。因此，它对于问题解决能力的培养、发展和提高，起到一个重要的"催化剂"作用。在调查中，我们也发现，当前高中生的化学问题解决学习仍然是教学的一个薄弱环节，主要原因在于以题海战术代替思维训练的应试教育方式，问题解决思维策略往往隐含在习题讲解之中，依赖学生自己去从中领悟才能够获得。

2. 关于影响高中生解决化学问题能力的客观因素

调查与分析表明，在影响高中生解决化学问题能力的客观因素中，既有学校因素，又有教师因素，还有学习辅导资料质量的因素。虽然这些因素是相互影响的，但是其中问题解决思维策略的个性化训练对高中生问题解决能力的培养具有最为直接的影响，因为在学校现有的课程设置和市场现有的教学辅导材料的现实条件下，教师如何根据新的教学理念，面向全体学生，在课堂内外因材施教，对于促进全体学生共同提高与发展，具有关键的作用。在教学过程中，还必须转变传统的教学方法，将问题解决方法和途径的教学，转变为有意识地对学生进行化学问题解决思维

策略训练，促使学生的思维在更加广阔的范围内发生迁移，同时，在布置学生作业等练习中，加强学生思维含量较高的问题解决学习，避免过多的、简单的、重复的知识性或事实性问题解决的练习，将对化学问题解决能力的提高更加有利。

总之，通过调查，我们发现，影响高中生化学问题解决能力发展的因素主要有15 种：高中生具备的化学问题解决思维策略、高中生的化学课本知识储备与自我效能感、高中生化学问题解决过程的元学习方法、高中生化学学习的一般方法、高中生对问题解决的学习方法与态度、高中生的化学问题解决学习主体性、高中生的化学问题解决学习动机、高中生遇到难题的心理素质与心态、高中生具备的课外知识、高中生的人际关系与交往等十种主观因素；学校课程设置与培养目标方法与理念、教师对问题解决的教学方法与理念、教师对高中生的个性化思维训练、教师布置高中生进行平时练习的题目的思维含量及高中生所拥有的化学课外学习辅助资料质量等五种客观因素。

其中，最重要的是高中生的学习主体性、化学问题解决思维策略的个性化训练、化学知识储备三种因素；其次是高中生化学问题解决学习材料（课内外习题）的思维含量、教师对问题解决的教学方法与理念、对问题解决的学习方法与态度三种因素；再次是高中生的化学课程设置与培养目标、化学问题解决策略知识、化学问题解决的元学习方法等因素。

第二节 ◉ 高中生化学问题解决思维策略自陈语义编码分析

研究表明，化学问题解决思维策略是影响高中生解决化学问题能力重要的因素。因此，对高中生化学问题解决思维过程进行科学分析，有利于提取他们成功解决化学问题的有效思维策略，为进一步开展化学问题解决思维训练提供基础。

一、问题解决思维策略分析方法

"策略"一词源于希腊语"strategos"，其最初的意思是"计谋"或"欺骗"。现代认知心理学将策略定义为一种用来使问题发生某种变化，用以支配自己的心智加工过程的内部组织的思维技能，是一种内部定向过程。问题解决思维策略是指引思维方向、保证问题得以顺利解决的重要因素，是对问题解决途径的概括性认识，是一般性的较普遍适用的思维方法，它源于解决实际问题，又区别于具体的问题解决方法和技巧。正是由于思维具有内隐性，所以只能采取一些特殊的方法，才能将内隐在人们头脑中的东西显现出来。

1. 口语报告法

口语报告法的前身是哲学心理学采用的"内省法"（introspection），通过分析研究对象对自己心理活动的口头陈述，从而收集有关数据资料的一种方法。其基本做法是，让被试在从事某种活动的同时或刚刚完成之后，将自己在头脑中进行的思维活动的进程、各种心理操作等用口头方式报告出来。

20 世纪 70 年代以来，问题解决口语报告分析法在人类复杂认知活动的研究中得到广泛应用。然而，大多数口语报告分析主要是经验描述水平，只是在比较粗略的水平上描述高级心理活动的一般过程和特点，不同实验条件下的研究结果难以获得统一的理论解释，且这种定性的、描述性的分析使研究结果带有一定的主观性。

埃里克森（K. A. Ericsson）和西蒙（H. A. Simon）认为，口语报告编码必须要反映研究的理论构思，符合理论上的要求，同时还必须适合实验任务的特点，能够解释被试在完成实验任务过程中的各种行为。李亦菲、朱新明根据信息加工理论，提出了一种通用的口语报告编码方案，并将人的行为分为三种维度（控制行为、操作行为、学习行为）和若干子维度；同时，考虑到了人在完成各种认知活动中的元认知活动及有关学习的行为。

2. 口语报告分析法操作程序

（1）被试与材料的选择　在正式施测以前，我们选择了一套自编的中等难度化学问题（其中含 6 个试题）为材料，在一个自然教学班级中随机抽取 10 名学生，要求他们自言自语地进行解题，主试在被试旁边记录被试的解题思维过程，但主试不得随意干扰被试作答，也不能暗示如何解答。结果发现，被试在规定的时间内，平均成功解答的试题数为：优生为 5.3 道，中等生为 3.3 道，且经卡方检验两组成功解题数目差异显著（$p < 0.01$）。这就表明，对差生的解答思维过程进行分析和对难度较大或较小的试题解答思维过程分析没有太多的意义（因为可能出现了"地板"效应和"天花板"效应）。

因此，我们以中等难度试题的解答思维过程作为分析材料，比较优生和中等生解决化学问题的思维过程，以找出优生比中等生更善于找到问题答案的原因，并提取高中生成功解决化学计算问题的有效思维策略。

（2）实验材料等相关的准备　材料包括记录用纸、笔、秒表、录音笔及化学问题等，并在一个相对安静的场所，对被试在解答问题过程中出声思维方式等进行适应性训练。正式施测前，将所有化学问题的材料经非实验学校预测，以确保其难度、区分度、信度和效度符合标准。

（3）施测　主试给被试发放正式测试试卷，当被试开始作答时，主试立即开启秒表、录音笔，并同时详细记录被试发出的声音、动作、表情及在各个解答阶段所花时间，直至被试完成所有答卷或最后截止时间。

（4）材料转换　施测完毕后，将每个被试的出声思维内容详细整理成为文本材料，并将此材料与录音材料和当时纸笔记录等内容进行反复核对和补充。

（5）语义编码　所谓语义编码是按照被试的口语报告内容中所包含的语义命题，对每个被试报告的相关内容进行分类。例如，化学问题解决思维过程一般分为问题表征、问题解答、总结反思三个阶段，每个阶段又具有相应的思维策略，结合被试的口语报告内容，我们发现被试在解决化学问题过程中主要有 9 种思维操作：①重复、②解释、③设问、④推理、⑤归纳、⑥假设、⑦试误、⑧反思、⑨总结。其中①～③项对应于问题解决的第一阶段（读题审题阶段），④～⑦项对应于问题解决的第二阶段（解答阶段），⑧和⑨项对应于问题解决的第三阶段（总结反思阶段）。在编码分析时，我们只要统计每个被试对这 9 项指标的使用频次，便可知道哪些是常用的有效的心理操作。但在统计前必须对这 9 项指标相应的心理操作进行界定。

（6）思维策略编码数的统计　尽管事前我们已经对 9 项指标进行了相应的规定，但个人对这一标准的主观认识可能存在操作差异，因此，应由两组主试分别对学生的化学问题解决思维过程的口语报告文本材料进行独立分析，并对每个被试使用这些心理操作的出现频次进行人工统计。只有两组主试的统计结果没有明显差异，这样的统计数据才有效。

（7）数据分析　采用 SPSS10.0 对口语报告中思维策略编码数差异显著性进行分析，寻找优生与中等生分别在不同问题的处理上存在哪些策略差异，由此归纳总结出优生成功解决问题的有效思维策略。

二、高中生化学问题解决思维过程分析

1. 不同层次的高中生解决化学问题时思维策略的差异

经过统计我们发现，高中优生在解决化学问题时，"重复"、"解释"、"推理"、"归纳"和"总结"等策略编码数明显高于中等生，说明在解决化学问题时，优生的思维策略水平明显高于中等生，主要体现在"重复"、"解释"、"推理"、"归纳"和"总结"五个方面，这与张庆林、连庸华的研究结论是一致的。

我们认为，优生之所以在"重复"和"解释"策略编码数明显高于中等生，主要是优生更加善于运用读题审题思维策略，不仅善于抓住问题的关键词、隐含条件，而且更加善于从整体上把握题意、确定解题思路，因而他们在读题和审题上所花时间和精力往往较中等生多，具体表现在重复与解释策略编码数的差异上，而中等生往往是题意尚未理解，就匆匆开始解答，这样势必可能走弯路。

优生的"推理"等策略编码数之所以明显高于中等生，主要是能够联想，也善于联想问题的"原型"进行模式识别，从而通过双向推理逐步缩小心理视野，迅速找到合理的解答途径；中等生无法联想主要原因不完全是不具备推理的策略，还可能与其化学基础知识有关，一个不熟悉的化学物质或化学反应都可能造成其推理的障碍，正是由于这些差异使得优生在解答过程中能够及时发现自己的推理错误，及时转换思维角度，重新进行分析和推理，直至找到合理的解答。

优生的"归纳"和"总结"等策略编码数之所以明显高于中等生，主要是优生更加善于加工贮存在短时记忆中的综合信息，并发现和抽象出这些信息的共同要

素，从而指引他们迅速寻找到问题的最佳解决途径。

优生与中等生的"设问"、"假设"和"反思"的策略编码数之所以没有明显差异，可能是由于当前"应试"与"题海战术"教育的结果，他们在解题过程中往往较少自己主动给自己提出问题，并积极去探究问题，在解题结束后更是缺乏对问题解决过程和结果进行反思，而是只要找到问题的答案就立即停止思考。

此外，从"试误"出现的频次来看，虽然优生还略高于中等生，但没有明显差异，说明即使是高中优生，也经常使用试误策略来解决问题。

2. 高中生解决不同类型化学问题时思维策略的差异

高中生解决有机化学问题的"重复"、"推理"和"归纳"策略编码数明显要多于解决化学计算问题的，而解决化学计算问题的"设问"和"反思"策略编码数明显多于解决有机化学问题的，说明不同类型的问题，其思维策略也不同，我们既不能将思维策略等同于解题途径，也不能将思维策略进行无限的泛化，必须要把握一定的度去归纳和总结思维策略，同时把握策略的使用情境和条件，才能够真正使策略的运用有利于问题的顺利解决。

在有机化学问题解决过程中，之所以"重复"、"推理"和"归纳"策略编码数明显要多，主要是有机化学问题往往给定信息较多，且结构比较复杂，被试不仅要花大量时间来阅读和表征相关信息，而且还要运用有机化学方程式来推断未知产物，并根据未知产物的官能团推断或归纳总结反应物或产物的结构特征或化学式。而化学计算问题解决，所涉及到的化学反应原理通常比较简单，且问题给定信息也不如有机化学问题复杂，只是解题途径可能较多，因此，读题和审题策略——"重复"运用相对较少，而在解答过程中的解答策略——"推理"和"归纳"策略相对较少，"设问"与"反思"策略的运用相对较多。

由此可见，即使是同一学科的问题，其问题类型不同，相应的问题解决思维策略也不可能完全相同。

三、高中生成功解决化学问题的有效思维策略

1. 优生成功解决化学问题的思维特征

结合数据统计与个案分析，袁淑琼、吴鑫德等发现优生成功解决化学问题的思维特征可概括为以下几个方面。

（1）善于在通读原题后仔细审题，迅速地找出关键词、已知条件和隐含条件，熟练地判断题目的类型、所需要用到的化学知识等，并能够联想和运用先前的解题经验或规则确定解题的明确思路。

（2）善于运用元监控策略，及时否定自己已有的不适当的思路，并重新反复审题寻找新的解题思路，思维开阔而灵活。

（3）善于运用假设检验策略，评价多种不同的思路，确立最佳的解题思路。

（4）善于运用启发式策略，直觉判断问题可能的解答结果，如中学所学化学中

能够与 Na_2O_2 和 CaO 反应的常见物质是 CO_2 和 H_2O。

（5）对有关的计算规则如十字交叉法等的使用条件十分熟练。

（6）善于运用双向推理，一方面充分利用已知条件和发散思维方法向前推，另一方面善于利用未知条件和集中思维方法明确思维的方向，这样从正向和逆向来缩小已知与未知之间的心理距离，有利于促进顿悟的产生，有助于发现"完形"的缺口。

（7）善于结合不同的问题情境巧设未知数（如设未知物的数量为"物质的量"而不是"质量"），简化解答过程，提高解题效率。

（8）善于运用化学独特的问题表征策略，边思考边写出所发生的化学反应方程式，从而促进问题表征的深刻性、全面性。

（9）善于运用总结反思策略，不仅表现在解题过程中对自己的解答过程进行监控和调节，而且表现在解答结束后对自己的解题思路、解题过程的回顾和反思，并逐步优化自己的解题方法和策略。

2. 高中生成功解决化学问题的一般思维策略

高中生成功解决化学问题时，通常使用的思维策略可归纳为八种，它们分别是：①读题审题策略；②综合分析策略；③双向推理策略；④同中求异、异中求同策略；⑤化繁为简策略；⑥巧设速解策略；⑦模糊思维策略；⑧总结反思策略。其中策略①到策略④为信息加工与模式识别策略，策略⑤到策略⑦是学科思维策略，策略⑧为元认知策略。这些策略的基本含义如下。

（1）读题审题策略　无论遇到什么类型的计算，首先必须看清题目、理解题意。

① 认真读题，特别注意理解题中关系句；

② 把握题中的关键词，如：是"物质的量"还是"物质的质量"，是"完全反应"还是"恰恰完全反应"，是"过量"还是"不足"等；

③ 明确已知什么，该求什么；

④ 注意题目中各物理量的单位是否统一。

（2）综合分析策略　从整体上把握问题中数量关系，已知及未知之间的关联。

① 结合已学的化学知识分析题目的已知条件有哪些，哪些已经明示，哪些在题目中隐含，这些数据在逻辑上的关系如何。

在化学计算中通常暗含的条件有：摩尔质量、气体摩尔体积、化学反应方程式的计量比例关系、原子结构、电子转移的数目等。

② 将所要解决的问题（包括问题的类型、问题与条件的关系、常用的解决方法）与曾经解决过的问题进行类比，把握新的问题情境。

（3）双向推理策略　即当遇到复杂问题时，善于从问题到目标或从目标到条件的快速搜索策略，其关键是找到子目标。其模式是："已知条件……中间状态1……中间状态2……目标问题"。

① 正向推理策略　从已知条件出发，逐级建立趋于总目标的各项子目标，直至最后能够突破心理视野的子目标的完成，从而构筑已知与未知的链节。

② 逆向推理策略　从最终问题目标出发，逐步寻找问题解决的各级子条件，直至最初的条件与题目中的已知的条件能够建立直接的联系。

（4）同中求异、异中求同策略

① 同中求异策略　解决问题过程中，能够提出众多的解决方法；遇到障碍时，可重新审题，另辟蹊径。同中求异即对同一事物、同一问题寻求不同的解决途径，或者利用相同的条件能够得出众多的答案。重点体现三个字"多、变、新"，"多"即一个题目，多种答案。"变"即一个问题，多种解法。"新"即另辟蹊径，巧算巧解。这种求异思维训练有利于培养思维的流畅性、变通性和独特性。

② 异中求同策略　通过分析、比较各种问题解决的途径，找出问题解决的实质，优选出最佳解法。异中求同即在两个表面相差很大的事物中寻找共同点，从众多的方法或答案中运用判断、推理、抽象、概括等思维寻求事物的本质特征或属性，沟通知识、技能的内在联系。

一题多解，一问多答，将有利于培养思维的发散性和集中性，同中求异和异中求同相互交织，将构筑创造性思维网络。

（5）化繁为简策略　善于辨别主要信息和抓住主要问题，排除枝节信息、干扰信息的影响，这类计算题经常在有机化学计算中出现。

化学计算解题时的干扰因素很多，常见的有：相似的概念、名称、符号、多余数值、连锁反应、并行反应等。在审题、分析、解答过程中要联系所学知识、经验进行回忆、检索、类比、加工，使相似的概念清晰化，隐含的条件明朗化，复杂的过程简单化，繁杂的数据层次化。

（6）巧设速解策略　巧设未知数使所列比例简单、计算简便，这是化学计算的重要特征。

巧设是指所设未知数并非题目直接要求的答案，而是中间过渡条件或中间结论。如"物质的量 n"作为联系宏观与微观的桥梁，将它设为未知数，既可通过摩尔质量（M）计算物质的质量，又可通过气体摩尔体积（V_0）计算气体的体积，还可通过溶液的体积计算溶液的浓度，通过阿伏加得罗常数（N_A）可计算微粒数目。因此，只要涉及这些物理量的计算都可考虑设物质的量为未知数，带入化学反应方程式中，所列比例关系简单，计算过程简捷，解答准确、迅速。

（7）模糊思维策略　即按通用的方法思考问题时，遇到众多的模糊因素、不确定的数字、概念等，允许暂时容忍模糊，跳过障碍，往后继续观察，在一系列不确定因素中凭借所学的知识、经验，确定其中的某一个或几个特征问题（如颜色、状态、典型鉴定反应等），并作为选择、判断使用哪种计算策略的突破口，并利用它所提供的新信息逐步推断其他的模糊问题，最终找到答案，这是化学学科思维的重要特征，这种解题过程经常带有猜测、假设检验的性质，在过量物质的计算或极限判断中经常出现。

(8) 总结反思策略　检查、验证自己的解题过程，评价自己的思维策略。

① 在题目做完后，检查自己对问题及条件的理解，答卷中数值、符号、单位及公式定律的使用是否正确等。

② 在完成一种解法后，提出其他不同的解法和各种可能的答案，并善于分析评价判断其合理、优劣程度。

③ 及时、真实、全面地认识自己思路与最佳方案之间的距离及其产生差距的本质原因，同时自己在解决问题时所表现出的意志、信心、认知方式、策略的分析，从而自我总结发现成功的思维策略，提高思维的意识和自我调控能力。

值得注意的是，在不同类型的化学问题解决时，思维策略的内容应该有所变化。例如研究表明，高中生在解决有机化学问题时，"重复"、"推理"和"归纳"等 3 项策略编码数明显要多于化学计算问题解决；高中生在解决化学计算问题时，"设问"和"反思"策略编码数明显多于有机化学问题解决过程；且优生在解决有机化学问题时，"重复"、"推理"和"归纳"策略编码数要明显高于中等生。

因此，在类似有机化学问题解决时，应该强调重复、推理和归纳策略的应用，在化学计算类问题时，应该多强调设问与反思策略。

只有兼顾思维策略应用的一般性与学科问题的特殊性，才能够使所提取出来的思维策略对问题解决既具有一般指导价值，又具有可操作性，才能确保学科问题解决思维策略训练的有效进行和学生学科问题解决能力的提升。否则，就会使学科问题解决思维策略陷入太抽象或太具体的两个极端。

第三节 ◉ 高中生化学问题解决思维策略课堂训练的实验研究

思维策略是对问题解决途径的概括性认识，是问题解决过程中较普遍适用的思维方法，是教学生学会思维和提高创造能力的关键。

20 世纪五六十年代，思维策略训练的研究大多数集中在知识贫乏领域中的问题解决上，此时，国外出现了不少著名的思维训练教程，例如 Productive 思维教程、Instrumental Enrichment 教程、CoRT 思维教程、Patterns of Problem Solving 教程等。

但是，有关的研究指出，国外开展的这些训练只能提高智力测验或能力测验的分数，对学习成绩或学科中的问题解决能力并无直接的帮助，也就是说，这类训练只能提高与"教程"中题目相似的问题的解决，而不能达到广泛迁移的水平。国内关于开设思维能力训练课程的实验研究，也得到了类似的结论。

20 世纪 70 年代后期，问题解决研究最为显著地集中在思维策略训练，尤其是结合学科知识，对知识丰富领域的问题解决思维策略进行训练越来越得到人们的重视，研究者们呼吁要加强高层思维技能（higher-order thinking skills）的研究。

国内比较典型的研究有数学代数、平面几何等数学问题解决思维策略训练、小学语文阅读理解问题解决思维策略训练，以及中学生物思维策略训练。在化学学科领域开展问题解决思维策略训练的实验研究还比较少见。

因此，对高中生进行化学问题解决思维策略训练，不仅具有重要的应用价值，而且具有一定的理论意义。

一、高中生化学问题解决思维策略课堂训练教程的编制

1.《高中生化学问题解决思维策略课堂训练教程》的编写

（1）指导思想　以新课程理念为指导，根据化学新课程标准的要求，编写出一套具有特色的课堂训练教程。

（2）编写依据　主要传授八种相互关联的思维策略，即：①读题审题策略；②综合分析策略；③双向推理策略；④同中求异、异中求同策略；⑤化繁为简策略；⑥巧设速解策略；⑦模糊思维策略；⑧总结反思策略。但不同类型的问题解决策略所包含的内容有所区别，不同年级教学实例有所不同。

（3）编写内容与方法　《高中生化学问题解决思维训练教程》包括化学计算问题、有机化学问题和化学实验设计问题三套，其中每套又包括高一、高二、高三每个年级1个分册。

在编写过程中，首先组织了湖南师范大学附属中学、长沙市一中、二十六中、长郡中学、雅礼中学、长沙县一中、湘潭市一中、娄底市一中、株洲市二中等学校各个年级主持实验班化学教师召开"高中生化学问题解决思维策略训练实验研究"动员会，明确研究的目的、意义、内容、方式、方法及要求等；然后分年级依据教学进度确定实验时间，并落实《教程》的编写任务、编写内容、编写方法、完成时间和验收要求等。

2.《高中化学问题解决思维策略训练自我提示卡》的设计

为便于学生将所学到的思维策略内化为自己的解题技能，并实行自我监控和自我评价，本研究根据 Baird 等编制的启发式系列清单（PEEL），为实验组的学生自编了《高中化学问题解决思维策略训练自我提示卡》，并请他们贴在自己的课桌上，以便他们在解题过程中自我对照和检查，自我诊断和调控，其具体内容包括十条。

（1）阅读试题　你认为题目中哪些词、句最关键，请做好适当标记。

（2）想想看　题目中已知什么？要求什么？隐含的条件有哪些？它们之间整体上的逻辑关系如何？请你在纸上画出图或列出表格。

（3）再想想　还有哪些已知条件没有用上？有了它，就可求……要解答题目中的问题，要有哪些必要条件？哪些题目中已经给出，哪些是待求的过渡条件？

（4）再想想　解决题目中的问题，哪些是主要线索？哪些是枝节信息？

（5）**再想想** 该题目与以前学过的什么题目相类似？

（6）**试一试** 如何设未知数才会使所列比例最简单、求解最方便？

（7）**查一查** 你所书写的化学式、反应方程式是否正确？所列比例关系（或等式）是否恰当？等式两边各物理量的单位是否一致？

（8）**试一试** 将中间的过渡条件用符号代替，能否在计算过程中消去？

（9）**比一比** 你的解答方法与以前做过的什么题目类似？是否还有其他更好的方法呢？请记住：遇到困难不要退缩，另辟蹊径，必定柳暗花明！

（10）**再查查** 步骤是否正确、完善？表述是否清楚？计算有无笔误？是否还有其他合理答案？这是最后一步，也是最关键的一步，完成解答，切忌草草收兵。

二、高中生化学问题解决思维策略训练的实施程序

1. 研究材料的准备

包括相应各年级《高中化学问题解决思维策略训练教程》的编写，相应各个年级化学问题解决能力测试的前后测问卷，并经非实验学校预测，其信度和效度都合乎要求。

2. 被试的选择

在各个学校高中每一个年级中，选择同质的 2 个自然教学班级，随机安排一个为实验班，另一个为控制班。

3. 前测

采用《高中生化学问题解决能力测试试题》对所有被试进行测试，以确保同一个学校同一个年级所选择的两个班（实验班与控制班）学生的化学问题解决能力基本处于同一个层次。

4. 集体备课

组织各实验学校各个年级实验班授课的化学教师进行实验前的培训，进一步明确训练内容、形式、目的和要求，分年级进行集体备课，尽量使同一年级的教学进度、教学内容、教学手段、教学方法及课时分配等内容统一。

5. 实验训练

训练时间为 10 周，每周 1 个课时，每个课时主要传授一种策略，另外 2 周安排综合训练。

为了确保实验的有效进行，特别提示实验班教师注意防止未接受实验训练的学生与接受训练的学生之间的交流，同时，注意同一学校同一个年级实验班与控制班教师的知识水平、年龄和教龄等应该相当，还要注意实验班采取"单盲"（学生不知道）控制班采取"双盲"（教师、学生都不知道）的方式进行教学。但控制班与实验班所教授的化学知识一样，例题与习题总体一致。

为了准确计算训练时间和防止实验组学生与控制组学生的交流，《化学计算解题思维策略训练教程》中的教学材料通常在每次上课前发给实验训练组学生，下课

后又及时收回。第一次训练课前，教师讲解思维策略训练的目的意义、方式方法。在每一节训练课的教学过程中，教师首先在 10 分钟以内讲授该课所要训练的思维策略及其运用方法、步骤，并通过自身示范、设问等方式激发学生的思维活动。然后，以事先设计的课堂练习作为训练材料，通过《思维策略训练提示卡》引导学生思考和解题问题。在练习过程中适时地组织学生以小组为单位进行讨论，并由他们自己进行归纳和总结，教师给予积极的评价反馈，以对学生的行为实施积极的强化。下课前教师简要地总结该课所学习的解题思维策略，并布置相应的作业。

6. 后测

训练结束后，所有实验学校同一个年级运用事先设计的统一的《化学问题解决能力后测试卷》进行测试（实验组与控制组学生同时进行），并统一集体评卷。

7. 数据处理方法

均采用 SPSS for Windows10.0 进行统计分析。

三、高中生化学问题解决思维策略课堂训练的实施效果

（一）化学计算问题解决思维策略训练的实验效应

周有达、胡权力、贾绍明、吴鑫德等对高一、高二和高三年级学生进行了化学计算问题解决思维策略训练进行了研究，结果显示，这种训练能显著提高学生的化学计算问题解决能力，且对普通中学高中生的训练效果要明显优于重点中学。

1. 化学计算问题解决思维策略训练效果显著的原因

高中化学计算解题思维策略的训练之所以有效，其关键的原因在于三个方面：一是训练所用的化学计算解题思维策略及其训练教程符合中学当前的教学实际。它是在对高中化学教学的广泛调查和客观分析的基础上，并通过广大一线化学教师集思广益之后反复精炼而成，它来源于中学，又指导中学教学。因而，具有较强的针对性、实用性，具有一定的推广应用价值。二是广大实验教师的积极参与和训练过程的严密组织。例如，在实验过程中，组织各个学校的实验教师相互学习、讨论和交流，并及时纠正了部分教师将"解题策略"教学变为"解题方法"教学的不当操作，保证了实验的规范化、科学化。三是学生的积极配合。

但各实验中学的实验效果也存在着不平衡性。在少数中学的个别年级中，实验组与控制组学生化学成绩的提高幅度差异不很明显。经过了解，其主要原因在于：一是当实验进行一段时间后，学校领导（非课题研究成员）听课后认为很好，并将该实验班教师的教学经验不经意地在其他班级推广，违背了控制组的"双盲"原则；二是个别学校高二年级文理分科较早，实验训练没有按步骤完成，或者是急功近利的思想将部分策略训练集中在最后一周完成，导致了实验效果不佳。这就说明，在自然教学班中进行实验，应该尽量严格控制实验条件，才能保证实验顺利、有效地进行。

值得我们注意的是，高中化学计算解题思维策略训练为高中化学教学提供了全新的教学理念，其教学过程比单纯由教师讲解例题或习题，开始时速度可能要慢、困难要多，但通过一定的"量"的积累，必然会在解题速度上产生"质"的飞跃。在当前新一轮课程教学改革的形势下，如果我们的教师能够转变观念、不怕困难、勇于探索，并将问题解决思维策略训练坚持贯穿于整个教学过程之中，那么，最终必将迅速提高教学效率和教学质量，也有助于减轻学生的负担，促使学生学会学习。

2. 普通中学与重点中学实验训练效果差异的原因

普通中学与重点中学实验训练效果的差异，我们不妨从两个角度来进行分析。

（1）同年级不同类型学校学生的前后测化学计算成绩的差异　研究结果表明，对于高一和高二年级，普通中学学生的前测和后测化学计算成绩都明显的低于重点中学；对于高三年级，普通中学学生的前测化学计算成绩也明显低于重点中学，但后测化学计算成绩虽然低却没有明显的差异。这是因为在高中新生招生时大多数成绩优秀的学生都进入重点中学，使普通中学的学生在化学知识基础和知识结构等方面的平均水平比重点中学的学生要差。进入高中阶段后，在教学条件和师资力量等方面受到与重点中学不同的待遇，因而普通中学学生的测试成绩低于重点中学学生的成绩是自然的，这正好说明了知识对问题解决能力的重要影响。高三年级的后测，普通中学与重点中学差异不太明显，据我们分析，一方面是因为在我们的实验时，各中学的高三年级都已结束了新课，进入了高考复习阶段，学生化学基础知识差异较小。另一方面是因为普通中学的思维策略训练效果比重点中学要好，学生的进步幅度较大，而使他们原来的差异缩小。这正好说明了普通中学取得了比重点中学更好的化学计算思维策略训练效果。

（2）同年级不同类型学校学生的前测、后测成绩进步幅度的差异　普通中学的学生化学计算成绩的提高幅度比重点中学明显要高。主要原因可能在以下两个方面。

一方面，对于普通中学而言，实验组和控制组的学生在实验训练以前本身所具有的解题策略性知识水平普遍比重点中学的学生低。在平时的学习过程中，普通中学的学生可能更多的是注意基础知识内容的学习，而较少注意解题策略的运用。实验组的学生通过解题思维策略训练之后，能够比以前更加合理地分配资源，更加注重提高解题的速率和效率，与重点中学学生付出相同努力的条件下，低分数段内的提高成绩相对容易一些。因此，普通中学学生的化学计算问题测试成绩提高幅度比重点中学要大得多。

对于重点中学而言，学生的化学基础知识和解题策略性知识普遍掌握较好。正是由于学生的基础知识扎实，他们有更多的时间和精力去领悟样例和练习中隐含在学生的头脑之中的解题思维策略性，训练主要是进一步明确他们解题的策略意识。例如，我们组织实验教师在某重点中学听课题组教师的实验训练课时，有一位湖南省化学奥林匹克竞赛获奖的学生能够非常顺利地完成一道难度较大的化学计算练习题，但当教师请他介绍他所运用的解题策略时，他竟然回答"说不清，我一看就知道"。课后，我们组织部分学生进行交流，结果化学尖子学生认为，"以前我们大多经常运用这些解题思维策略，只是似乎没有意识到它的存在，也很少想到自己去总结这些解题思维策略，现在明确了，对于思考特别困难的问题肯定会思路更清晰"。而中等程度以下的学生则认为，"以前我们做了不少的题目，主要是按照公式定理呆套，有时瞎碰"。

由此可见，优生的一般解题过程大多已经能够利用解题策略自动进行，而中等以下的学生还需要策略教学训练帮助他们进一步熟练和自动化，这与同类研究结果相符。所以，重点中学学生的成绩提高幅度低于普通中学学生的成绩提高幅度，且在高分段内进一步提高不如在低分段内容易。

另一方面，在平时的教学中，学生没有接受专门的实验训练，并不等于没有接受解题思维策略的训练，只是没有进行有意识的解题思维策略训练，解题思维策略的获得往往隐含在常规的例题和习题教学之中。由于重点中学的学生比普通中学的学生基础更好、悟性更强、学习更主动，在样例的学习中自我加工的水平更高、程度更深，在反复的练习中更善于去把握解题思维策略，因而在平时所获得的解题策略性知识更多，解题能力更强；同时也可能由于重点学校与普通学校的教师之间教学水平或经验的差异，重点中学的教师在平时的教学中，在潜意识水平状态下，更多地注意解题思维方法的归纳总结、解题思维策略的指导，从而使得重点中学的训练效果没有普通中学明显。这一点，在高三年级表现得比高一和高二年级突出，由此也正好说明了在高三年级学校类型与实验分组具有交互作用，因为重点中学的高三年级控制组学生受到的潜意识解题思维策略训练比普通中学高三年级控制组学生更多，使得重点中学的高三实验组和高三控制组之间的差异比普通中学要小，从而产生实验分组与学校类型对化学计算成绩提高幅度的交互影响。此外，也还可能与教师对待这种思维策略训练实验的态度有关。

（二）有机化学问题解决思维策略训练的实验效应

李跃春、吴好勤、罗爱斌、吴鑫德等对高三年级学生进行了有机化学问题解决思维策略训练，其有机化学问题解决能力有提高，但差异并不显著；对不同层次的学生进行有机化学问题解决思维策略训练，其训练效果具有明显差异，且对基础较差暂时落后生，其训练效果明显优于中等生和优生，但优生与中等生的训练效果没有明显差异。

1. 有机化学问题解决思维策略课堂训练的实验效应分析

对高中生进行有机化学问题解决思维策略训练没有显著提高他们的有机化学问题解决能力的原因可能是以下两个方面：一方面，有机化学问题解决毕竟不同于其他类型的学科问题解决，它对知识本身的要求较高，而我们所选择的被试是一所学生来源不太好的子弟中学，被试的有机化学基础知识可能本身就不太好，那么，在短短几个课时的思维策略训练中，他们花在为扫清知识障碍的时间比花在思维训练上的时间还要多，以至于他们的知识障碍对思维训练效果的制约作用超过了思维策略训练的促进作用；另一方面，由于受条件的限制，实验组与控制组为同一个教师授课，尽管该授课教师非常清楚本实验的意图，但还是可能在授课过程中无意之间将实验组的教学思想渗透到了控制组的教学中；此外，选择高三年级学生作为被试，教师和学生在一定程度上可能会担心复习进度问题，从而影响思维策略训练的效果。

但关键的原因还是有机化学知识基础和教师教学方法的影响。因此，训练必须建立在学生对有机化学基本知识点熟练的基础之上，结合有机化学的特点进行；此外，训练时，教师应放手让学生进行交流讨论，把问题交给学生，让学生通过讨论发现策略、归纳策略，并身临其境地把握策略的内涵、使用条件、操作步骤等，而不是教师单纯讲解策略。

2. 对不同能力层次的学生进行有机化学思维策略课堂训练效果的差异分析

通过训练，高中生的有机化学问题解决能力的提高幅度具有明显差异，且有机化学基础差的学生成绩的提高幅度明显高于优生和中等生。其原因在于优生和中等生在训练前已经掌握了一些科学的思维方法，或者头脑中已经储存了不少有机化学问题解决的图式。基础差的学生平时之所以成绩较差，其原因往往是对知识的掌握存在问题，只简单而机械地掌握了一些陈述性知识，缺乏对策略性知识的掌握，不能把接受到的新信息与自己头脑中已有的知识结构结合起来，学习起来很吃力，学习积极性和主动性受到很大的影响。通过训练正好弥补其不足，学生效果立竿见影，学习兴趣越来越浓，所以成绩提高较快。另一方面由于学生基础较差，起点较低，提高相同幅度的分数，比基础好的学生要容易得多。

（三）化学实验问题解决思维策略课堂训练的实验效应

郑华敦、肖荣、王竹英、吴鑫德等对高中生进行了化学实验问题解决思维策略训练，结果显示，这种训练能显著地提高学生的化学实验问题解决能力，且学生的化学成绩基础不同其训练效果差异显著。

1. 化学实验问题解决思维策略课堂训练的实验效应分析

对高中生化学实验问题解决思维策略训练之所以取得显著的效果，关键在于实验训练的过程中强化了这些策略教学意识，正如平时对陈述性知识教学一样，不仅列入日常的课堂教学计划，而且按照自编的《训练教程》，有明确的教学目标、教学内容、教学方法、教学步骤及相应的练习。

然而，没有接受该实验训练的学生，并不等于没有接受解题思维策略的训练，因为教师在实际教学过程中并不是不讲授解题的思维策略，而只是隐含在例题和习题的教学过程之中，学生只有通过教师的例题讲解和课后大量的练习自己去体会才能得到。其主要的区别在于教师对解题过程中策略性知识教学的意识性。

因此，在当前的新一轮课程教学改革的形势下，我们的教师转变观念、不怕困难、勇于探索，要将解决学科问题的思维策略等知识像传统的陈述性知识和程序性知识一样列入教学大纲，明确策略性知识的教学目标、教学计划、教学要求，这样将有助于提高教学效率，有助于改变应试教育、题海战术的教学局面，有利于在新课程理念下教学行为和方式的变革。

2. 对不同基础的学生进行化学实验问题解决思维策略训练效果的差异

实验结果表明，对于高一年级和高二年级不同基础的学生进行化学实验问题解决思维策略训练时，其训练效果没有明显差异，而对高三年级不同基础的学生进行训练，其效果差异显著，且差生的训练效果优于中等生和优生，中等生的训练效果又优于优生。其主要原因可能是高中低年级还没有全部完成高中阶段的化学实验操作训练，而高三年级学生不仅基本完成了全部高中阶段的化学实验室实验，而且化学知识和解题经验积累比较多，以至于高中低年级学生的思维训练较多地受到了化学实验知识经验的制约，而表现出了"地板效应"，而高三年级学生因为知识制约造成的地板效应明显减少，从而使原来化学知识基础较差的学生，突破了知识的束缚，可以将全部精力集中到思维训练中来，从而取得相对于优生和中等生更加显著的进步。

四、关于化学问题解决思维策略课堂训练的思考

1. 关于化学问题解决思维策略训练的课堂教学策略

教学心理学认为，解题活动是在主体（解题者）与客体（课题）相互作用的基础上，通过解题者对课题的认知，做出解法的抉择，并制定、执行解题计划，从而求得未知的思维活动过程。因此，训练过程中应遵循以下教学策略。

（1）讲授和探究交替，独立思考与集体讨论相互结合　教育心理学认为，单纯地探究和讲授式教学有利又有弊，前者对于发展思维有效，但耗费的时间多、教学的效率低，后者传递的信息多，但学生的体验少、内化功能不强。因此，我们强调，在实际教学训练过程中，要将多种教学方式有机结合和交替进行。例如，在思维策略训练以前，要采用讲解等方式帮助学生复习相关的化学知识，而在思维策略训练过程中，要采用探究等教学方式，利用样例或练习让学生掌握所教策略，并使把握策略的使用条件、范围及操作步骤等。

（2）分解训练与综合训练交替，知识教学与策略训练结合　按照教育心理学关于现代知识的分类观，知识大致可以分为两类：一类是陈述性知识，另一类是程序性知识。策略性知识包括在程序性知识范畴，产生式及产生式系统是其形成和贮存的主要方式。因此，分解训练使学生形成一个个独立的产生式基础，而综合训练是各个产生式联结而成牢固、熟练、自动化操作的必要过程，因此，我们在训练第一个解题策略（读题、审题策略）时，不涉及其他策略内容，也不要求学生将整个问

题完全解答出来，但在后续的策略训练中，要求学生注意运用先前学习的解题策略，直至最后完成所有的策略学习。

（3）重视化学基础知识的教学，强调样例学习的指导作用，促进解题策略的有效迁移　认知教学心理学关于专家特长的研究认为，专家问题解决的能力强、效率高主要是他们的知识组块多而大，知识贮存的方式科学，且通过知识的深加工实现了知识合理转化。因此，我们认为在进行解题思维策略训练的同时，必须加强基础知识、基本理论的教学，如化学式、化学反应方程式的书写及意义的教学，元素化合物性质、制备等内容的教学等。有关研究还表明，样例和练习是促进解题思维策略迁移的必要条件，但不是充分条件，且迁移的效果与外部的指导和反馈、个体的认知水平等因素有关。因此，我们在样例的教学中注意运用教师的出声思维示范，在学生的练习中注意加强教师的引导和反馈，使学生亲身体验到策略的运用价值，增强他们的自我效能感。

（4）重视化学思维策略学习的自我指导作用，培养学生的元学习能力　有关元认知研究认为，元认知对认知活动起计划、监视和调控的作用，元认知策略对一般问题解决策略起指导和统摄的作用，元认知能力是一种独立的能力，它能够弥补一般能力的不足。因此，引导学生自我计划、自我监视和自我调节自己的解题思维过程对提高学生的问题解决能力具有重要的作用，是教会学生学会思维的生长点和落脚点。

2. 关于化学问题解决思维策略训练的基本原则

只有遵循一系列科学原则，才能使训练取得良好的效果。思维策略训练过程中主要应贯彻以下教学原则。

（1）目的性原则　思维策略训练的首要教学目标应该是为了教学生学会学习和提高学生的问题解决能力，因此，我们应以解题为手段，以改善和发展学生的认知结构、心理结构，提高问题解决能力最终为目的。

（2）系统性原则　所谓系统性是指问题解决思维策略的教学应该像传统的知识教学一样，包括教师的讲解、示范、巩固、练习和反馈等多个教学环节。有研究表明，高中生能不能顺利地解题，并非完全是对一般的思维策略不理解，也不完全是知识基础不具备。如果在具有同等专业知识结构和水平条件下，关键在于学生会不会运用策略，即是否能将所学到的"静态"的知识、技能和策略，转化为"动态"的条件化的策略性知识，并清晰地贮存于长时记忆之中，便于运用时灵活提取和创造性提取。应该注重策略教学各个环节的系统性、单个策略与整套策略的关联性、教学时间安排的连贯性。

（3）计划性原则　计划性主要表现在教学的安排上，要将容易的、迁移范围大的策略优先安排教学，然后，逐渐安排难度大、迁移范围窄的策略教学。此外，在进行后面的教学训练时，应该适当地对前面所教策略进行复习和强化，训练时间要分散，不要集中。

（4）程序性原则　有研究者将思维策略归入程序性知识内容之中，正是因为其认知过程是按程序进行的，因此，我们只有将解题思维策略的步骤按照一定的顺序逐一教给学生，并注意某一个策略的每一步使用的条件和范围，才能使学生逐渐形成一个一个的产生式及产生式系统，才能便于学生获得策略的熟练化、自动化。

（5）迁移性原则　遵守迁移原则主要表现在两个方面，一是在学科思维策略的提炼时，策略的术语表达要尽可能抽象，不要用该学科的专业术语来表示，要用抽象的术语和学科的实例，促进策略知识的广泛的迁移；二是结合学科进行思维策略的训练时，不能将策略的使用条件限制过死，要考虑策略性知识尽可能在广泛的条件下使用。此外，为了促进策略的迁移，要注意充分利用样例、练习、指导、反馈和元学习的作用。

（6）互动性原则　首先是教师对解题思维策略教学的主动性，然后是学生有学习思维策略的积极心向和创造意识。教师应该引导学生根据自己的实际，有意识地加强某些方面策略的训练，并要求他们创造一些自己独特的思维方式，培养学生的个性。

（7）组织性原则　是指思维策略的课堂教学中教师采用探讨式教学模式，积极地组织学生与学生、学生与教师之间的交流，并在准确示范的同时，适时、巧妙地提出问题，激起学生的学习积极性，有效地制止不良的学习行为，矫正不良的思维习惯。同时要注意关注学生解题的加工过程和方式。

（8）持久性原则　从以上的研究可以看出，思维策略的训练确实对于提高学生的化学问题解决能力和化学学业成绩非常有效，但这是一种短期内的实验效应。如果实验训练结束后，仍然恢复到原来的教学方式，只注重僵化的知识传授和解题结果的正确，必定失去训练的意义，也不会有长久的效果，若坚持不懈，必事半功倍。如何保持长久的教学效应，还有待于进一步探讨。

第四节 ● 网络环境下高中生化学问题解决思维策略个性化训练研究

许多研究指出，结合学科进行的思维策略训练，短期的实验效应非常显著，但实验的长久效应不明显。究其原因，一方面结合学科进行的思维策略训练往往都是停留在实验课上，实验结束以后，学科教师受教育观念的影响和应试教育的困扰，很难在平时的教学中坚持将学科知识的传授和思维策略的训练紧密结合；另一方面，即使一些老师认识到结合学科进行思维策略训练的重要性，也很难真正把握学科领域思维策略训练的有效技术，也很难保证有时间进行这方面的深入研究和探索。

进入网络发展的时代，将思维训练拓展到网络教学中既是教育心理学研究的一个全新的课题，也是当前信息技术发展的必然趋势。如果我们能够按照网络学习的特点和新课程的要求，将课堂教学实验中的研究成果运用于网络课程的设计中，并按照科学的原则、方法和程序，让学生在网络环境下进行思维策略的个性化训练，那么，不仅可进一步提高网络课程的教学质量，而且可有效地克服传统课堂中按照同一内容同一步调进行教学训练的不足，以促进全体学生思维能力的进一步发展。

为此，郑华敦、龙丽华、吴鑫德等尝试着利用网络教学开展个性化思维训练，以克服传统课堂训练的弊端。

一、新课改背景下化学问题解决思维策略训练网络课程设计

策略性知识既然是知识，所以就能够表达，能够有效的传递。同时，由于策略性知识是关于如何学习、如何思考的方法性知识，所以，一旦这些策略性知识被学生真正理解、熟练掌握、自觉运用、广泛迁移，策略性知识就转化成了思维能力。但策略性知识的学习不能采取死记硬背、生搬硬套的方法，必须依赖于一套科学的训练方法。

本研究首先运用远林智能化网络课程开发系统，依据新课程标准，按照学科知识体系，科学开发某一学科的网络课程，以此作为载体将学科思维训练内容"嵌套"在网络课程相应位置之中，然后在智能化网络教学系统（Online Teacher System）平台上运行该网络课程，学生可以克服传统课堂教学的时空限制，随时随地开展网络课程学习，并及时得到思维的个别化训练，以实现知识向能力的迅速转化。

这种思维训练过程包括循序渐进的四个基本阶段。第一阶段是对思维训练所要求的必备学科知识进行检测和诊断，以扫除思维训练的知识障碍；第二个阶段是对每种思维策略进行单一的分解训练，使学生熟练掌握各种思维策略的内容及条件；第三个阶段是运用完整样例对所学多种思维策略进行综合训练，以培养学生的综合思维能力；第四个阶段是运用不完整样例培养学生的创造性思维能力。

1. 思维训练前的学科知识水平诊断与知识贮备

所谓学科知识水平诊断是指学生在学习某章或某节或某个知识点之后，进入思维训练之前的学科基础知识检测。

这个过程将由远林智能化网络教学系统自动提示，并依据定量评估系统提供相应的动态测试内容、测试结果及智能化评价反馈信息。正如一个有经验的教师给学生辅导一样，既能为学生当前的知识基础和学习状态做出"诊断"，又能为学生的后继学习提供合理化的建议和帮助。如果当前的基础知识不扎实，需要返回前驱知识点学习，计算机将根据知识点网络图中的知识点联结顺序线（见图 7-1）给予自动提示，学生只要按照提示，逐级返回上一级菜单复习前驱知识点，并接受相应的测试，直至牢固掌握这些基础知识，从而为思维训练做好充分的知识贮备。

值得说明的是，在网络课程开发过程中，学科专家必须将该学科的知识内容划

分为若干单元或章节，再将每一单元或章节分解出若干相互关联、相对独立的知识点，并运用课程开发系统中的"联结线"将这些相互关联的知识点连接起来，便于计算机识别。此外，每一个知识点包含有一个或多个"讲解"和相应的"测试"，"讲解"和"测试"则通过文本、动画、图片、视频、声音等多种形式的组合方式而呈现。"测试"中的问题即为思维训练前的知识检测"题库"，学生接受测试的过程也是一个学习和提高的过程，因此，学科专家不仅要提供测试的评价结果，而且要对学生产生错误的原因进行科学分析，并提出合理的学习和思考建议。

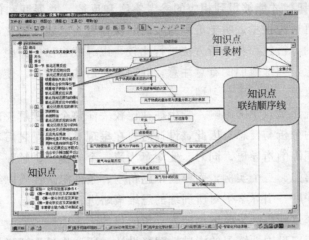

图 7-1　高一化学网络课程知识点网络图

2. 运用分解性训练传授思维策略的应用技能

国外有关研究者如纽厄尔和西蒙、梅耶等都是首先将问题解决的思维过程划分为几个阶段，然后相应地提出每个阶段的思维策略，并对这些策略进行训练。国内研究者如张庆林等在总结国内外研究的基础上提出了问题表征、问题解决及总结反思三个阶段，并针对这三个阶段提炼出的思维策略进行训练。实践证明，这种训练方式效果非常显著。

思维策略的分解性训练正是利用了这些心理学研究的成果，以策略迁移性从大到小的顺序为主线，根据所提取出的思维策略，逐一地进行训练。每次训练某种思维策略时，并不要求一次完整地解答整个问题，更无需得出正确的解答结果，而是以某一个具体问题为例设计每一种思维策略的运用过程和步骤，并设置适当数量的练习和反馈，以促进策略性知识的内化。

对于一个具体策略的训练，大致要从三个方面进行考虑。

首先，是引入一个适当的情境，激起学生对思维策略学习的兴趣。这对于思维策略训练的网络课程既是新课程教改理念的要求，又很容易实现。但我们必须注意根据布鲁纳的"先行组织者"原则进行设计，所制作的 flash 动画或视频，要来源于学生的实际生活之中，所表现的故事情节要与当时即将训练的某一思维策略的使用相类似，并在此情境中要设置若干明显的和隐藏的关键性标志及陷阱，以调动学生积极思考的情绪，引起学生对该策略的积极关注，并运用音频解说有意识地将学生的注意由故事情境逐渐转移到该思维策略训练的主题上来。

然后采用恰当的方式，启发某一思维策略的使用过程，即通过文本、动画和声音等形式的协同作用，呈现运用某一策略解决问题的思维过程和方法，但不是一步将所有的思维过程和方法全部给学生呈现，而是围绕某一策略的内容将其分解设计为若干子问题及隐藏的"参考答案"逐步呈现，当学生经过思考后，点击相应的"参考答案"按钮，才能够得到相应的参考答案和反馈，并展开和保留原来隐藏的内容，使学生可通过视觉、听觉等刺激及时将保留在自己短时记忆中的思维过程与教师事先设计的分析过程和分析方法进行比较，以寻找自己的差距与不足，以引起学生的无意注意，训练他们的有意注意，并向有意后注意转化，使他们逐步养成读题审题的良好习惯，矫正不良习惯。

由于受传统课堂教学的影响，学生往往比较关注整个问题解决的结果，轻视对解题思维过程的分析与反思，因此，设计时要在呈现具体问题之后，以醒目的文字呈现思维策略训练的指导语。同时，要注意当第一个实例"讲解"完毕，不要简单重复"讲解"第二、三个实例，而要在审题角度、条件隐蔽性或思维跨度等方面提高实例的思维深度，引导学生对所训练的思维策略进行归纳总结，通过自己发现所使用的策略，来达到思维策略运用能力升华的目的。

最后，是相应巩固性练习的指导性解释设计。所谓指导性解释是指对学生在计算机上所做出的选择结果进行判断和启发性指导，帮助其分析错误的原因及指出正确的思维方向和方法。

鉴于学科思维的专业特殊性，在指导性解释的设计中，不仅注意思维策略的反馈，还要注意基于概念和规则的反馈及有关实验事实方面的反馈。

鉴于策略性知识的程序性，对策略的反馈不能简单说明策略的名称，而要说明策略运用的具体操作方法和步骤。基于个性化教学的思想，对于正确选项的反馈，不仅要具有详细的分析思考过程和方法，还要有正确解答过程的示范，以帮助学习暂时落后的学生连续几次点击错误选项后，找出正确的解答思路，如果使用同一个思维策略涉及多种解答方法或途径，那么要将各种解答方法分别列出，并进行分析对比和总结提升，使学生真正从机械记忆解题途径转移到灵活掌握解题策略上来。

此外，根据中学生的心理特点和年龄特征，反馈的语言不仅要科学合理、简单明了，而且要有利于调动学生的学习积极性，激发他们战胜困难不断进取的自我效能感。

"读题审题思维策略"分解训练样例

【故事情境（动画并配音解说）】只顾埋头拉车不顾抬头看路导致白费力气的故事情境。

【问题实例（文本并配音）】加热 $0.04mol\ KMnO_4$ 固体，一段时间后，收集到

a mol 单质气体，此时 $KMnO_4$ 的分解率为 x，在反应后的残留固体中加入过量的浓 HCl 并加热，充分反应后又收集到 b mol 单质气体。设 Mn 元素全部以 Mn^{2+} 存在于反应后的溶液中。求 a 与 b 之和（用 x 表示）是多少？

【指导语（醒目文字）】本题不要求完整解答过程，只要求仔细读题，并认真思考后回答下列问题，并建议：拷贝题干和下列问题，自建 Word 文档，保存自己所思考的结果，最后再参看答案、找出差距、分析原因。

- 问题1：题中明显的已知条件有哪些？【参考答案及教师的话（文字、视频、声音）】
- 问题2：题中隐含的已知条件有哪些？【参考答案及教师的话（文字、视频、声音）】
- 问题3：涉及的化学基础知识有哪些？【参考答案及教师的话（文字、视频、声音）】
- 问题4：题目中的关键词是什么？【参考答案及教师的话（文字、视频、声音）】

分解性思维策略训练有利于学生对策略的领会和操作技术的掌握，但将一个完整的问题和完整的解答思路割裂开来，不利于多种策略间的联系、协调和综合运用，若时间跨度过长也容易遗忘。因此，在进行分解性训练的同时，适当进行思维策略的综合训练（如完整样例与不完整样例的训练）是十分必要的。

3. 运用完整样例训练综合思维能力

完整样例的设计可促进学生对问题解决过程各个阶段思维策略运用的整合和对整个问题的综合分析判断，在呈现方式上，为了避免学生简单地背诵或记忆解答过程，促进学生良好的预期心理及善于思考的习惯，我们要将完整样例问题的题干与各个解答步骤一步一步分开呈现，并将需要解答的项目以疑问句的形式直接呈现在屏幕上，逐步引导学生思考，而将问题的正确解答方式和过程等内容隐藏起来。

这样学生在观察到问题的初始条件、目标状态后，必然去思考其转换手段，如何思考、结果怎样，他们只要点击每一个隐藏内容按钮，就可以实现自主学习。当点击到最后一个按钮后，全部解答过程便展现出来，这样学生可以从整体上把握各种策略的运用，从全局的角度审视问题的解答过程，实现策略运用的最优化、解答过程的规范化和促进学生自我反思。

但完整样例的思维策略训练存在与习题解答等材料同样的缺陷，一方面是学生思维参与度不高，难以在头脑中形成深刻的印象；另一方面，容易使学生形成不良的思维定势，不利于创造性思维的培养。

因此，完整样例的思维策略训练要适当增加各种变式练习，并在指导性解释中，鼓励学生提出不同的思路，并在 BBS 等讨论模块中大胆提出自己的设想和具体做法，使学生逐步养成相互学习、相互启迪、相互促进、共同进步的习惯。

运用完整样例训练综合思维能力实例

加热 0.04mol $KMnO_4$ 固体，一段时间后，收集到 a mol 单质气体，此时 $KMnO_4$ 的分解率为 x，在反应后的残留固体中加入过量的浓 HCl 并加热，后又收集到 b mol 单质气体，设 Mn 元素全部以 Mn^{2+} 存在于反应后的溶液中，请问 a 与 b 之和与 x 有什么关系？

思考 1：该问题属于什么性质的问题？【参考答案及教师的话（文字、视频、声音）】

思考 2：你知道实验室制备氧气和氯气的化学反应原理吗？请写出用 $KMnO_4$ 固体作为原料制取氧气和氯气的化学反应方程式。【参考答案及教师的话（文字、视频、声音）】

思考 3：该问题的已知条件有哪些？【参考答案及教师的话（文字、视频、声音）】

思考 4：问题中"设 Mn 元素全部以 Mn^{2+} 存在于反应后的溶液中"有何作用？【参考答案及教师的话（文字、视频、声音）】

思考 5：解决该问题有哪些可能的思路？【参考答案及教师的话（文字、视频、声音）】

思考 6：如果 $KMnO_4$ 固体加热不完全分解，剩余的残余固体是什么？【参考答案及教师的话（文字、视频、声音）】

思考 7：已知 $KMnO_4$ 的物质的量为 0.04mol，加热时分解率为 x，请计算剩余反应物（$KMnO_4$）的物质的量和反应各产物（K_2MnO_4、MnO_2、O_2）的物质的量依次是多少？【参考答案及教师的话（文字、视频、声音）】

思考 8：已知在反应后的残留固体中加入过量的浓 HCl 并加热，且各种价态的 Mn 元素全部转化为 +2 价的 Mn^{2+}，则可收集到多少摩尔氯气？【参考答案及教师的话（文字、视频、声音）】

思考 9：a 与 b 之和与 x 有什么关系？【完整解答过程及反思（文字、视频、声音）】

4. 运用不完整样例培养创造性思维品质

完整样例给出问题完整的分析与解答过程，不能引导学习者进一步思考。不完整样例的设计则能弥补这个缺陷。它有三种设计形式：从完整样例到问题解决的过渡的设计；利用条件化进行样例填充的设计；利用子目标进行样例填充的设计。

（1）从完整样例到问题解决的过渡的设计是运用建构主义的观点逐渐拆掉脚手架（scaffold）的过程。此设计是在进行完整样例训练后，逐渐减少样例解答步骤，而且是从解答的最后一步一步地省略，最后，只剩下样例的题目。通过这样的步骤递减设计，可以实现从完整样例到不完整样例，再到问题解决的逐步过渡。有研究表明：递减步骤的设计至少在思维策略迁移方面可以产生积极的作用。

（2）利用条件化进行样例填充的设计分为三个阶段。第一阶段，把形如"如果……那么……"的产生式的结论设为空格，引导学生进行顺向推理；第二阶段，把形如"如果……那么……"的产生式的条件设为空格，引导学生进行逆向推理；第三阶段，把产生式系统中的某个产生式设为空格，引导学生双向推理。

（3）利用子目标进行样例填充的设计只呈现给学习者子目标，把达到此子目标的策略和方法设为空格，引导学习者逆向推理。

样例（worked example）学习是当今教育心理学和认知心理学研究的热点。国内外研究表明：用样例学习的方法有利于提高学习效率和迁移作用。近来一些研究还发现，个体在进行样例学习时存在个别差异，其中在样例学习中自我解释数量多、质量高的学习者在后来的问题解决中成绩好。国内朱新明等进一步研究发现，高领域知识的被试在学习样例时，他们主要采用发现意义和建立联系的策略，扩展了解题步骤的条件，强化了条件认知过程。

因此，在思维网络训练时，要注重启发和引导学生运用联想和推理的策略，尽可能多地发现和生成初始条件所具有的意义，并通过概念、规则、实验及符号等建立初始条件与目标状态之间的联系，从而扩充问题解决的思路，提高问题解决能力。

二、网络环境下高中生化学问题解决思维策略个性化训练研究

为了探索网络环境下高中生化学问题解决思维训练效果，郑华敦、龙丽华、吴鑫德等通过自主设计、开发网络课程，在真实的中学化学课堂环境中进行深入的实践探索。

1. 研究目的

（1）考察网络教学中高中生化学思维训练的整体效果；

（2）考察网络教学中不同层次高中生的化学思维训练训练效果是否存在差异；

（3）比较网络教学环境与课堂教学环境下化学思维训练效果是否存在差异。

2. 研究假设

（1）网络教学中思维训练能够提高高中生的化学实验设计问题解决能力；

（2）对不同层次的高中生进行化学实验设计问题解决思维策略网络训练，其效果存在差异；

（3）思维策略训练的环境不同，其训练效果存在差异。

3. 研究对象

在湖南省某中学高三年级中，选择 3 个同质的自然教学班高中生作为被试，每个教学班为 50 人，共计 150 人。随机安排其中一个班在网络学习环境下进行思维策略训练（以下称网训组），一个班在课堂学习环境下进行思维策略训练（以下称课训组），再有一个班在课堂学习环境下教师讲解习题（以下称控制组）。

4. 研究材料

（1）学校网络机房 3 间，并配置 2 台 2.8G CPU、512M 内存的高档计算机作为服务器，安装智能化网络课程教学平台 Online Teacher System。

(2) 运用智能化网络课程开发平台 Idesigner，自主开发的《高中生化学实验问题解决思维策略网络训练课程》，该课程有自主学习和系统学习两种选择方式，主要围绕化学实验设计问题解决的六种思维策略进行设计的，首先是分解性训练，然后是综合性训练。

(3) 自编《高中生化学实验问题解决思维策略课堂训练教程》，该教程中包括教学训练目的、要求、方法、程序和相应的教案。

(4) 自编《传统化学实验设计习题课教案》。

(5) 自编《高中生化学实验问题解决能力测试试题》2 套，分别用于前测和后测。所有试题在设定难度系数后从科利华软件题库中随机筛选得出，并在非实验学校进行预测，以确保试题的信度和效度，其中前测试题共 13 道，总分 100 分，设置难度 0.55，测试时间 60 分钟，后测试题 14 道包括 10 道选择题和 4 道非选择题，题量比前测试题大、难度与前测试题相比稍大（难度 0.50），测试时间和总分与前测相同。

5. 训练过程与方法

(1) **训练准备**　首先，网络机房，安装网络教学平台等软件，并在此平台上发布自编的《高中生化学实验问题解决思维策略个性化网络训练课程》；然后，对网络训练与课堂训练的教师分别进行相应的教学培训。

(2) **实施过程**　三种训练方式的班级均在正常教学秩序条件下进行教学，时间为 8 周，每周两课时，共计 16 课时，前 6 周每周主要对单一策略进行分解性训练，后 2 周主要进行多个策略的综合训练。为了确保三种训练方式的教学班级学习时间和内容一致，实验前将"网络训练课程"、"课堂训练教程"和"习题课教案提要"中的化学例题、练习等教学内容进行统一，训练起止时间统一。

① 课堂训练组和控制组的训练方式。前者以思维策略为主线，以班级授课的方式在传统教室开展教学，教师有目的、有计划、有意识地对学生开展思维训练；后者的教学环境与前者一致，所不同的是不是以思维策略为主线进行教学，而是以例题和练习的方式开展教学，思维策略训练隐含在习题教学之中，教师对学生的思维训练是根据其教学经验无意识地进行的。

② 网络训练组的训练方式。当学生以班级为单位进入计算机房（该机房已预先安装了化学实验问题解决思维策略训练网络课程及远林智能化网络教学系统）后，首先根据预先设定的 IP 地址，打开"远林智能化网络教学平台"界面，然后完成"注册—选择课程（化学思维训练网络课程）—选择学习方式（自主学习或系统学习）—学习目标（初级、中级和高级）"等系列完全自主选择的操作，最后运用各自注册的密码登录，即可进行基于网络平台的化学思维训练（见图 7-2）。

为了不影响训练的时间，在被试参加实验以前，教师要对他们进行培训，培训时，教师对被试学习方式、学习目标的选择不做任何干预，完全由被试根据自己的实际自主选择，教师可以根据密码打开服务器上管理员系统，检查每个被试所选择的学习方式、学习目标、学习进度以及学习质量等记录。

为防止实验组与控制组高中生之间的交流，《课堂训练教程》中的教学材料在每次上课前发给课训组高中生，下课后又及时收回，《网络训练教程》只安装在学校网络机房，并由实验教师掌握开机密码，不在学校校园网上公开。为排除其他非实验因素的干扰，网络训练组和课堂训练组的教师为同一教师，控制组为另一职称相同的教师担任，并在网络

图 7-2　基于远林智能化网络
教学平台的思维训练现场

训练组和课堂训练组实施"单盲"，控制组实施"双盲"控制，在网络训练时间，指导教师不负责对集体指导，只负责训练的组织与管理。

6. 研究结果

（1）网络训练效果：对高中生进行化学实验问题解决思维策略训练能够显著提高高中生的化学实验问题解决能力。

（2）不同的训练方式的训练效果：网络训练组明显优于课堂训练组，课堂训练组明显优于控制组。

由此可见，在网络环境下对高中生进行化学问题解决思维策略个性化训练，彰显了课堂环境下无可比拟的优势，学生可根据自己的实际自主选择训练内容、训练方式和训练进度，充分体现了网络学习的优势。

但该训练依赖于某一网络教学平台——远林智能化网络教学平台（OTeacher），该平台需要占用一定的网络资源，且对网络设备具有一定的技术要求。为此，研究者进一步考察了以网页方式进行思维训练的效果。结果发现，基于远林智能化平台进行思维策略训练的效果，明显优于基于网页训练效果。

因此，我们不难得出结论，在网络环境下对高中生进行思维策略的个性化训练，不仅可以取得良好的训练效果，而且能够有效避免课堂训练的不足，能够实现长久的实验效应的保持，也有效地节约了教学资源。

三、网络环境下高中生化学问题解决思维策略个性化训练的思考与展望

（一）思维训练网络课程设计中值得关注的问题与对策

随着现代信息技术的迅猛发展，信息技术与学科教学的整合程度越来越高，各

类网络课程如雨后春笋，然而，目前国内真正能够有效促进学生学习和思维能力发展的网络课程并不多见。为提高学生的学习和思维能力训练效果，我们认为，在思维训练网络课程设计中，以下几方面还值得进一步关注与深入探索。

1. 如何使主观问题客观化

思维策略的训练是培养学生的高层次思维技能的过程，既然是高级技能，就不能单纯使用只有限定选项的客观题作为训练的材料，否则就会像传统教学一样只注重思维的结果，而忽视思维的过程，训练起不到应有的效果。但限于计算机的智能化水平，它不可能像人一样可以判断具有多样化的主观题的解答过程。为此，如何将主观题客观化，使具有高级思维技能的内容转化为计算机能够识别的客观内容，是网络课程开发及思维策略网络训练设计需要研究的重要课题。

在实践中，我们引入了样例学习中自我解释（self-explanations）的观点，采用指导性解释、完整样例与不完整样例等形式对数学、物理、化学等思维策略网络训练的主观题进行了相关实践与研究，弥补了传统网络课程在这方面的不足。

关于自我解释概念的界定，不同的研究者由于选择的实验材料不同具有不同的观点，但在样例学习（worked examples）条件下其实质是学习者在阅读样例解答过程时所做出的内心评论，是一种内部言语。

本节的化学思维训练中完整样例与不完整样例的设计就是自我解释观点的直接运用，样例中思维内容按解答程序逐步呈现和按步骤引入"参考答案及教师的话"等内容的设计，使学生就像置身于真实的课堂听老师讲解例题一样感到亲切和具有启发性，并通过这些外部的文字、声音、图像、动画等刺激促使学生生成自己的内部言语，并转化为头脑中的策略化程序性知识。而在巩固性练习与测试中，将本来的主观问题设计为客观问题，并以文本、图片、声音等形式针对客观题的每个选项进行科学、简洁的反馈，这种指导性解释是自我解释观点的间接运用。它不仅能起矫正错误思维习惯的作用，而且能帮助学生分析发生错误的原因，并启发学生如何思考，同时，在正确的选项中还能够看到正确规范的分析过程和解答步骤。

主观题客观化是一个非常繁重且创造性极强的工作，更重要的是主观题客观化后的学习并不能代替主观题的学习。

2. 如何使思维训练目标层次化

在思维策略课堂训练中通常存在这样一个共同的问题，即不能对不同学习程度的学生提供不同的训练内容，不能使不同学习目标、不同学习能力、不同学习起点的学习者都能得到提高。因此，有人提出分层次教学，且经过许多教学实验证明分层次教学能显著提高学生的成绩。若在思维策略训练中使用同一个学习目标，不同能力、不同起点的学生肯定存在"优等生"吃不饱，"差生"吃不了的现象。

例如，我们在开发高中化学思维策略网络训练课程时，将教学目标分为 A、B、C 三级："A"表示初级目标，要求学生了解化学思维策略的含义、作用，并能够运用迁移性较大的通用思维策略解决一般的化学问题；"B"表示中级目标，要求学生熟练掌握常用的化学思维策略，并能够解决中等难度的化学问题；"C"表示高级目标，要求学生能够综合运用各种化学思维策略解决较高难度的化学问题。

由此可见，A、B、C三级的难度要求逐级递增。按照我们设计的要求，若选择A级目标，则只需参加A级目标中的训练项目；若选择B级目标，则首先进行A级目标训练，达标后再参加B级目标中的训练项目；同样，若选择C级目标，则许先参加A级和B级目标中的训练项目，达标后再进入C级目标训练，这就体现不同能力学生训练内容、训练目标的差异。同时，在设计训练时，我们要充分考虑各级训练目标选择对应难度的材料，从而提高训练的针对性、有效性。

3. 如何评价思维训练效果

思维策略网络训练效果的评价也是训练设计所必须考虑的重要内容，而且它与训练的目的密不可分。因为其目的是使学生运用网络手段获取有关问题解决思维策略方面的知识，全面提高学生的素质，促进学生的身心全面发展，开发学生的智慧潜能，形成健康的个性。因此，我们应该从学生的学习过程与学习结果等角度来审视训练的设计。

从学习过程来看，训练过程中的交互作用、对疑难问题的解决方式以及运用资源的情况都直接影响学生的学习情绪与训练的效果。对于这些问题的解决，在网络训练设计中，我们要结合训练所使用的网络支撑平台中的各种辅助交流工具的特点，并充分运用在线教师、BBS或互联网等资源，将静态的学习材料转化为学生对于策略性知识动态的有意义建构过程。

从学习结果来看，学生完成测试的情况与得分从某种程度上能够反应其训练的效果，但所设计的测试要经过精心的挑选，其难度必须与相应的学习目标一致，其内容也不能只强调对知识的考查，要注重对问题解决能力的考查。

然而，目前的网络课堂教学效果评估还没有得到足够的重视，有时甚至还存在以几乎无意义的分数来决定一切的误区，这不能不说是网络课堂评估的浅薄和狭隘。

为此，我们在设计中引入了过程性定量评估体系，即将每个策略的训练设计为一个知识点，在这个知识点中设计多个"讲解"及相应的测试，学生在学习完一个知识点的训练内容后，设计一个学习进度分，在完成一个测试后，按照完成的速度与质量设计一个质量分，两个分数按照一定的标准实行动态的调整，并通过计算机程序以图表的方式让学习者直观地看到自己的学习进度、学习质量及与预定的学习目标之间的距离，从而有利于学生及时调整自己的学习目标，有利于培养学生学习的自觉性和责任感。

总之，思维策略的网络训练是基于网络的一种全新的教学方式，它是传统课堂训练有益的补充、完善和发展，既有利于促进网络课程质量的提升，又有利于推动新课改的发展。

（二）思维策略个性化训练实践的思考与展望

经历了近两年的思维训练实证研究，我们从中学的教学实际中不仅获得了宝贵的第一手研究材料，而且深深体会到应试教育与素质教育的尖锐对立。我们很多中学教师期盼着课程改革，希望减轻学生的学习负担和全面培养学生的素质，也希望将自己从繁重的应试教育中解脱出来，然而，他们又不得不面对一年一度的"中考"和"高考"，如何将应试与素质教育结合起来，一直是困扰着中学教师的难题。

本研究充分发挥了网络的独特优势，让学生在网络课程的学习过程中开展思维训练，不仅有效地弥补了课堂知识学习的不足，而且有效地提高了学生的思维品质，提升了他们的学习能力，从而满足了学生现实利益和长远发展的需要，因而受到了实验学校师生的充分肯定与一致好评，也激励着我们深入思考和不断探索的欲望。

1. 充分把握思维训练的关键要素

思维策略的有效性、训练过程的科学性和训练方法的适应性是确保思维训练成功的关键。充分把握这些关键要素，有利于提高思维训练的效率与效果。

（1）明确区分问题解决思维策略与解题方法或途径　思维策略是问题得以解决的一类方法或谋略，它是思考问题的方向。而解题方法和途径只是某个问题得以解决的具体措施。

在思维策略训练的实际教学操作过程中，不少教师经常将思维策略等同于解题方法，把思维训练等同于习题课或复习课，认为思维训练只不过多讲授一些解题方法而已。

实际上，思维训练不仅仅要讲授解题方法，而且是一系列解题方法，并将平时一些零散的、隐含在例题或习题解答中的思考方法进行归类总结，形成一种可在一定范围迁移策略性知识，运用这些知识解决具有相似情境的一类问题，从而使这些策略性知识逐步转化为问题解决能力。因此，在思维训练的教学操作上，应遵循程序性知识的教学规律，以策略为主线，以例题或习题为材料，进行横向分解与纵向综合训练，训练目的不是追求某个例题或习题的答案，而是强调学生的思考过程和方法，并引导学生不断总结与反思，鼓励学生努力探索问题解决各个环节最优的思路和方案，使学生不仅理解某个思维策略的含义，更是亲身体验到思维策略对高效解决问题的优越性。

这一观念转变的问题不仅要体现在思维训练之前，而且要落实在思维训练之中，也就是说，在我们开发与制作思维策略网络训练课程时，不是简单地将习题课或复习课教案搬上网络，而是要打破传统的教学定势，重新设计教学主线，重新收集教学案例，巧妙应用各种教学方法和手段，使思维训练网络课程达到最佳应用效果。

（2）特别重视有效思维策略的提取　本研究采用的是研究思维的常见方法——"专家"与"新手"的口语报告法来提取化学问题解决思维策略。这种方法最大的优点是能够记录被试的即时思考内容，把握他们当时的实际思考方法。其最大的缺点是难以再现被试真正的思考内容，实际操作费时又费力，尤其是在"专家"的思维比较简练、"新手"的思维比较混乱时，给口语报告的整理和数据的收集以及专家和新手的对比带来了困难。高中生有时意识不到影响他们做出某种反应的刺激（如问题中的隐蔽信息）的存在，他们有时也意识不到自己的所有反应，即使能够意识到有关刺激的存在，人们也有可能意识不到自己已经受到了它的影响，因而，我们有时无法记录出其相应的反应。

故在提取有效思维策略时，我们既要运用口语报告分析技术，又不能完全依赖于口语报告结果，况且优生并不能等于专家，他们有时候也使用一些不当的策略。为确保实收集到的思维策略的有效性，我们认为最好的办法就是将口语报告实验分析结果反馈给经验丰富的一线教师，结合口语报告的个案，与他们共同分析，并归纳总结出相应的问题解决思维策略。

（3）加强思维训练过程教师指导的科学性　网络教学中进行思维训练，教师不是学生学习的旁观者，而是学习的指导者、引导者、协助者。

首先，教师要及时关注学生学习情况的信息反馈，教会学生学会学习。我们知道网络教学为学生主动选择学习的目标、方式和内容等自主学习创造了条件，使他们能够借助现代化教学手段，自主建构自己的知识结构和能力结构，完成学习任务。然而，网络教学在时空上的无限性，使学生享受到了前所未有的自由，同时也可能导致了自由与约束的失衡；网络教学在内容上的超大容量，为学生提供了无限的信息资源，同时也可能导致情感态度与体验的缺乏；多媒体的信息传播在方式上使知识变得有趣、易学，同时却可能导致浮躁的学习态度和无深度的思维。因此，为了避免学生把有目的的思维训练变成无目的的网络漫游，教师要从网络服务器的记录中及时了解学生的学习内容和进度，指导学生合理选择学习的目标、内容和方式。

然后，教师要及时发现学生的学习障碍，帮助、指导学生解决问题。我们在研究中发现，思维训练的效果受学生知识基础、思维定势、学习习惯等因素的影响，因此，当我们发现学生存在知识缺陷时，要引导他们首先从网络课程中选择该部分的知识进行学习，然后再进行相应的思维训练；当我们发现学生像平时做题一样，简单背诵解答过程或一味追求标准答案时，要及时引导他们纠正这种不良学习行为和习惯；当发现学生思维出现障碍或为无法找到问题的关键而苦恼时，要给予他们适当的启发和鼓励，帮助他们树立信心。

当然，思维训练的过程是一个从量变到质变的艰苦过程，任何急功近利的思想和行为，必然导致事倍功半，因此，训练必须要有一定的时间保证，必须要有一定数量的积累，方可达到理想的训练效果。

2. 大胆拓宽思维训练的视野促进学习方式的变革

本研究表明，基于远林智能化教学系统的网络环境下，学生在学习学科知识网络课程的同时，穿插进行思维训练，能够显著地提高他们的问题解决能力，而且其训练效果要优于课堂训练，更胜过于基于网页训练。

虽然网络学习目前还无法替代传统的课堂学习，但它毕竟是一种全新的学习方式，它能够超越传统课堂时空的限制和众多的束缚，弥补了传统课堂学习的不足，有效地实施了差异化教学和个性化训练，满足广大学生的学习需要，促进了全体学生的共同发展与进步。

网络教学中这种思维个性化训练方式，既是当前教育科研成果在实际教学中的推广应用，也是学生传统课堂学习方式的一次重大变革，这种变革不仅符合当前基础教育新课程改革的理念，而且有利于促进教学质量的全面提高，有利于学生的学习主体性和积极性的充分发挥。

至于如何改进网络教学平台，以及如何使学习材料更加生动活泼，需要将来进一步探索。

总之，如果能够将这个研究成果真正推广运用到实际教学之中，我们完全有理由相信，不仅可迅速提升学生解决问题的能力，而且可促进高中生学习方式的转变，有效地推动当前新一轮基础教育课程与教学改革向纵深发展。

本章小结

本章主要介绍了近年来我们围绕学生化学问题解决能力培养所做的一系列研究成果。

1. 影响高中生化学问题解决能力的因素主要有很多，其中，最为重要的是高中生的学习主体性、化学问题解决思维策略的个性化训练、化学知识储备三种因素；其次是高中生化学问题解决学习材料（课内外习题）的思维含量、教师对问题解决的教学方法与理念、对问题解决的学习方法与态度三种因素；再次是高中生的化学课程设置与培养目标、化学问题解决策略知识、化学问题解决的元学习方法等因素。

2. 口语报告法是通过分析研究对象对自己心理活动的口头陈述，从而收集有关数据资料的一种方法。其基本做法是，让被试在从事某种活动的同时或刚刚完成之后，将自己在头脑中进行的思维活动的进程、各种心理操作等用口头方式报告出来，运用这种方法，可以帮助我们分析内隐在学生头脑中的思维方式。

3. 在化学课堂教学中，实施问题解决思维策略训练可以有效提高学生的化学问题解决能力，网络环境下，实施化学问题解决思维训练，更具有针对性，特别有利于差异教学和学生个性的培养。因此，在化学教学过程中加强思维训练教学内容，必须得到广大教师的关注，只有这样才能促使学生学会学习，才能使我们的学生达到不需要教的目的。

练习与思考 --

1. 什么是问题？什么是问题解决？心理学中的问题解决理论是否适合解释化学习题解答？

2. 在化学教师的平时教学过程中，通常是如何培养学生的问题解决能力？你认为还需要进行哪些改进？

3. 什么是能力？在传统的课堂教学过程中，你认为化学问题解决能力应包含哪些要素？

4. 请谈谈本章所介绍的化学问题解决能力培养实例还存在哪些不足？应如何改进？

第八章

化学教育科研的难点突破

　　教育科研能力是教师必备的素养，也是教师成长的"生长素"和"催化剂"。对于化学教师而言，大多专业功底扎实、教学经验丰富、教学成绩突出，然而，教学过程中，经常表现出"高原现象"，也就是说，面对当前教育教学改革中的新形式、新内容、新方法、新问题常常感到力不从心，甚至无所适从。究其原因，一方面可能是教师教育理论知识需要进一步丰富、发展和完善，另一方面可能是教育教学科研能力和水平有待进一步提高。

　　那么，本章将从心理学视角介绍化学教育科研的一般过程与具体方法，重点介绍科研课题的设计方法、数据统计处理的方法和科研论文写作方法，试图帮助大家突破化学教育科研的难关，有效克服教学实践中的"高原现象"，有效提高教育科研能力，更期望促使一大批青年教师快速成长为教育专家。

第一节 ◉ 心理学视角下的化学教育科研方法

一、化学教育科研的特点

　　化学教育科研属于科学研究的范畴，因此，它除具有一般科学研究的特点，还具有其学科的特点和教育的特征。

1. 学术性

　　学术性是指较为专门的系统的学问，是对事物内在联系和客观规律的探讨，需要一定的专业基础和理论知识，是对某个具有学术价值的问题进行专门的系统的分析研究过程，并非是一般的"经验总结"和"心得体会"。这是化学教育科研的根本所在。

2. 科学性

　　科学性体现在四个方面：实验设计的科学性、研究内容的科学性、研究方法的科学性、研究结果表述的科学性。研究者要使用一定的研究方法和研究手段，论证自己的新见解、新观点，进而剖析本质，找出规律，并做出科学的结论，而不是就事论事。这是化学教育科研的重点所在。

3. 创造性

科学研究的核心是"新",它的创造性表现在提出新问题、使用新方法、解决新问题,而不是因循守旧,简单重复。这是化学教育科研的难点所在。

4. 实用性

实用性是评价科学研究质量和社会效果的一项重要指标。一方面,研究课题应来源于实践;另一方面,科研成果又要应用于实践,为解决社会生活实际问题服务。这是化学教育科研的可贵之处。

5. 统计性

教育是长期的、复杂的过程,教育面对的是人而不是物,既要受主观因素的影响,又要受到客观因素制约,而且人的思想、情感、意志、知识、能力等因素又是不断发展变化的。因此,教育科研还具有多因素性、复杂性和不确定性,正因为如此,教育科研的结果往往具有一定的统计意义,也就是说,所做结论的正确性通常具有一定的概率。这也是教育心理研究的一大特点。

例如,某学校在抽取的 15 名学生中对两位教师的满意率进行调查,所得结果是张老师的满意率为 85%,而李老师的满意率为 81%,我们不能简单地对满意率数值大小比较而得出结论"李老师没有张老师受学生欢迎",而应根据被调查的学生人数等指标进一步检验 81% 与 85% 是否具有明显差异,如果差异显著,则上述结论正确,如果差异不显著,则上述结论错误。

6. 学科特殊性

学科教育研究还应具有学科特点,因为学科教育是以学科知识传授为载体,学科知识教学过程、教学方式的特殊性,决定了学科教育科研的特殊过程与方法。

例如,在化学教育科研中,有人试图根据物理化学中的化学反应动力学原理,分析、解释学生的化学学习心理过程和心理机制;有人还试图根据计算化学的原理,测算学生未来的化学学习前景;还有人试图运用先前的化学仪器测试学生学习时人体分泌物特征等。这些都不是对一般教育原理、理论和技术在化学教育教学中的简单应用,而是在学科理论和实验发展的基础上,对一般教育原理、教育心理的开拓性应用。

二、化学教育科研的基本过程与方法

化学教育科研应包括循序渐进的几个过程:确定研究课题,查阅相关文献,提出研究假设,设计研究方案、实施研究过程、整理分析结果、撰写研究报告等过程。

(一) 确定研究课题

研究课题的确定就是选题。选题是进行任何一项科学研究的起点,是整个研究中最重要的一环,若选择不当,则可能受阻或半途而废。选题主要从内容方面考察其研究的价值与意义,从题目的大小、条件的具备等方面考察研究的可行性。当然，关键还在于如何发现问题和分析问题。

1. 课题的来源

（1）从教育实践中选题 也就是根据自己的教育教学实践经验，敏锐地发现教育教学中所存在的问题，并确立该问题意义和价值。

（2）从已有教育文献中选题 也就是在阅读书籍、杂志等读物时，发现有些研究有待进一步完善，或者还存在研究的空白，这就是很有意义的选题。

（3）根据个人的特长、兴趣、爱好选题 也就是在自己的生活实际中，选择自己感兴趣而又擅长的事物进行研究。

2. 课题的类型

（1）描述性课题 即对教育现象的真实情况进行具体描述，主要回答是什么，怎么样的问题。如：化学教师生活现状的调查，中学生化学学习状况的调查等。

（2）因果性课题 即揭示两种或两种以上教育现象的因果关系的课题，主要回答"为什么"和"怎么样"等问题，如：中学生化学学习的性别差异分析。

（3）预测性课题 即指在弄清了教育现象的现状及其因果关系的基础上，对事物将来的发展趋势和状况进行预测，主要回答"将来怎么样"，如：高中化学新课程改革研究。

其中描述性课题层次较低、难度较小，而预测性层次最高、难度最大。因此，在选择课题过程中，要注意量力而行。

（二）查阅相关文献

课题研究时，发现问题后并不能马上确立这个课题一定具有研究的价值，也不能保证一定适合开展研究，还必须广泛查阅文献，并以此判断相关课题是否有人研究过，研究达到什么程度，采用的方法是什么，研究的对象是什么，研究的结论又是什么。

文献查阅的方法通常是：先近后远；先书籍后论文；先国内后国外依次搜索。

所谓先近后远是指先查阅最新发表的论文和著作，再逐年向前搜索文献资料的过程。因为往往新文献可能是在已有文献基础上的发展和补充，新文献中的信息可能包含了旧文献信息，先阅读新文献将有利于节省时间和精力。

所谓先书籍后论文是指先阅读专业教材或著作，再阅读相关论文的过程。因为可通过阅读专业书籍，了解并熟悉一些经典的专业术语、陌生的专业名词和重要的专业理论等，但书籍的内容具有时间上的滞后性，其观点也具有一定的普遍性和一致性。随后再阅读论文文献，正好弥补了这个缺陷，而且从论文中我们还可以学习他人的研究方法，借鉴他人的研究材料，参考他人的研究结果。

所谓先国内后国外是指先查阅国内文献，再查阅国外文献的过程。这主要是基于查阅的便捷性考虑，从这一点出发，在查阅论文等文献时还可以考虑"先现刊再过刊"、"先电子后纸质"等文献查阅过程。

特别注意，一是查阅文献后应及时记录文献的主题及来源，方便日后论文的写作；二是没有公开发表的资料不能作为参考的文献。

（三）提出研究假设

查阅文献后，应该对所阅读的文献进行综述，如对某个重要概念的辨析，对已有研究的对象、方法、过程、结论等进行综合分析、归纳总结等，并提出已有研究所存在的不足和本研究的内容。

对于已有研究中存在的众多问题，虽然确立了本人的研究方向和研究主题，但限于个人的时间和精力，不可能对所有问题进行研究，即使是对某一个问题开展研究，也不可能涉及方方面面或各个环节，因此，研究者还必须对所确立的研究课题进行细化，也就是提出自己的研究假设。

例如，通过文献综述发现，关于化学问题解决能力培养的实证研究很少见，研究者确定开展化学问题解决能力培养的实验研究，但限于时间和精力只对高中生有机化学问题解决能力进行研究，而影响高中生有机化学问题解决能力的因素有很多，研究者又只是选择对不同学校的高中生进行相关的思维策略训练，于是可进行如下假设：（1）有意识与无意识对高中生进行有机化学问题解决思维策略训练，高中生的有机化学问题解决能力变化存在差异；（2）对不同层次学校的高中生进行有机化学问题解决思维策略训练，高中生的有机化学问题解决能力变化存在差异。在随后的研究中，研究者主要就是检验其差异的显著性。

由此可见，从文献中发现问题到确定研究内容，再到提出研究假设的过程，是一个逐步缩小研究范围、明确研究视角的过程，也是一个逐步修改、调整研究主题的过程。

一般来说，研究假设就是研究的中心，整个课题的研究将围绕此中心来搜集信息、验证假设。因此，研究假设是否明确具体、科学合理，直接影响研究的质量和效率。

值得注意的是，研究假设应具有一定的理论依据，且表达要科学、具体、恰当，不能模糊，也不能出现"具有显著差异"或"不具有显著差异"等结论性语气，但并非所有的研究都一定要提出研究假设。

（四）设计研究方案

研究方案包括研究对象、研究材料、实验设计及变量分析、研究步骤与方法、数据统计方法等项目。

1. 研究对象

它是教育科研中的研究样本，因而必须具有一定的代表性，其属性、特质及其变化应该反映研究的主题。在研究方案中要详细说明样本的选择理由、方法、样本的组成、结构等相关要素。

2. 研究材料

包括已有的他人现成的材料、自编的材料或其他仪器设备等，对于问卷等材料，要具体交代问卷的组成、结构、性质以及信度和效度等指标，对于仪器设备，要明确说明品牌、型号、厂家以及必要的操作等，详细内容可附后。

3. 实验设计及变量分析

是实证研究方案中必须予以说明的项目，其中特别是对于变量的分析与控制等处理，直接影响所收集数据的价值和研究的质量。

(1) **因变量**　是研究的主题和中心要素，在描述因变量时，既要说明其抽象的定义，又要说明其相应的衡量指标，对于无法考察或没有相应工具测量的因变量，是无法开展相应的量化研究的。

(2) **自变量**　通常是研究过程中研究者人为操纵的、对因变量有着重要影响的变量，有时可以将人口学变量（如学生所在学校类别）、机体变量（如性别、身高）当作自变量来看待。在实验设计中，对自变量的描述，不仅要有抽象的定义，而且还要有操作定义，或者说自变量及其水平的人为操作方法。

例如自变量 A 为教学方法，其抽象定义是教师在教学过程中所使用的教学程序、师生活动方式，其中有两个水平，水平 A_1 为实验探究式教学，水平 A_2 为讲授式教学，那么就必须明确说明这两种教学方法的具体操作形式，以便于他人明确知晓，并可按照所说明的操作要领进行具体操纵。

(3) **控制变量**　一般来说，影响因变量的因素有很多，那么除自变量以外的其他因素，都属于控制变量，例如影响教师的教学效果的因素有教师的能力和水平、教学方法、教学手段等，如果教学方法是自变量，那么其他均为控制变量。

在研究方案的设计中，研究者必须对于控制变量进行详细分析，并对其处理方法予以说明（例如通过设置对照班予以抵消或恒定，通过设置"单盲"或"双盲"予以消除等），以便于研究过程的正确实施，以确保研究过程的客观性、科学性和准确性。

4. 研究步骤与方法

是按照研究的先后时间顺序或逻辑顺序描述具体实施过程的项目，在此项目中，必须详细说明每一步是做什么，运用说明材料或工具，对哪些对象实施了哪些操作，如何操作的。例如，在学生自习课中，运用《瑞文智力团体测量表》对某某学校、某某年级、某某班级的学生进行团体智力测量，时间为 20 分钟……在研究方案的设计中，研究方法的描述只有与实施步骤结合起来，才能让人明白研究路线与意图，否则就会让人无法理解，或者只能说研究者本人还不太清楚。

5. 数据统计方法

也就是研究者对所收集到的研究数据等信息的处理方式。在研究设计中，通常只要大致说明数据的处理工具即可，具体的统计分析方法和操作应当待研究数据出来后，在研究报告中详细交代。

（五）实施研究过程

研究的实施是研究者按照预先设计的研究方案，逐步实现研究内容的过程，包括研究准备、方案实施和数据收集等阶段。其中，收集教育科研数据、资料是实施研究过程非常关键的一个环节。

据美国、日本有关部门统计，在完成一项科研项目过程中，用于查阅资料、收集数据的时间占 50.9％，计划思考时间占 32.1％，撰写论文仅占 9.3％，由此可见，收集资料既重要又费时。

收集数据的方式有两类：一是查阅文献书籍，二是直接观察或实验。

（1）观察法是在研究对象处于自然的状态下，研究者有意识、有目的地对其动作、行为、表现等进行观察和分析的过程，它具有选择性、客观性、直接性和思考性。所谓思考性即感知从个人经验和背景出发的思维。其优点是资料本身客观、全面准确，缺点是结论"仁者见仁，智者见智"。

（2）调查法是研究者根据研究的目的创设一定的情境，根据学生在这个特殊情境下的反应，分析各种教育现象、教育规律的方法。调查法因为它标准化程度高，样本大、抽样广，匿名性强、真实可靠，节省人力、物力，深受研究者欢迎，但最关键的是问卷的设计、实施和结果处理要科学，才能有效。

（3）实验法是从自然科学中移植而来的研究方法，是指在观察和调查基础上，通过某些研究变量的控制，创设一定的情境，探索事物发生、发展规律的研究方法，主要用于因果性研究。

必须注意的是，不管采用什么方法收集资料都要在研究之初首先确定选择什么样的统计分析方法，确定研究对象的取样范围，研究直接与间接相关因素的数目、性质、可测量程度以及无关因素，只有这样才能确保所收集到的数据的有效性。为了避免事后回忆，有时还必须注意及时记录所有相关数据等信息。

（六）整理分析结果

数据的统计分析，通常有描述性统计、推断性统计等内容，这是研究过程中的一个难点，我们将在下一节中详细说明。

（七）撰写研究报告

科研论文或研究报告的撰写是教育科研的重要环节，是完整研究过程最后一环，是科研成果最详实、最系统、最可靠的总结和表述，是科研成果的结晶和贮存，也是鉴定和评审研究成果的重要依据。因此，学会撰写科研论文对广大教师的意义非同一般。具体的写作方法，在第四节中我们将对其进行具体说明。

第二节 ● 化学教育科研中常见数据的统计处理原理

化学教育科研中常见的分析项目有描述性统计、参数检验、非参数检验等项目。

　　描述性统计是从静态的角度考察数据的一般性质的统计方法，如平均值、标准差等计算。参数检验是在总体分布形式已知的情况下，对总体分布的参数如均值、方差等进行推断的方法。但是，在数据分析过程中，由于种种原因，人们往往无法对总体分布形态作简单假定，此时参数检验的方法就不再适用了。非参数检验正是基于这种考虑，在总体方差未知或知道甚少的情况下，利用样本数据对总体分布形态等进行推断的方法。由于非参数检验方法在推断过程中不涉及有关总体分布的参数，因而得名为"非参数"检验。

一、描述性统计项目及其原理

1. 平均值（mean）

对于不同类型的数据，其平均值具有不同的处理方法。

（1）对于同质数据，通常计算其算术平均数 $M = \dfrac{\sum x_i}{n}$（式中，x_i 为第 i 个数据；n 表示数据总数）。

（2）对于不同质数据，通常按其权重计算其加权平均数（weighted means，用 M_W 表示），$M_W = \dfrac{\sum w_i x_i}{\sum w_i}$（其中 w_i 表示第 i 个数据 x_i 的权重）。

（3）对于极端数据，通常计算 n 个观察数据连乘积的 n 次方根，即几何平均数（geometric means，用 M_g 表示）。

（4）对于描述学习速度等数据，由于无法掌握总体单位数（频数），但又需要求得平均数，通常采用调和平均数（harmonic mean，用 M_H 表示），$M_H = \dfrac{N}{\sum \dfrac{1}{x_i}}$。

2. 标准差（Std. Deviation）

标准差是描述数据离中趋势的一种差异量数。统计学中的差异量数，除标准差外还有方差 Variance（常用 S^2 表示）、全距 Range、平均差、四分位差和各种百分位差。

（1）标准差 Std. Deviation 常用 S 表示，$S = \sqrt{\dfrac{\sum (x - \bar{x})^2}{n - 1}}$。

（2）利用标准差可计算相对标准差和标准分数。

① 相对标准差（差异系数）$CV = \dfrac{S}{M} \times 100\%$；②标准分数（或称 Z 分数）$Z = \dfrac{x - \bar{x}}{S}$。

　　其中，差异系数用于不同观察值（重量与长度）的分散度比较，标准分数，用于某一个观察值在团体中所处位置。

3. 相关系数

相关系数表示两列变量间相互关联程度的指标。通常用 r 表示，当 $r = 0$ 时，无相关；当 $r=1$ 时，密切相关；当 r 为正值称为正相关，r 为负值称为负相关。

常见的相关有：积差相关、等级相关和质量相关

（1）积差相关　积差相关是直线相关中最基本的方法，又称积矩相关、均方相关或皮尔逊相关。适用范围：①两列变量必须成对，且样本容量不少于 30；②两总体服从正态分布，即正态双变量；③两列变量必须是等比或等距变量，且两变量间呈线性相关。

计算公式：$r=\dfrac{\sum(x_iy_i)}{\sqrt{\sum x_i\sum y_i}}\times100\%$ 或 $r=\dfrac{\sum(x_iy_i)}{nS_xS_y}$（其中 x_i 和 y_i 分别是两列数据对应的第 i 个数据，S_x 和 S_y 分别表示两列数据对应的标准差）。

（2）斯皮尔曼等级相关

适用范围：数据非等距或非等比，总体不服从正态分布，但呈线性关系。

计算公式：$r_R=1-\dfrac{6\sum D^2}{n(n-1)}$（其中，$D$ 为各对偶等级之差，n 为数据总和）。

（3）质量相关　适用于两列数据中一列为等距或等比测量数据，且为正态，另一列为等级数据。

4. 区分度

区分度是衡量试题质量的一个重要指标，常用 D 表示，数值范围在 $-1\sim+1$ 之间，其数值的大小可衡量试题对不同水平的考生具有的鉴别其优劣或水平高低的能力。

（1）计算方法

方法一：相关法，即以个体每个项目的得分与总分的相关系数作为区分度的指标。

方法二：极端分组法，区分度 $D=2(X_H-X_L)/100$，X_H 为高分组平均得分，X_L 为低分组平均得分。高分组指分数从高往低排序后的前 50%；低分组指分数从高往低排序后的后 50%。

（2）衡量标准

① 对于是非问题等二值性项目，区分度要求是：$D>0.40$，说明该项目优良；$D=0.2\sim0.29$，说明该项目需改进；$D<0.19$，说明该项目必须淘汰。

② 对于主观问题等非二值性项目，区分度要求是：$D>0.3$，说明该项目优良；$D=0.2\sim0.29$，说明该项目良好；$D=0.10\sim0.18$，说明该项目可以；$D<0.1$，说明该项目必须淘汰。

5. 信度（Reliability）

信度是同一个测试（或相等的两个或多个测试）对同一批被试施测两次或多次，所得结果的一致性程度，即测试结果的可靠性。影响内部一致性信度的主要因素有两方面：一是偶然因素，如被试的情绪、身体状况、适应状况等，偶然因素减少，得分越接近真实水平；二是测试问卷本身因素，如测试问卷的长度、难度，评

分的客观性等，信度通常运用两次测试结果的相关系数表示。

（1）信度的种类

① 重测信度又称稳定系数　用不同时间两次测验的皮尔逊积差相关表示。

② 复本信度又称等值性系数　表示几份等值平行的测试项目组成的测试结果。

③ 折半信度　将测试问卷分成等值的两半，求两半测试结果的皮尔逊相关，表示其内在一致性。

④ 评分者信度　表示两个或两个以上评分者之间对同一组测验结果评定的一致性程度。

（2）内部一致性信度计算方法

① 分半信度的计算　第一步：将试题按奇偶数分成内容、形式、难度都是等值的两半；第二步：计算两半分数的方差是否相等或接近；第三步：若方差相等或接近，则计算皮尔逊积差相关分数 r_h，然后用 Spearman-Brown 公式校正，得 $r_{s-b} = \dfrac{2r_h}{1+r_h}$（否则会偏高）。若方差不相近，则有两种方法计算分半信度。

方法一，用卢伦（Rulon）公式：$r_R = 1 - \dfrac{S_d^2}{S_t^2}$。式中，$S_d^2$ 表示每个对象两个半测验分数之差（$d = x_1 - x_2$）的方差（标准差的平方）；S_t^2 表示每个对象测试总分的方差。

方法二，用加特曼（Guttman）公式：$r_G = 1 - \dfrac{S_1^2 + S_e^2}{S_t^2}$。式中，$S_1^2$、$S_e^2$ 分别表示两半测验分数的方差；S_t^2 表示总分的方差。

但在实际工作中，通常当两个半测验的等效性无法保证时，可采用其他方法进行计算。

② 库-米法（Kuder-Richardson）　无需分半，只适合全部为是非题的试卷。

$$r_{k-R} = \frac{k}{k-1}\left(1 - \frac{\sum p_i q_i}{S_t^2}\right) \quad \text{或} \quad r'_{k-R} = \frac{k}{k-1}\left[1 - \frac{0.8 M_t (k - M_t)}{R S_t^2}\right]$$

式中，k 表示考试题数；p_i 为第 i 题通过率，$q_i = 1 - p_i$；M_t 为总分的平均值；S_t^2 为总分的方差。

③ α-系数法　该方法是 1951 年克伦巴赫（L. J. Cronbach）为非是非题设计的（如选择题、填空题、问答题等）。

$$r_\alpha = \frac{k}{k-1}\left(1 - \frac{\sum S_i^2}{S_t^2}\right)$$

式中，S_i 和 S_t 分别为二值性试题与非二值性试题的标准差；k 为试题数目。

该方法可适合于既有二值性试题，又有非二值性试题测试问卷，一般来说，此法估计的信度是测试信度的下限。对于一个合格的测量问卷，其信度的要求一般是：选择题信度 $r_{k-R} > 0.9$，主观题信度 $r_\alpha > 0.7$，整个问卷信度 $r_\alpha > 0.8$；此外，对于自编材料信度要求 $r>0.55$。

（3）评分者信度　用不同评分者所评分数之间的相关系数来表示不同评分者评判一批测验的可靠性，主要用于论文式测验、情感领域及动作技能的评分等。若评分者以分数来表示测试成绩，则用 α 系数法估算 r_α；若评分者以等级来表示测试成绩，则用肯德尔 Kendall 一致性系数（相关系数）估算。

6. 效度

效度是指一个测验或量表实际能测出其所要测的心理特质的程度。效度可以从内容到结构等多方面来进行考察。

（1）内容效度　内容效度是指一个测验实际测量的内容与所要测量的内容之间的吻合程度。例如，要求学生在学期结束时掌握 1500 个英语单词，为了检验学生的学习情况，可以编制一个包括 150 个单词的词汇测试。显然，只有当 150 个单词能代表所要求掌握的 1500 个单词时，测验结果才会有比较高的内容效度。

内容效度的确定有以下三种方法。

① 逻辑分析法　其工作思路是请有关专家对测验题目与原定内容范围的吻合程度作出判断。具体步骤是：第一步，明确预测内容的范围，包括知识范围和能力要求两个方面，这种范围的确定必须具体、详细，并要根据一定目的规定好各纲目的比例。第二步，确定每个题目所测的内容，并与测验编制者所列的双向细目表对照，逐题比较自己的分类和制卷者的分类，并做记录。第三步，制定评定表，考察题目对所定义的内容范围的覆盖率、判断题目难度与能力要求之间的差异，还要考察各种题目数量和分数的比例以及题目形式对内容的适当性等，对整个测验的有效性作出总的评价。

② 克伦巴赫（L. J. Cronbach）提出的统计分析方法　其具体方法是：从同一个内容总体中抽取两套独立的平行测验，用这两个测验来测同一批被试，求其相关。若相关低，则两个测验中至少有一个缺乏内容效度；若相关高，则测验可能有较高的内容效度。

③ 再测法　其操作过程是：在被试学习某种知识之前作一次测验（如学习电学之前考电学知识），在学过该知识后再作同样的测验。这时，若后测成绩显著地优于前测成绩，则说明所测内容正是被试新近所学内容，进而证明该测验对这部分内容而言具有较高的内容效度。

（2）结构效度　结构效度是指一个测验实际测到所要测量的理论结构和特质的程度，或者说它是指测验分数能够说明心理学理论的某种结构或特质的程度。例如，吉尔福特认为创造力是发散性思维的外部表现，是人对一定刺激产生大量的、变化的、独创性的反应能力。根据这一理论，他认为创造力测验应重点测量人的思维流畅性、灵活性和创造性。测验编好后，若有足够的证据来证明它确实可以测到这些特性，则认为它是结构效度较高的创造力测验。

结构效度的确立一般包括三个步骤：第一步，提出理论假设，并把这一假设分解成一些细小的纲目，以解释被试在测验上的表现。第二步，依据理论框架，推演出有关测验成绩的假设。第三步，用逻辑的和实证的方法来验证假设。

结构效度的估计主要有以下四种方法。

① 测验内部寻找证据法　首先考察该测验的内部效度，因为有些测验对所测内容或行为范围的定义或解释类似于理论构想的解释，所以内容效度高实际上说明结构效度高。然后，分析被试的答题过程，若有证据表明某一题目的作答除了反映所要测的特质之外，还反映其他因素的影响，则说明该题没有较好地体现理论构想，该题的存在会减低结构效度。最后，通过计算测验的同质性信度的方法来检测结构效度。若有证据表明该测验不同质，则可以断定该测验结构效度不高。

② 测验之间寻找证据法　途径一，相容效度法，考察新编测验与某个已知的能有效测量相同特质的旧测验之间的相关。若两者相关较高，则说明新测验有较高的效度。途径二，区分效度法，考察新编测验与某个已知的能有效测量不同特质的旧测验间的相关。若两个相关较高，则说明新测验效度不高，因为它也测到了其他的心理品质。途径三，因素分析法，通过对一组测验进行因素分析，找出影响测验的共同因素。每个测验在共同因素上的负荷量就是该测验的因素效度，测验分数总变异中来自有关因素的比例就是该测验结构效度的指标。

③ 考察测验的实证效度法　其工作思路为：如果一个测验有实证效度，则可以拿该测验所预测的效标的性质与种类作为该测验的结构效度指标，至少可以从效标的性质与种类来推论测量的结构效度。

主要有以下两种做法：一种是根据效标把人分为两类，考察其得分差异，例如，一组被公认为是性格外向的人在测验中得分较高，另一组被公认为是性格内向的人在测验中得分较低，则说明该测验能区分人的内向与外向特征，进而说明该测验在测量人的性格内外向方面有较高的结构效度。另外一种是根据测验得分把人分成高分组和低分组，考察两组人在所测特质方面是否确有差异，若两组人在所测特质方面差异显著，则说明该测验有效，具有较高的结构效度。

④ 多种特质——多种方法矩阵法　该方法的实质是相容效度和区分效度法的综合运用，其原理是运用多种不同的方法测量同一种特质相关很高（用极为相似的方法测量不同特质相关很低），说明测量效度较高。

（3）实证效度　实证效度，亦称效标关联效度，是指一个测验对处于特定情境中的个体行为进行估计的有效性。例如，当我们用机械能力倾向测验测查了一大批机械工人之后，若有证据表明测验高分组的实际工作成绩确实优于低分组的实际工作成绩，则可以认为该测验具有较高的实证效度。又如，在军队选拔汽车驾驶兵时，若有测验选出来的兵在学习驾驶技术，以及日后驾驶过程中的表现都大大好于以前未经过测验随意指派的汽车兵，则表明该测验也具有较高的实证效度。

被估计的行为是检验测验效度的标准，简称为效标。根据效标资料搜集的时间差异，实证效度可以分为同时效度和预测效度两种。例如上述例子中的机械能力倾向测验，其效标资料是与测验分数同时搜集的，所以它是同时效度；上述例子中的汽车兵选拔测验，其效标资料是在测验之后根据实际工作成绩来确定的，所以它叫预测效度。

实证效度的确定方法大体上可以分为以下几个步骤：第一步，明确效标；第二步，确定效标测量；第三步，考察测验分数与效标测量的关系。

具体方法主要有以下三种。

① 相关法 其工作思路为计算测验分数与效标测量的相关系数（积差相关法、等级相关法、二列相关法、四分相关法）。

② 区分法 其工作思路为被试接受测验后，让他们工作一段时间，再根据工作成绩（效标测量）的好坏分成两组，分析这两组被试原先接受测验的分数差异，若两组的测验分数差异显著，则说明该测验有较高的效度。

③ 命中率法 当用测验作取舍决策时，决策的正命中率和总命中率是测验有效性的较好方法。其中，总命中率是指根据测验选出的人当中工作合格的人数，以及根据测验淘汰的人当中工作不合格人数之和与总人数之比。若总命中率高，则说明测验效度高。此外，有些测验只关心被选者合格的有多少，而不关心被淘汰者中是否有合格者，这时测验的效度应该用测验的命中率来评价。

7. 难度

难度是测试试题的难易程度，是衡量试题对学生知识能力水平的适应性指标，与考试目的、性质、内容等质的分析和考试的平均分、标准差、信度、区分度等量数的分析一起构成了试题的项目分析。

（1）难度的估计

① 通常使用的是"得分率"作为难度指标 $P = \dfrac{M}{W}$（M 为平均分，W 为满分）

或 $P = \dfrac{R}{n}$（R 为答对人数，n 为总人数），其中难度系数 P 值越大，说明试题难度越小，P 值越小难度越大。这样计算的难度，实为易度，它表明了试题的难易顺序，但无法表明各个难度之间的差异大小。

② 标准难度 美国教育考试服务社（ETS）在大学入学考试（SAT）中使用的计算公式 $\Delta = 4Z + 13$，其中 Δ 为标准难度，Δ 值越大，试题越难；平均难度为 13；难度标准差为 4；Z 为标准分数。

（2）难度的选择 理论值为 P = 0.5 最合适；高考等常模参照性测试，P = 0.3～0.8 时，则认为合适。试题过难或过易，被试的分数分布范围小，信度降低，尤其是过难，被试凭猜作答或根本没有时间作答，必然降低信度。

（3）多重选择问题的难度校正 计算公式：$P_c = \dfrac{KP - 1}{K - 1}$，其中，P 和 P_c 分别

为校正前、校正后的难度；K 为试题选择答案数目。适合于选项数目不同的试题的难度比较。

8. 分布参数（distribution）

（1）正态分布的偏度（skewness）　数值在 $0\sim\pm1$ 之间，此值为正数，曲线峰值左偏，分布有一个长的右尾；此值为负数，曲线峰值右偏，分布有一个长的左尾。

（2）正态分布的峰度（kurtosis）　数值在 $0\sim\pm1$ 之间，正值表示与正常曲线比较峰偏尖，负值表示与正常曲线比较峰偏平。

二、参数检验项目及其原理

参数检验是指在总体分布形式已知的情况下，对总体分布的参数进行推断的方法，也就是根据样本数据的性质推断总体性质的统计方法。常用的有 t 检验和方差分析。

1. t 检验

如果要检验两个对象之间的平均值是否存在差异，通常采用 t 检验，并通过两个对象的样本均值差异检验，考察两个对象的总体是否存在差异。例如研究者采用对比普通班和实验班的方式考察教学方法的不同、教学效果的差异，只需将两个样本的数据进行 t 检验，即可推断两种教学方法的差异显著性水平。

2. 方差分析

如果要检验三个或三个以上对象之间的平均值是否存在差异，通常采用方差分析。

（1）单因素方差分析　单因素方差分析又称为一元方差分析，常用于一个自变量的多个水平之间均值差异性的比较，如果差异显著，还只能说明其最大均值与最小均值之间存在差异，如果要知道哪些水平差异显著，哪些不显著，还要进行均值的多重检验（LSD）。

（2）多因素方差分析　多因素方差分析又称为多元方差分析，常用于多个自变量共同影响一个因变量时，每个自变量的多个水平之间均值差异性的比较，以及不同自变量之间交互影响因变量时，各种处理均值差异性比较。

例如，探索思维策略训练对高中生化学问题解决能力的影响，自变量 A 为训练方式（其中水平 A_1 为有意识训练，水平 A_2 为无意识训练），自变量 B 为训练材料（其中水平 B_1 为自编的课堂训练教程，水平 B_2 为自主设计制作的网络课程），经过多因素方差分析，既可考察不同的训练方式之间训练效果的差异性，也可考察采用不同材料时训练效果的差异等主效应，如果自变量 A 与 B 之间的交互作用显著，还可通过简单效应检验考察有意识训练 A_1 时，水平 B_1 与水平 B_2 训练效果的差异等。

由此可见，多因素方差分析比单因素方差分析更加深入具体，也更符合客观实际。

值得注意的是，无论是 t 检验还是方差分析都要结合描述性统计进行，或者说在研究结果的表述中还需要描述性统计做基础。

三、非参数检验项目及其原理

在总体方差未知或知道甚少的情况下，利用样本数据对总体分布形态等进行推断统计，常用非参数检验，例如卡方检验、回归分析等。

（一）卡方（χ^2）检验

1. χ^2 分布

（1）χ^2 的基本定义　χ^2 读作卡方，是表示实际频数与理论频数（期望次数）之间差异程度的指标，是检验实测次数与期望次数是否一致的统计方法。若用 A 表示实际频数，T 表示理论频数，则有 $\chi^2 = (A-T)^2/T$，可能的取值范围为（0，$+\infty$）。

（2）χ^2 的分布曲线　设 x_1，x_2，$\cdots$，x_n 是来自标准正态总体 $N(0，1)$ 的一个样本，且相互独立，统计量 $\chi^2 = x_1^2 + x_2^2 + \cdots + x_n^2$ 的分布服从自由度为 n 的 χ^2 分布。χ^2 是一种连续型随机变量的概率分布，其分布曲线的形状依赖于自由度 n 的大小，自由度不同，则曲线分布不同。不同自由度分布的概率密度曲线见图 8-1。

（3）χ^2 分布的特点

① 当自由度 $n \leqslant 2$ 时，χ^2 分布曲线呈 L 形。

② 当自由度 $n > 2$ 时，χ^2 分布呈右偏态，随着自由度 n 的增加，曲线逐渐趋于对称。

③ 当自由度 n 趋于 ∞ 时，χ^2 分布趋向正态分布。χ^2 分布曲线的总体均数就等于其自由度。

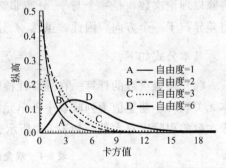

图 8-1　不同自由度分布的概率密度曲线

（4）χ^2 分布的可加性　χ^2 分布的可加性是其基本性质之一。可加性：若 U 和 V 为两个独立的 χ^2 分布随机变量，$U \sim \chi^2(n_1)$，$V \sim \chi^2(n_2)$，则 $U+V$ 这一随机变量服从自由度为 $n_1 + n_2$ 的 χ^2 分布。

2. χ^2 检验的基本思想

χ^2 检验方法是处理一个因素两项或多项分类的实际观察频数与理论频数分布是否一致问题，或说有无显著差异问题。它用来检验数据的总体分布和计数数据的显著性检验，被视为非参数检验方法的一种。

（1）χ^2 检验的假设

① 分类相互排斥，互不包容　χ^2 检验中的分类必须相互排斥，这样每一个观察值就会被划分到一个类别或另一个类别中。

② 观察值相互独立　如一个被试对某一品牌的选择对另一个被试的选择没有

影响。

③ 期望次数的大小　为了使 χ^2 分布成为 χ^2 值准确合理的近似估计，每一单元格中的期望次数应该至少在 5 个以上。

（2）χ^2 检验的类别　χ^2 检验因研究的问题不同，可以细分为多种类型，如配合度检验、独立性检验、同质性检验等。

配合度检验主要用来检验一个因素多项分类的实际观察数与某理论次数是否接近，这种 χ^2 检验方法有时也称为无差假说检验。当对连续数据的正态性进行检验时，这种检验又可称为正态吻合性检验。

独立性检验是用来检验两个或两个以上因素各种分类之间是否有关联或是否具有独立性的问题。

同质性检验主要目的在于检定不同人群母总体在某一个变量的反应是否具有显著差异。当用同质性检验检测双样本在单一变量的分布情形，如果两样本没有显著差异，就可以说两个母总体是同质的。

（3）χ^2 检验的基本公式　简单地讲，χ^2 检验方法检验的是样本实得次数与理论次数之间的差异性。它是实际观察次数（f_o）与某理论次数（f_e）之差的平方再除以理论次数，是一个与 χ^2 分布非常近似的分布。$f_o - f_e$ 有正有负，但平方后将差异归于一个方向，因此，虽然 χ^2 分布要做双侧检验，但只有一个临界值。

基本公式如下：
$$\chi^2 = \sum \frac{(f_o - f_e)^2}{f_e}$$

（4）期望次数的计算　在独立性检验与同质性检验中，如果两个变量或两个样本无关联时，期望值为列联表中各单元格的理论次数，即各个单元格对应的两个边缘次数的积除以总次数，如表 8-1 所示。

表 8-1　双变量交叉表的期望值

B 因素	A 因素		合　计
	类别 1(A_1)	类别 2(A_2)	
类别 1(B_1)	$n_{A_1} n_{B_1} / n_t$	$n_{A_2} n_{B_1} / n_t$	n_{B_1}
类别 2(B_2)	$n_{A_1} n_{B_2} / n_t$	$n_{A_2} n_{B_2} / n_t$	n_{B_2}
合计	n_{A_1}	n_{A_2}	n_t

（5）小期望次数的连续性矫正　χ^2 检验的假设之一是，每一单元格中的期望次数应该至少在 5 个以上。当单元格的人数过少时，处理的方法有以下四种。

第一，单元格合并法，若有一格或多个单元格的期望次数小于 5 时，在配合研究目的的情况下，可适当调整变量的分类方式，将部分单元格予以合并。如在学历层次中，如果博士生过少，可将博士生与硕士生合并成为研究生再进行计算。

第二，增加样本量。

第三，取出样本法，如果样本无法增加，次数偏低的类别又不具有分析与研究的价值时，可以将该类被试去除，但研究的结论不能推论到这些被去除的母总体中。

第四，使用校正公式，在 2×2 的列联表检验中，若单元格的期望次数低于 10 但高于 5，可使用耶茨校正公式；若期望次数低于 5 时，或样本总人数低于 20 时，则应使用费舍精确概率检验法；当单元格内容牵涉到重复测量设计时，则可使用麦内玛检验。

（二）回归分析

回归这个术语是由英国著名统计学家 Francis Galton 在 19 世纪末期研究孩子及他们的父母的身高时提出来的。Galton 发现身材高的父母，他们的孩子也高，但这些孩子平均起来并不像他们的父母那样高，对于比较矮的父母情形也类似，他们的孩子比较矮，但这些孩子的平均身高要比他们的父母的平均身高要高。Galton 把这种孩子的身高向中间值靠近的趋势称之为一种回归效应，而他发展的研究两个数值变量的方法称为回归分析。

回归分析分为线性回归和非线性回归。线性回归是分析连续型变量在数值上线性依存关系的统计方法；而非线性回归是分析连续型变量在数值上为非线性关系的统计学方法。

线性回归分为简单性回归和多重回归。简单线性回归是研究一个因变量与一个自变量之间的线性依存关系；多重线性回归是研究一个因变量与多个自变量之间的线性依存关系。

回归分析的任务有三个，一是建立回归方程，即从一组样本数据出发，确定变量之间的数学关系式（自变量的个数，函数形式，估计函数中的参数）；二是检验方程的有效性，即对这个关系式的可信程度进行各种统计检验，看方程是否有价值，判断它的有效性高低，对这个方程是否为最佳方程做研究；三是利用所求出的方程，进行估计、预测和控制。本节着重介绍多重线性回归分析方法。

1. 多重线性回归的基本概念

多重线性回归是研究一个因变量和多个自变量之间线性关系的统计学分析方法，其目的是为建立多个自变量与一个因变量之间的数量依存关系，从而对因变量做出更为准确的解释和预报。

多元线性回归分析的数学模型为：

$$Y=\beta_0+\beta_1X_1+\beta_2X_2+\cdots+\beta_mX_m+\varepsilon \tag{8-1}$$

该式表示：m 个自变量 X 共同作用于因变量 Y。如果 $m=1$，方程即变为一元线性方程。式中的参数 β_0 称为截距；β_j（$j=1, 2, \cdots, m$）称为偏回归系数，它表示的是在其他自变量不变的情况下，自变量 X_j 每改变一个观察单位，Y 的改变量，它反映了该自变量对因变量的影响程度。误差项 ε，表示观察不到的可能对因变量造成影响的条件。

多重线性回归模型的应用需满足如下条件：

（1）因变量 Y 与多个自变量 X_1，X_2，$\cdots$，X_m 之间有线性关系；

（2）各列观察值 Y_i（$i=1$，2，$\cdots$，n）相互独立；

（3）残差 ε 服从均数为 0、方差为 σ^2 的正态分布，它等价于任意一组自变量 X_1，X_2，$\cdots$，X_m 值，因变量 Y 应具有相同方差，并且服从正态分布。

相应的由样本估计而得到的多重线性回归方程为：

$$Y^u = b_0 + b_1 X_1 + b_2 X_2 + \cdots + b_m X_m + \varepsilon \tag{8-2}$$

式中，Y^u 为 $X=(X_1$，X_2，$\cdots$，$X_m)$ 时，因变量 Y 的总体平均值的估计值。b_0 为常数项，又称为 Y 轴的截距，式(8-1)中 β_0 的估计值，表示当所有自变量为 0 时因变量 Y 的总体平均值的估计值。b_m 为自变量 X_m 的偏回归系数，是 β_m 的估计值。

2. 多重线性回归分析步骤

多重线性回归分析步骤包括多重线性回归方程建立、假设检验及评价两部分。

（1）多重线性回归方程的建立　建立多重线性回归方程的核心是计算回归方程的参数，而模型参数的估计通常采用最小二乘法，其基本原理是：利用观察或收集到的因变量和自变量的一组数据建立一个因变量关于自变量的函数模型，使得这个模型的理论值和观察值之间的离差平方和尽可能的小。

根据观察到的 n 例数据，代入式(8-1)，可建立等式：

$$Q = \sum(Y - Y^u)^2 = \sum[Y - (b_0 + b_1 X_1 + b_2 X_2 + \cdots + b_m X_m)]^2 \tag{8-3}$$

根据最小二乘法求解 b_1，b_2，$\cdots$，b_m，即应该使选定的 b_1，b_2，$\cdots$，b_m 能够让式(8-3)的残差平方和达到极小值，然后求 b_0。

为了使残差平方和达到极小，可将 Q 对 b_1，b_2，$\cdots$，b_m 求一阶导数，并使之等于 0，经简化可得到下列方程组：

$$\left. \begin{array}{l} L_{11} b_1 + L_{12} b_2 + \cdots + L_{1m} b_m = L_{1Y} \\ L_{21} b_1 + L_{22} b_2 + \cdots + L_{2m} b_m = L_{2Y} \\ \cdots \\ L_{m1} b_1 + L_{m2} b_2 + \cdots + L_{mm} b_m = L_{mY} \end{array} \right\} \tag{8-4}$$

式中

$$L_{ij} = \sum X_i X_j - \sum X_i \sum X_j / n \qquad i,j = 1,2,\cdots,m \tag{8-5}$$

$$L_{jY} = \sum X_i Y - \sum X_j \sum Y / n \qquad j = 1,2,\cdots,m \tag{8-6}$$

式(8-3)是一个自变量的离均差平方和（$i=j$）；式(8-5)是两个自变量的离均差积差和（$i \neq j$）；式(8-6)是自变量 X_j 与因变量 Y 的离均差积和。

尽管多重线性回归分析估计的原理和计算方法与简单回归分析相同，但是随着自变量个数的增加其计算量变得相当大，现在一般都依靠 SPSS 软件来完成。

（2）多重线性回归方程的假设检验与评价　建立了多重线性回归方程后，需要进行显著性检验，以确认建立的数学模型是否很好的拟合了原始数据，即该回归方程是否有效。其检测内容为：利用方差分析对回归方程进行假设检验；利用 t 检验对方程中各偏回归系数进行假设检验；利用残差分析确定回归方程是否违反了假设检验。

① 整体回归效应的假设检验　按照简单回归参数的计算方法，算出回归系数的样本估计值 b_0，b_1，b_2，…，b_m 之后，还需要进一步检验，以确定就整体而言，所得回归方程是否有意义，常用方差分析来进行，步骤如下：

a. 建立假设检验，确定显著性水平 a。原假设（null hypothesis，用 H_0 表示）为研究者想收集证据予以反对的假设，即假设 $\beta_1 = \beta_2 = \cdots = \beta_m = 0$，备择假设（alternative hypothesis，用 H_1 表示）为研究者想收集证据予以支持的假设，即假设各 β_j（$j=1$，2，…，m）不全为 0，显著性水平的理论临界值 $a=0.05$（其中 β 为偏回归系数）。

b. 计算统计量

$$F = \frac{SS_{回}/m}{SS_{残}/(n-m-1)} = \frac{MS_R}{MS_E} \sim F_{(m, n-m-1)} \qquad (8\text{-}7)$$

式中，$SS_{回}$ 称为回归平方和，它反映了方程中 m 个自变量 X 与因变量 Y 间的线性关系，而使因变量 Y 变异减小的部分；m 为回归自由度，即方程中所含自变量的个数；$SS_{残}$ 为剩余平方和，它说明除自变量外，其他随机因素对 Y 变异的影响；$n-m-1$ 为剩余自由度。显然 $SS_{残}$ 越小，F 值越大，则方程拟合效果越好。

c. 确定显著性水平 P 值，做结论。若计算值 F 小于查表所得到的理论值即 $F_{(m, n-m-1)}$，则实际显著性水平 P 值大于理论上的临界值 a，说明在 a 水平上接受 H_0，反之，若 $F > F_{(m, n-m-1)}$，则在 a 水平上接受 H_1。

② 偏回归系数假设检验　检验某个总体偏回归系数等于 0 的假设，以判断是否相应的那个自变量对回归确有贡献。其检验方法可用 F 检验或 t 检验。在 SPSS 统计软件中，多重线性回归偏回归系数假设检验以 t 检验作为结果给出报告。以 t 检验为例，步骤如下：

a. 建立假设检验，确定 a 水准　H_0：$\beta_j = 0$，H_1：$\beta_j \neq 0$，$a = 0.05$。

b. 计算统计量。

$$t_j = b_j / S_{bj} : t_{(m, n-m-1)} \qquad (8\text{-}8)$$

式中，b_j 为偏回归系数的估计值；S_{bj} 为 b_j 的标准差，S_{bj} 的计算比较复杂，要应用矩阵运算获得。

c. 确定显著性水平 p 值，做结论。若计算值 t_j 小于理论值 $t_{(m, n-m-1)}$，则在 a 水平上接受 H_0，反之，若 $t_j \geqslant t_{(m, n-m-1)}$，则在 a 水平上拒绝 H_0，这说明与 Y 有线性回归关系。t 的绝对值越大，说明该变量对 Y 的回归所起作用越大。

③ 残差分析　残差是指观察值与回归模型拟合值之差，它反映模型与数据拟合的信息。残差分析旨在通过残差深入了解数据与模型之间的关系，评价实际资料是否符合回归模型假设，判断是否还需向自己的模型中继续引入新的变量及识别异常点等。其检验内容分为：残差的独立性检验、残差的正态性检验和残差的方差齐性检验。

a. 残差的独立性检验，使用 Durbin-Watson 检验法进行诊断。

b. 残差的正态性检验，最直观、最简单的方法是观察残差直方图和正态概率图。

c. 残差的方差齐性检验，一般通过生成和分析残差与标准化预测值的散点图来实现。

④ 多重线性回归方程的评价标准

a. 复相关系数 R　复相关系数又称多元相关系数，用 R 表示，衡量模型中所有自变量（X_1，X_2，…，X_m）与因变量 Y 之间的线性相关程度。实际上他是 Y_i 与其估计值的相关程度，即 Person 相关系数。复相关系数 R 的取值范围为（0，1），没有负值。R 值越大，说明线性回归关系越密切。

b. 确定系数 R^2　复相关系数的平方称作决定系数，与简单线性回归的决定系数相类似，它表示因变量 Y 的总变异中可由回归模型中的自变量解释的部分所占的比例，是衡量所建模型效果好坏的指标之一。

c. 矫正系数 R_a^2　决定系数的值随着进入回归方程的自变量个数 n 的增加而增大。因此，为了消除自变量的个数以及样本量的大小对决定系数的影响，从而形成了矫正的决定系数。

d. 其他标准　衡量模型拟合的标准还有很多，如剩余标准差 S_y，X_1，X_2，…，X_p，统计量 C_p，贝叶斯信息准则等。

阅读资料

方差分析原理

一、方差分析的概述

（一）方差分析的基本原理：综合的 F 检验

1. 综合虚无假设与部分虚无假设

方差分析主要处理多于两个以上的平均数之间的差异检验问题。该实验研究是一个多组设计，需要检验的虚无假设就是"任何一对平均数"之间是否有显著性差异。为此，设定虚无假设为，样本所归属的所有总体的平均数都相等，一般把这一假设称为"综合的虚无假设"。组间的虚无假设相应地就称之为"部分虚无假设"。检验综合虚无假设是方差分析的主要任务。如果综合虚无假设被拒绝，紧接着要确定究竟哪两个组之间的平均数之间存在着显著性差异时，需要运用事后检验方法来确定。

2. 方差的可分解性

方差分析依据的基本原理就是方差的可加性原则。样本均数间之所以有差异，有两种原因可能造成：首先，它必然有随机误差（包括个体间变异）的影响；其次，各组接受不同处理方法可能产生的不同作用效果。作为一种统计方法，方差分析把实验数据的总变异分解为若干个不同来源的分量。观察数据间的变差异，可以发现以下三种变异：

① 总变异　全部观察值大小各不相等，其变异就称为总变异，用 $SS_{总}$ 表示。

其计算式为：$SS_{总} = \sum\limits_{i=1}^{k} \sum\limits_{j=1}^{n_i} (x_{ij} - \bar{x})^2$ 。式中，$\bar{x}$ 代表平均观察值，x_{ij} 表示第 i 个处理组的第 j 个观察值，$i=1, 2, \cdots, k$，$j=1, 2, \cdots, n$。n_i 为第 i 个处理组的例数，总例数为 $\sum n_i = n$。表示第 i 个处理组的均数，表示全部试验结果的均数。

因为离均差平方和受到观察值个数多少的影响，观察的个数越多，离均差平方和就越大，因此，它与总例数 n 有关，具体地说与总自由度有关。总自由度计算式为：$df_{总} = n-1$。

② 组间变异　由于各组处理不同所引起的变异称为组间变异。它反应了处理因素对不同组的影响，同时也包括了随机误差。用 $SS_{组间}$ 表示，其计算公式为：$SS_{组间} = n \sum\limits_{i=1} (\bar{x}_i - \bar{x})^2$，组间变异的自由度计算式为：$df_{组间} = k-1$。

③ 组内变异　每个处理组内部的各个观察值也大小不等，与每组的样本均数也不相同，这种变异称为组内变异。组内变异只反映随机误差的大小，如个体差异、随机测量误差等。因此，组内变异又称误差变异，用 $SS_{组内}$ 表示。

$$SS_{组内} = \sum\limits_{i=1}^{k} \sum\limits_{j=1}^{n_i} (x_{ij} - \bar{x}_i)^2$$，组内变异自由度计算：$df_{组内} = n-k$。

三种变异及相应自由度的关系为：$SS_{总} = SS_{组间} + SS_{组内}$，$df_{总} = df_{组间} + df_{组内}$。

以上各个部分离均差平方和只能反映变异的绝对大小。为了反映平均变异大小，须将各部分离均差平方和除以相应自由度，其结果称为均方，$MS_{组间} = SS_{组间} / df_{组间}$，$MS_{组内} = SS_{组内} / df_{组内}$，两个均方之比为 F 统计量：$F = MS_{组间} / MS_{组内}$。

（二）方差分析的基本假设

1. 每个总体都应服从正态分布，即对于因素的每一个水平，其观察值是来自服从正态分布总体的简单随机样本。当样本例数较多的情况下，数据可近似看作服从正态分布。

2. 各个总体的方差必须相同，即各组观察数据是从具有相同方差的总体中抽取的。

3. 观察值是独立的，即任何两个观察值之间没有系统相关性。

（三）方差分析的几个术语

1. 因素：指影响因变量变化的自变量。在进行方差分析时，因素通常作为分类变量出现。只有一个自变量的实验为单因素实验，对实验结果采用单因素方差分析。有两个或两个以上自变量的实验为多因素实验，对实验结果采用多因素方差分析。

2. 水平：因素的不同情况或不同等级称为水平。例如，学生的性别这个因素就有男性和女性两个水平，教师的教学方法就有讲授法、分组讨论法、小组实验等多种水平。

3. 实验处理：指多个因素各个水平之间的组合。

二、单因素方差分析的基本步骤

例 8-1

探讨噪声对解决化学问题的影响作用。实验设计如下：噪声是自变量，划分为三个强度水平：强、中、无。因变量是解决化学问题时产生的错误频数。随机抽取12 名被试，再随机把他们分到强、中、无三个实验组。每组被试在接受化学测验时都戴上耳机。强噪声组的被试通过耳机接受 100 分贝的噪声；中度噪声组的被试接受 50 分贝的噪声；无噪声组的被试则没有任何噪声。化学测验完毕后，记录每位被试的错误频数，结果如表 8-2。请计算三个实验组解决化学问题时产生的错误频数有无显著差异。

表 8-2　不同强度噪声下解化学题犯错误频数

项目	噪　声			$K=3$
	强	中	无	
$n=4$	16	4	1	
	14	5	2	
	12	5	2	
	10	6	3	
$\overline{x}_i$	13	5	2	$\overline{x}=6.67$

解：1. 建立假设检验

无效假设：$H_0：\mu_1=\mu_2=\mu_3=\mu_4$，即四个行业被投诉次数的均值都相等。

备择假设：$H_1：\mu_1，\mu_2，\mu_3，\mu_4$ 不全相等，即四个行业被投诉次数的均值不全相等。

2. 计算检验统计量 F

总变异：$SS_{总}=\sum_{i=1}^{k}\sum_{j=1}^{n_i}(x-\overline{x})^2=(16-6.67)^2+(14-6.67)^2+\cdots+(5-6.67)^2+(2-6.67)^2=282.67，df_{总}=N-1=3\times4-1=11$

组间变异：$SS_{组间}=n\sum_{i=1}^{k}(\overline{x}_i-\overline{x})^2=(13-6.67)^2+(5-6.67)^2+(2-6.67)^2=258.67，df_{组间}=k-1$

组内变异：$SS_{组内}=\sum_{i=1}^{k}\sum_{j=1}^{n_i}(x_{ij}-\overline{x}_i)^2=(16-13)^2+(14-13)^2+\cdots+(6-5)^2+(3-2)^2=24，df_{组内}=N-k=3\times4-3=9$

计算均方：$MS_{组间} = SS_{组间} / df_{组间} = 258.67/2 = 129.34$，$MS_{组内} = SS_{组内} / df_{组内} = 24/9 = 2.67$

计算 F 值：$F = MS_{组间} / MS_{组内} = 129.34/2.67 = 48.44$

3. 列出方差分析表，如表 8-3 所示。

表 8-3　三个实验组解决化学问题时产生的错误频数均值差异比较

source(变异来源)	SS(平方和)	df(自由度)	MS(均方)	F	P(显著性水平)
between groups(组间误差)	258.67	2	129.34	48.44	0.01
within groups(组内误差)	24	9	2.67		
total(总变异)	282.67	11			

4. 确定 P 值，作出统计推断结论。

查表得，$F_{0.01(2,9)} = 8.02$，计算的 $F = 48.44 > F_{0.01(2,9)} = 8.02$，即 $P < 0.01$，说明三种实验处理间的差异显著。

结论：噪声对解决化学问题的影响作用显著。

三、多因素方差分析

例 8-2

对 36 名受试者（受试者的母语为英语）的工作毅力进行研究，工作任务是把字母顺序颠倒的英文片语整理出正确的单词，其中一些片语是有解的，有些片语是没有解的。该实验的处理因素有两个，一是受试者因素，事先将受试者按照自尊水平分成高自尊组和低自尊组，记为 A 因素，分成 a_1 和 a_2 两个水平。而是答题指示因素，一种指示为告知受试者每一个片语都能整理出单词，遇到困难时需要坚持，另一种指示则告诉受试者可能有些片语不能整理出单词，遇到困难时不需要坚持，记为 B 因素，分成 b_1 和 b_2 两个水平。实验指标为受试者在遇到困难时（解没有答案片语）坚持解题的时间（min），结果见表 8-4。试比较不同的自尊水平和不同指示方式对毅力的影响。

表 8-4　受试者在遇到困难时坚持解题的时间　　　　单位：min

自尊水平(A) 答题指示(B)	高自尊(a_1)		低自尊(a_2)		自尊水平(A) 答题指示(B)	高自尊(a_1)		低自尊(a_2)	
	坚持 (b_1)	不坚持 (b_2)	坚持 (b_1)	不坚持 (b_2)		坚持 (b_1)	不坚持 (b_2)	坚持 (b_1)	不坚持 (b_2)
	40	26	27	27		36	20	20	25
	30	26	17	19		34	22	21	21
	38	18	25	26		34	22	22	21
	32	18	24	26		35	22	22	22
	36	24	20	20	平均数(m)	35	22	22	23

（一）多因素方差分析的基本步骤

1. 建立假设检验

检验假设见表 8-5。

表 8-5 检验假设

无 效 假 设	备 择 假 设
（1）$H_0:\mu_1=\mu_2$，即高自尊与低自尊受试者在遇到困难时坚持解题时间的总体均数相等	（1）$H_1:\mu_1\neq\mu_2$ 即高自尊与低自尊受试者在遇到困难时坚持解题时间的总体均数不相等
（2）$H_0:\mu_1=\mu_2$，即指示为坚持与指示为不坚持的受试者在遇到困难时坚持解题时间的总体均数相等	（2）$H_1:\mu_1\neq\mu_2$ 即指示为坚持与指示为不坚持的受试者在遇到困难时坚持解题时间的总体均数不相等
（3）自尊程度与指示方式之间交互作用不显著	（3）自尊程度与指示方式之间交互作用显著

2. 计算检验统计量 F

应用 SPSS 软件对【例 8-2】数据进行分析，得两因素两水平方差分析表，见表 8-6。

表 8-6 不同自尊水平与不同答题指示在受试者遇到困难时坚持解题时间的均值差异比较

source（变异来源）	SS（平方和）	df（自由度）	MS（均方）	F	P（显著性水平）
A（自尊水平）	324.000	1	324.000	36.000	0.000
B（答题指示）	324.000	1	324.000	36.000	0.000
A×B（交互作用）	441.000	1	441.000	49.000	0.000
total（总变异）	1377.000	35			

3. 确定 P 值，作出统计推断结论

（1）根据表 8-6 结果可看出，反映 A 因素间差异的 P 值小于 0.05，因此拒绝原假设，接受备择假设。统计结论为高自尊与低自尊受试者在遇到困难时坚持解题时间差别显著，推论不同自尊对工作毅力产生作用。

（2）根据表 8-6 结果可看出，反映 B 因素间差异的 P 值小于 0.05，因此拒绝原假设，接受备择假设。统计结论为指示为坚持与指示为不坚持的受试者在遇到困难时坚持解题时间差别显著，推论不同指示方式对工作毅力产生作用。

（3）根据表 8-6 结果可看出，反映 A 与 B 交互作用的 P 值小于 0.05，因此拒绝原假设，接受备择假设。统计结论为自尊程度与指示方式之间交互作用显著，推论自尊程度与指示方式之间共同对完成任务的坚持时间产生作用。

（二）主效应、交互效应及简单效应的概念

将表 8-4 的四组数据整理为表 8-7，通过分析表 8-7 的四个均数的差别，可以得出 A 因素不同水平和 B 因素不同水平的简单效应。

表 8-7　两因素两水平实验的均数差别

自尊水平(A)	指示方式(B)		b_1-b_2
	坚持(b_1)	不坚持(b_2)	
高自尊(a_1)	35	22	13
低自尊(a_2)	22	23	-1
a_1-a_2	13	-1	

1. 主效应

主效应是指某因素不同水平间的平均差别。如表 8-7 中，A 因素的主效应为 $[13+(-1)]/2=6$，可解释为，高自尊水平组与低自尊水平组相比（不考虑提示方式），受试者在遇到困难时坚持解题的时间要多 6 分钟；同理，B 因素的主效应为 $[13+(-1)]/2=6$，可解释为，指示为需要坚持组与指示为不必坚持组相比（不考虑自尊水平），受试者在遇到困难时坚持解题的时间要多 6 分钟。

2. 交互效应

交互效应是指当某因素的各个单独效应随另一个因素的变化而变化时，则称这两个因素存在交互效应。如表 8-7，A 与 B 的交互效应表示为 $AB=[(a_1b_1-a_2b_1)-(a_1b_2-a_2b_2)]/2=14$，可解释为，在遇到困难需要坚持的指示下，高自尊者比低自尊者在遇到困难时坚持解题的时间多 14 分钟。

3. 简单效应

简单效应是指其他因素固定时，同一因素不同水平间的差异。如表 8-7，当 A 因素固定在 1 水平上时，B 因素的简单效应为 13；当 A 因素固定在 2 水平上时，B 因素的简单效应为 -1。同理，当 B 因素固定在 1 水平上时，A 因素的简单效应为 13，当 B 因素固定在 2 水平上时，A 因素的简单效应为 -1。

第三节 ◉ SPSS 统计软件在化学教育科研中的应用

在化学教育科研中经常需要对所收集的数据进行分析，然而，由于缺少统计处理方法，常常只是对数据绝对值进行简单的直观比较，这样既不能确保结论的合理性和正确性，又不能深入有效地挖掘数据的潜在意义，因此，熟悉和把握一种数据统计软件的操作原理和操作方法，对于提高化学教育科研水平和科研能力具有重要的意义。

由于 SPSS 数据统计软件大多为英文版，为便于广大读者熟练掌握该统计软件的操作方法，本节将结合实例，采用中英文对照的方式，分别介绍各种常见统计功能，以图表的形式展示其操作步骤、操作结果及结果的正确表达方式，并详细解释其输出结果的深刻含义。

一、初识 SPSS

（一）什么是 "SPSS for Windows"

SPSS（Statistics Package for Social Science）是在 Windows 系统下运行的社会科学统计软件包，是目前世界上流行的三大统计分析软件之一，除了适合于社会科学以外，还适合于自然科学各领域的统计分析。近年来，为我国经济、工业、管理、医疗、卫生、体育、心理、教育等领域的科研工作者广泛使用。

SPSS 的统计分析功能有：描述性统计，均值比较，方差分析，回归分析，因素分析，缺失值分析，非参数检验等。

（二）SPSS 数据的录入

在安装完 SPSS 软件后，启动 SPSS for Windows 程序，将出现一个对话框供您选择：

Run the tutorial "运行操作指导"——选此项，可查看基本操作指导；

Type in data "在数据窗中输入数据"——选此项，则显示数据编辑窗口，等待新数据录入；

Run an existing query "运行一个已经存在的问题文件"——选此项，可打开已存在的 spq 文件；

Create new query using Database Wizard——使用数据库获取窗口，建立新文件选项；

Open Existing file——选此项，可打开一个已经存在的 sav 格式文件。

选择 Type in data 窗口，即可进行新数据的录入。

1. 变量的定义

在屏幕下方的任务栏中选择变量定义窗口 "Variable View" 或在纵行列变量名称上双击鼠标即变为变量定义窗口（见图 8-2），然后可逐一对每一个变量进行定义。

（1）Name 表示变量的代码，由研究者自行确定，一般使用英文字母或中文拼音。

（2）Type 表示该列数据的类型，通常选择数字型 "Numeric" 或中文型 "String"。但如果选择中文型 String，则输入数字不会显示，如果选择数字型 Numeric，则输入中文不会显示。因此，一般对于姓名常常选择中文型，对于测试分数一定只能选择数字型，有时候为了数据输入方便，对于学校名称、年级、性别等信息通常选择数字代替，这时必须选择数字型，如性别，可用 "1" 表示男，用 "0" 表示女。

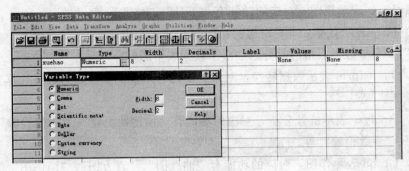

图 8-2　变量定义窗口

（3）Width 表示该列数据的宽度所需要的字符数，一般可以在此设置，也可采用鼠标来拖拉调整。

（4）Decimals 表示该列数据保留的小数点位数，一般只有数字型的数据才可以设置。

（5）Label 表示该列数据的符号 Name 项所代表的中文名称，如用 SCH 表示学校，则在此位置输入"学校"，用 SEX 表示性别，则在此位置输入"性别"。

（6）Values 表示该列数据中各个数字所代表的意义，如可用"1"表示男，用"0"表示女，则从对话框中分别填写"1"、"男"，按回车键即可看到"1＝男"，然后再分别填写"0"、"女"，按回车键又可看到"0＝女"，至此性别这列数据就已经定义完毕，当你在数据编辑窗口（Data view）输入每个被试的性别对应数据 1 或 0 时，计算机可自动识别为男或女，数据统计结果显示的也为中文"男"和"女"。

2. 数据的编辑

当在数据定义窗口对每个被试的信息数据都逐一进行定义后，即可在屏幕下方的任务栏中选择数据编辑窗口"Data view"，然后，按照各个变量的性质分别输入对应的数据。

注意：（1）同一变量不同水平的数据只能录入同一列中，如实验班与对照版的化学成绩不能列为两列，只能为一列，否则，计算机无法调取数据进行相关的统计处理。（2）数据定义与数据编辑应完全一致，如在定义性别时，用"1"表示男，用"0"表示女，如果数据编辑时，将某被试的性别误输为"2"，计算机将无法识别。因此，数据编辑后，应对数据进行检查与整理。

（三）SPSS 数据统计界面功能简介

将所有数据录入后，在屏幕上方的任务栏中，不同的栏目对应不同的功能。

（1）File 表示文件，对应的功能有"打开"、"新建"、"保存"、"另存为"等。

（2）Edit 表示编辑，对应的功能有"剪切"、"复制"、"粘贴"等。

（3）View 表示视图，对应的功能有"工具"、"格式"等。

（4）Date 表示数据处理，对应的功能有"插入一个新变量"、"插入一个新被试信息"、"一个数据表格的拆分"、"多个数据表格的整合"等。

（5）Transform 表示数据转换，对应的功能有"多个变量数据通过计算变为一列新的数据"等。

（6）Analyze 表示统计分析，对应的功能有"描述性统计"、"均值检验"、"相关分析"、"参数检验"等。

（7）Graph 表示作图，对应的功能有"曲线图"、"直方图"、"馅饼图"等。

二、常用 SPSS 数据统计的基本操作

选定分析功能键 [Analyze]/[Statistics] 后，再进行如下操作。

（一）描述性统计分析

从下拉菜单中选择 Descriptive Statistics ▶　　Frequencies（频次分析）

　　　　　　　　　　　　　　　　　　　　　Descriptives（描述性统计）

　　　　　　　　　　　　　　　　　　　　　explore（探索分析，以检验方差
　　　　　　　　　　　　　　　　　　　　　　　　　齐次性）

　　　　　　　　　　　　　　　　　　　　　Crosstabs（交叉列表）

1. Frequencies 表示频率分析

常用于对调查问卷中各个选择项的频数进行统计，其中（1）Statistics 为统计量选项；（2）Charts 为图表选项；（3）Format 为统计结果输出格式选项；（4）display 为是否显示频率分析表选项。

2. Descriptives 表示描述统计分析

常用于人数、平均值、标准差等统计项目的计算，其中（1）Save Standardized Values as Variables 复选框表示是否保存所选择的每个变量的标准分数值（Z值）；（2）Options 表示所需要的统计量与输出结果显示选择项。

（二）均值差异性检验

从下拉菜单中选择 Compare Means ▶　Means（默认的多层均值比较）

　　　　　　　　　　　　　　　　　　One-Sample T test（单一样本 t 检验）

　　　　　　　　　　　　　　　　　　Independent-Sample（独立样本 t 检验）

　　　　　　　　　　　　　　　　　　Paired-Sample T test（配对 t 检验）

　　　　　　　　　　　　　　　　　　One-Way ANOVA（单因素方差分析）

1. 多层均值的计算——采用 Means

例如计算某学校、某年级、某班级男生的化学考试平均成绩。

2. 同一自变量两个不同水平之间均值差异显著性分析——采用 t 检验

t 检验常用于两列具有正态分布的数据之间均值大小差异显著性检验，并由样本均值的差异性推断总体是否具有显著差异。但如果两个样本数据为非正态分布，那么只能采用非参数检验；如果是多个样本之间比较不能分别进行两两之间的 t 检验，只能进行方差分析。

① 单一样本 t 检验"One-Sample T Test" 用于检验某一变量的均值是否与给定的常数之间存在显著差异，例如某学校所有高三学生的高考化学成绩与全省化学平均成绩是否具有显著差异，就采用该操作。也就是在 Test Variables 框内将左边待检验的变量移入其中，在 Test Valve 框内输入标准值，再点击确定"OK"即可得出分析结果。

② 独立样本 t 检验"Independent Sample T Test" 用于检验两个不相关的样本之间均值是否存在显著差异，例如男女生的化学成绩差异显著性比较，则采用该操作。也就是在 Test Variables 框内将左边待检验的变量移入其中，然后将要比较的两个样本的分类变量移入 Grouping Variables 框中，再点击 Define groups 按钮，将分类变量的代码输入该对话框中（见图 8-3），再点击确定"OK"即可得出分析结果（见表 8-8）。表 8-8 表明，通过 F 检验，方差是齐次性的（$P=0.306>0.05$），这时应观察第一行 t 值及其显著性水平，即男女生期末化学考试成绩没有显著差异（$t=-0.398$，$P=0.691>0.05$），其中，显著性水平 0.691 表示假设男女生期末化学考试成绩具有差异错误的概率为 69.1%，也就是说，期末化学考试成绩不存在显著的性别差异。

表 8-8 　独立样本 t 检验分析结果（男女生期末化学考试成绩差异比较）

Tests （检验项目）	Levene's Test for Equality of Variances （方差齐次性检验）		T-Test for Equality of Means （均值差异性检验）			
	F	P	t	df （自由度）	P(2-tailed) （双尾检验的显著性水平）	MD （均值差）
Equal variances assumed（假设方差是齐次的）	1.053	0.306	−0.398	242	0.691	−0.87
Equal variances not assumed（假设方差不是齐次的）			−0.398	233.583	0.690	−0.87

在统计结果分析中，通常是首先假定样本存在差异，然后计算存在差异错误的概率，最后根据错误概率大小做出是否具有显著差异的结论。一般情况下，当错误的概率大于 0.05 时，否定假设，即做出"没有显著差异"的结论；当错误的概率小于 0.05 时，接受假设，即做出"具有显著差异"的结论；当错误的概率小于 0.01 时，接受假设，即做出"具有极其显著差异"的结论。

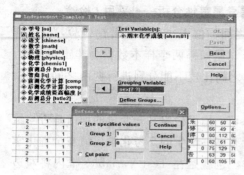 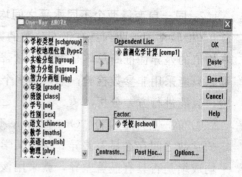

图 8-3　独立样本 t 检验示意图　　　　图 8-4　一元方差分析操作示意图

③ 配对 t 检验 "Paired Sample T Test" 用于检验两个相关样本的均值是否存在显著差异，例如某班学生接受一种新的教学方法前后的学习成绩比较。注意，它只适应两列方差齐次且相关的变量之间分析。

3. 同一自变量多个水平之间均值差异显著性检验——采用一元方差分析（One-Way ANOVA）

一元方差分析又称为单因素方差分析，用于检验几个独立的样本均值差异性比较，但各变量的数据均符合正态分布，且方差具有齐次性。具体操作方法如下：

第一步，从 Compare Means 下拉菜单中选择 One-Way ANOVA；

第二步，将左边所要分析的因变量移入 Dependent list 对话框中，例如实验前化学计算题测试成绩；

第三步，将左边所要比较的自变量移入 Factor 对话框（见图 8-4）中，如学校。

最后点击确定 "OK" 即可比较不同学校之间化学成绩的差异显著性（见表 8-9）。

表 8-9　不同学校学生的前测化学计算题测试成绩比较

Sources(变异来源)	SS(平方和)	df(自由度)	MS(均方)	F	显著性水平(P)
Between Groups(组间误差)	73392.374	5	14678.475	95.861	0.000
Within Groups(组内误差)	82532.599	539	153.122		
Total(总误差)	155924.972	544			

如果需要结果显示差异显著，那么，需要在 Post Hoc 选择项中选择 LSD 项，在该选择项中的其他对话框含义分别是：

（1）Equal Variances Assumed 表示方差齐次时选项。

（2）Equal Vartances not Assumed 表示方差非齐次时选项。

Tambane's T_2（t 检验配对比较）；Dunnett's T_3（正态分布下的配对比较）；Game-Howell（方差不具齐次性的配对比较）；Dunnett's C（正态分布下的配对比值）。

（3）Significance Level 表示显著性水平选项。

注意：只有通过检验方差是齐次性的，才能选择 LSD（均值的多重比较），否则，只能考查 t 检验配对比较。

表 8-9 表明，不同学校之间学生的化学计算题测试成绩具有非常明显的差异（$F=95.861$，$P=0.000<0.01$）。

（三）多元方差分析（ANOVA Models）

多元方差分析是在有多个自变量同时影响某个因变量的情况下进行的统计分析，它既可分析出同一自变量不同水平之间所具有的差异，也可分析各个自变量之间的交互作用。

具体操作如下：

第一步，在 Analyze 任务栏的下拉菜单中选择 General Linear Model 及其对应项 Univariate；

第二步，将左边所要分析的因变量移入右边的 Dependent Variable 对话框中，将左边几个自变量分别移入右边的 Fixed Factors 对话框中，将左边的随机变量移入 Random Factors 对话框中，将左边的协变量移入 Covariates 对话框中（见图 8-5），点击确定"OK"即可得出分析结果（见表 8-10）。

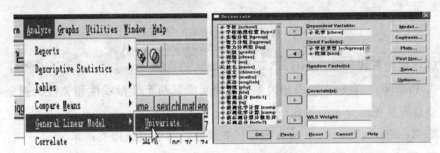

图 8-5　多元方差分析示意图

表 8-10　学校类别与性别对学生化学成绩的影响

Sources（变异来源）	SS（平方和）	df（自由度）	MS（均方）	F	P（显著性水平）
SCHGROUP（学校类别）	8993.187	1	8993.187	35.362	0.000
SEX（性别）	5.012	1	5.012	0.020	0.888
SCHGROUP × SEX（学校类别与性别的交互作用）	22.031	1	22.031	0.087	0.769
Total（总误差）	70108.340	243			

表 8-10 表明，普通学校与重点学校学生的化学成绩具有极其显著的差异（$F=35.362$，$P=0.000<0.001$）；男生与女生的化学成绩没有显著的差异（$F=0.02$，$P=0.888>0.05$）；两个自变量之间的交互作用不显著（$F=0.087$，$P=0.769>0.05$）。

（四）相关分析（Correlate）

在 Analyze 或 Statistics 下拉菜单中找到 Correlate▶

Bivariate（两变量间积差相关）
Partial（偏相关分析）
Distances（距离相关分析）

在化学教育科研中常常需要计算两列具有正态分布的变量之间的相关，故采用积差相关（见图 8-6 学生物理、化学考试成绩的相关分析）。

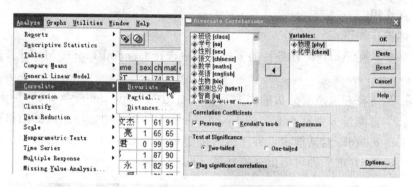

图 8-6　物理和化学成绩相关分析示意图

（1）相关系数（Correlation Coefficients）的选择

① Pearson　表示皮尔逊相关系数，用来度量两个变量线性相关性的强弱，用于连续且服从正态分布的等比或等距数据；

② Kendall's tau-b　表示肯德尔相关系数，用于等级相关；

③ Spearman　表示斯皮尔曼秩相关系数，是一个非参数性质（与分布无关）的秩统计参数。

（2）显著性检验（Test of Significance）

① 双尾　表示事先不知道两个变量是否存在相关；

② 单尾　表示事先知道相关，但不知道是否明显相关；

③ Flag Significant Correlation 对话框　表示是否在输出结果中标明相关的显著性。通常在相关系数右上角用"＊"表示相关的显著性水平为 $\alpha = 0.05$；用"＊＊"表示相关的显著性水平为 $\alpha = 0.01$。因此，如果选择了该选项，那么，在统计结果中只要根据有没有"＊"号，即可判断是否存在显著相关，而不是简单比较相关系数的绝对值大小。

表 8-11 表明，学生物理和化学考试成绩具有显著的相关（$r = 0.666$，$P = 0.000 < 0.01$）。

表 8-11　学生物理和化学考试成绩的相关系数统计结果

Tests(分析项目)	phy(物理成绩)	chem(化学成绩)
Pearson Correlation(皮尔逊相关系数)	1	0.666**
P(2-tailed)（双尾检验的显著性水平）	—	0.000
n(学生总人数)	475	475

三、卡方检验

（一）配合度检验

1. 检验无差假说

例 8-3

随机抽取 60 名学生，询问他们在高中是否需要文理分科，赞成分科的 39 人，反对分科的 21 人，问他们对分科的意见是否有显著差异？

解：（1）提出无效假设与备择假设　H_0：他们对分科的意见无显著差异；H_1：他们对分科的意见有显著差异。

（2）计算理论人数　赞成与反对的理论人数为：$f_{e_1} = f_{e_2} = 60 \times 1/2 = 30$。

（3）计算卡方值，$\chi^2 = \sum \dfrac{(f_o - f_e)^2}{f_e} = \dfrac{(39-30)^2}{30} + \dfrac{(21-30)^2}{30} = 5.4$。

（4）确定自由度，本例是二项分类，属性类别分类数 $k=2$，自由度 $df = k - 1 = 2 - 1 = 1$。

（5）查临界 χ^2 值，作出统计推断

当自由度 $df = 1$ 时，查得 $\chi^2_{0.05}(1) = 3.84$，$\chi^2_{0.01}(1) = 6.63$，计算的 $\chi^2_{0.05}(1) < \chi^2 < \chi^2_{0.01}(1)$，表明学生对分科的意见有显著差异。下该结论犯错误的概率在 0.05 至 0.01 之间。在这道题中，如果只允许犯错误的概率小于 0.01 的话，则无显著差异。

【例 8-3 的 SPSS 操作步骤】

第一步，建立 SPSS 数据文件，如图 8-7 所示。其中用 "opi" 表示对分科的意见，"1" 表示赞成分科，"2" 表示反对分科，以 "count" 表示对应的人数。

第二步，鼠标单击 Data/Weight Cases。打开 Weight Cases（观察值加权）主对话框，如图 8-8 所示，从左侧选择 "count" 变量，单击中间的箭头按钮，将其移到右边 "Frequency Variable" 框中作为频数变量，单击 "OK"。

第三步，鼠标单击 "Analyze（分析）/Nonparametric Tests（非参数检验）/Chi-Square...（卡方分布）"，如图 8-9。再从左侧选择 "opi" 变量，单击中间的箭头按钮，将其移到右边 "Test Variable List" 框中作为频数变量，如图 8-10 所示。

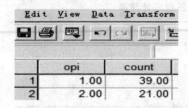

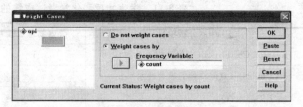

图 8-7　卡方检验数据库的建立　　　　图 8-8　观察值加权操作示意图

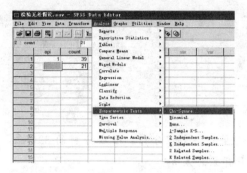

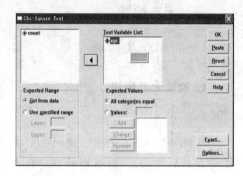

图 8-9　卡方检验操作程序的选择　　　　图 8-10　卡方分布指令对话框

第四步，分析结果，见表 8-12 和表 8-13。

表 8-12　卡方检验分析结果（1）

opi(意见)	Observed n (观察值)	Expected n (理论值)	Residual (残差)
1.00(赞成)	39	30.0	9.0
2.00(反对)	21	30.0	−9.0
Total(总人数)	60		

表 8-13　卡方检验分析结果（2）

Tests (分析项目)	opi (分科意见差异检验)
Chi-Square(卡方值)	5.400
df(自由度)	1
P(显著性水平)	0.020

表 8-12 表明，实际观察值和理论值分别为：（39，30）；（21，30）。

表 8-13 表明，$\chi^2 = 5.4$，自由度 $df = 1$，显著性水平 $P = 0.02$。表明学生对分科的意见有显著差异，与上述手工计算结论一致。

2. 检验假设分布的概率

例 8-4

某班有学生 50 人，体验结果按一定标准划分为甲、乙、丙三类，其中甲类 16 人，乙类 24 人，丙类 10 人，问该班学生的身体状况是否符合正态分布？

解：（1）提出无效假设与备择假设，H_0：该班学生的身体状态符合正态分布；H_1：该班学生的身体状态不符合正态分布。

（2）根据正态分布曲线面积计算理论次数。

甲类：$50 \times (0.5 - 0.3413) = 8$；乙类：$50 \times (0.3413 \times 2) = 34$；丙类：$50 \times (0.5 - 0.3413) = 8$

（3）计算统计量，$\chi^2 = \sum \dfrac{(f_o - f_e)^2}{f_e} = \dfrac{(16-8)^2}{8} + \dfrac{(24-34)^2}{34} + \dfrac{(10-8)^2}{8} = 11.44$。

（4）确定自由度，本例是三项分类，属性类别分类数 $k=3$，自由度 $df = k - 1 = 3 - 1 = 2$。

（5）查临界 χ^2 值，作出统计推断，当自由度 $df=2$ 时，查得 $\chi^2_{0.05}(2) = 10.6$，因为 $\chi^2 > \chi^2_{0.05}(2)$，所以该班学生的身体状态不符合正态分布。

【例 8-4 的 SPSS 操作步骤】

第一步，建立 SPSS 数据文件，如图 8-11 所示。其中"type"表示体检结果的类别，以"1"表示甲类，"2"表示乙类，"3"表示丙类，"count"表示对应的学生人数。

第二步，鼠标单击 Data/Weight Cases。打开 Weight Cases 主对话框，如图 8-12 所示。从左侧选择"count"变量，单击中间的箭头按钮，将其移到右边"Frequency Variable"框中作为频数变量，单击"OK"。

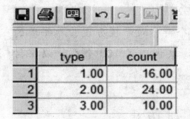

图 8-11　卡方检验数据库的建立

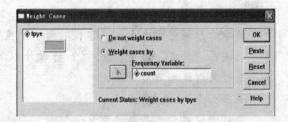

图 8-12　观察值加权操作示意图

第三步，鼠标单击"Analyze/Nonparametric Tests/Chi-Square..."，如图 8-13 从左侧选择"type"变量，单击中间的箭头按钮，将其移到右边"Test Variable List"框中作为频数变量，并将"value"定义为"8，34，8"。单击"OK"。

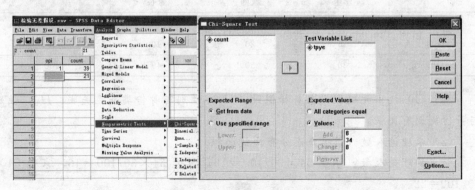

图 8-13　正态分布的假设检验操作

第四步，所得结果及分析，见表 8-14 和表 8-15。

表 8-14 表明，实际次数与理论次数分别为：（16，8）；（24，34）；（10，8）。

表 8-15 表明，$\chi^2 = 11.441$，自由度 $df = 2$，显著性水平 $P = 0.003$，即该班学生的身体状态不符合正态分布。该结果与手工计算的结论一致。

表 8-14 正态分布的假设检验结果（1）

Types（体检结果类别）	Observed n（观察值）	Expected n（理论值）	Residual（残差）
1.00（甲类）	16	8.0	8.0
2.00（乙类）	24	34.0	−10.0
3.00（丙类）	10	8.0	2.0
Total（总人数）/人	50		

表 8-15 正态分布的假设检验结果（2）

Test（分析项目）	Type（体检结果的正态性检验）
Chi-Square（卡方值）	11.441
df（自由度）	2
P（显著性水平）	0.003

（二）独立性检验

1. 列表资料的 χ^2 检验

例 8-5

某学者想调查学生个人、学校教师、学生家长三个群体对学校办理营养早餐的意见反映是"赞成"还是"反对"？特设计以下问卷，共调查了 100 个人，以探讨态度是否与群体类别有关联。

填答人身份：□学生　　　□教师　　　　□家长

您对学校办营养早餐的意见如何？　　□赞成　　　　□反对

三个群体调查数据汇总表见表 8-16。

表 8-16 三个群体调查数据汇总表　　　　　　　　单位：人

意见	身份			总计
	学生	教师	家长	
赞成	14	10	30	54
反对	16	20	10	46
总计	30	30	40	100

解：（1）提出无效假设与备择假设，H_0：性别与身份类别无关联；H_1：性别与身份类别有关联。

（2）求理论人数（根据正态分布曲线面积）。

赞成的理论人数：学生 $54 \times 30/100 = 16$，教师 $54 \times 30/100 = 16$，家长 $54 \times 40/100 = 22$

反对的理论人数：学生 $46 \times 30/100 = 14$，教师 $46 \times 30/100 = 14$，家长 $46 \times 40/100 = 18$

（3）计算统计量。

$$\chi^2 = \sum \frac{(f_o - f_e)^2}{f_e} = \frac{(14-16)^2}{16} + \frac{(10-16)^2}{16} + \frac{(30-22)^2}{22} + \frac{(16-14)^2}{14} +$$

$$\frac{(20-14)^2}{14} + \frac{(10-18)^2}{18} = 12.91$$

（4）确定自由度，$df = (2-1)(3-1) = 2$。

（5）查临界 χ^2 值，作出统计推断，当自由度 $df = 2$ 时，查得 $\chi^2_{0.05}(2) = 10.6$，计算值 $\chi^2 > \chi^2_{0.05}(2)$，说明性别与身份类别有关联。

【例 8-5 的 SPSS 操作步骤】

第一步，建立 SPSS 数据库，如图 8-14 所示。其中，以"sub"表示个人身份，个人身份中的"1"、"2"、"3"分别表示学生、教师、家长；以"OPC"表示对学校营养早餐的意见，意见中的"1"、"2"分别表示赞成和反对。

第二步，鼠标单击 Data/Weight Cases。打开 Weight Cases 主对话框，如图 8-15 所示。从左侧选择"count"变量，单击中间的箭头按钮，将其移到右边"Frequency Variable"框中作为频数变量，单击"OK"。

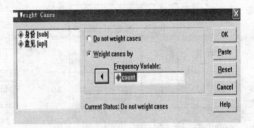

	身份	意见	count
1	1.00	1.00	14.00
2	1.00	2.00	16.00
3	2.00	1.00	10.00
4	2.00	2.00	20.00
5	3.00	1.00	30.00
6	3.00	2.00	10.00

图 8-14 数据库的建立　　　　　　图 8-15 观察值加权操作示意图

第三步，鼠标单击"Analyze/Descriptive Statistics /Crosstabs…"，从左侧选择"意见"变量，单击中间的箭头按钮，将其移到右边"Row"框中；从左侧选择"身份"变量，单击中间的箭头按钮，将其移到右边"Column"框中，如图 8-16。

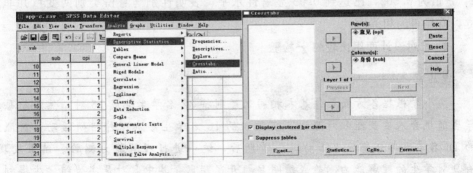

图 8-16 数据的分析操作

第四步，单击"Statistics"按钮，打开此对话框，选中"Chi-square"复选项，如图 8-17。单击"Continue"回到主对话框，而后单击"OK"。

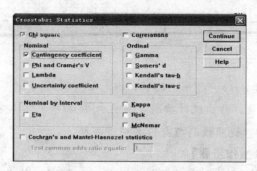

图 8-17　分析项目选择操作

第五步，结果及分析。见表 8-17 和表 8-18。

表 8-17　三个群体意见对应人数统一表

opi（意见）	sub（身份）			总数
	1（学生）	2（教师）	3（家长）	
1（赞成）	14	10	30	54
2（反对）	16	20	10	46
Total（合计）	30	30	40	100

表 8-18　样本独立性卡方检验

Tests（分析项目）	Value（计算值）	df（自由度）	P（2-sided）（双侧检验的显著性水平）
Pearson Chi-Square（卡方值）	12.909	2	0.002
Likelihood Ratio（可能比）	13.356	2	0.001
Linear-by-Linear Association（线性结合）	6.490	1	0.011
N of Valid Cases（有效人数）	100		

表 8-17 表明，各个单元格所对应的人数统计结果。

表 8-18 表明，独立性卡方检验的结果。在本例中 χ^2 值为 12.909，自由度为 2，P 值为 0.002，已达到 0.05 显著性水平，表明性别与身份类别两变量并非独立，有显著的相关性。

2. 配对设计两组比较的 χ^2 检验

例 8-6

某小学根据各方面条件基本相同的原则将 32 名学生配成 16 对，然后把每对学生随机分入实验组和对照组，实验组的 16 名学生参加课外科研活动，对照组的 16 名学生部分参加此活动，一学期后，统一进行理解能力测验。结果发现，有 9 对学生的理解能力测验成绩明显拉开了距离，其中 8 对是实验组学生得到了"及格"，对照组学生得到"不及格"，1 对是对照组学生得到及格，实验组学生得到不及格，结果如表 8-19 所示。问：参不参加课外科研活动与理解能力测验及格率有无差别？

表 8-19 实验组与对照组测试成绩结果

实验组	对照组		合计
	及格	不及格	
及格	5(a)	8(b)	13
不及格	1(c)	2(d)	3
合计	6	10	16

分析：配对样本比率差异显著性检验与配对样本四格表 χ^2 检验功能相同。其检验公式为：$\chi^2 = \dfrac{(b-c)^2}{b+c}$ 但基于假设要求，只要四个单元格中有一格的理论次数小于 5，就可用四格表 χ^2 校正公式。其公式为：$\chi^2 = \dfrac{(|b-c|-1)^2}{b+c}$。

解：（1）建立假设，H_0：两组学生理解能力及格率相等；H_1：两组学生理解能力测验及格率不等。

（2）计算检验统计量，由于 $1+8=9<40$，因此，采用四格表 χ^2 校正公式进行计算 $\chi^2 = \dfrac{(|8-1|-1)^2}{8+1} = 4$。

（3）确定自由度，$df = (2-1)(2-1) = 1$。

（4）查临界 χ^2 值，作出统计推断，当自由度 $df=1$ 时，查得 $\chi^2_{0.05}(1)=3.84$，计算的 $\chi^2 > \chi^2_{0.05}(1)$，说明按 $a=0.05$ 检验水平拒绝原假设，认为两组学生理解能力测验及格率有差别。

【例 8-6 的 SPSS 操作步骤】

第一步，建立 SPSS 数据库，如图 8-18 所示。其中，以"1"、"2"分别表示及格与不及格，以"count"表示人数。

第二步，鼠标单击 Data/Weight Cases。打开 Weight Cases 主对话框，如图 8-19 所示。从左侧选择"count"变量，单击中间的箭头按钮，将其移到右边"Frequency Variable"框中作为频数变量，单击"OK"。

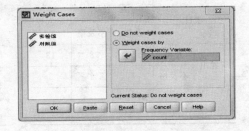

图 8-18 建立数据库   图 8-19 观察值加权操作示意图

第三步，鼠标单击"Analyze/Descriptive Statistics /Crosstabs..."，从左侧选择"实验组"变量，单击中间的箭头按钮，将其移到右边"Row"框中；从左侧选择"对照组"变量，单击中间的箭头按钮，将其移到右边"Column"框中，如图 8-20 所示，图中"sub"表示实验分组，"1"、"2"分别对应为实验组与对照组。

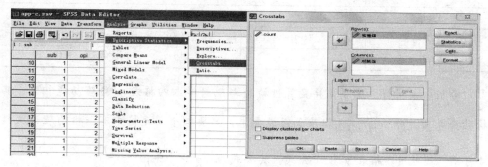

图 8-20 分析项目选择操作

第四步，单击"Statistics"按钮，选中"McNemar"（卡方值）复选项，如图 8-21 所示，单击"Continue"按钮，返回主对话框。单击 OK 按钮，执行 SPSS 命令。

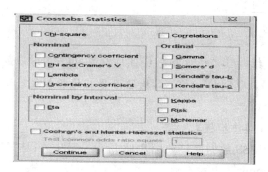

图 8-21 界定"Statistics"次指令对话框

第五步，结果及分析，见表 8-20 和表 8-21。

表 8-20 实验组与对照组人数统计表

项目		对照组		总人数
		及格	不及格	
实验组	及格	5	8	13
	不及格	1	2	3
总数		6	10	16

表 8-21 麦克尼马尔卡方检验

Tests（分析项目）	Value(计算值)	P(2-sided)（对测检验的显著性水平 P）
McNemar Test（麦克尼马尔卡方检验）	—	0.039
N of Valid Cases（有效人数）	16	—

表 8-20 为实验组和对照组的交叉表。表 8-21 为 McNemar 检验结果，其精确概率小于 0.039，小于 0.05 的检验水平，有统计学意义，与手算结果一致。可以认为参加课外科研活动的学生的理解能力测验及格率提高了。

（三）同质性检验

独立性检验是对同一样本的若干变量关联情形的检验，目的在于判明数据资料是相互关联还是彼此独立；而同质性检验则是对两个样本同一变量的分布状况的检验，是对几个样本数据是否同质做出统计决断。

例 8-7

从四所幼儿园分别随机抽出 6 岁儿童若干，各自组成一个实验组，进行实际测验。测验材料是红、绿、蓝三种颜色数学的字母，以单位时间内的识记数量为指标，结果如表 8-22 所示。问四组数据是否可以合并分析。

表 8-22　幼儿单位时间内识记字母数量

分组	红色字母	绿色字母	蓝色字母
1	24	17	19
2	15	12	9
3	20	20	14
4	10	25	28

解：（1）建立假设

H_0：四个实验组是来自理论比率相同的总体；H_1：四个实验组是来自理论比率不相同的总体。

（2）计算统计量，确定自由度

每组儿童对三种颜色字母识记效果的理论比率各位 1/3，根据公式 $\chi^2 = \sum \frac{(f_o - f_e)^2}{f_e}$ 可算出各组的 χ^2 值分别为 1.3，1.5，1.33，8.86。各组的自由度 $df = 3 - 1 = 2$。

四个组的累计 χ^2 值为 12.99，自由度为四个组的自由度之和，$df = 2 + 2 + 2 + 2 = 8$。将四组的数据合并，以总测试数据计算的 χ^2 值为 0.20，自由度 $df = 3 - 1 = 2$。

计算异质性 χ^2 值为 12.99 − 0.20 = 12.79，自由度为 8 − 2 = 6。这四个实验组测试效果的异质性 χ^2 值分析结果见表 8-23。

表 8-23　四个实验组测试效果的异质性 χ^2 值分析

Tests(分析项目)	χ^2	df(自由度)	P(显著性水平)
合并 χ^2 值	0.20	2	> 0.05
异质性 χ^2 值	12.79	6	< 0.05
Total(总计)	12.99	8	—

（3）查临界 χ^2 值，作出统计推断

查表得，$\chi^2_{0.05}(6)=12.6$，计算所得的异质性 $\chi^2 > \chi^2_{0.05}(6)$，说明这四个实验组不是来自理论比率相同的总体，四组数据不同质，不能合并分析。

【例 8-7 的 SPSS 操作步骤】

第一步，建立 SPSS 数据库，如图 8-22 所示。其中，"幼儿园"栏内的"1"、"2"、"3"、"4"分别代表四所幼儿园，"颜色"栏中的"1"、"2"、"3"分别表示字母的颜色"红"、"绿"、"蓝"。

第二步，打开应用视窗中，鼠标单击"Analyze/Descriptive Statistics/Crosstabs..."，将"颜色类型"移至"Row"框；点击"幼儿园类型"移至"Column"框中，如图 8-23 所示。

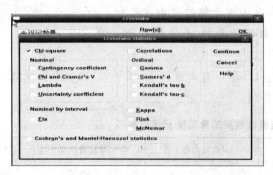

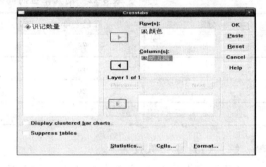

图 8-22　建立数据库　　　　　图 8-23　界定同质性检验的 Crosstabs 指令对话框

第三步，单击"Statistics"次指令对话框，并点击其中的"Chi-square"选项，并单击"Continue"，见图 8-24。

第四步，单击"Cells"次指令对话框，并点击"Observed"、"Row"、"Column"、"Total"、"Adjusted Standardized"五个复选项，并单击"Continue"，最后点击"OK"，SPSS 会自动运行分析。如图 8-25 所示。

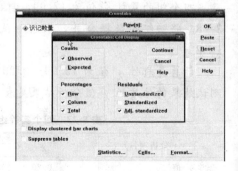

图 8-24　"Statistics"次指令对话框　　　　图 8-25　"Cells"次指令对话框

第五步，结果及分析，见表 8-24、表 8-25 和表 8-26。

表 8-24　参与统计处理人数

Vaild(有效人数)		缺失人数		Total(总人数)	
n(人数)/人	Percent(百分比)/%	n(人数)/人	Percent(百分比)/%	n(人数)/人	Percent(百分比)/%
12	100.0	0	0	12	100.0

表 8-25　颜色与幼儿园二维度列联表

Colors(颜色)	Statistics(统计项目)	Nursery school(幼儿园)				Total(合计)
		园一	园二	园三	园四	
红色	Count(红色种类数)	1	1	1	1	4
	%within(红色所占比率)	25.0%	25.0%	25.0%	25.0%	100.0%
	% within(幼儿园所占红色比率)	33.3%	33.3%	33.3%	33.3%	33.3%
	% of Total(红色所占总比率)	8.3%	8.3%	8.3%	8.3%	33.3%
	Adjusted Residual(残差调整)	0.0	0.0	0.0	0.0	—
绿色	Count(绿色种类数)	1	1	1	1	4
	% within(绿色所占比率)	25.0%	25.0%	25.0%	25.0%	100.0%
	% within(幼儿园所占绿色比率)	33.3%	33.3%	33.3%	33.3%	33.3%
	% of Total(绿色所占总比率)	8.3%	8.3%	8.3%	8.3%	33.3%
	Adjusted Residual(残差调整)	0.0	0.0	0.0	0.0	—
蓝色	Count(蓝色种类数)	1	1	1	1	4
	% within(蓝色所占比率)	25.0%	25.0%	25.0%	25.0%	100.0%
	% within(幼儿园所占蓝色比率)	33.3%	33.3%	33.3%	33.3%	33.3%
	% of Total(蓝色所占总比率)	8.3%	8.3%	8.3%	8.3%	33.3%
	Adjusted Residual(残差调整)	0.0	0.0	0.0	0.0	—
Total(合计)	Count(颜色总的种类数)	3	3	3	3	12
	% within(颜色总的比率)	25.0%	25.0%	25.0%	25.0%	100.0%
	%within(幼儿园所占颜色总的比率)	100.0%	100.0%	100.0%	100.0%	100.0%
	% of Total(幼儿园所占总比率)	25.0%	25.0%	25.0%	25.0%	100.0%

表 8-26　皮尔逊卡方检验

Tests(分析项目)	Value(计算值)	df(自由度)	P(2-sided)(双侧检验显著性水平 P 值)
Pearson Chi-Square(皮尔逊卡方)	0.000(a)	6	1.000
Likelihood Ratio(可能比率)	0.000	6	1.000
N of Valid Cases(有效人数)	12	—	—

表 8-24 是关于数据文件中观察值在颜色与幼儿园两个变量上的有效值个数信息；表 8-25 是二维度列联表；表 8-26 是同质性卡方检验结果，结果表明 $\chi^2_{0.05}(6)$

＞0.05，四者差异不显著，说明这四个实验组不是来自理论比率相同的总体，四组数据不同质，不能合并分析。

四、回归分析以及 SPSS 操作

回归分析是指将一个因变量与一个或一个以上自变量间的关系。根据自变量的数目分为一元回归分析和多元回归分析。回归分析的应用主要包括：（1）探讨与解释自变量与因变量间关系强弱与方向；（2）探索对因变量的最佳预测方程；（3）控制干扰变量后，探讨自变量与因变量的真正关系；（4）探讨自变量间交互作用效果与因变量的关系。

（一）采用手工计算

例 8-8

从 10 个居民点调查的结果（见表 8-27），其中 y 表示想购置某种高档时装的青年人百分百比，x_1 表示某居民点的青年人受教育水平的某种指数，x_2 表示青年人所在家庭的月收入（元）。青年人的受教育水平和家庭月收入对购置某种高档时装是否具有预测作用？预测力如何？

表 8-27　居民点调查信息表

居民点序号	1	2	3	4	5	6	7	8	9	10
喜欢人数 y/人	50	52	56	69	62	74	68	69	70	71
教育指数 x_1	38	39	39	41	44	42	43	46	48	47
月均收入 x_2/元	50	50	54	56	56	60	64	63	62	60

解：1. 方程的建立

设因变量为 y，自变量为 x_1 和 x_2，则有：$y=a+b_1x_1+b_2x_2$

居民点序	1	2	3	4	5	6	7	8	9	10	Σ	Σ^2	M(均值)	S(标准差)
y	50	52	56	69	62	74	68	69	70	71	621	39087	62.1	7.23
x_1	38	39	39	41	44	42	43	46	48	47	427	18435	42.1	3.348
x_2	50	50	54	56	56	60	64	63	62	60	575	33297	57.5	4.843

（1）基本统计量的计算

$S_y=7.23$　$S_{x_1}=3.348$　$S_{x_2}=4.843$；$\sum x_1 y=225.3$　$\sum x_2 y=331.5$

$\sum x_1 x_2=129.8$

（2）求偏回归系数 b_1、b_2 和 a

$b_1\sum x_1^2+b_2\sum x_1 x_2=\sum x_1 y$；　　$b_1\sum x_1 x_2+b_2\sum x_2^2=\sum x_2 y$

将基本统计量带入方程组，得：$112.1b_1+130.4b_2=225.8$；$129.5b_1+234.5b_2=129.8$

解方程组，得：$b_1=1.05$；$b_2=0.82$

(3) 求截距 $a=-30$

所以，二元方程为：$y=1.05x_1+0.82x_2-30$

2. 方程的检验（方差分析法）

总离差平方和 $SS_t=\sum y-\sum y^2/n=522.9$（$n$ 为居民点数）

水平项离差平方和 $SS_R=b_1\sum x_1 y+ b_2\sum x_2 y=508.395$

误差项离差平方和 $SS_e=SS_t-SS_R=522.9-508.395=144.505$

水平项均方 $MS_R=SS_R/K=254.20$（K 为自变量数）

误差项均方 $MS_e=SS_e/(n-K-1)=2.04$

$F=MS_R/MS_e=122.8$

在显著性水平 $P=0.01$ 时查表，理论值 $F_{(2,7)}=9.55$，小于实际值 $F=122.08$，说明方程的均值差异不显著。

3. 预测，即预测因变量的波动区间

预测值 $y_0=y\pm1.96S_E(y-y_0)=41.4\pm1.96\times4.079=33.41\sim49.39$（$S_E$ 为标准差）

4. 自变量的选择

采用逐步回归法，按照 x 对 y 的作用大小，从小到大引入回归方程。如果自变量显著就保留，不显著则剔除。

（二）运用 SPSS 操作

例 8-9

有一名研究者想了解学生学业失败的行为反应与学业成绩、努力归因、考试焦虑以及学习难度设定等四个变量间的关系。在抽取 50 名中学生为样本后，分别以适当的测量工具测得样本在五个变量的分数。试问学生学业失败的行为反应与四个自变量间是否有关系存在？四变量对学业失败的行为反应是否有显著预测作用？预测力如何？

统计方法：逐步多元回归分析法。

第一步，建立 SPSS 数据库，以“FY”代表因变量“学业失败行为反应”，以“CJ”代表自变量“学业成绩”，以“GY”代表自变量“努力归因”，以“JL”代表自变量“考试焦虑”，以“ND”代表自变量“学习难度设定”（注意：因变量与自变量的代码输入软件时均默认为小写，但在分析结果输出时均默认为大写）。如图 8-26。

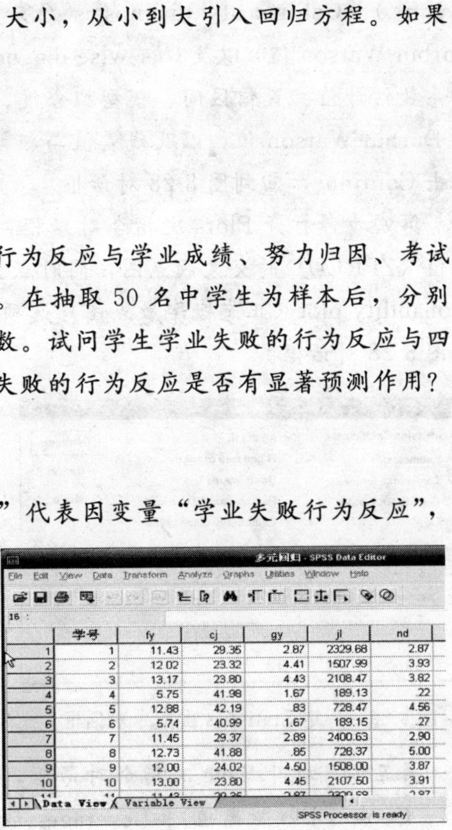

	学号	fy	cj	gy	jl	nd
1	1	11.43	29.35	2.87	2329.68	2.87
2	2	12.02	23.32	4.41	1507.99	3.93
3	3	13.17	23.80	4.43	2108.47	3.82
4	4	5.75	41.98	1.67	189.13	.22
5	5	12.88	42.19	.83	728.47	4.56
6	6	5.74	40.99	1.67	189.15	.27
7	7	11.45	29.37	2.89	2400.63	2.90
8	8	12.73	41.88	.85	728.37	5.00
9	9	12.00	24.02	4.50	1508.00	3.87
10	10	13.00	23.80	4.45	2107.50	3.91

图 8-26　［例 8-9］假设性数据（1）

第二步，打开应用视窗中，鼠标单

击 Analyze（分析）功能表 Regression（回归方法）下的 Linear（线性）指令对话框，如图 8-27 所示；此外，并将 FY 移至 Depandent 因变量方格中，将 CJ、GY、JL、ND 移至 Indepandent（s）自变量方格中，至于自变量的选择方法，Spss 内设 ［Enter］法，如图 8-28 所示。

图 8-27　［例 8-9］假设性数据（2）

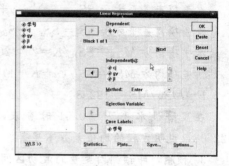

图 8-28　界定 Linear（线性）指令对话框

第三步，打开 Statistics 次指令对话框，点击 Estimates（回归系数估计值）、Confidence interval（置信区间）、Model fit（模型拟合度）、Descriptives（描述性统计量）、Collinearity diagnosics（多重共线性）、Durbin-Watson（自我相关 Durbin-Watson 值）以及 Casewise diagnostics（残差值与极端值）等选项，界定回归系数估计值、置信区间、模型拟合度、描述性统计量、多重共线性检验、自我相关 Durbin-Watson 值，以及残差值与极端值分析等统计量，如图 8-29 所示，然后点击 Continue，回到图 8-28 对话框。

第四步，打开 Plots 次指令对话框，界定绘制标准化残差值（ZRESID）与预定值（ZPRED）的交叉散点图，同时点击 Histogrm（残差值的直方图）与 Normal probability plot（正态概率散点图）选项，如图 8-30 所示，然后点击 Continue，回到图 8-28 对话框。

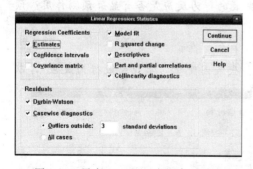

图 8-29　界定 Statistics 次指令对话框

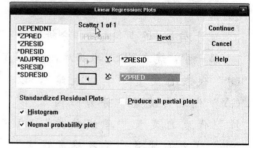

图 8-30　界定 Plots 次指令对话框

第五步，打开 Save 次指令对话框，界定包括 Unstandardized（未标准化预测值）；Cook's D（距离值）、Leverage values（杠杆值）；所有 Residuals（残差）复选框（未标准化残差值、标准化残差值、t 化残差值、删除后标准化残差值、删除

后 *t* 化残差值）；Standardized Df Beta（s）（标准化回归系数差异量）、Standardized Df Fit（标准化预测值差异量）以及 Covariance ratio（协方差比值）等预测值或残差检验值，如图 8-31 所示。然后，点击 Continue，回到图 8-28 对话框。

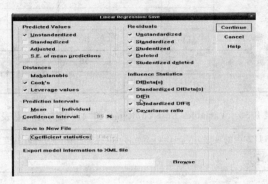

图 8-31　界定 Save 次指令对话框

完成上述界定工作后，就只要点击 OK 钮，SPSS 会运行统计分析。

第六步，结果与分析，见表 8-28、表 8-29、表 8-30。

表 8-28　Descriptive Statistics（描述性统计表）

变量	Mean（平均值）	Std. Deviation（标准差）	*n*（人数）/人
FY	11.1586	2.62776	50
CJ	31.2620	8.24198	50
GY	3.0178	1.47497	50
JL	1415.8460	798.23436	50
ND	3.2046	1.51595	50

表 8-29　Correlations（相关分析表）

Tests（分析项目）	变量	FY	CJ	GY	JL	ND
Pearson Correlation（皮尔逊相关系数）	FY	1.000	−0.546	0.409	0.656	0.961
	CJ	−0.546	1.000	−0.976	−0.811	−0.384
	GY	0.409	−0.976	1.000	0.687	0.258
	JL	0.656	−0.811	0.687	1.000	0.442
	ND	0.961	−0.384	0.258	0.442	1.000
P（1-tailed）（单尾检验显著性水平）	FY	0.0	0.000	0.002	0.000	0.000
	CJ	0.000	0.0	0.000	0.000	0.003
	GY	0.002	0.000	0.0	0.000	0.035
	JL	0.000	0.000	0.000	0.0	0.001
	ND	0.000	0.003	0.035	0.001	—

Tests(分析项目)	变量	FY	CJ	GY	JL	ND
	FY	50	50	50	50	50
	CJ	50	50	50	50	50
n(总人数)/人	GY	50	50	50	50	50
	JL	50	50	50	50	50
	ND	50	50	50	50	50

表 8-30　Variables Entered/Removed（回归方程信息表）

Variables Entered(进入回归方程的变量)	Variables Removed(排除在回归方程外的变量)	Method(发现方法)
ND, GY, JL, CJ	—	Enter(进入)

表 8-28 表明输出有关变量的描述性统计，主要是平均数和标准差。

表 8-29 输出五个变量间的稽查相关系数矩阵图。这个矩阵包括了相关系数相关、相关系数所对应的单尾显著性检验概率值以及有关的样本数。由表可知五个变量间都在 0.05 或 0.01 水平上存在显著或极显著相关，表明这些变量间可能存在有线性归因。

表 8-30 表明有关回归方程的相关信息。有表可知，四个变量进入回归方程的依次为学习难度设定、努力归因、考试焦虑、学业成绩。

表 8-31 表明有关回归方程的统计量。由表可知，四个自变量与因变量的多元相关系数（$R = 0.997$），决定系数为 $R^2 = 0.994$，校正后决定系数 $R^2 = 0.993$，根据决定系数可知四个变量共可以解释因变量总变异量得 99%。

表 8-31　Model Summary（回归方程的统计量表）

R （多元相关系数）	R Square （决定系数）	Adjusted R Square （校正后的决定系数）	Std. Error of the Estimate （估计值的标准误）	Durbin-Watson （沃森-德宾系数）
0.997	0.994	0.993	0.21535	1.568

表 8-32 输出有关回归方程的方差分析表。由表可知，整体回归方程的 F 值为 1812.655，已经达到 0.001 显著性水平，表示自变量和因变量间有显著相关存在，亦表明四个变量至少一个与因变量相关达到显著性水平，至于那个自变量与因变量相关显著，必须由进一步个别回归的检验结果才能得知。

表 8-32　ANOVA（回归方程方差分析表）

Source （变异来源）	SS （平方和）	df （自由度）	MS （均方）	F	P （显著性水平）
Regression（衰退）	336.263	4	84.066	1812.655	0.000
Residual（残差）	2.087	45	0.046		
Total（总变异）	338.350	49			

表 8-33 表明了有关回归方程中参数的检验结果。表中输出有关参数的信息依次为未标准化回归系数、回归系数的标准误、标准化回归系数、回归系数的 t 值及显著性水平、容忍度和波动值等。因为标准化回归系数表明，四个变量与因变量的关系为正相关，且回归系数的 t 值以及 95％置信区间估计值可表明回归系数均达到显著水平，因此，说明四个自变量均能较好的预测因变量。

表 8-33 Coefficients（回归方程中参数的检验结果）

Independent variable（自变量）	B（未标准化回归系数）	Beta（标准化回归系数）	t	P（显著性水平）	Collinearity Statistics(共线性统计)	
					Tolerance(容忍度)	VIF(波动值)
CJ	0.282	0.886	5.661	0.000	0.006	178.539
GY	1.245	0.699	5.547	0.000	0.009	115.704
JL	0.002	0.497	12.477	0.000	0.086	11.577
ND	1.562	0.901	50.658	0.000	0.433	2.307

表 8-34 输出有关自变量间多重共线性的检验结果。表中所输出的有关参数的信息依序为特征值，条件指数以及方差比例。由表 8-34 可知，本有 5 个特征值，且最大的条件指数为 211.427，说明自变量间有高度的多重共线性。

表 8-34 Collinearity Diagnostics（多重共线性检验结果）

Dimension（维度）	Eigenvalue（特征值）	Condition Index（条件指数）	Variance Proportions(方差比例)			
			CJ	GY	JL	ND
1	4.469	1.000	0.00	0.00	0.00	0.00
2	0.339	3.633	0.00	0.00	0.02	0.00
3	0.129	5.885	0.00	0.00	0.00	0.44
4	0.063	8.440	0.00	0.01	0.18	0.08
5	9.999E-05	211.427	1.00	0.99	0.81	0.47

总之，教育与心理问题影响因素多，在研究过程中，很多因素也难以完全控制，因此，只有采用统计的方法来处理数据、分析结果、得出结论，才更具合理性和科学性。

第四节 ◉ 化学教育心理研究论文的写作与发表

科研论文或研究报告的撰写是教育科研的重要环节，是完整研究过程的最后一环，是科研成果最详实、最系统、最可靠的总结和表述，是科研成果的结晶和贮存，也是鉴定和评审研究成果的重要依据。另外，它也是考核评价人才，评定职称的主要依据。因此，撰写科研论文对广大教师和科研工作者都具有重要的意义。

　　然而，在实际操作过程中，教育科研论文常常存在一些弊端，具体表现在以下几个方面：一是经验多、理论少；二是阐释多、导向少；三是提出问题多，解决问题少，俗称为牢骚多，点子少；四是定性描述多、定量分析少；五是老题重做多，新的创意少。

　　那么，如何才能撰写一篇优质的论文呢？

　　我们认为，撰写论文虽然是整个研究过程中的最后一步，但实际上研究者应该要把撰写论文的构思贯穿于整个研究之中，一般来说，在研究的后期，论文各部分的雏形就已经形成。

　　正式写作论文时，首先要确定论文类型，并以此确定其写作的内容、方式和篇幅等项目。一般来说，若按照其作用可分为学位论文、会议宣读论文、投稿发表论文、评优评奖论文等；若按照其研究内容可分为实验研究报告、综述论文、理论性论文、方法学论文、个案研究等。然后，拟定写作提纲并写作初稿。提纲一般是从大到小，由粗而细，通盘考虑论文的结构，并按一定的时空关系、逻辑关系组织相应的材料，从而使文章的层次清楚，结构完整。初稿的写作，尽量做到一气呵成，以确保思路的连贯性。最后是修改定稿。修改主要考察三个方面，一是论文的结构，如内容是否完整，层次是否清晰，详略是否得当，论点与论据是否一致；二是文章的内容，如引用的资料是否准确无误，结果分析方法是否科学，结论是否合理；三是文章的言语表达，如用词是否恰当，语句是否通顺，表达是否简洁、规范等。

　　本节将具体结合论文的写作规范，介绍论文各个部分的写作方法。

一、论文前置部分的写作

　　论文的前置部分包括题名、作者及其单位署名、摘要、关键词等，发表论文还包含有中图分类号、文献标识码，作者简介及部分英文翻译等。

1. 标题

　　（1）总标题　论文的总标题应总结概括文章的要旨，体现作者的主要观点，反映研究的变量及其相互关系，要求中心突出、观点宣明、概念明确、言简意赅，题名还应符合编制题录、索引和检索的有关原则并有助于选择关键词和分类号。中文题名一般不超过20个汉字，必要时可加副题名。题名中应避免使用非公知公用的缩略语、字符、代号以及结构式和公式。文章还应有英文题名，英文翻译要以短语为主要形式，尤以名词性短语最常见，动词一般用动名词的形式。

　　（2）层次标题（即子标题）　层次标题一般不超过4级，且在层次标题后，一般无标点符号和标注。同一级并列的几个子标题尽量使用结构相似的对仗句，以增强可读性。标题序的标法通常有两种：一种是用阿拉伯数字表示；另外一种是用中文数字表示，具体对照见表8-35，两者不可混用，且前后要一致。

表 8-35 论文标题序号对照表

项 目	阿拉伯数字表示的标题序	用中文数字表示的标题序
一级标题序	1□□(一级标题名称)	一、(一级标题名称)
二级标题序	1.1 □(二级标题名称)	□□(一)(二级标题名称)
三级标题序	1.1.1□(三级标题名称)	□□1.(三级标题名称)
四级标题序	1.1.1.1(四级标题名称)	□□(1)(四级标题名称)

2. 作者及其相关信息

（1）作者 论文的作者署名通常按照贡献大小先后排序，如有排名靠后的通讯作者，则要在首页的页脚予以注明。

（2）作者所属机构 论文的作者单位必须以使用全称标注，并注明其通讯联系方式。若有多个单位，则可在作者姓名右上方用"1，2"等字样标明，并在作者姓名下方说明其单位名称。如张三、李四、王五分别来自两个不同的单位，则可使用下述标注方法：

张三[1]　　　李四[1,2]　　　王五[2]

（1 湖南师范大学教育科学学院，湖南 长沙：410081；2 西南大学心理学院 重庆 北碚：400715）

（3）作者简介 作者（包括通讯作者）简介通常使用题注的方式在首页的页脚标明其出生年月、籍贯、所属单位、专长、电子信箱等信息，方便读者联系与交流。

如果论文的研究获得了某课题或基金的资助，则通常也要在题注中标明其所获资助的课题或基金的名称及编号。

3. 论文摘要

摘要是对全文的归纳总结，通过摘要的阅读，读者可基本了解文章的研究主题、内容、方法和结果。通常要求使用第三人称进行陈述，并自成一体，独立成篇，语言简洁，逻辑分明，重点突出，表述客观。切忌在摘要中对概念进行辨析，对意义进行阐述，对结果进行评价，摘要也不应出现图表、冗长的数学公式和非公知公用的符号、缩略语。中文摘要编写篇幅应控制在 100～300 字，英文摘要应与中文摘要相对应。中文摘要前加"摘要："作为标识，英文摘要前加"Abstract："作为标识。

（1）实验研究报告类论文摘要的写法 通常要求陈述研究的问题、被试、实验材料、实验过程与方法、实验结果及结论等项目。

摘要示例

研究思维策略训练对于高中生解决化学计算问题的有效性。被试为 1616 名高中学生，训练由经过培训的 17 名高中化学教师承担，实验时间为 10 周，训练采用自编的《高中生化学计算问题解决思维策略训练教程》及《自我提示卡》，在真实的课堂教学情境和正常的教学秩序下进行，以探索化学学科问题解决思维策略训练的有效性。结果表明：思维策略训练能显著地提高高中生的化学计算问题解决能力，且普通中学高中生的训练效果明显优于重点中学。（资料来源于《心理科学》2004 年第 5 期，吴鑫德等《思维策略训练对高中生化学问题解决能力影响的实验研究》）

（2）综述或理论性论文摘要的写法　通常要求陈述研究的主题、研究的意图、论题或组织结构和范围、资料来源及研究结论等项目。

摘要示例

个体所获得的社会支持对其积极适应和个人发展有显著影响。本文概述了社会支持的概念、划分、研究方法，并从提供支持的人数、来源、类型、影响因素等方面对青少年群体社会支持的研究现状进行了综述。（资料来源于《健康心理学》2003 年第 5 期，程虹娟等《青少年社会支持研究现状综述》）

（3）个案研究论文摘要的写法　通常要求陈述被试及其相关特征、个案所能说明的问题和问题解决的方法、对今后研究或理论建设的启示等项目。

摘要示例

该研究对一个 14 岁书写困难儿童 Z1 的动作和认知技能进行了系统的考察。Z1 的书写困难主要表现在以下几方面：书写速度慢，字与字之间的空间距离非常近，字迹难以辨认，笔画顺序混乱。该研究测查了 Z1 的基本智能和一系列精细动作技能、视觉、视空以及序列加工能力。结果发现，他的基本智能、视觉加工能力正常，动作技能和视空加工能力皆显著落后于控制组儿童。语言能力测试发现，他的识字量、阅读理解和听力理解均正常。他在汉字单字、双字词、数字和图片命名上的正确率与控制组没有显著差异，但命名速度明显慢于控制组。神经生理检查发现，他的脑电波轻度异常，核磁共振扫描（MRI）显示双侧脑室体后部和枕角周围白质和小脑发育异常。这些结果表明该儿童的书写困难是更广泛的动作协调障碍的一种体现，并可能以他的脑神经发育状况为基础。文章讨论了 Z1 书写障碍的认知神经机制及对书写障碍早期鉴别和训练的意义。（资料来源于《心理学报》2003 年第 5 期，孟祥芝等《发展性协调障碍与书写困难个案研究》）

（4）方法学研究论文摘要的写法　通常要求陈述方法的类别、方法的基本特征、方法的应用范围以及该方法在不同情况下的表现，包括它的统计力及在违反各项假设下的稳定性。

摘要作为整个论文的一部分，对于读者了解整个研究非常重要，为了便于将研究结果向全球推广应用，通常还要求将中文摘要翻译为英文，因此，英文摘要的表达应注意：①说明研究目的、叙述研究内容、描述结果、得出结论、提出建议或进行讨论时，要使用一般现在时；②在叙述研究的方法、过去某一时刻（时段）的发现、某一研究过程时，要使用一般过去时；③充分利用惯常的简化词语，如 vs. 代替 versus；④尽量使用主动语态而少用被动语态，尽量使用动词而不要使用动名词。

4. 关键词

论文的关键词是对研究的主题、内容、范围等项目的高度概括，是反映文章最主要内容的术语，对文献检索有重要作用。通常为 3～8 个名词或词组，未被收录的新学科、新技术中的重要术语以及文章题名中的人名、地名也可作为关键词标出。但要避免选用一些外延较广的词作为关键词，如"方法"、"心理学"、"作用"等。

多个关键词之间应以分号分隔，以便于计算机自动切分。中、英文关键词应一一对应。中文关键词前应冠以"关键词："作为标识，英文关键词前冠以"Key words："作为标识。

5. 文献标识码与中国图书分类号

(1) 文献标识码　为便于文献的统计和期刊评价，确定文献的检索范围，提高检索结果的适用性，每一篇文章或资料应标识一个文献标识码。

用"A"表示理论与应用研究学术论文（包括综述报告）；用"B"表示实用性技术成果报告（科技）、理论学习与社会实践总结（社科）；用"C"表示业务指导与技术管理性文章（包括领导讲话、特约评论等）；用"D"表示一般动态性信息（通讯、报道、会议活动、专访等）；用"E"表示文件、资料（包括历史资料、统计资料、机构、人物、书刊、知识介绍等）。

不属于上述各类的文章以及文摘、通讯、补白、广告、启事等，则一般不加文献标识码。

(2) 中国图书分类号　中国图书馆图书分类法是按照一定的思想观点，以学科分类为基础，结合图书资料的内容和特点，分门别类组成的分类表。它将知识门类分为哲学、社会科学、自然科学、马列主义和综合类五个基本部类。社会科学部类又展开为九大类，自然科学部类展开为十大类。具体某篇文章的中图分类号可利用网络查询获得。

若一篇论文涉及多学科领域，可以给出几个分类号，但分类号之间用冒号（：）分隔，其中主分类号排在首位。

二、论文正文部分的写作

正文是研究的主体部分，包括引言、论证、结论及相关标注或注释等项目。不同类型的论文其正文的写法存在差异，但各个部分必须遵循一定的逻辑、时空等关系，必须注意首尾呼应、前后一致、互相印证，切忌重复啰嗦、大话空话、不着边际。下面主要介绍研究报告型论文写作方法。

1. 实验研究报告型论文写作方法

研究报告型论文是对作者所从事的某项研究的陈述，包括前言、方法、结果、讨论、结论等内容。

（1）前言部分　前言通常要在简要的文献综述基础上，提出研究的内容和假设，说明研究的背景和条件，阐明研究的目的和意义，介绍研究的思路及相关理论基础。

（2）方法部分　研究方法包括被试和工具的选择、实验的设计与变量的分析、实施的过程与具体的方法等内容。具体写作方法详见本章第一节中"研究方案的设计"。

（3）结果部分　其任务是对实验数据进行统计分析，并把统计结果公之于众。在结果部分中，首先简单说明主要的结果或发现，然后尽量详细地报告数据（包括那些与假设相矛盾的结果），以验证研究假设。一般来说，除了个案设计或者单样本研究之外，其他的研究或调查都不需要报告单个的被试数据或者原始数据。

结果部分是非常有针对性的，也就是说，它应能够充分说明研究的主题，与研究方法中的研究假设内容一一对应，没有研究假设的结果是多余的，没有假设对应的结果是不全面的。

结果的呈现的方式主要是图、表或统计数字，所有的表格都称为表，所有的曲线图、图片或者示意图都称为图，表格或插图表达研究结果比文字更为简洁和直观。

① 统计图表呈现前的文字表述　研究中观测到的原始数据都是一个个分散的数字形式出现的，要使这些原始数据反映所要研究的问题，必须进行统计处理，不能罗列原始数据。因此，在图表呈现前，要报告图表数据相应的统计处理方法，并确定每一个表格和插图都在正文中有所提示，如"见表1"、"见图1"字样，且图与表要分开编号。

② 图表名称、序号的表述　一方面图表名称与序号标记的位置要恰当，通常表头标记在表格的上方，图名标记于图的下方；另一方面图表名称表达要恰当，通常要求表述图表的具体内容而不是数据统计方法，例如对三个学校学生的化学成绩进行方差分析，结果表述应该是"三个学校学生化学成绩均值差异比较"，而不能表述为"三个学校学生化学成绩的方差分析结果"，因为方差分析是统计方法，而方差分析表的实质是比较均值差异显著性。

③ 图表呈现的规范性　一要注意图形类别的选择，曲线图表示的是连续变量的变化趋势，而直方图不能表示连续的变量，例如三个学校学生化学成绩比较就不能采用曲线图，只能采用直方图。二要注意表格通常使用的是三线表，表格中的所有竖线都必须去掉。

④ 图表呈现的经济性　通常来说，能够用简单文字表述清楚的问题就无需呈现图表，例如两个变量的均值比较，就不需要呈现 t 检验的表格。

⑤ 统计图表呈现后的文字表述　由于图表本身不能完全传达信息，所以表格和插图都需要一些文字来辅助说明，这些文字通常需要告诉读者表格和插图说明了什么，表达了哪些含义，以便于读者对图表所信息的理解。

注意：统计图表呈现后的文字表述过程中，一方面要假设读者具有一定的统计学知识，不需要对一些常用专有名词和专业符号做多余的解释；另一方面要注意结果部分的内容是客观的，不要对结果的产生缘由做过多的主观分析和解释，这些主观内容应在后续"讨论"部分说明。

（4）讨论部分　讨论是研究者的主观分析判断，是从理论、操作等层面对本研究结果进行有针对性的分析、解释和补充说明。讨论的项目与研究假设、研究结果的项目是一一对应的，通常研究中有几点结果必有几个相应的讨论，有结果没有对应的讨论不足以说明结论推理的合理性，抛开研究结果的空泛讨论是没有意义和价值的。

① 讨论部分的写作方法　在讨论开始，应清楚的说明是支持还是不支持本研究预先所提出的假设，还应该说明研究结果与其他研究的异同，以及他们是如何证明结论的。在讨论中，应该对研究结果进行评估，并解释研究结果的意义，特别是与初始假设有关的结果，也可以对结果进行推论。还可以对研究存在的缺点进行说明，应该接受而不是掩饰负面的结果，但不必详细讨论每一个缺点。如果有可能，还需指出研究有何理论意义和实践意义，有何改进，或提出新的研究问题，但是这些论述要简略。

② 讨论部分应注意的问题　一方面，讨论中应该避免无谓的辩论以及琐碎无力的理论比较，只有当理论被实验数据证实，论点与实验数据或者理论有密切的逻辑关系，才可以进行推测并展开讨论；另一方面，不要简单的重新组织说明或重复已经说明过的观点；再有就是当讨论相对简单，无须进行更深入的理论分析时，作者可以将这一部分与结果部分合并，例如："结果与讨论"或"讨论与小结"。

（5）结论与说明

① 结论　"小结"或"结论"是对研究结果的全面归纳和总结，是研究结果的结论性语言表述，也是对初始研究假设的具体回答。研究结论的表述通常要求条理分明、简明扼要。

此外，由于结果是样本数据统计的表现形式，而结论是对研究对象总体的综合描述，所以研究结论经常会对研究结果做出适当的、合理的推论，但切不可无限外推，例如研究对象取样为城区高中生，那么研究结论只能限定为城区高中生，不能推及所有中学生。

② 说明　一般来说，文章最后一部分还应该考虑说明本研究的主要贡献或创新等问题。

2. 综述论文

综述性论文是通过对已发表材料的组织、综合和评价以及对当前研究进展的考察来澄清某些问题。

与实验研究报告不同的是，在论文的组织形式上，综述论文是按逻辑关系而不是按研究进程来组织的。

文章一般都分为三个部分，首先用一小段文字介绍此研究的背景、意义；然后详细介绍不同时期、不同研究阶段的概念的定义和研究的进展；最后对研究进行简要评述之后进行展望。

示例参见：严由伟．我国关于实证主义与现代西方心理学研究的综述．心理科学进展，2003，11（4）：475-479

3. 理论性论文

理论性论文是根据已有的研究文献来建构某个理论。它与综述性论文在结构上经常是类似的，但理论性论文只引用那些对其理论建构有作用的实验资料。

理论性论文一般分为四个部分，首先在分析某理论的局限性的基础上提出问题；然后介绍该理论的形成及要点；再就介绍新理论的基本假设；最后表述理论推论及实证研究的方法与结果。

示例参见：邓铸．问题解决的表征态理论．心理学探新，2003，23（4）：17-20

4. 个案研究论文

个案研究论文是根据某一个或几个被试的特殊情况，提出新的问题或解决问题的方法，也可以对难以解决的理论问题有所启示。它的文章结构与实验研究报告一样。

在个案研究的写作中，作者既要考虑到保护当事人的个人隐私，又要考虑到把重要的材料描述清楚，这个平衡点通常较难把握。可以让当事人查看已写好的个案研究，给出同意发表的书面意见，也可以通过改动个案材料的某些方面（如改变被试的人口学特征或增加一些无关材料）进行掩饰，以使当事人及其熟悉的人都认不出来。

示例参见：孟祥芝，周晓林，吴佳音．发展性协调障碍与书写困难个案研究．心理学报，2003，35（5）：604-609

5. 方法学论文

方法学论文是介绍一种新的研究方法，改进已有的研究方法，对定量的数据分析方法进行讨论。方法学论文分为三个部分，首先说明相关概念及背景，然后介绍研究方法介绍，最后进行简单评述。

示例参见：刘鸣．表象研究方法论．心理科学，2004，27（2）：258-260

三、论文后置部分的写作

论文的后置部分也是论文不可或缺的部分，它是对正文部分的延伸、补充或旁证，包括参考文献、附录、致谢等内容。

1. 参考文献的编排

参考文献是指为撰写或编辑论著而引用的有关期刊或图书资料，是对期刊论引文进行统计和分析的重要信息源之一。

按规定，在各类型出版物中，凡是引用前人或他人的观点、数据和材料等，都要对他们在论文中出现的地方予以标明（必要时还要做相应注释），并在文末或书末列出文献表，以表明作者对他人劳动的尊重，而且也避免了抄袭、剽窃他人的成果的嫌疑，同时为论著的审阅者、编者和读者评估论著的价值和水平提供了客观依据，但没有正式发表的文献不要列出。

参考文献的书写顺序有两种，一种是按照文章中出现的先后顺序排列（同一文献两处参考只列一个序号），另一种是按照姓氏第一个英文字母的顺序排列，且前中文文献后外文文献。参考文献的书写规范不同的出版物具有不同的要求。

（1）参考文献著录项目　通常采用 GB 7714 推荐的顺序编码制格式著录，内容包括：①主要责任者（专著作者、论文集主编、学位申报人、专利申请人、报告撰写人、期刊文章作者、析出文章作者），多个责任者之间以"，"分隔，注意在本项数据中不得出现缩写点"."（英文作者请将作者名写全）。主要责任者只列姓名，其后不加"著"、"编"、"主编"、"合编"等责任说明，也不要加"教授"、"处长"等职称和职务信息；②文献题名及版本（初版省略）；③文献类型及载体类型标识；④出版项（出版地、出版者、出版年）；⑤文献出处或电子文献的可获得地址；⑥文献起止页码；⑦文献标准编号（标准号、专利号……）。

（2）参考文献类型及其标识

① 文献类型标识　根据 GB 3469 规定，以单字母方式标识以下各种参考文献类型：

参考文献类型	专著	论文集	报纸文章	期刊文章	学位论文	报告	标准	专利
文献类型标识	M	C	N	J	D	R	S	P

对于专著、论文集中的析出文献，其文献类型标识建议采用单字母"A"。

对于其他未说明的文献类型，建议采用单字母"Z"。

对于数据库（database）、计算机程序（computer program）及电子公告（electronic bullet in board）等电子文献类型的参考文献，建议以下列双字母作为标识：

电子参考文献类型	数据库	计算机程序	电子公告
电子文献类型标识	DB	CP	EB

② 载体类型标识　对于纸张载体的传统文献在引作参考文献时不必注明其载体类型，但对于非纸张型载体的电子文献，当被引用为参考文献时，需在参考文献类型标识中同时标明其文献类型与载体类型。

通常采用双字母表示电子文献载体类型：

电子参考文献载体类型	磁带 magnetic tape	磁盘(disk)	光盘(CD-ROM)	联机网络(online)
电子文献载体类型标识	MT	DK	CD	OL

参考文献类型及其标识格式是：［文献类型标识/载体类型标识］，表示包括了文献载体类型的参考文献类型标识。如：［DB/OL］表示联机网上数据库（database online）；［DB/MT］表示磁带数据库（database on magnetic tape）；［M/CD］表示光盘图书（monograph on CD-ROM）；［CP/DK］表示磁盘软件（computer program on disk）；［J/OL］表示网上期刊（serial online）；［EB/OL］表示网上电子公告（electronic bulletin board online）。

（3）各类参考文献条目的编排格式及示例　参考文献的序号左顶格，并用数字加方括号表示，如［1］、［2］…，以与正文中的指示序号格式一致。参照 ISO 690 及 ISO 690-2，每一参考文献条目的最后均以"."结束。具体示例如下：

① 专著、论文集、学位论文、报告　［序号］主要责任者. 文献题名［文献类型标识］. 出版地：出版者，出版年. 起止页码（任选）.

[1] 刘国钧，陈绍业，王凤翥. 图书馆目录［M］. 北京：高等教育出版社，1957.15-18.

[2] 辛希孟. 信息技术与信息服务国际研讨会论文集：A 集［C］. 北京：中国社会科学出版社，1994.

[3] 张筑生. 微分半动力系统的不变集［D］. 北京：北京大学数学系数学研究所，1983.

[4] 冯西桥. 核反应堆压力管道与压力容器的 LBB 分析［R］. 北京：清华大学核能技术设计研究院，1997.

② 期刊文章　［序号］主要责任者. 文献题名［J］. 刊名，年，卷（期）：起止页码.

[5] 何龄修. 读顾城《南明史》［J］. 中国史研究，1998，（3）：167-173.

[6] 金显贺，王昌长，王忠东，等. 一种用于在线检测局部放电的数字滤波技术［J］. 清华大学学报（自然科学版），1993，33（4）：62-67.

③ 论文集中的析出文献　［序号］析出文献主要责任者. 析出文献题名［A］. 原文献主要责任者（任选）. 原文献题名［C］. 出版地：出版者，出版年. 析出文献起止页码.

[7] 钟文发. 非线性规划在可燃毒物配置中的应用［A］. 赵玮. 运筹学的理论与应用——中国运筹学会第五届大会论文集［C］. 西安：西安电子科技大学出版社，1996. 468-471.

④ 报纸文章　［序号］主要责任者. 文献题名［N］. 报纸名，出版日期（版次）.

[8] 谢希德. 创造学习的新思路［N］. 人民日报，1998-12-25（10）.

⑤ 国际、国家标准　［序号］标准编号，标准名称［S］.

[9] GB/T 16159—1996，汉语拼音正词法基本规则［S］.

⑥ 专利　［序号］专利所有者. 专利题名［P］. 专利国别：专利号，出版日期.

[10] 姜锡洲. 一种温热外敷药制备方案［P］. 中国专利：881056073，1989-07-26.

⑦ 电子文献 ［序号］主要责任者．电子文献题名［电子文献及载体类型标识］．电子文献的出处或可获得地址，发表或更新日期/引用日期（任选）．

[11] 王明亮．关于中国学术期刊标准化数据库系统工程的进展［EB/OL］．http://www. ca-jcd. edu. cn/pub/wml. txt/980810-2. html, 1998-08-16/1998-10-04.

[12] 万锦坤．中国大学学报论文文摘（1983-1993）．英文版［DB/CD］．北京：中国大百科全书出版社，1996.

⑧ 各种未定义类型的文献 ［序号］主要责任者．文献题名［Z］．出版地：出版者，出版年．

（4）参考文献与注释的区别 参考文献是作者写作论著时所参考的文献书目，一般集中列表于文末；注释是对论著正文中某一特定内容的进一步解释或补充说明，一般排印在该页地脚。参考文献序号用方括号标注，而注释用数字加圆圈标注（如①、②…）。

2. 附录部分的写作

论文写作过程中，有些真实性支撑材料或正文的补充说明，能够有效说明研究的内容，但基于正文的篇幅等原因，不便于在正文中详细列出，因此，经常将它们附于文后，便于读者查询和理解。例如研究材料的详细内容，研究工具的具体厂家、型号，特殊符号表（必要时）等。

3. 致谢

致谢是由于作者署名数量有限，是作者对曾经参与过研究协作的或指导论文写作的相关人员表达的感激与谢意。

四、论文的发表

一个人能否成功，不仅取决于你的能力的大小，还取决于你如何进行自我推销。发表论文既是科研交流的主要形式，又是推销自我、宣传自我的最好机会。那么，怎样才能使自己的论文易于发表呢？

1. 寻找"产销对路"的期刊

了解办刊宗旨，纳稿范围、性质、水平，然后，浏览近年来的文章，做到知己知彼。

2. 自检自测确保质量

自检自测时，不妨假设自己论文的读者群是什么，反问自己该论文有哪些新观点、新方法、新材料，该论文的书写格式、术语、图表、标点符号等是否合乎规范，该论文主要解决了一个什么问题，其佐证材料是否充分、详实和可靠等。

3. 积极联系及时投稿

考虑到时效性，论文写作完成后，应认真修改，并及时投稿，以便于及时审阅，但决不能半成品投稿。

4. 了解稿件处理流程与方式

(1) 稿件处理流程　编辑部收到符合受理要求的稿件，即进行初审（一审），对于不符合本刊要求或无学术价的稿件，不安排专业审稿人审稿。通过初审者，分别送交第一、第二专业审稿人审稿（二审）。二审稿件将按专业审稿处理意见，进入三审。经一、二审（包括修改后复审）的稿件，提交责任编委或总编辑（副总编辑）进行审查、讨论定稿。以此"三审一定"的文稿作为刊用稿待刊。

(2) 稿件处理方式　稿件的处理方式有多种，通常分五类：一类稿件，直接发采用通知；二类稿件，A 通知投稿人逐项答复，B 主编审核通过后发采用通知；三类稿件，A 通知作者逐项答复，B 送回审稿人重审；四类稿件，送第三位审稿人再审；五类稿件，不采用或退稿。

(3) 专业审稿内容　专业审稿主要从论文标题与内容的新颖性、论文结构的完整性与条理性、论述的科学性与可靠性、论文写作的规范性等方面全面考评。但不同类型的杂志对稿件的要求又有所区别。下面列举了某杂志社对稿件的审查内容（见表 8-36），可供读者参考。

表 8-36　某杂志社要求审稿人对稿件下列内容进行审查，
并将审查意见用"√"画在选定的序号上

题名	1. 切题　2. 不明确　3. 过长　4. 文题不符
中文摘要	1. 简明扼要　2. 不精炼　3. 要素不全,缺：(1)目的 (2)材料 (3)方法 (4)结果和结论　4. 需重写
英文摘要	1. 不需修改　2. 与中文摘要不符　3. 表达有错　4. 需重写
关键词	1. 正确　2. 基本正确　3. 有错误　4. 过多　5. 过少
实验设计	1. 有创造性　2. 合理　3. 不合理
实验方法	1. 有创新　2. 有改进　3. 常规方法　4. 有缺陷
数据处理	1. 数据可靠　2. 计算有误　3. 需做统计学处理
实验结果	1. 有新成果　2. 有新见解　3. 有新经验　4. 他人可重复　5. 依据不足
讨论部分	1. 论点明确　2. 与结果重复　3. 重点不突出　4. 离题过远
名词术语	1. 规范　2. 不规范　3. 统一　4. 不统一
计量单位	1. 法定单位　2. 法定与非法定单位混用　3. 不规范　4. 统一　5. 不统一
图表	1. 图__表__重复　2. 图__表__合并　3. 图__表__删去　4. 图__表__与正文不符　5. 表__不符要求　6. 图__不符要求
参考文献	1. 能反应该领域的最新动态　2. 基本能反映　3. 陈旧　4. 引用不当　5. 过多　6. 过少　7. 有内部资料　8. 引注项目不全
外文符号	1. 书写规范　2. 拼写有误　3. 大小写不规范　4. 正斜体不规范

续表

综合意见	学术性：1. 有新成果 2. 有新见解 3. 有新经验 4. 重复他人工作 5. 陈旧过时
	实用性：1. 对本学科有促进作用 2. 对其他学科有借鉴作用 3. 能产生良好的社会、经济效益
	    4. 实用性较差 5. 无实用价值
	文字：1. 简明通顺 2. 较通顺 3. 欠通顺 4. 重复冗长 5. 逻辑性差 6. 需修改
	总评：1. 优秀 2. 较好 3. 一般 4. 较差
	发表方式：①全文发表 ②部分发表 ③发简报 ④改投其他杂志
	发表前处理：①直接发表 ②文字精练后发表 ③稍加修改后发表 ④补充实验数据后发表
	    ⑤重大修改后发表 ⑥重大修改后送审再定

总之，论文写作是一种基本技能，非一朝一夕之功，必须要经过反复练习、不断实践和深入领悟，方能有所收获。

 本章小结

本章从课题的选取、研究的实施、结果的统计、论文的写作和发表等多个方面就化学教育科研作了较详细的介绍。

1. 化学教育科研的一般过程分为：确定研究课题、查阅相关文献、提出研究假设、设计研究方案、实施研究过程、整理分析结果、撰写研究报告等。

2. 常见的数据统计处理方法包括描述性统计、参数检验及非参数检验。

3. 化学教育科研中可通过 SPSS 软件进行描述性统计分析、均值差异性检验、多元方差分析、相关分析及卡方检验、回归分析可以实现数据各种分析和检验。

 练习与思考 ----------

1. 什么是教育调查研究？教育调查研究有哪些功能？

2. 什么是教育实验研究的假设？提出研究假设时应注意哪些问题？

3. 什么是教育实验研究的自变量、因变量、无关变量？如何在实验中操作这些变量？

4. 请选用合适的方法分析：入学的数学、物理成绩能预测大学普通物理的成绩吗？

科目	1	2	3	4	5	6	7	8	…
物理	72	83	91	66	85	67	95	86	…
数学	89	95	80	75	88	77	82	90	…
普通数学	75	68	88	64	81	72	84	86	…

5. 对12名学生进行化学奥赛培训，培训前后某种心理特质测验得分如下，请针对得分情况分析该培训是否引起学生心理变化。

学生编号	1	2	3	4	5	6	7	8	9	10	11	12
训练前	11.3	15	15	13.6	12.8	11.2	12.6	11.8	12.5	13.2	14.2	14.8
训练后	15.1	14.9	14	13.7	12.5	12.4	13.1	12.8	12.6	13.6	12	14.2

6. 对12名来自城市和14名来自农村的学生进行心理能力水平测试，结果如下表，请选用合适方法分析城市学生与农村学生的能力水平是否有差异。

城市学生		农村学生		城市学生		农村学生	
编号	成绩	编号	成绩	编号	成绩	编号	成绩
1	4.75	1	2.38	8	3.8	8	3.8
2	6.4	2	2.6	9	4.3	9	4.6
3	2.62	3	2.1	10	5.78	10	4.85
4	3.44	4	1.8	11	3.76	11	5.8
5	6.5	5	1.9	12	4.15	12	4.25
6	5.2	6	3.65			13	4.22
7	5.6	7	2.3			14	3.84

7. 请设计一个化学教育实验方案（题目自拟）

8. 请写出一篇化学小论文（题目自拟，要求项目完整、写作规范）。

参 考 文 献

[1] 蔡晓辉，戴忠恒. 有关开设思维能力训练课程对中学生智能水平影响的实验研究. 心理科学，1993，16 (6).
[2] 曹少华. 高中化学教学中问题情境的创设. 东北师范大学硕士论文，2005.
[3] 陈琦，刘儒德. 当代教育心理学. 第 2 版. 北京：北京师范大学出版社，2007.
[4] 程利国. 儿童发展心理学. 福建：福建教育出版社，1997.
[5] 范晓玲. 教育统计学与 SPSS. 长沙：湖南师范大学出版社，2005.
[6] 冯忠良. 学习心理学. 北京：教育科学出版社，1981.
[7] 冯忠良，伍新春. 教育心理学. 北京：人民教育出版社，2000.
[8] 傅小兰，何海东. 问题表征过程的一项研究. 心理学报，1995，27 (5).
[9] 郭莉，李文光，何克抗. 网络课程教学试点调研报告. 中国电化教育，2001 (7).
[10] 郭兆明，张庆林. 中学数学智能化网络课程的特色. 中国电化教育，2001 (10).
[11] 韩宏宇. 学科思维训练研究. 中国教育学刊，1994 (5).
[12] 何善亮. 心理学视角：提高学生问题解决能力的教学策略. 当代教育科学，2005，(3).
[13] 黄丽. 高中生化学作业批改方式对其学习成绩影响的实证研究. 湖南师范大学硕士论文，2008.
[14] 解亚宁. 心理统计学. 北京：人民卫生出版社，2007.
[15] 李丹. 儿童发展心理学. 上海：华东师范大学出版社，1987.
[16] 李亦菲，朱新明. 一种通用的口语报告编码方案. 心理学动态，1998，6 (4).
[17] 梁宁建，俞海运. 中学生问题解决策略的基本特征研究. 心理科学，2002，25 (1).
[18] 廖伯琴. 中学生物理问题解决的表征差异及其成因探析. 西南师范大学博士论文，1999.
[19] 林崇德. 中学生心理学. 北京：北京出版社，1983.
[20] 林崇德. 教育与儿童心理发展：小学生运算思维培养的实验总结. 北京师范大学学报，1984，(1).
[21] 刘芬. 概念表征形式对中学生化学概念学习效果影响的实验研究. 湖南师范大学硕士论文，2009.
[22] 刘知新. 化学教学论. 第 2 版. 北京：高等教育出版社，1997.
[23] 刘知新. 化学教学论. 第 3 版. 北京：高等教育出版社，2004.
[24] 龙毅. 利用元认知理论发展学生数学思维能力. 数学教育学报，1996，(2).
[25] 龙丽华. 高中生化学计算解题思维策略网络训练的实验研究. 湖南师范大学硕士论文，2006.
[26] 卢家楣. 认知匹配策略和形式匹配策略的实验研究. 心理学报，2001，33 (6).
[27] 卢明森. 思维奥秘探索——思维学导引. 北京：北京农业大学出版社，1994.
[28] 马红亮. 对网络课程建设中若干概念的再思考. 现代教育技术，2003，13 (2).
[29] 莫雷. 教育心理学. 广州：广东高等教育出版社，2005.
[30] 彭聃龄. 普通心理学. 北京：北京师范大学出版社，1997.
[31] 彭运石. 心理学——成长中的教师与学生. 长沙：湖南教育出版社，2006.
[32] 皮连生. 教与学的心理学. 上海：上海教育出版社，1990.
[33] 皮连生. 现代认知心理学——打开有效学习之门的钥匙. 北京：警官教育出版社，1998.
[34] 皮连生. 教学设计——心理学的理论与技术. 北京：高等教育出版社，2000.
[35] 皮连生. 教育心理学. 上海：上海教育出版社，2004.
[36] 祁小梅. 奥苏贝尔认知结构与迁移理论及教学. 学科教育，2004，(5).
[37] 钱其保. 例说解题思路的形成. 化学教育，2000，(11).
[38] 任学宝. 化学问题解决的认知—认知变换策略的训练. 化学教育，1998 (6).
[39] 邵瑞珍. 教育心理学. 上海：华东师范大学出版社，1990.
[40] 石鸥，张倩. 网络教学的潜病理及其对策分析——网络教学三论. 课程教材教法，2003，(8).
[41] 王甦，汪安圣. 认知心理学. 北京：北京大学出版社，1992.
[42] 王保进. 英文视窗版 SPSS 与行为科学研究. 第 3 版. 北京：北京大学出版社，2007.
[43] 王家廉，余洁贞. 加强思维训练，提高教学质量. 化学教育，1994，(10).
[44] 王磊，胡久华. 中学化学实验问题解决心理机制的初步研究. 化学教育，2000，(5).
[45] 王玉东. 思维训练：提高课堂教学效率的有效途径. 山东省教育学院学报，1999，(5).
[46] 王祖浩. 化学教育心理学. 南宁：广西教育出版社，2007.
[47] 王祖浩，张天若. 化学问题设计与问题解决. 北京：高等教育出版社，2003.
[48] 吴好勤. 高中生有机化学问题解决思维策略训练的实验研究. 湖南师范大学硕士论文，2007.
[49] 吴鸿业，张泽金. 中小学生问题解决的基本思维过程研究. 心理科学，1998，21 (4).
[50] 吴庆麟. 认知教学心理学. 上海：上海科学技术出版社，2000.
[51] 吴鑫德. 高中生化学问题解决思维策略训练的研究. 西南大学博士论文，2006.
[52] 吴鑫德，李秋香. 新课改背景下高中生化学学习现状的调查与分析. 中学化学教学参考，2005，(12).
[53] 吴鑫德，张庆林. 化学思维策略的网络训练设计. 课程·教材·教法，2005，(4).
[54] 吴鑫德，张庆林，陈向阳. 思维策略训练对高中生化学问题解决能力影响的实验研究. 心理科学，

2004, 27 (5).

[55] 吴鑫德, 张田. 新课改背景下高中生化学元学习策略训练的实验研究. 化学教育, 2005, (12).
[56] 吴鑫德, 张庆林. 高中生化学问题解决思维过程口语报告编码分析. 心理科学, 2006, 29 (4).
[57] 项成芳, 余嘉元. 问题解决的历史渊源与发展态势. 赣南师范学院学报, 2003, (1).
[58] 辛自强. 问题解决研究的一个世纪: 回顾与前瞻. 首都师范大学学报, 2004, 161 (6).
[59] 燕良轼. 教育心理学. 武汉: 武汉大学出版社, 2010.
[60] 杨东. 儿童解决学科问题认知模型的理论建构与实证研究. 西南师范大学博士论文, 2003.
[61] 杨晓明. SPSS 在教育统计中的应用. 北京: 高等教育出版社, 2004.
[62] 杨鑫辉. 心理学通史 (第三卷). 济南: 山东教育出版社, 2000.
[63] 杨鑫辉. 心理学通史 (第五卷). 济南: 山东教育出版社, 2000.
[64] 姚飞, 张大均. 应用题结构分析训练对提高小学生解题能力的实验研究. 心理学报, 1999, 31 (1).
[65] 姚夏情, 皮连生. 小学四年级学生分段能力的教学研究实验: 一项以策略性知识为主要目标的教学实验. 心理科学, 2001, (2).
[66] 余嘉元. 运用规则空间模式识别解题中的认知错误. 心理学报, 1995, 27 (5).
[67] 余嘉元. 当代认知心理学. 南京: 江苏教育出版社, 2001.
[68] 余胜泉. 网络课程的设计与开发. 教育技术通讯, 2000, (10).
[69] 袁淑琼. 网络环境下高中生化学问题解决思维过程自陈语义编码的分析与研究. 湖南师范大学硕士论文, 2006.
[70] 张春莉. 样例和练习在促进解题迁移能力中的作用. 心理学报, 2001, 33 (2).
[71] 张春兴. 教育心理学. 杭州: 浙江教育出版社, 1998.
[72] 张大均. 教学心理学. 重庆: 西南师范大学出版社, 1997.
[73] 张大均, 余林. 文章结构分析训练对阅读理解水平影响的实验研究. 心理科学, 1998, 21 (2).
[74] 张红焱. 学生的解题策略对我的启示. 化学教育, 1998, (4), 91-93.
[75] 张厚璨, 徐建平. 现代心理与教育统计学. 第 2 版. 北京: 北京师范大学出版社, 2004.
[76] 张庆林. 当代认知心理学在教学中的应用. 重庆: 西南师范大学出版社, 1995.
[77] 张庆林. 元认知的发展与主体性发展. 重庆: 西南师范大学出版社, 1997.
[78] 张庆林. 人类思维心理机制的新探索. 西南师范大学学报, 2000, 25 (6).
[79] 张庆林, 黄蓓. 解决学科问题的有效思维策略刍议. 课程教材教法, 1994, (8).
[80] 张庆林, 连庸华. 优等生解决几何问题的成功思维策略分析. 西南师大学报, 1995, 20 (1).
[81] 张庆林, 刘电芝, 连庸华. 平面几何解题思维策略训练的实验研究. 西南师范大学学报 (哲学社会科学版), 1997, 22 (3).
[82] 张庆林, 王永明, 张仲明. 假设检验思维过程中启发式策略研究. 心理学报, 1997, 29 (1).
[83] 张庆林, 杨春燕. 假设检验思维策略的发展研究. 心理科学, 1998, 21 (1).
[84] 张庆林, 杨东. 高效率教学. 北京: 人民教育出版社, 2002.
[85] 张庆林, 杨东. 论策略性知识向思维能力转化的机制与措施. 西南师范大学学报 (社科版), 2003, 28 (2).
[86] 张庆林, 曾海田. 解决几何问题的启发式搜索策略研究. 心理科学, 1993, 16 (2).
[87] 张绪扬. 初一年级学生思维能力培养的实验研究. 心理学报, 1988, 30 (3).
[88] 郑华敦. 高中生化学实验设计问题解决思维策略网络训练的实验研究. 湖南师范大学硕士论文, 2006.
[89] 钟启泉, 崔允漷. 新课程的理念与创新. 北京: 高等教育出版社, 2003.
[90] 朱新明, 李亦菲. 架设人与计算机的桥梁. 武汉: 湖北教育出版社, 2000.
[91] 朱智贤, 林崇德. 思维发展心理学. 北京: 北京师范大学出版社, 2002.
[92] 左梦兰, 张智. 儿童元认知的实验研究. 云南师范大学学报, 1994, (8).
[93] 左晓梅. 面向问题解决能力的数字化教学资源设计. 现代远距离教育, 2005, (2).
[94] 左银舫. 认知风格对不同类型几何问题解决的影响. 心理科学, 2005, 28 (4).
[95] Gregory A. D. & Jennifer E E. & James F L. & Patricia P. Establishing Problem-Solving Habits in Introductory Science Courses. Journal of College Science Teaching. Washington: Mar. 2006, 35 (5).
[96] Hill J. R. & Hannafin M. J. Cognitive strategies and learning from the World Web Wide. Educational technology, Research and Development, 1997, 45 (4).
[97] John B. B 著. Cognitive Psychology. 黄希庭等译. 北京: 中国轻工业出版社, 2000.
[98] Mayer R. E. Introduction to the special section cognition and Instruction in mathematics. Journal of Educational Psychology, 1989, 81 (4).
[99] Qinglin Z. In-Process Quantitative Evaluation for Network-based Learning. In: Wanlei Zhou et al (Eds.), Advances in Web-based Learning-ICWL. Berlin, Springer, 2003.
[100] Sternberg R. J 著. 超越 IQ: 人类智力的三元理论. 俞晓林, 吴国宏译. 上海: 华东师范大学出版社, 2000.
[101] Thomas M C. & Carolyn E. B. A Constructivist-Based Approach to Teaching Database Analysis and Design. Journal of Information Systems Education. West Lafayette: Spring. 2006, 17 (1).